小学館文庫

燃えよ、あんず

藤谷　治

小学館

燃えよ、あんず

第一部　久美ちゃん

前口上

久美ちゃんのことを小説に書くといったら、みんなが驚いた。僕が小説家でもあることを殆《ほとん》ど誰も知らなかったのだ。これにはあきれた。

結局、この小説に登場させた連中のうち、僕のもうひとつの仕事を知っていたのは桃子とキタノヒロシだけだった。だけどキタノは僕の小説を読んだことはないし、桃子は知っていて当然だ。僕の妻なんだから。

正直な話、ちょっとがっかりだった。小説家だってことを知らなくても、それはまあいい。だけど僕のつもりでは彼らに、まあそんなに驚かないでくれたまえ、小説家だからって偉ぶるつもりはないのであるよ、今まで通りキミたちには「オサムさん」と呼んで貰《もら》いたいものだね、くらいなことはいいたかった。

それがなんだ。連中はいちように、小説を書いていると聞くと笑ったり、顔をしかめたりしたのである。驚くのはその後で、その驚きも間近にいる人が文人であったという驚きというより、現代日本にまだ小説家などという職業があったのかという衝撃のようで、僕は自分が普段付き合っている人間たちが、どれほど下品なアホマヌケであったかを思い知らされたのであった。

久美ちゃんのことはずいぶん前から小説にしたいと思っていた。小説家の直感だ。一段落してから本腰をいれて想を練った。事実に基づく小説だから、登場人物がアホマヌケであっても一応は断りを入れなければならない。ちょっとは取材もしなければならない（そう、当初は「ちょっと」のつもりだったのだ）。僕はあの人この人に会いに行ったり、僕の本屋に来たところで話を聞いたりした。

けれども話を聞くほどに、出来事の真っ最中には思いもよらなかったあれやこれやが現れて、僕は殆ど狼狽《ろうばい》したほどだった。久美ちゃんの一件は、世の中にはありふれた話にすぎないかもしれない（多少のゴタゴタはあったにしても）。しかしありふれているように見える出来事には、それを支える長い年月と、幾人かの人間がいて、その人間というのは一人ひとりが、独自の心やおもむき、過去や精神の疵《きず》、喜びや歪《ゆが》みを抱えているのだ。

それら「独自の心」を無視することはできなかった。そのため僕はここで、久美ちゃんの話ではあるけれど、同時に彼女をめぐるあの人この人についても語らざるを得なかった。その取材の過程で入手した情報や資料を、この小説では大いに活用した。中には執筆者の許可を得て、まるまる引用したものもある。

結果として話の全体を見渡すと、なんだか増築改築新築を繰り返した温泉旅館みたいな様相を呈するものになった。しかし増築にも新築にも理由や必然があるように、久美ちゃんの話は、そもそもその「独自の心」をあっちこっちから集めて、煮しめて、お団子にしたようなものだったのだ。

そんなお団子が、うまいかまずいか判《わか》らない。うまいまずいとひと言でいえるものでもないだろう。

三年前の話

三年前の、三月の終わりごろのことだった。自転車に乗って帰宅する途中、国道を横切る長い横断歩道の向こうを見て、僕は思わず舌打ちした。

やばいなあ……。

横断歩道の向こうで、警察官が二人立っていて、通りかかる自転車を呼び止めていたのだ。

僕はほんの少しだけ憂鬱になった。といったって、やましいことがあったわけじゃない。警官に止められたって、なーんにも困ることなんかなかった。よくあることだし。ただ彼らが通行する自転車を止めるとき、どんなことを尋ねてくるかを僕は知っていて、それにうまく答えられるかどうか、自信がなかったのだ。

信号を渡ると、案の定、呼び止められた。

「お忙しいところすみません」

僕はもちろん、素直に自転車を降りた。信号を守って走っていたし、危険運転もしていなかった。なんにも悪いことはしてなかったのである。

それなのにこれは、ほんの少しだけ、やばい状況なのだった。思い出せなかったのだ。

「ちょっと、よろしいですか。申し訳ありません」

警官はそういいながら、防犯登録番号が貼ってある、サドルの下を覗《のぞ》き込んだ。丁寧な口調が、やけにこなれていた。

警官は僕の乗っている自転車の登録番号を、持っていた何かの装置、恐らく警察専用のデータベースの無線端末に、慣れた手つきで入力して照会し、僕に笑顔を見せながら結果を待った。

「僕が買った自転車じゃないんだよ」こうなったら、正直にいうしかなかった。

「ああ、ご本人の自転車じゃないと」警官の口調は相変わらず軽かったが、目は少しだけ鋭くなった、ような気がした。

「貰い物でね」

「……と、どなたに貰ったものですか？」

これを尋ねられるだろうと思ったから、さっきからやばいと思っていたのである。

ここでうろたえたりしたら、盗んだ自転車に乗っているんじゃないかと思われかねない。

それなのに僕は、この自転車をくれた人の名前を、思い出せなかった。

「えーっとね」僕は頭を掻《か》いた。「ずいぶん昔に貰ったんですよ」

「はい、はい」警官は心なしか、愛想をなくして無表情になっていった。

これは後で知ったことだけど、自転車の登録者名を変更するのは手続きが面倒で、誰かから譲渡されても登録者の名義をそのままにしておくのは、珍しいことではないらしい。つまり登録者でない人が乗っているからといって、即それが盗難自転車だと断定はできないのだ。だからこそ警官も僕の困惑を、怪しまないよう、少なくとも怪しみすぎないようにしていたのだろう。

「遠くに引っ越すっていうんでねえ、貰ったんですよ」そんなことをいいながら、僕は時間を稼いだ。「なんていったっけかなあ、あの女の子」

警官に呼び止められようが、何がどうであろうが、決して忘れてはいけない名前だった。僕はつらくなった。たいした時間でもなかったろうが、警官は辛抱強く、僕の記憶の回復を待ってくれていた。

下の名前だけ思い出した。

「久美ちゃんだ」

思い出すとその名前は、遠い他人の哀《かな》しみそのもののように響いた。僕は思わず、「そうだ、久美ちゃんだ」と繰り返した。

警官はしばらく端末をじっと見て、それから僕を見て、「久美ちゃんで正解です」といった。「中沢久美子さんの登録になってますね。もうずいぶん前だ」

「どのくらい前ですか」

僕の方から逆に訊《き》いてみると、警官は素直に計算してくれて、「十四年、十五年前ですね」と答えた。

一応、ということで身分証を出し、ご協力ありがとうございましたといわれて解放された。

再び自転車にまたがって、警官が後ろに遠ざかっていく代わりに、十五年前が、久美ちゃんの姿が、どんどん近づいてくるようだった。

帰宅して、妻の桃子にその話をした。

正確にいうなら、久美ちゃんの自転車は、桃子の使っているものである。僕が通勤に使っている男物の自転車は、久美ちゃんの旦那さんのものだった。

僕たちは久美ちゃんと、彼女の気の毒な旦那さんのことを、久しぶりに思い出した。自転車を貰ったくらいだから、忘れては申し訳ない二人だった。けれどもその時点ですでにそれこそ、十四、五年経《た》っていた。それ以来僕たちは久美ちゃんに会っていなかった。彼女は東京に家があるのに、東京から引っ越してしまったのだ。二台の自転車を残して。

久美ちゃんが東京を後にしなければならなかったわけや、自転車を貰った頃のことを思い出していると、桃子も僕も悲しさが身の内によみがえってきた。今はどうしているんだろう。久美ちゃんは引っ越し先の住所も何も教えてくれなかったから、ずっと音信不通だった。もう会えないかもしれなかった。

ところがその翌日にその久美ちゃんが、僕の店にやって来たんだから驚いた。現実とは思えなかった。

「オサムさん、私戻ってきました」

十何年ぶりに会う久美ちゃんは、確かに大人びて、少しくたびれた暗さを全体に背負ってはいたが、それでもあと数年で四十になる女性にはまったく見えなかった。僕が最後に見た久美ちゃんに較《くら》べたら、むしろその気恥ずかしそうな笑顔のぶんだけ若々しいとさえ感じられた。東京を出る前の久美ちゃんは、哀しみの重さで常にぐったりとしていたのだから。

由良龍臣《ゆらたつおみ》が彼女を連れてきたのだった。僕の店の古い常連で、やはりここ十何年かは顔を見せなかった男だった。由良はすっかり中年男になっていて、彼が久美ちゃんを連れてきたのではあったが、僕は逆に彼が誰だか、久美ちゃんに尋ねかけたくらいだった。すっかり落ち着いた風貌になった二人を見て、僕はてっきり由良と久美ちゃんが……。

いや、そんな話はまだ早すぎる。

これはこの話の発端になった、ふたつの偶然のうちのひとつだった。しかも最初の偶然ではなく、二度目の偶然、それも小さい方の偶然だったのだ。最初の、そしてこんなのよりずっと大きな偶然を、久美ちゃんと由良龍臣が経験していた。その大きな偶然が、僕の店に久美ちゃんを再訪させたのである。

だけど、いきなりこんな話を持ち出されても、何のことやら誰にも判らない。久美ちゃんとは誰か、由良龍臣とは何者か、そして僕とはどこのどいつであるのかを、まずは語るべきだろう。

そういうわけで話は、ここで十数年前にさかのぼることになる。

貧弱な本屋

十数年前、僕は東京世田谷の下北沢に、小さく貧しく、どうしようもない本屋を一人で始めた。

日本の書店は、おおまかにいうとまず問屋と契約して、そこから本や雑誌を卸して貰い、売り上げの二割強を収益としている店が殆どである。しかし僕はそういう経営方法を採らなかった。問屋と契約する時に支払う保証金が捻出できなかったからだ。

問屋と契約なんかしなくたって本屋はできるや、と開業前に考えた。よそから買ってきて並べればいいのである。古本のことじゃない。神田の神保町には、小規模な本の卸問屋が何軒もあって、そこに一軒一軒挨拶をして回り、現金で本を買い取ることにしたのだ。これなら仕入れの金だけあれば店に本を並べられる。それも、自分が売りたい本、好きな本だけを。保証金もいらない。気楽で自由だ。

どうしてこの気楽な方式をどの書店も採用しないのか。理由はふたつある。ひとつはどの本屋も僕の店のように、面積十五坪、うち店舗に使える部分は十坪に満たないというような、ちっぽけな店とは限らないからである。百坪もあるような店を埋め尽くす本を現金でなんか買えない。

もうひとつの理由はさらに合理的である。現金で買い切った本は、どこにも返品できないからである。問屋にあらかじめ保証金を払っておけば、本は委託販売ができる。委託というのは「頼んで売って貰う」という意味で、たいていの本屋にあるたいていの本は、実は本屋の持ち物ではなく、問屋からの預かりものなのだ。つまり本屋は、売れた分の仕入れ値だけを問屋に払い、売れ残りは返品できるのである。本屋が現金で本を買い取ってしまえば、その本は全部その本屋の持ち物になり、したがって売れ残ったから返すということもできない。

だからといって、もちろん最初から本を並べっぱなしにしておくつもりなんかじゃなかった。そんなつもりは全然なかった。

本屋を開けば本が売れる。売れた金を仕入れに回す。本棚の本はどんどん入れ替わる。埃《ほこり》をかぶる暇なんかあるわけない。返品というのは三か月もすれば内容が古くなってしまうような新書や、流行のダイエット本や、年が明けたら持っているのが恥ずかしくなるようなタレント本を、今のうちに売り切ってしまおうとたくらむ本屋のためにあるのだ。万古不易《ばんこふえき》の傑作文学や、一生一度は読むべきと誰もが思う哲学書や、そこらの本屋には目にも入らぬ隠れた名作ばかりを置けばよい。人間は誰一人として例外なく、知的向上心を持っているに決まっているのだから……。これが僕の「つもり」だった。

商売がすぐ軌道に乗るとは期待していなかった。しかしこれほどまでに客が来ないとは思わなかった。初めのうちは誰にも邪魔されずに本が読めていい、などと思っていたが、月の売り上げが家賃に満たない状態が一年も続くと、さすがの経営方針も揺らぎ、呑気《のんき》坊主も焦ってきた。本棚の本が少しずつ紙焼けしつつあることにも、見て見ぬふりはできなくなってきた。

店とは、社会に向けた店主の主張である。ただ儲《もう》けたいというだけの動機で開いたラーメン屋にさえ、うちのラーメンはうまい、という主張がある。個人経営のちっぽけな店なら、なおのこと主張は強い。僕の店――アルゼンチンの作家ボルヘスの代表作の表題を採って「フィクショネス」と名づけた――など、主張しかないようなものだった。すなわち、芸術は人間を人間とするために必要欠くべからざるものであり、とりわけ文学は芸術の中でも、音楽や美術よりもなお、人間に近しいものだ、という主張だ。僕の店に客が来ないということは、僕の主張がそれだけ受け容《い》れられない、的外れなものだと、世間から暗に指摘されているのと同じだった。そして実際、客は全然来ない。つまり僕は金銭的な苦境だけでなく、自己主張を受け容れられないことにも、焦りを感じないではいられなかったのである。

一方にみるみる古びていく棚の本があり、他方に芸術至上主義というアイデンティティの危機がある。どうしたらいいだろう。

そこで思いついたのが「文学の教室」だった。

文学の教室

人々が文学に親しまないのは、文学を知らないからである。知らなきゃ教えてあげればいい。この店で文学の話をしよう。お喋《しゃべ》りだけなら元手はかからないし、本も売れるに違いない。カルチャースクールみたいなものだ。

人に教えられるほど、お前は文学を知っているのかという自分への批判は、頭に浮かんでは来たがすぐに自分でまた沈めた。照れたり、ためらったりできるような余裕のある経済状態ではなかったのだ。

「文学の教室」と単純な名前をつけて、月に一度、第二土曜日の夜に開くことにした。ひと月に一冊くらい、古くてちょっと難しい本を読んでみませんか、というわけである。一回の「教室」で一冊の本について語り、また参加者の感想や質問を聞く。一回で完結するから、連続して出席する必要はない。予約も不要。取り上げる本はできるだけ千円以下の文庫本。僕はホームページや客を通して懸命に宣伝をした。ハードルをできるだけ低くして呼びかけた。

すると予期していたよりはほんの少しばかり多く、反響があった。初回の坪内逍遥『小説神髄』には十人ばかりが集まってくれた。お年寄りもいたし高校生も来てくれた。僕はしゃかりきになって喋りまくった。板を組んだだけの手製の平棚から本をどかして、臨時のベンチにして、参加者にはそこに座って貰った。さぞ座り心地は悪かっただろうに、みな熱心に聞いてくれた。

参加費は一人千五百円にしたから、十人集まっても家賃が払えるわけではなかった。月に一度以上やるわけにもいかなかった。それでも僕は嬉《うれ》しかった。文学に対する人々の関心は、決して薄れていないと僕は思った。そりゃあ、十人なんて他人が聞いたら鼻で笑っちゃうような人数かもしれない。世間の大勢をあらわしているとはとてもいえない。

しかし文学に、尊敬とまでいわない、興味と、ある種の好奇心を持っている人が十人はいるんだと実感できたのは、その頃の僕には大きな喜びだった。店の中でだぶついていた本を取り上げることで、在庫を処理する役にも立った。

第二回に田山花袋『蒲団』、第三回に三遊亭円朝『怪談牡丹燈籠』を取り上げた。初回よりも参加者が増えることはなかった。それでも何人かは、かなり熱心に通ってくれて、さらにそのうちの二人か三人は、毎回欠かさず来てくれた。その二人か三人のうち二人が、由良龍臣と、当時は篠田久美子さんといっていた久美ちゃんだった。

由良は一見して恐ろしいような、暗い大きな瞳をした美青年だった。しかし僕から見ると痩《や》せて存在感のない男で、初めて「文学の教室」に来たときには二十三歳かそこらだった。伏し目がちで前髪を垂らし、いつも店に入って来ると僕にぺこりとお辞儀をし、そのまま僕から一番遠い席に座って黙っていた。最初の一、二年は緑色の縁の眼鏡をかけていて、それが抜け切れていない学生気分の名残を思わせた。眼鏡の下には細面のわりには大きくてまつ毛の目立つ目が底の方から光っていて、顎だけは少しばかり尖《とが》りすぎているが、それが見方によれば、この世ならぬ彫塑《ちょうそ》のように精悍《せいかん》な顔立ちを作り上げてもいた。ただ、これは当時の僕の印象にすぎないが、彼の顔には何か近寄りがたいというか、正直にいって人を不愉快にさせるものがあった。オッ二枚目だなと、こちらが思ったとたんに、そう感じた自分が嫌になるような、そんな雰囲気が漂っていた。陰気な感じがする点では、僕が知っている人間の中でも一、二を争うほどだった。

　ただしそれはあくまでも印象、外見の感じがそうだというだけだった。「文学の教室」では、一時間半ほどの講座（?）のうち、前半は僕のお喋りで、後半に取り上げた本についての感想や僕の意見への質問を、参加者一人一人に聞いていくことになっていた。それまでの僕の話を面白く聞いていた風でもなかったくせに、由良は僕に促されると、口数少ないながら好意的でユーモアさえある感想を、案外よく通る声で語るのだった。

ただ由良が「文学の教室」で取り上げた古今東西の名作に、十全の満足を表明したことは一度もなかった。穏やかで紳士的な口調ながら、おおむね好意的な感想を語った後でも、批判的なひと言を決まって付け加えるのだった。

「これは、とても綺麗《きれい》な恋愛小説で、楽しく読みました。だけどそれだけだったら、ハーレクイン・ロマンスと大差ないわけで……」

「確かにこれは現代の悲劇だと思いました。ただ、そもそも主人公があんなことしなけりゃよかった、ってだけの話でもあります」

「僕も皆さんと同じで、とても感動的な作品だと思いました。けれども僕は感動的な作品、ってやつがあんまり好きじゃなくてですね……」

ほかの誰がいっても、こんな言いぐさは人の気持ちを逆撫《さかな》でするに違いない。だが由良がこういうことを口にすると、なぜか聞いているこちらは、思わずぷっと噴き出してしまいたくなるのだ。当人は真面目だから、聞いてるこっちがにやにやすると、ちょっと表情を曇らせる。由良には白皙《はくせき》の美青年としてのプライドがあったのだろうが、彼には彼自身に見えていない、どこか「カッコつけすぎて笑えてしまう」独特のたたずまいがあった。そのたたずまいのおかげで、それまで難解な文学作品とにらめっこしている気分でいた参加者も、肩の力が抜けて気が楽になり、そんないい方ないじゃないですかあー、とか、まーた始まった！　といって、由良の態度をにこやかに責めることで、その場の雰囲気が軽くなるのだった。

しかし、だからといって由良が「文学の教室」に集まってくれた人たち――常に半数以上が女性だった――から人気があったというわけではない。お開きになると僕は疲労困憊《こんぱい》してしまい、参加者とゆっくりお喋りすることもできないくらいだったが、皆はどうやら閉会後に食事をしたり呑《の》みに行ったりしているらしかった。由良がそういうところへ顔を出したという話は一度も聞いたことがなかった。僕が、今日は皆さんありがとうございました、というと、由良は真っ先に席を立って店を出て行ったし、ほかの人たちも彼がいなくなってからだんだんと、今日どうします？　用事がなかったら、ちょっとどうですか、なんて話をし始める感じだった。僕の目からは、彼らは知らないうちにお互いを避けているようにさえ見えた。

それはやはり由良という男の持っている陰気さが原因だったのだろう。彼には自己像と人に見える姿の間にギャップはあったが、決して「いじって面白いタイプ」ではなかった。もっと思い切っていうなら、彼のなんともいえない険悪さが、僕を含むほかの人々にはどうしても馴染《なじ》めなかった。由良が何をしたというわけではない。ただ黙って僕たちの中に座って、一時間半のうち二分ほど口を開いたにすぎない。黙って座って、穏やかに話を聞いている由良は怖かった。

久美ちゃん

由良は「文学の教室」のときにしか顔を出さなかったが、篠田久美子は「フィクショネス」開店当初からの常連客だった。今の彼女の年齢から逆算すると、当時はまだ二十一歳だったことになる。

久美ちゃんは常連ではあったが、客であったといえるかどうかは、はなはだ疑問だ。彼女は僕の店で本を買ったことは、一度もなかったのだから。久美ちゃんから金を取ることができたのは「文学の教室」を始めてよかったことのひとつである……などというと、僕がとんでもなく金に餓《う》えたゲジゲジ亡者のようだが、彼女については必ずしもそうではないと胸を張っていえる。だって久美ちゃんはただ本を買わなかっただけではない。うんざりするほど長っ尻《ちり》だったのだ。いったん来たら二時間三時間、ときには四時間ほども店内に居座っていたのである。

小さな顔に丸い目玉、愛嬌のある小さな鼻の下に、でかい声の出る大きな口がついている。ぼろぼろ（ではないのだろう。そう見えるファッションなのだろう）のデニムのミニスカートにピンク色の膝まで覆うソックス、その時々に流行であるらしき靴――厚底だったり、パンプスだったり――を履いて、文庫本を二冊も入れれ

ばぎゅう詰めになっちゃいそうな、ちーちゃいバッグをたすきがけにして、いつも、

「こんにちはー！」

といって入ってくるのだ。

最初に来たときからそうだった。散歩の途中で僕の店を見つけたらしかった。下北沢の隣の、松原というところに両親と共に暮らしていて、短大を卒業してからは週に三日か四日、雑誌社でアルバイトをしていると、のちに聞いた。

最初のうちは、若くて可愛《かわい》らしい女の子が遊びに来て、だーれも来ない平日の昼下がりをどうってことのないお喋りで過ごすのは、僕にとっても楽しかったし、ある意味ではありがたくさえもあった。自分がなんにもできていないという事実から、目を背けることができたし、だらだらとただ生きているのは自分だけじゃないという、情けない慰めにもなったからだ。

実際久美ちゃんは人目を惹《ひ》くくらいにはスタイルのいい女性だった。手足のひょろ長い、両膝を合わせて足を八の字にして座るような女の子は、僕の好みのタイプとはいえなかったが、同性から注目されそうな外見だった。実際それらしい仕事――読者モデルというのが、その頃からあったのかどうか、僕は知らないが――をやっていたこともあるらしかった。

「シモキタって、こういうお店があるから好き。このお店は特に好き」

などと嬉しくも生意気なことをいってくれたりもしたが、久美ちゃんが僕の店を好きな理由は、本屋だから喫茶店と違っていくらでもタダで長居ができる上に、テーブルも椅子もあったからだろう。

「小説、興味ある」

なんていうのは、立ち読みの口実に決まっていると、僕は思っていた。

ところが久美ちゃんは本当に小説をよく読んでいるのだった。それもかなり歯ごたえのある、本格的な文学作品を読むのが好きだったのだ。

それにはきっかけがあった。彼女自身の語ったところによると、子どもの頃は（といったって、その頃の久美ちゃんはまだ充分子どもに見えたが）人並みに推理小説や星新一を読む程度だった。それがなんでも当時「ロリータ・ファッション」なるものが若い女性のあいだで流行し始めたそうである。久美ちゃんはそのファッションのありよう（フリルのついたスカートがどうしたとか。僕は聞いたけれども頭に入ってこなかった）にどうも馴染めず、「ちょっと確かめてみようと思って」ナボコフの『ロリータ』を読んだのが、文学を面白いと思い始めたきっかけだったらしい。

「あれ読んだことある、オサムさん？」久美ちゃんは僕のことを、オサムさんと呼んでいた。「私、ビックリして！　スンゲーなと思って！」

だが彼女は、ナボコフのどこにビックリしたのかは、うまく説明できなかった。批評的なボキャブラリーを持たず、持つ必要も感じないまま、久美ちゃんはちょっと気取ったファッション誌、女性誌、情報誌、それにコミックで仕入れた知識と嗅覚で、カッコよくてなおかつ上質な小説を読んでいった。彼女はブローティガンの『愛のゆくえ』を、クンデラの『存在の耐えられない軽さ』を、ケルアックの『路上』を、カポーティの『ティファニーで朝食を』を、ヴィアンの『うたかたの日々』を読んだ。

僕はそれならこんなのはどうだといって、フローベールの『ボヴァリー夫人』と、エミリ・ブロンテの『嵐が丘』を勧めたはずだ。もちろん、どちらも僕の店に置いてあった。本棚からその二冊をちょっと引き出しても見せたと思う。だが久美ちゃんは立ち上がりもしなかった。僕からボールペンを借り、手の甲の親指の下あたりに、

ボバリーふじん。あらしがおか。

と書いて、

「ありがとう！」

と朗らかな声でいうと、店を出て行った。そして次にやって来たときには、もう『ボヴァリー夫人』を読み終えていた。

「だっていい本かどうか、読んでみなきゃ判んないでしょ？　だから最初は図書館で借りるでしょ？　それでほんとに良かったら買うの。いっつもそうしてるんだよ」

『ボヴァリー夫人』は久美ちゃんにとっては、満足のいかないものだったようだ。しかしその翌週、『嵐が丘』を読み終えた彼女は、興奮して両手を振り回していた。文庫本も持っていた。

「そこの古本屋さんで百円だったからね！」

ばかばかしい。とどのつまり、本屋が古本屋の売り上げを助けたようなもんだ。

「しょうがないでしょ！　だって今月あと二週間もあんのに、あたし二千百円しかないんだよ？　百円だってそーとー悩んだんだから。オサムさんとこで買ったら八百円とかするでしょ？」

そう。久美ちゃんのいう通り。

下北沢の人間――勝手気ままな人間。流行でもない服を着て、行き先がなくもなく、あるでもなく、元手をかけずに何かをやろうとしている、何かができると思っている人間。ひどいのになると、自分にはすでに何かができていると思っている人間。そんな人間の、頑迷なまでの財布の紐《ひも》の固さといったら、もう！　彼らは十円玉の尻を叩《たた》き、五十円玉を汗びっしょりにし、百円玉を拷問にかけて、ようやくズダボロの布切れ、ペラペラのスケッチブック、ヨレヨレの文庫本、ヘナヘナのギターを手に入れる。すると、その手に入れた道具をさらに絞り上げて、ブラウスを、抽象画を、癒しの言葉を、恋の歌を作る。そしてそれが、めざましい傑作になって、自分発信の新時代を到来させるんじゃないかと夢想するのだ。そして彼らの大半は、やがて夢想から醒《さ》めて消えていく。朝七時半の電車に乗って、社会人の町へ出かけるようになる。

しかもくそいまいましいことに、そのすべてが下北沢の魅力なのだった。久美ちゃんが自動ドアの開ききらないうちから、

「こんにちはー！」

と馬鹿でかい声をあげて僕の店に入ってくるその明るさは、しみったれて貧乏臭い、あの頃の下北沢の明るさそのものだった。久美ちゃんは二千百円で二週間を過ごす自分に、悲観的だったり恥ずかしそうだったことは一度もなかった。もっとも彼女は親の家でずっと暮らしていたのだから、貧乏臭さもある程度は芝居みたいなもんだったわけだけれど。

僕は認めざるをえなかった。函《はこ》に入って革で装丁され、頁《ページ》の天に金が塗られ、インテリア代わりに本棚にしまいこまれ、そして誰にも読まれず死蔵される豪華版の『嵐が丘』なんかより、古本屋のワゴンから拾われ、久美ちゃんに貪《むさぼ》るように読ま

れる、よれよれの『嵐が丘』の方が、どんなに幸せかということを。そんな甘っちょろけな感動が、当時の下北沢にはそこらにすっ転がっていたのである。花屋さんに勤めながら詩の朗読を続けるキタノヒロシ（この男はのちにまた現れる）や、田舎の両親から逃げてきた看護師や、大麻の合法化を推進している職業不明の男（こいつもやがて登場する）、銀行を退職して家族の反対を押しきり自宅に現代美術館を作った金持ちの老人――みんな「フィクショネス」の常連だった――を好きだったように、僕は久美ちゃんが好きだった。

僕の妻、桃子も久美ちゃんが好きだった。桃子は「フィクショネス」でたまたま出会った人とお喋りできると、それがどんな人でも嬉しそうだったが、久美ちゃんは人見知りせず、明るく、掃いて捨てるほど時間があったので、しまいには二人で連れ立って喫茶店に行って、数時間喋り続けたりするようにまでなった。僕に聞かれたくない話があったそうである。

久美ちゃんが「文学の教室」の一回目から出席してくれた理由は、よく憶《おぼ》えていない。彼女にも宣伝したことは確かだし、チラシ――そうだ、チラシも作ったんだっけ――も渡したけれど、それまで「フィクショネス」でただの一円だって使ったことのなかった彼女が、大枚千五百円を僕のお喋りのために支払ってくれた動機は、今でもよく判らない。

とにかく彼女は来て、おおむね楽しんでいた。ただし彼女はその時々に取り上げた作品を、あらかじめ読んできたことはなく、あくまでも僕や参加者の話を聞いて、興味が湧いたら図書館に行き、読んで感銘を受ければ古本屋で探して買うという、独自のスタイルを徹底していた。

彼女の選定はどんな文学者にも厳しかった。円朝も志賀直哉も、漱石も谷崎も川端康成も、村上春樹も大江健三郎も、彼女の基準では図書館どまりだった。僕が知る限り彼女の財布をこじ開けられた日本文学は、中野重治の『歌のわかれ』と、中島敦の文庫版全集だけである。後者は全三巻揃えで五百円だったから手に入れたといっていた。古本屋のバカ。

もちろん「文学の教室」では海外の文学も取り上げた。カフカ、オースティン、莫言、アーサー・C・クラーク、ドストエフスキー。ベルナノスの『田舎司祭の日記』も(在庫が余っていたから)みんなに読ませた。久美ちゃんの財布にはことごとく撥《は》ねのけられた。

それでも何冊かは彼女の気に入ったはずだが、今はもう一冊しか憶えていない。久美ちゃんはフローベールの『三つの物語』にいたく感動して、感想をいいながらも泣きそうになって言葉に詰まったくらいだった。次に来たときには、やけに古びた文庫本を持っていた。僕は『ボヴァリー夫人』の敵を討てたような気がして満足だった。その頃にはもう、彼女に僕の店で本を買って貰えるなどと期待する気持ちはどっかに吹き飛んでいた。

この小説集の中には「純な心」という、小間使いフェリシテの一生を描いた胸を締めつけられる一篇《ぺん》がある。「文学の教室」で彼女が涙ぐんだのも、まさにこの作品を愛したからだった。後日、例によって古本屋で見つけたこの本を片手に久美ちゃんが、なお語り足りない様子でやってきた。店の椅子にべたりと腰をおろし、そろえた膝の上で文庫本をぐねぐね曲げたり、小口に親指の腹をあてて、頁をさらさらと何度もめくったり閉じたりしながら、あれこれ喋り続けて僕の時間を無駄にしているうちに、ふと彼女は、

「なーにがつらいって、フェリシテに彼氏がいないのが、つらくてつらくて」

と漏らした。

久美ちゃんが店に長居していると、僕の機嫌はだんだん悪くなるのが常だった。

僕はそのとき、

「彼氏がいないってだけじゃ、可哀想《かわいそう》な女ってことにはならないだろ」

といってしまった。いやそれだけだったらいいが、これに、

「お前みたいに男を取っかえ引っかえしている奴には、判んねえよ」

と付け加えたのだ。人に向かってこういう口の利きかたをしてはいけない。

「あたし取っかえ引っかえなんかしないよ！」久美ちゃんは案の定、猛抗議してきた。「変なこといわないでよね、知りもしないくせに！」

「はいはい悪かった」こんな小娘に本気で謝罪なんかしてやるもんか。「ところであなた、もう二時間くらいそこに座ってんだけどね！」

「まさかオサムさん、あたしのこと、ずっとそんな風に思ってたんじゃないでしょうね。軽い女みたいに！」

「思ってないよ」

「みんなにそんなこと、いいふらしてるんじゃないでしょうね」

「みんなって、どこのどいつだ。俺にどうやっていいふらせるんだよ。当人がそこで日がな一日、店の本を片っ端から立ち読みしてるってのに」

「おっさんたちってさ、あたしみたいに足出して歩いてる女の子見たら、すーぐ遊んでるって思いこんじゃうんだよね。痴漢の発想だよそんなの」

「痴漢のおっさんで申し訳なかったね」

「あたし結婚するんだよ」久美ちゃんはいきなりそういった。「だからね、変なこといいふらされたらさ……」

「待て待て待て」僕はびっくりした。「結婚？　久美ちゃん結婚するのか」

「するよー」

「するよーじゃないよ。久美ちゃん何歳だよ」

「二十一」

「早くないか？」

「みーんなそういうね」久美ちゃんはちょっとうんざりした表情になった。「あたしはOK、彼もOK、親も全員OK、何か問題ある？」

「ないけどさ」久美ちゃんの言いぐさを聞いたからといって驚かなくなったわけではないが、僕は儀礼的に付け加えた。「へーえ。そりゃおめでとう。いつ？」

「再来月」久美ちゃんがそういいながら、ほっぺたを膨らませたので、こいつまだ怒っているのかなと思ったら、結婚のことで頭の中いっぱいになったのか急に表情を変えて、

「明日ウェディングドレスの試着に行くんだよ！」

と、歯をむき出して笑った。

それからさらに二時間ほど、久美ちゃんは結婚について喋り倒した。僕はもちろん、話の半分も聞いちゃいなかった。片耳の隅っこに残ったお喋りを総合すると、相手はなんとかいう名前で、いくつか年上で、どこかに勤めていて、下北沢駅の北口から歩いて何分かのどっかに、マンションだかなんだかを新居に借りたということだった。

当時の僕は、久美ちゃんにその程度の興味しかなかったのだ。もちろん彼女は楽しいし可愛らしい人だとは思っていたが、結婚とかその相手のことなんかを、こと細かに憶えておくほどには、特別な存在だったわけではなかった。

あの時、旦那さんのことや結婚生活のことを、もっとしっかり、身を入れて聞いておけばよかったと思う。そういうことを改めて尋ねる機会を、僕は永久に失ってしまった。僕がそんなことを聞いたからといって、何が変わるわけでもないのは判っている。それでも彼女の(最初の)結婚については、どんな些細《ささい》なことも後悔につながる。どんな迂遠《うえん》なことでも、あの時ああしておけばよかったのじゃないか、と考えてしまう。取り返しのつかないことになってしまったのだ。久美ちゃんの旦那さんは、結婚して一年と経たないうちに、亡くなってしまったのである。

短い話

久美ちゃんの旦那さん、中沢剛《つよし》さんに、僕は何度か会っている。もっとも、会話はほとんどしなかった。

「篠田じゃなくなりましたー。中沢久美子になりましたー」

そんな底の抜けたような声の主と一緒に入ってきたのは、ガタイの大きな、ひげ面の、坊主刈りの男だった。亭主というよりボディーガードみたいに見えた。

「いらっしゃい。ご結婚おめでとうございます」

僕がそういったときの、剛さんの恥ずかしそうな笑顔を、今でも憶えている。剛さんはそれに答えて、ありがとうございますとかなんとか、口の中でいっていたが、視線はすぐに久美ちゃんに向けられ、やがてレジの前に立っていた僕にすっかり背中を向けてしまって、両手を背中で組みながら、本棚を物色しているフリを始めた。

本に興味のない人なのは、すぐに判った。けれども完全に無関心というわけでもなさそうだった。ところどころで立ち止まって、しかし両手は背中に回して組んだまま、書名をじっと見つめたりする。そうして小声で久美ちゃんに何か耳打ちしたりする。

そのときには、特になんとも思わなかったが、ずっとあとになって気がついた。あれは、久美ちゃんの好きなものを、自分も少しは知っておきたいという仕草だったのだ。

本をひとつひとつ開いて、その内容に最初から最後まで付き合うことは、自分にはできないけれど、しかしこの中に自分の妻になった人を夢中にさせるものがある、その感触くらいは共有したいという気持ちが、彼の指先やまなざしとなって表にあらわれていたのだろう。

……実はここまで書いて、数日のあいだ、僕は続きを書けないでいた。思い出すと、どうにもつらくなってしまう。剛さんのことは、付き合いが淡かっただけに、かえってこんな、どうってことのない仕草のどれもが、強い印象で残っている。僕の前で彼は、いつもどこか照れ臭そうで、居心地が悪そうだった。

「文学の教室」が長引いて、僕の店まで様子を見に来たこともあったし、久美ちゃんが桃子と話しこんでいるところへ、迎えに来たこともあった。そんなとき、いつも剛さんは顔を赤くして、背中を丸めて、にやにや笑っていた。久美ちゃんにもほとんど声をかけず、僕にぺこぺこ頭を下げながら、そそくさと連れ立って出て行く。そうでなければ、彼女が帰り支度をしているあいだ、手持ちぶさたに店内を見渡したり、テーブルの上の本をちょっといじって、またサッと手を引っこめたりしていた。

喧嘩《けんか》をしたら強いんだろうな。僕は剛さんを見るたびにそう思った。僕の知る本当に強い男は例外なく、いつも申し訳なさそうにしている。彼もそうだった。自分の破壊力を知っていて、その強さに自信もあれば、恐らくかつて何か大きな喪失を経験したこともあるために、用心深く自制し、偉ぶる必要がない。久美ちゃんが惚《ほ》れた理由も判るような気がした。

僕はとうとう今まで、剛さんがどういう仕事をしていたか知らない。ただ土曜日に働いていたことは知っている。だから久美ちゃんは旦那さんに迷惑をかけずに、結婚後も「文学の教室」に参加していたのである。たまに仕事を終えた剛さんが迎えに来たりもしていたが、たいていは少し離れた場所で待っていたようで、僕の店に顔を出すことはめったになかった。

久美ちゃんの様子も一切変わらなかった。それまでと同じようにでかい声で、こんにちはー！ と叫んで入ってきて、足を出す少女っぽいファッションをして、図書館で借りたサン＝テグジュペリや幸田露伴を読んでいた。そんなもんだろうと僕は思って、やはり以前と変わりなく、昼間にやってきたら話し相手になったり、機嫌の悪いときには露骨に嫌な顔をしたりしていた。

十月か、十一月か。秋だった。

金曜日に久美ちゃんがやってきて、「明日またくるねー」といって帰っていったのに、土曜日の「文学の教室」に、彼女は顔を出さなかった。次に来たのは火曜日の閉店間際だった。店には桃子もいて、近所の「カウボーイ」というステーキハウスでハンバーグでも食べて帰ろうと思っていたところだった。

「久美ちゃんどうしたの」

桃子は久美ちゃんが入ってくる前から腰を浮かせて近寄った。デニムのロングスカートを穿《は》いた久美ちゃんは、真っ白な顔をして、きちんと歩けていなかった。

「剛が事故に遭って」

桃子が椅子に座らせると、久美ちゃんは大きな息を吐いてから、ぼんやりとそういった。

「ええっ」

僕が思わず声をあげたあと、しばらく誰も口を開かなかった。久美ちゃんは左右にゆっくりと首をかしげながら、

「大丈夫だと、思うんだけど、まだ動けなくて」

ひどく小さな声なのに、はっきりと聞こえた。

桃子がかたわらにしゃがんで、久美ちゃんの背中に手をあてた。

僕はどうしたらいいか判らず、ただぶらんと立っていた。

黙っていては泣いてしまうと思ったのか、不安を打ち消そうとしたのか、やがて久美ちゃんは警察から聞いたらしい、事故の様子を語り始めた。

剛さんは金曜日の深夜に、群馬県の高崎から車で帰宅しようとしていた。高速道路に入る少し前の交差点で、信号を無視して進入してきたトラックに、側面からぶつけられてしまったという。トラックはそれから方向転換しようとして横転し、運転手はその場で死亡したそうだ。泥酔していた可能性があるらしい。

「そんなドライバーの巻き添えをくって、ひどいじゃないか。許せないよ」

話を聞いて僕はそういった。同情よりも怒りのほうが大きかった。

桃子は黙って頷《うなず》いた。久美ちゃんは頷きもしなかった。ぼんやりと店の中央に置かれたテーブルに目を落としていた。

今、あの時の彼女の姿を思い返すと、自分の怒りが安っぽく、恥ずかしいものに思えてくる。見も知らぬトラック運転手に激怒することで、僕は剛さんの不運や苦しみ、このあとどうなるだろうという不安から、目をそむけていた。

久美ちゃんの心の中には、剛さんしかなかっただろう。怖くても、ほかにどうすることもできなかっただろう。

桃子は久美ちゃんの背中をさすりながら、

「大丈夫だよ。きっと助かるよ。大丈夫」

と、しきりに繰り返していた。根拠も何もない慰めだったが、僕の義憤などより、はるかにそれは心優しかった。桃子は剛さんが回復するかどうか以前に、久美ちゃんが不安の中で気力を失ってしまうのを案じていたのだから。

久美ちゃんは心細さを抱えながら、ひたすら病院と家を往復し、家族に連絡をしたりするばかりの眠れない時間に耐えられなくなって、僕の店に来てくれたらしかった。事故の様子を話しているうちに、多少はいつもの饒舌《じょうぜつ》もよみがえってきて、顔色も少しはよくなっていった。

「とにかく、久美ちゃんまで気落ちしたり、くたびれたりしたらいけないからね。ゆっくり休むのも看病のうちだからね」

桃子と僕の、そんなありふれた激励に久美ちゃんは微笑《ほほえ》んで、その晩は帰っていった。

二週間ほどして、次に久美ちゃんが「フィクショネス」に現れたとき、彼女はもう、剛さんの葬儀を終えていた。

店には僕一人だった。

「最後に目があいて、愛してるからね、っていえた。剛も愛してるっていってくれた」

何十分も黙って座っているうちで、それだけ彼女はいった。それから彼女は僕に背を向けて、両手で顔を覆って泣いた。僕も涙が抑えられなかった。

桃子に電話して、来てもらいたかった。彼女なら久美ちゃんに寄り添って、抱きしめてあげることもできただろう。だがその夜、桃子は外出していた。僕はもどかしかった。久美ちゃんに近寄ることすらためらわれた。

ましてや余計な質問なんかできなかった。久美ちゃんが僕と僕の店に、安心を感じてくれているのが判っていたから。それは、彼女の家庭の事情や感情の中に、踏みこんでくることはないという安心、皆にしなければいけない説明や決定を、ここで繰り返す必要はないという安心だ。彼女には、ほんの少しでも気持ちを楽にしてほしかった。喋るのでも泣くのでも、黙るのでも構わない。

帰宅してその話をすると、桃子も泣いた。

自転車が残る

その後、「文学の教室」に久美ちゃんが来なくなったのは当然だった。その年の最後の回で、僕は参加者にそのことを告げた。彼女のことをよく知らない人もいたが、みんな静まりかえった。由良龍臣もその席にはいたはずだが、彼がどんな反応を示したかは憶えていない。

ただ彼女は、年が明けてから、平日の昼間には時おり顔を出してくれるようになったので、僕は内心安堵《あんど》した。もう以前のように、うるさいくらい明朗な声で、「こんにちはー!」などとはいわなくなったし、服装もすっかり地味になって、笑顔は消えてなくなり、憔悴《しょうすい》の色は表情に貼りついてしまったように見えたけれど、それでも久美ちゃんはきちんと歩き、話していた。

ただ話すことは、殆どが報告だった。四十九日とか、剛さんのご両親の上京とか、仕事を辞めたことなどを、ぽつりぽつりと語り、僕は聞き役に徹した。

そんな話の中、彼女が不意に、

「オサムさん、自転車いらない？　二台あるんだけど」

といってきた。

いきなりいわれたから、なんで久美ちゃんが僕に自転車をくれようとしているかは判らなかったが、いわれてみると自転車があったら僕たち夫婦の生活は、かなり便利になるはずだった。

僕は運転免許証を持っていない。二十代には持っていたのだが、更新するのをやめてしまったのだ。運転が下手すぎる。というより、怖いのである。だって考えてもみてほしい。対向車がびゅんびゅんやってくる道路の真ん中を、時速五十キロだの百キロだのの速さで、座ったまま前方に進んでいくなんて、正気の沙汰ではない。「自動車」という装備に保護されているから、みんな気がつかないだけなのだ。

桃子は免許証を持ってはいるが、運転はたまに実家の車を使わせて貰うくらいで、はなはだ心もとない。むろん貧乏な我が家に自動車なんかなかった。それで特に不便を感じてもいなかった。どこへ行くにも電車とバスで充分だった。

（のちに桃子は、中古のミラ・ジーノを買った。この軽自動車が、のちに久美ちゃんのことで大活躍をするのだが、それはまだずっと先の話だ）

「自転車、あれば嬉しいけど、なんで？」

と僕はいった。形見分けのようなものだろうかと思ったが、そうではなかった。

「自転車を送ると、それだけでお金がすごくかかっちゃうの」久美ちゃんはいった。

「引っ越しするんだよ」

「どこに」

「私、剛のご両親とこで暮らそうと思ってるの」

「えっ」

久美ちゃんの家が下北沢の近くにあることは知っていた。剛さんが亡くなってからは新居を引き払い、松原の実家に戻っていることも聞いていた。

「剛の実家、関西なんだよ」

それも、なんとなく判っていた。剛さんとは殆ど話したことはなかったけれど、イントネーションに関西なまりがあったのが思い出された。

「今、剛のお姉さんが一人で実家、手伝ってるの。だからね」

「そう」

今の僕は久美ちゃんのことばかり語っているし、そもそもこれは彼女の物語だ。けれど実際には彼女は、前にも書いた通り、僕とそう特別に近しい人でもなかった。彼女と同じくらいの頻度で僕の店に来て、彼女と同じようにろくに本も買わず油を売っていた「常連」は、ほかにも何人かいた。そういう人たちの私生活に僕が干渉しなかったように、久美ちゃんの私生活にも、僕はそうそう立ち入ったことを尋ねたり、自分の考えを差し挟んだりするつもりはなかった。

剛さんの事故や、亡くなった前後のことを話しに来てくれていたのだから、彼女のほうはきっと、僕たち夫婦に親しみを感じていたのだと思う。けれどもその親しみにどう応じたらいいのか、僕には判らなかった。

久美ちゃんが下北沢からいなくなってしまうのは寂しいことだった。けれども僕が行くなといって彼女がやめるとも思えなかったし、そんなことをいう権利が僕にあるわけがなかった。

「今はアレだけど……」久美ちゃんはゆっくりとした口調でいった。「この先、もしもだんだん、剛が遠くなっちゃったりしたら、いやだからね……。私は中沢久美子だから……」

すんなりと決められたわけがない。いやというほど考え、悩んだあげくのことを、彼女は僕に報告しているだけなのだ。

「それにね、家にいるときはいいんだけど」久美ちゃんはこうもいった。「私、シモキタ、つらくなっちゃって」

生まれたときから下北沢界隈《かいわい》にいて、ついこのあいだ新居を構えたばかりの久美ちゃんにとって、シモキタは人生の殆どすべてなのかもしれなかった。そのシモキタがつらいとは、つまり人生がつらくなってしまった、と打ち明ける代わりなのだろうと、僕は胸をふさがれた。

そして下北沢とは、そういう街でもある。久美ちゃんが結婚前にしていたように、二週間を二千百円で乗り切る街なのだ。乗り切るには若さがいる。持ち金の多い少ないを、自分の値打ちと思わずにいられるだけの、可能性への確信、不安への耐久力、楽観が必要になる。そしてそういった忍耐や楽観が不必要になったとき、あるいは、忍耐も楽観も失ったとき、人は下北沢から「卒業」する。現実が可能性にとって代わり、不安が安定に敗北し、楽観が日常の中へと曖昧に溶けていけば、下北沢は「若かった頃の思い出」に変質する。

久美ちゃんの場合はまったく事情が違った。この街が「つらくなった」というのは、思い出がありすぎるということであり、同時にその思い出が、これから先は二度と戻ることも、繰り返すこともできないものになったという意味だった。

僕はどうしたらいいか判らないくらい、彼女のために哀しかった。いい思い出がないからここを出るというなら、まだしもそれは建設的な人生設計だろう。久美ちゃんはここに、いい思い出しかないのだ。それがいい思い出だからこそ、彼女は苦しんでいた。

その夜帰宅して、僕は桃子にそのことを話した。桃子は僕より何倍も久美ちゃんに対して親身だった。どうして、どんな経緯で関西に引っ越すことになったのか、剛さんの親御さんとはうまくやっていかれるのか、一切尋ねなかった僕を、しかし桃子は咎《とが》めることもなく、夕食後に久美ちゃんに連絡を取って、引っ越す前に二人で会う約束をした。

何日かのち、桃子は久美ちゃんと喫茶店で長話をし、聞いた話を教えてくれた。久美ちゃんの表情は、暗くはなかったという。

剛さんの実家は奈良県の桜井市にあって、食品卸業を営んでいる。両親と剛さんの姉が住んでいて、ほかに九州の大学で学んでいる弟がいる。中沢家と久美ちゃんは以前からウマが合い、「剛みたいな不良と結婚するのは賛成しない、養女に来てほしい」と、冗談にいわれたこともあるくらいだった。実家を捨てて上京した長男を両親は、本人の自由にすればいいと思っていたが、こんなにも突然亡くなってしまって、悲嘆のあまり母親は鬱病で通院することになり、父親もすっかり元気がなくなった。

久美ちゃんが実の両親と、仲が悪かったわけではない。ただ彼女は、剛さんの死について、ほかの誰よりも中沢家の人たちと悲しみを共有していると感じた。「うまくいえないけど、苦しい種類が一緒なの」と、久美ちゃんは桃子にいった。

下北沢には剛さんの姿が今も溢《あふ》れている。その剛さんは、もういない。中沢家は剛さんだけでなく、久美ちゃんまで遠くに失ってしまうのかと思うとやりきれないと、奈良にいる義理の両親も義姉も口々にいってくれる。久美ちゃんの気持ちが固まるのは、自然なことだった。

「久美ちゃんの心のリハビリにも、きっとそれが一番なんじゃないかと、私も思う」

ひとしきり話し終えたあと、桃子はそういって涙を拭いた。

引っ越しの日、僕は久美ちゃんにお別れがいえると思っていた。荷物を運び出すのに午前中いっぱいかかり、午後に「フィクショネス」へ顔を出すと彼女がいっていたからだ。ところがその日、定刻よりも早く出勤すると、店の前に自転車が二台並んで置いてあった。

ハンドルのところにブドウの形の付箋が貼ってあって、

「予定より早く出発します、また連絡します、中沢久美子」とだけ書いてあった。

連絡はこなかった。引っ越してから間もない頃には、向こうの生活が落ち着かなければ、こっちに連絡なんかできないだろうと、桃子も僕も語りあっていたが、日数の経つうちに久美ちゃんのことは、だんだんと我が家でも、話題にのぼらなくなった。ただ、二台の自転車だけが残された。

　年月が過ぎた。僕たちは、変わったとは思えない毎日を積み重ねて、それでも少しずつ変わっていった。

　由良龍臣は久美ちゃんがいなくなってからも、二か月か三か月に一度は「文学の教室」に顔を出していたが、仕事が忙しくなったと漏らすようになり、やがて来なくなった。

「文学の教室」ばかりでなく、「フィクショネス」の客の顔ぶれもどんどん変化していった。店の内側ばかりでなく、外の様子も変化していった。隣の店は、シルバー・アクセサリー店からサブカルチャーの中古品店、古着屋、美容室とテナントを替え続け、やがて表通りのファストフード店の倉庫になった。開店当初に常連だった大学生が、子供を連れて再訪してくれたり、見覚えのない人が「懐かしい！」といって飛びこんできたりするようになった。

　桃子は仕事が忙しくなり、中古のミラ・ジーノを買い、ノラ猫の仔《こ》を二匹拾った。

　僕は、年を取り、幸運をつかみ、幸運に灯《とも》ったわずかな火が絶えないよう、しゃにむに働き続けた。過去を振り返らず、未来もさして考えず、ただ現在だけを生きるのは、美徳かどうかは知らないが、どうしても必要だった。

　しかし純粋な現在は存在しない。それは必ず未来に向かっていて、しかも未来は常に、過去の堆積の上にある。現在僕の前にあるのは、すべて過去にさまざまな経路で僕のもとにやってきたものばかりである。ただ現在のためにそれを用いているので、過去から引きずっているものと気がつかないだけである。たとえば、毎日乗っている自転車のように。

僕は自転車に乗って帰宅するのが、当たり前の、語る値打ちもない、ただの現在だと思っていた。

するとそんな僕を、警官が引き止めて、そうじゃない、それは過去の一部なんだと教えてきたのだ。

帰宅してその話をすると、桃子はしんみりとなって、

「久美ちゃん、どうしてるかなあ」

といった。

するとその翌日、久美ちゃんが現れた。由良龍臣が連れてきた。

しかしそこまでには、長い物語があった。久美ちゃんの物語だけではなく、由良龍臣の物語も。それは、この世の誰も知らない物語だった。桃子はもちろん、久美ちゃんも知らない。由良の小さくて分厚い手帖《てちょう》を見るまでは、僕も知らなかった。

由良龍臣の手帖（抄）

――先週金曜日の午後二時頃、私の会社からさして遠くない場所であった、連続通り魔殺人のことを、まだ私は考えています。

二十代の男が殺傷能力の高いナイフを持ち、叫びながら舗道を行く人を無差別に刺して行ったのです。三人が殺され、二人が負傷、男は逮捕されました。

「仕事もなくSNSで馬鹿にされむしゃくしゃしていた。死刑になりたかった。誰でもよかった」

テレビのニュースは、どのように調べたのか、男について詳しく報じていました。学生時代から存在感がなく、日雇い労働や工場などの職を転々とし、SNSに過激な文章を書きこんだり、自殺願望をほのめかしたりしていたようです。

「身勝手な犯罪」「ネット社会の歪み」「心のケアの必要性」「犯罪は許されない」

――そんな言葉が、テレビにも新聞にもインターネットにも上がっていました。

思うこと、考えることは、この手帖に書き記すほか、語る相手もいない私は、人々と同じように殺人者を軽蔑しながら、しかし、まったく別なことを思うのです。孤独で、苛立《いらだ》ちを募らせ、閉塞しきった人生を送っている人間が、ただ一度だけ卑劣で、思い切った、取り返しのつかないことをやりたいと切に願う。それをやり遂げられれば、残りの人生はどうなっても構わない。社会から爪はじきにされ、法に裁かれ、投獄され、惨めに殺されてもいい、と思いつめたとしたら、「それをしてはいけない」という資格が、誰にあるのでしょう。

それをしてはいけない。その思い切った卑劣な行為をしてはいけない。お前は今まで通り、惨めで希望のない人生を続けなければいけない。お前の決意がどんなに固くても、その、最後の、他人を苦しめる打ち上げ花火を上げてはいけない。これまで通り、地べたを這《は》って生きなければいけない……。そんなおためごかしの説教が平気でできるのは、その人間とは何の関係もない、無責任な、赤の他人だからこそです。

もちろん私もまた、こんなことが語れるのは、この手帖の中でだけです。会社に出て同僚たちと、あるいはまた（私は一切関わらないようにしていますが）ＳＮＳや公的な場で、もしもあの事件を話題にするとしたら、私は皆と同じ「意見」を述べるでしょう。殺人はいけないよね、犯人は許せないよね、死にたければ一人で死ねばいいよね、と。

それ以外のことは、言ってはいけないことになっているのです。そういう社会に、私たちは生きています。これは常識です。

本音と建前がある、というのが常識だというのではありません。人は誰でも、自分の中にある苛立ちを、無関係な人間に暴力的にぶつけたいという衝動を抱えながら生きているが、その衝動を押し隠している、というのが常識なのです。私はそのことに、ずっと前から気が付いていました。あんな通り魔殺人などが起こる、はるか以前から。大久保君に心にもない助言をした時から。

大久保君は同じ中学から高校へと進んだ同級生でした。中学校は公立でしたから、学区内に同級生はいくらでもいたのですが、その高校に合格したのはその中で私と大久保君だけでした。毎朝同じ電車で通い、同じ教室で授業を受け、同じ方向に帰宅しました。大久保君は私と常に一緒にいて、どんなことでも打ち明け、何をするにも私に相談してから決めていました。

私はそんな大久保君がわずらわしくて仕方がありませんでした。中学の頃には特に親しかったわけでもなかったのに、ほかに知った人のいない高校に入ったとたんにまとわりついてきたのです。追い払っても石を投げてもついてくる犬のようだと思いました。しかし実際には大久保君に、お前とは一緒にいたくないなどと意思表示をしたことはありませんでした。それらしい素振りさえ見せないようにしていたくらいです。そういうことをするのは「いけない」ことだと、家や学校の大人たちから教わってきたからです。

大久保君が邪魔でしかないのに、表立ってそれを示せない。それがまた不愉快な焦燥《しょうそう》を生みました。そのうち彼に対する私のわずらわしさは、なんだか彼の実体を超えていくように思えてきたのです。そもそも大久保君はただ通学と学校で、比較的近いところにいるだけ、そしてよく話しかけてくるだけなのに、私は彼に対して殆ど殺意を覚えていたのでした。

大久保君が私と同じ美術部に入部する、と言い出した高校一年の一学期に、私の彼に対する不愉快は頂点に達しました。私が美術部を選んだのは、暇そうだったからです。美術に興味などありませんでした。大久保君はたまにノートの隅にイラストなど描いていましたが、人気漫画の模倣に過ぎず、しかもひどく下手なものでした。

いいんじゃないか。私はその時、言いました。大久保君の絵、個性的で面白いから。彼がただ私と同じ部活に入りたいだけなのを知っていて、そう言ったのです。しかしその時点ではまだ、それは「本当のことを言ってはいけない」から、というだけでした。

大久保君はその言葉を真に受けたのです。本当？　彼は言いました。本当にそう思う？　そんなことを問いかけられた私に、頷くほか何ができたでしょう。

彼は美術部に入りました。そして私よりもさらに下手くそな絵を描き続けました。部長も先輩たちも、首をかしげたり苦笑したりしていましたが、私は大久保君の絵を褒め続けました。図に乗って発奮し、いくらやってもどうしようもない絵しか描けない彼が、「自分を信じて」努力を続けるさまが、見ていて面白くなってきたのです。溜飲《りゅういん》が下がる、というのはこういうことかと、高校生の私は実感しました。

褒め殺し、という言葉がその当時あったかどうか、私は知りませんが、私のそれはやがて思わぬ成果をもたらしました。もとより部活動に熱心でなかった私は、だんだんと美術部をさぼるようになり、二年生になる頃には月に一度顔を出す程度になりましたが、大久保君はそんな私の怠惰に構うことなく、独自に美術へ没頭していったのです。おかげで私は事実上、彼と没交渉になることができました。

たまに見る彼のデッサンや油絵は、上達してはいましたが、私の口先から出ていた「個性」などはかけらもありませんでした。二年生の後半にはとうとう彼が部長になり、コンクールに応募して佳作の末席を得て喜んだりしていました。おかげで三年生になる頃には、私と大久保君は会話もさしてしないような間柄になることができました。

やがて彼が、美大を受験しようと思う、と打ち明けてきた時、私の中に湧き上がってきた痛々しい歓喜を、忘れることができません。こいつ、俺の舌先三寸で舞い上がったぜ！　それはすでに大久保君という他人、何の利害関係もない、ただ面白くない同級生というだけだった人間への、征服欲・支配欲の充足とでもいうべきものでした。それはいい、君ならきっといい画家になるよと、私は世にもいい加減なことを言って励ましました。大久保君は一年浪人して、二流の美大に入学しました。しかもその後、何年も経て、私は彼が美大で教員免許を取り、中学校の美術教師になったことを、人づてに聞きました。とうとう私の口先は、人間一人の人生を決定してしまったのです。大久保君の人生は、私の鬱憤が適当に作った、こしらえものなのです。

今では下の名前すら思い出せない、大久保君のちっぽけな人生を思うと、私は自分自身の人生が同じくらいちっぽけであることにも耐えられそうな、充足感を覚えるのです。舗道に出て見知らぬ人にナイフをふりかざす必要など、私にはありません。ただつまらない人間に向かって、にこやかに「励ましの言葉」を送りさえすれば、そいつは長い時間をかけて、自分がまったくふさわしくないところへ真っ逆さまに落ちていく。私はそのざまをゆっくりと、遠くから眺めていればいいのです。罪にも問われず責任も突きつけられない。誰にも見とがめられない。私にはそういうことができるのです。

旅行から戻ってきて、二週間以上、この手帖を開くことができませんでした。桜井駅に到着してからあとに起こったことを、振り返り、書き記すのは、私には難しいことです。この手帖をつけるためだけに買ったモンブランが、重くてなりません。

私は――ずっと以前の手帖にも書いたことですが――、あなたに向かって語るために、この手帖をつけているのです。なんでそんなことをしているのかは、自分でも知ったことではありませんが、とにかく私はあなたに、ずうっと語り続けてきました。もちろん、あなたは返事なんかしやしませんし、私もあなたが口を開くとは思っていません。

この手帖を開きにくかったのは、あの出来事が、あなたの返事だったのかもしれないと、つい思ってしまうからです。

旅先で神秘的な感動に出会うかもしれないという自分の中にあった感傷的な期待を、ぶち壊してやろうとしたとたん、あのようなことがあったというのは。

ただの些細な偶然でしかなかったと、思えないのです。それが不愉快でなりません。

年度末までに有給休暇を消化せよと上司に言われて、特に熱意もなく京都を回り、奈良に着いたのは夕刻でした。日本の仏教史の本を読んでいたので、あちこちの寺社でも見て回ろうかと思ったのです。

もともと旅が下手な私は、自分が京都を楽しんだのかどうかも、よく実感できませんでした。くだんの仏教史の本も、持って来ていませんでしたから、ホテルのロビーに置いてある観光パンフレットが頼りでした。銀閣寺を出ると、かたわらに「哲学の道」と看板の出た道がありましたから、そこをただ歩きました。法然院とか若王子《にゃくおうじ》神社とか、京都らしい、のであろう、ところに寄りながら、私は自分が、何しにここへ来たのか、判らなくなりました。いつものことです。

何しに来たのか判らない「ここ」とは、京都のことではありません。あなたはよく知っているはずです。

あれは南禅寺でのことだったでしょうか。紅葉に遅すぎ桜に早すぎる三月はじめの境内をさまよい歩きながら、ふと一遍上人が「ここ」について書いた、リズミカルな文章が浮かんできました。

六道輪廻《りんね》の間には　ともなふ人もなかりけり
独《ひと》りむまれて独死す　生死の道こそかなしけれ

……まったく今の世に名を残す仏教界の大スターは、しゃれた言い回しがうまいものです。昔も今も、このリリシズムにぐっと胸をつかまれて、しんみりしちゃう人はたくさんいるのでしょう。チャイコフスキーか何かをバックに朗読会でもしたら、客の入るイベントにもなるんじゃないですか。くだらない！　その時ジーパンのポケットにでも『一遍上人語録』が入っていたら、南禅寺のゴミ箱に叩きつけていたでしょう。

食い物の中に石でも入っていたような陰険な顔をして、くたびれた私は表通りでタクシーをつかまえ、ホテルに戻りました。

シングルルームの床に、一冊の古い翻訳小説が頁をひろげて落ちていました。それを見て、もしかしたらこの小説のせいで一遍上人の名調子に苛立ったのかもしれないと、一人で苦笑しました。

開いた頁には、こんなことが書いてありました。

――彼も亦《また》、他の多くの者と同じやうに、何処《どこ》かつまらぬ事務室で果てるのだらう。しかも、其処《そこ》でも、彼は彼の狷介《けんかい》な性格や病的な感受性のために同僚からは疎んじられ、どんなに骨折つて過去を隠して見ても、大して友達などは出来ないだろう。

なんだ、こりゃ俺のことじゃないか！　と、噴き出すこともできたはずです。しかし私はその文句を、恐らくなんの表情もないまま、しばらくじっと見つめていました。

ジョルジュ・ベルナノス『田舎司祭の日記』。

これは懐かしい本です。かつて、まだ私が二十代の頃、ある読書会で読むことになった本の一冊でした。その会の課題図書みたいなものでしたから、私が自分で選んだものではありませんでした。当時の私にはそのように、自力では出会うことのできなかった本の中に、何か私を助けてくれる力があるのではないかと、期待していたところがありました。

この地味でまどろっこしい小説の、どこに私は惹かれたのでしょう。俗な日常に避けがたく疲労困憊し、埋没していくフランスの田舎司祭と、ただ生きているだけの東京のサラリーマンでは、共通点なんかありません。

しかし今になって、一遍上人の和讃《わさん》——だったでしょうか？——を思い出してみると、やはりベルナノスの主人公と私のあいだには、共通点があるのでした。現代人、という共通点が。田舎司祭と一遍は、そう違ったことを書いているわけではありません。何処かつまらぬ事務室で果てるのだろう、とは、独むまれて独死す、ということです。「事務室」という殺風景な一語が、私の胸を引きちぎるのです。この冷たさ、風通しの悪さ、散文的な埃っぽさは、私もうんざりするほど知っているものです。私はその中で生きているのですから。

商社に勤めていた父と専業主婦の母に育てられ、大学へも通い、都内の比較的大きな建築資材の会社に就職し、両親の家よりは職場に近い場所にマンションを借り、生活にも社会にも不満のない私は、「多数派」です。平凡であり、豊かです。

どこを探しても、怒るべきものも恨むべきものも持たない私は、怒ることも恨むこともできず、餓えさえせずに日々を送らなければなりません。私という「多数派」に残されているのは、充足すること、恵まれてあること、日々の些細な不平不満を愚痴り、嘆くことだけなのです。私は非難も軽蔑もされない、満たされた人間でしかありません。

今の私は、何をしているのですか。そしてそれは、なんのためなのですか。

奈良に移動しても、京都で感じた虚《むな》しさと疎外に、変わりはありませんでした。ホテルにチェックインを済ませてエレヴェーターを待っていると、壁のポスターに、奈良東大寺二月堂のお水取り、と書いてありました。もとよりなんの予定もなかった私は、それがどんなものかも知らないまま、見物でもするかと出かけたのでした。日も暮れたとはいえ、せっかく奈良まで来たのに、ホテルにチェックインして部屋の中でテレビを見て過ごすのも馬鹿ばかしいことでした。

寒さの張りつめた、やけに高い山門の敷居をまたぎ、人の群れに従って歩きました。人々は本堂には向かわず、足元を照らすぼんやりした照明があるだけの石段を上っていきました。闇の中のところどころに、鹿が丸くしゃがんでいました。石段を上り切ると、何本もの高い柱に支えられた、大きなお堂がそびえていました。

お堂の右側には石段があって、そこは人が通れないようにロープを渡してありました。みんなお堂を見上げているようですし、私はお堂も石段も見える位置に立って、何かが始まるのを待ちました。

人が集まってきたからか、定時になったからなのか、照明が落とされ、人々が静まっていきました。

みんなお堂の前を——これが二月堂なのでしょう——取り囲んでいます。下から見えるのは、床下の高い柱と、鼠返《ねずみがえ》し、お堂の欄干、天井にぶら下げられた十いくつかの照明、それに屋根ばかりです。お堂の中は見えませんでした。床下の柱の前には柵矢来《さくやらい》が立ててあり、その真下には近寄れないようになっていました。

しばらくするとお堂内から銅鑼《どら》のような音がしてきました。それから太鼓がどんどんと打ち鳴らされました。見物客がざわつきだしたので見ると、お堂の左下に、大きな炎の玉が現れました。それまで右側の石段ばかり気にかけていましたが、お堂には左にも階段があったのです。炎の玉はその階段を上がっていくのでした。

危なっかしいことに、左側の階段には屋根があるのです。よくよく見ると炎の玉は長くしなった太い竹竿《たけざお》の先に付いていて、誰かが竹竿を持ち上げて階段を上がっているようでした。炎は今にも階段の屋根に燃え移りそう、いや多少は燃え移っているのかもしれませんでした。大量の火の粉が玉からこぼれ落ちていました。皆驚きの声をあげて、写真や動画を撮っていました。

やがて堂上にあがった炎の玉、松明《たいまつ》は、欄干の左端に突き出されました。そうしてその竹竿を持っている、恐らくは屈強な男だったのでしょうが、そいつが松明を欄干の外に出したりまた引っ込めたり、ぐるぐる回したり、そんなことをしばらく続けてから、炎の玉を左から右へ、欄干に沿って走って移動させました。そのかん炎の玉からは、ひっきりなしに火の粉がこぼれ落ちます。時に火の粉はひどく大きかったり、風に飛ばされて見物の前列に迫ったりしていました。もしかしたら最前列の人には、ちょっと火の粉が当たったかもしれません。

見物人たちの殆どは、ただ眺めていたり、携帯電話を掲げて写真を撮ったりするだけでしたが、あっちに少しこっちに少し、お堂と松明に向かって手を合わせている人もありました。

それは私には、自分らの代わりに難しい哲理を学んでくれてありがとう、という姿には見えませんでした。人々はまるで、背中を丸めて目をつぶり、手を合わせることで、上の方で偉い人たちが偉い何かをしているから偉いんだ、と、積極的に自分をおとしめているように見えました。もっと言うなら、その偉いものをこっちに持ち込まないでくれ、偉いものは自分らには荷が重いからと、読経を竜巻や雷みたいに、やりすごそうとしている姿に見えました。

人々が動き始める前に茶店へ入り、名物だという茶粥《ちゃがゆ》を注文しました。食べ物にこだわりのない私は、茶粥が出て来ても、どのように作られているのか判りませんでした。硬めのご飯をほうじ茶に浸しただけのように見えましたが、食べてみると思いのほか味わい深く、茶色い茶漬けになるまでに、細かい工夫がされているようでした。普段カレーライスやハンバーグ弁当ばかり食べている身には、質素で塩気の少ない風味が贅沢《ぜいたく》に感じます。おしんこと切り干し大根がついていました。

もとは僧侶の食べるものかもしれません。お百姓さんも食べたのかもしれません。東大寺の茶店で出しているこんな品のいいものではなく、もとはずっと粗末な、味のない、貧しいものだったのかもしれません。

こんなものを食べて、あんなものに手を合わせて、生きてきた私たち。そんな考えが浮かんでくると、私は何か小汚いことをしたい衝動が身内に湧いてくるのを感じました。賽銭《さいせん》泥棒でも立ち小便でもいい、自分も人も不愉快になるようなことを、してみたくてたまらなくなりました。四十歳近くにもなって、そんな衝動に駆られる自分が情けなく、涙がこぼれそうでした。何しにこんなところまで来たのか！　こんなにも大勢の人間がいる中では、こそこそした真似《まね》もできないのが、さいわいでもあり、不愉快でもありました。

せめてこれだけでもと、帰り道で二度ほど暗い参道に唾を吐きました。帰る人の列は絶えませんでしたから、靴紐を結ぶふりをして、地面にかがみこんで吐きました。

そしてその、翌日です。私の人生で、恐らく最も恥ずかしい、歪んだ出来事が、立て続けに起こりました。まったく、いい加減にして欲しいものだ！

目覚めてホテルで朝食をとり、小さなリュックサックをしょって法隆寺に向かった時には、そんな一日になるような予兆はまったくありませんでした。法隆寺駅からは予想以上に歩かされましたが、平日お昼前の法隆寺は人も少なく、寺というより庭園のようで、綺麗な空気を胸いっぱいに吸い込みながらの散策を、大いに楽しみました。池のほとりにある正岡子規の、柿くへば鐘が鳴るなり法隆寺、の句碑の拓本のコピーを三千円で売っていたので買いました。

もともと法隆寺に行ったからとて、自分が何か感銘や感慨を受けるとも期待していなかったし、ただ月並みな旅行者として見物しようと思っただけでした。昨夜の東大寺に対する理不尽な苛立ちを、誰に見られたわけでもないのに、恥じていたのでもありました（間違っていた、とは思っていませんけれど）。

ところが一夜明けて名刹《めいさつ》中の名刹を歩き回ってみると、実に気分爽快、孤独が心地よく感じられるのでした。五重塔の周囲をぐるぐる回りながら、裳階《もこし》を支えている、ガーゴイルみたいな獅子《しし》や龍や小鬼を飽きるまで眺めたり、釈迦《しゃか》三尊像を見て、こりゃ確かに聖徳太子に似ていると、会ったこともないのに勝手に得心したり、特に何があるわけでもない砂利道の途中でぼんやりしてみたり、そんな月並みな真似をしていると、昨日までの自分がどれほど過度な期待を、この観光旅行に託していたかが、思い知らされました。

一夜明け、何しにこんなところまで来たのか！　という昨夜の私の問いに、あっさり答えることができるようにも思いました。

私は、この尊大でシニカルなくだらない私は、オカルトを、パワースポットを求めて、奈良までやって来たのでした。仏教史の本を読んで、そんなことはひと言も書いてなかったのに、なんとなく千年前に奈良で日本人に何かがあった、なんて思っちゃって、神秘の力を求めてここまで来たのです。観光収入で成り立っている、おみやげ屋さんがいっぱいある奈良に！　私は、二月堂から落ちてくる火の粉に手を合わせる人たちと、なーんにも変わりはないのでした。間抜け！

いつになく気分爽快になった私は、法隆寺駅に戻って電車に乗って、三輪《みわ》に向かいました。山辺の道《やまのべのみち》とかいう、日本最古の道（？）があるそうです。有名な大神《おおみわ》神社もあるそうですし、名物のにゅうめんも食べようと思っていました。

桜井駅で降り、道案内の看板をたよりに、山辺の道を見つけました。

どこにでもありそうな田舎道から、ゆるやかなハイキングコースみたいな細道に入っていきます。沿道には民家もあり、道は舗装されていて、日本最古の道の感じは、あんまりしませんでしたが、そんなことはどうでもよく、薄曇りの中、たまにすれ違う人と会釈を交わしたりして、静かに散策を楽しみました。

橋の上から山が見えました。そう高くない山ですし、周囲に山並みが連なっていあ、ああ、私のようなよそ者でも、その山ひとつが目立つわけはないのに、私のようなよそ者でも、ああ、あれが、と思わず足を止めてしまう力がありました。三輪山は遠いようでもあり、間近くに迫ってくるようでもありました。鬱蒼《うっそう》と草木の繁る濃緑の裾野を誇り、どこがどうというわけでもなく、しかしほかではない、この山でなければならない、そういう魅力を湛《たた》えています。

ただ、三輪山はこの時に眺めた姿が最も美しかった。山辺の道はいつの間にか舗装がなくなり、冷えた山道になって、やがて大神神社に入りました。脇から入ったらしく、全体像が把握できないまま、とにかく目の前の社《やしろ》に参拝しました。大神神社の中には社がいくつもあると知ったのは、そのあとでした。

ある社が三輪山の入口になっていました。登れるものなら登ってみたいと思っていた私は、入口の様子を見てげんなりしました。山に入るには、まず神社にひと言ことわらないといけないのですが、若い観光客が俺も登りたい私も登りたいと、群れをなしていたのです。神社の人は怒ったような顔をしていました。

山の御神水というのが社の裏側に出ているのを分けてもらって（この水汲《みずく》み場のところも混雑していました）、その柔らかな水を飲みながら、休憩所でぼんやりしている時に、若い人たちが話しているのを耳にしました。どうやらテレビでタレントが、三輪山は日本最高のパワースポットだ、登ると運気がアップする、なんてことを盛んに触れ回っているそうです。それを聞いた連中が集まっているのでしょう。御神体である三輪山は、昔は人の立ち入ってはならない聖域だったとも聞くし、こんな流行《はや》りの観光地になった山に登って「ご利益」に与《あずか》ろうとするのはやめようと考え直して、鳥居の向こうにでんとある山を長いこと眺めてから、神社をあとにしました。

今にして思えば、このあたりから私はまた、爽快な気分を失って、陰湿な孤独に閉じ籠っていったのでしょう。

山辺の道は神社を出てからも、まだまだ延々と続きます。地図の看板を見ると、電車の駅で七つ八つ分ほども延びている道らしく、全部を踏破するわけにはいかないな、と諦めました。それでも多少くたびれるくらいになるあたりまでは行こう。道沿いに食堂でもあれば、などと思いながら歩きました。

私は、本当は三輪山に登ってみたかった。あれがどんな鬱蒼とした山で、どんな空気が流れ、山頂に何があるのか、経験してみたかった。そこで自分が、何かを思うかもしれないという期待もありました。

しかしそれは、ただ私一人がいる、なんの物音もしない場所でなければなりません。テレビタレントの宣伝に乗せられた観光客に踏み荒らされた「パワースポット」になど、近寄りたくもないのです。山辺の道を歩きながら、私は観光客どもを呪詛《じゅそ》していました。

それがいけなかったのでしょうか。

ぐねぐねと細かく上下する、両側を畑に挟まれた細い道をしばらく行くと、脇にはずれる上り坂があって、その上に鳥居が見えました。なんの神社だろう、寄り道してみよう、ただ道なりにだけ歩いてたってしょうがない。そんな程度の気持ちでした。

鳥居の向こうに、池が広がっていました。

鳥居の脇に立て看板がありましたが、裏返しに倒れていて読めません。社も見当たらないのです。ただ鳥居の下をくぐる道が池のほとりをめぐっていて、もうひとつ鳥居があり、その向こうに小屋のようなものが見えるだけでした。池の向こうは山です。誰もいません。山は、もしかしたら三輪山だったかもしれませんが、その時にはそんなことまで考えることはできませんでした。

鳥居をくぐったすぐのところで私は立ち尽くし、その光景を理解しようとしました。池があるだけだ、池と、道と、小屋があるだけ。ほかにはなんにもない。なんにもないところの入口に鳥居があり、道の中ほどにもうひとつ鳥居がある。入口のが一の鳥居で、次のが二の鳥居。そう理解はしましたが、それは何ひとつ理解できていないのと、同じことでした。

鳥居があってほかになんにもないわけがない、と我に返り、池をめぐる道を小屋まで歩きました。ときどきあたりを見渡したり、振り返ったりして、今さっき山辺の道を歩いてきたんだ、引き返せばもとの道に戻れるんだと、確かめないではいられませんでした。

池を半周して小屋に近づくと、そこには追い打ちをかけるような奇妙な光景がありました。小屋の背後に、もうひとつ大きな池があったのです。

不思議な光景ではないはずでした。池があり、細い道の中央に小屋が立っていて、その後ろにも池がある。それだけのことです。農業用水として古くから使われているのかもしれませんし、ひとつの池の貯水量を調節するために中仕切りを作って、ダムのように管理しているのかもしれません。昔の技術が今に残されているだけだと考えれば、困惑するような風景のはずがありません。それはそこにいた時から判っていました。それでも私は、その場所に何もかも吸い取られてしまったようになりました。

三月初旬の平日の、昼下がりでした。さっきまで雲のかかっていた空が晴れ渡り、温かな微風が吹いていました。小屋には、思っていた通り、誰もいませんでした。

小屋の向こうの、もうひとつの池のほとりに、祠《ほこら》がありました。

祠は小屋の対岸に小さく建っていました。それは池ぎりぎりのふちにあって、池に面していました。小屋から祠に向かう道は、あるにはあるようでしたが、雑草の生えるにまかせた、通る者を暗に拒んでいるような道でした。つまりその祠に手を合わせるには、池を挟んだ小屋の場所に立つよりほかないのです。

ああ……と私は、声をあげたかもしれません。

ようやく少しだけ理解できました。つまりこれはこの池を祀っているのです。大神神社が三輪山を御神体としているように、池そのものが御神体なのでしょう。そうか、そういうことかと、私はひとり決めの解釈ができて、少しばかり安堵しました。

だからといってそこが尋常ならざる場所であるのに変わりはありませんでした。私の安堵はただ、自分が殆どこの世ならぬところに今いるのだというのが、腑《ふ》に落ちたというだけでした。運が良くなるとか元気が出るとか、そんな都合のいい、おめでたいものではありません。私はその場所の美しさに、恐怖していました。

どれくらい私はその場に呆然《ぼうぜん》としていたでしょう。春になるかならずの空は、だんだんと翳《かげ》っていきました。

そして時間が経って我に返った時の、あの凄《すさ》まじい胸苦しさと尿意は、あれは一体、なんだったのでしょう。なんだったのですか。あなたなら知っているはずです。あなただけが知っているのです。私はまず、それまで自分が呆然としていたことに気づきました。そしてその呆然が、圧倒的に恥ずかしくなりました。どうして恥ずかしくなったのか、判りません。あたかも自分が、ついさっき失望し、諦めたばかりの「パワースポット」を発見し、その発見に自分でウットリしてしまったかのような恥ずかしさ。「パワースポット」にまんまと感動させられたような、「ほんもの」に触れてしまったかのような、底知れぬ恥ずかしさが、私を襲ったのです。これは駄目だ、これはいけないと、私は声に出して言っていたかもしれません。誰もいない池のふちを、うろうろと動き回っていたことは確かです。

動き回っていたのは、突然やってきた尿意のためでもありました。下腹部を折り曲げていなければ、取り返しのつかないことになってしまいそうな尿意が、前触れもなく突き上げてきたのです。最後にトイレを使ったのは法隆寺駅でしたから、そんなに長時間我慢をしていたわけでもないはずでした。私はうろたえました。

やっちまえ、ここですっかり出しちまえという声が——悪魔のささやきなどではなく、まぎれもなく私自身の声が——聞こえてきました。今まで感じていたこの場所への感動だか陶酔だかをぶちこわすのに、立ち小便はもってこいじゃないか。誰もいない。誰かくる気配もない。すっきりするぞ。このまま素直に便所を探したりしたんじゃ、お前はあの、テレビタレントの言いなりになって「パワースポットめぐり」をしている連中と、同じ人種ってことになるぞ！

私は何度も何度も、池をめぐる道を見渡しました。池のふちに沿った道は見晴らしがよく、誰もいないのはひと目で判りましたが、用心に用心を重ねて、ひと気がないのを私はしっかりと確かめたのです。そして絶対に人影などないことを自分に納得させると、小屋の前まで行き、急いでデニムパンツの前を開きました。どうせやるなら祠の真ん前でやってやろうと思ったのです。私は瀆神《とくしん》に興奮していました。

ところが、いざ前を出して小便を出すばかりになって仁王立ちしてみると、今の今まであんなに堪《こら》えきれなかった尿意が、すっかり引いてしまったのです。私は自分の身体《からだ》に驚き呆《あき》れました。

すると次の瞬間、目の前の池が水音をたてたのです。私はまず音のする方に目をやりました。

祠の池には、大きな黒い鵜《う》が一羽、浮かんでいました。

鵜は、明らかに私を凝視していました。私もそいつから目を逸《そ》らすことができませんでした。鵜を見つめたまま、慌てて開いたばかりのズボンを直しました。みっともない格好を、たっぷり十秒はしていたように思います。

私は自分の頭がおかしくなったと半ば本気で思いました。鵜が私に向かって、ある表情で私に頷きかけたのです。えッと驚くいとまもなく、鵜は首を前へ伸ばし羽を広げ、立ち上がって水面を数歩ばかり駆けたかと思うと、静寂をたくましい翼で破って飛び立ちました。鵜という鳥をじかに見るのは初めてでした。こんなにも大らかな鳥だったのか。私は畏怖《いふ》を感じてその飛ぶ方を目で追いました。鵜は水上すれすれを滑らかに上昇し、池のほとりの雑木にぶつかる寸前で弧を描き、小屋の上を通り過ぎました。もうひとつの池の上を渡って、一の鳥居の上に止まりました。一の鳥居を中に入ったすぐのところで、女の人がやはり鵜を見上げていました。その人はすぐに視線を、私に向けました。

近所に住んでいる人だろうかと、まず思いました。くたびれた濃い桃色の、前にチャックのついたセーターに、カーキグリーンのズボン、それに白いズックを履いていました。大きな布のバッグを下げ、肩を覆うくらいの髪の毛はぼさぼさしていて、化粧気のないのが遠目にも判りました。こんなところによそ者の男が一人で立っていたら、そりゃあじろじろ見るだろう、田舎の人は遠慮がないもんだ。そんな風に思いながら、私もまたその女性から目を離さないでいるのでした。どうして無視できないのか、最初は頭が目に追いつかず、それから数秒して気がつきました。

私はその女性を知っていたのです。

その人は前かがみになり、眉のところに手をかざして、露骨に私の姿を確認し始めました。「由良さん?」池をまたぎ越して充分に聞こえる大声でした。

知っている人だとは気づいたけれど、どこの誰とは思い出せなかった私は、返事をするのも危険な気がして、ただ女性を見たままぼんやり立ち尽くしていました。

女性はすうっと背を伸ばして笑顔になり、私の方へ走ってきました。私も、近くで見れば誰か判るかもしれないという気もあり、小屋から池と池に挟まれた小道を歩いて近寄りました。足を動かすと、何か重たい違和感がありましたが、私は自分が取り返しのつかない有様になっていることに、まだ気がついていませんでした。

女性は私に向かってぺこぺこ頭を下げながら、笑って走っていました。その笑顔が、見たことはあるにしても、しかし自分の知っているのはこんな女性ではなかったのではないかと、頭の中で整理がつかないまま、ちょうど二の鳥居のあたりで私たちは向き合いました。

「由良さん！　どうしてこんなところにいるの？」

もう中年といっていいらしい年頃の、その女性の明るい笑顔を見て、私は蒼《あお》ざめ、思わず口に手を当てました。

「忘れちゃったんでしょ」

私の仕草が、人の名前を思い出そうとしているように見えたのでしょう。

「老けたでしょう？　中沢です。中沢久美子です」

それは私が十数年も前に通っていた、読書会の常連でした。

「どうしたんですか？」

そういいながら中沢さんは、私の顔を覗き込んで笑い、それから目を下に向けて、表情を一変させました。

「大変！」

中沢さんは中腰になり、バッグの中をかきまわし始めました。

それでようやく気がついたのです。自分のズボンがぐっしょりと湿っているのを。尿意もなく、温かさや冷たささえ感じないまま、私は思い切り小便を漏らしていたのでした。

そのことを自覚したとたんに襲ってきた、ズボンの冷たさや重たさ、足に張りつく濡《ぬ》れたデニムの痒《かゆ》みがなければ、私は中沢さんを突き飛ばしてその場から走りだしていたでしょう。そしてそのまま奈良からも日本からも消えてなくなっていたでしょう。恥ずかしさに気が遠くなりかけているのを、中沢さんの声が現世に引き留めました。

「どうしたの？　調子悪い？」

そう言って中沢さんは、バッグから取り出した自分のハンカチで、私のズボンを拭こうとするのです。私は急いで彼女の手首をつかんで止めました。

「大丈夫です。大丈夫ですから」

「だけど、風邪ひいちゃうよ」

「いいんです。なんでもないんです」

「良くないよ！」中沢さんは叱《しか》るように言いました。「身体に毒だよ。今日、寒いし！」

「なんでもないんです。いいんです」

恥ずかしさと、ほかの不可思議な感情――なんでこの人がここにいるんだ？――がまぜこぜになって、すっかり混乱した私は、文字通り言葉を失ってしまいました。

すると中沢さんが、

「ウチにおいでよ！」と言うのです。「ちょっと待っててくれたら、すぐ洗濯できるから。二時間くらいだから」

「いいです。本当に結構です」私はあえて突き放すように答えたのに、

「このすぐ近くなんだよ！」中沢さんはそう言って、私の腕を握りました。

「困ります！」私は苛立っていました。「ホテルに帰れば済む話ですから！」

「ホテルってどこ」

「奈良駅のそばです」

「そんなんで電車なんか乗れないよ。タクシーも無理」中沢さんは独り決めにそう断言しました。「ウチなんか、こっから歩いて十分だから。それだけ我慢すればいいんだから！」

と、私は嘘までついたのですが、中沢さんには効果がありませんでした。

「急ぐんだったら、ぐずぐずしてちゃダメじゃない。早く洗濯しないと」

さあ、さあ、さあと、中沢さんは私の腕を握った手を放さず、どんどん歩いていきます。私は戦意喪失して、ふてくされた気分でついて歩きました。しずくがズボンの内側から靴下まで染み落ちてきて、臭気も自覚する以上に立ち上っているようでした。恥ずかしくて死にそうでしたが、あの時に死んでも、恥辱だけは生き残ったことでしょう。

山辺の道から脇へ下る舗装道路に出て歩きながら、中沢さんは私のオモラシなどないことのように、明るく私に話しかけてきました。

「そいでそいで、さっきの続き」中沢さんは私の肩をぽんぽんと叩きました。「なんでこんなところに、由良さんがいるの？」

「観光です」私はぶっきらぼうに答えました。「中沢さんは？」

「私は、おつかいが終わって、夕方までお店、暇だから、たまにこの辺ぶらぶらして、時間潰してるの」

「お店ですか」

「お団子屋さんなの」

そして私に話しかけるでもかけないでもない口調で、中沢さんは道中終始にこやかに「偶然。すっごい偶然」と、何度も呟《つぶや》いていました。

住居や小さな畑に挟まれた小道から踏切を渡ると、そこは古そうな商店街のはずれでした。今にして考えると、中沢さんは私のことを思いやって、できるだけ人通りの少ない道を選んでいたのです。人の行き来が見えてきた頃には、私は濡れたズボンで歩くことにも慣れていました。ここらあたりの人間と顔を合わせることは、今後二度とないのだからという気にもなっていました。夕焼けからたそがれ時になって、人目につかなくもなっていました。

そこまで歩いてくる間に、私はいろんなことを思い出していました。しかしそれを口には出しませんでした。中沢さんも私が思い出したこと――彼女の運命――には一切触れず、毒にも薬にもならない種類の思い出話ばかりを喋っていました。読書会のあった書店の店主のこととか、たまに上京すると下北沢や渋谷がそのたびに様変りしているという話とか、そんなことばかりです。そういう無難な話を無理に選んでいるようにさえ見えました。私のその後のこともしきりに聞きたがっていました。

そんな中沢さんの横顔をちらちら見ながら、かつてのことを口に出さない理由が、私と彼女とでは違うのだということまで、私は観察していました。

中沢さんが自分について語ろうとしないのは、それが辛《つら》すぎるからです。彼女は今よりももっと明朗な、あっけらかんとした人でした。それが結婚し、一年経つか経たないかのうちに、中沢さんは結婚相手と死別してしまったのです。結婚して篠田から中沢になったばかりの彼女は、まだ読書会に来ていましたが、未亡人となってからは姿を見せず、死に別れたてんまつは書店の店主から聞きました。

そののち、彼女がどういうわけか中沢姓のまま、結婚相手の故郷である奈良のお団子屋さんに住まっているのは、家に連れて行かれる前に聞かずとも察せられました。そんな生活を十年以上も続けているというわけです。

商店と商店のあいだにある、細い道に入ると、中沢さんは建物の勝手口を開きました。

「ちょっと、待ってて」

どうやら三階建てのビルでした。表を通りかかったとき、和菓子と書かれた幟《のぼり》も立てかけてあったようです。

中沢さんはすぐに戻ってきました。

「どうぞ」

和菓子屋さんだから、大きな調理場でもあるのかと思いましたが、そこは家庭的な台所でした。けれども一歩中に入ったとたん、糯米《もちごめ》や小豆の湯気の匂いが充満していました。

　中沢さんは白衣を着た、小柄な年配の女性に、小声で私のことを説明しているようでした。女性はやや目を丸くして、

「はあ、それはそれは」と、曖昧なことを呟き、私に曖昧に会釈しました。

「申し訳ありません」私は罪人のような気持ちで頭を下げなければなりませんでした。

「いいえ。災難でしたなあ」女性の言葉には関西の柔らかさがありました。「でもまあ、久美子がええ具合におって」

「そうなの」中沢さんはにっこりとそう言いました。「久しぶりだから、いろいろ話あるんだけどね。今は、とにかく」

「せやな」

　年配の女性はそう言って、奥の階段を上っていきました。

　靴と一緒に靴下も脱ぎ、渡された雑巾で足をぬぐって、殆ど爪先立ちで案内されるまま、廊下の突き当たりにある浴室に向かいました。

「洗濯する前に、できればそのジーパンやなんか、シャワーでちょっと流してくれる？　今、なんか穿くもの持ってくるからね」

　俎板《まないた》の鯉《こい》でした。言われた通りに臭くなった下半身の衣類をタイルの床に置いて、

シャワーをかけて足で踏みました。

「着替え、置いときますー」ドアの向こうから中沢さんの声がしました。

私は返事もできず、足元でぐちゃぐちゃになった自分のズボンやパンツを見下ろしていました。

浴室を出ると、洗濯機の蓋の上に黒いジャージの上下と、大きなトランクスとTシャツが、畳んで置いてありました。どれも私にはサイズが大きすぎました。ジャージを広げてみると、背中に「NARA ROBIN HOODS」、表の胸のところに「堅忍不抜」と、刺繍《ししゅう》で大書してありました。むろんのこと、私に着るもののセンスを批評する権利などありませんでした。

着替え終わって引き戸を開くと、その音を聞いたらしい中沢さんがやってきました。

「あれ。もう出たの？」

「ゆっくり入ってればよかったのに」

「とんでもない」

そう言いながら私は、浴室に残した衣類を雑に絞って、洗濯機の中に入れました。

「あとはやっとくから、大丈夫」そう言って中沢さんは、私のジャージ姿を見ました。「ごめんねえ、そんなのしかなくて。義弟《おとうと》が昔使ってたやつなの」

「申し訳ありません」

「ぜーんぜん」中沢さんはあっさりと言いました。「ちょっと二階で待っててくれる？」

中沢さんは私を押し上げるように背中を押して階段を上らせ、二階の広い洋間に連れて行きました。しかも彼女は私を大きなテーブルの前にある椅子に座らせると、

「ちょっとだけ待ってて。もうすぐお店閉めるから」

と言って、また早足で階段を下りて行ってしまったのです。

私はビニールのテーブルクロスが敷かれたテーブルの前に所在なく座っているほかありませんでした。応接間らしく、向かいの壁には額に入った赤富士の絵が飾ってあり、低い食器棚の上に、ぬいぐるみやら絵馬やらスノードームやらが並べてあって、ほかにはこれといった特徴もない部屋です。窓の向こうの風景も、単なる桜井市の住宅街でした。

少しすると階段の音がして、大柄な老人がお盆を持って上がってきました。

「いらっしゃい」

柔らかな抑揚でした。

「どうも間の悪いことに、店じまいでばたばたしとります。中沢剛の父親で、仁《ひとし》と申します」

その老人はそんな挨拶をしました。ということは、私が中沢さんの事情をある程度知っていると、すでに彼女から聞かされていたのでしょう。

「気のきかんこって申し訳ありません。久美子も、うちの女房も、もうすぐ参りますので」

「いえ、あの」私は立ち上がって、頭を下げました。「久美子さんに、大変なご迷惑を……」

「久美子の東京のお友だちだそうで。ようこそおいでくださいました。――これはうちの、つまらん団子ですけど、お口に合いますかどうか」

お盆には、赤と白と黄色の餡子《あんこ》で作った、花の形の生菓子と、どこにでもありそうなみたらし団子と、お茶が載っていました。

「椿《つばき》です」

花の菓子を見ている私に、仁という老人が言いました。

「うちはこんな、駄菓子屋みたいな店ですが、このあたりの菓子屋は、今どきはどこも椿の菓子を作ります。東大寺の開山堂に、糊《のり》こぼし、ゆう椿が咲きますのでね。その椿の形の菓子を作るのが、まあ慣わしで。お水取りにはもう、行かはりましたか」

「行きました」

「綺麗な椿がぎょうさん咲いとったでしょう」

「はあ」

椿が咲いていたかどうかなんか気にも留めなかったし、咲いていたとしてもあの暗闇に人ごみでは、のんきに椿観賞などできやしなかったに決まっていますが、そんなことをこのおじいさんに正直に告白する必要はありません。

「東京のお友だちだそうですなあ」仁さんは同じことを言って、私の向かい側に座りました。「久美子には、実に珍しいことで……。東京は、どちらで……？　はあ、そうですか。久美子とは、以前からのお知り合いですか……？　ああ、下北沢。私らも下北沢には、行ったことあります。本屋さんの話も、久美子からよう聞かされてまして。読書会をなさっているそうですなあ……。それで、今日はご旅行ですか？　ご出張か何かで？」

仁さんは私のことを、やけに詳しく聞きたがるのです。まあ家族の女性が見知らぬ男性を連れてきたのだし、お互いに面識のない同士だから無理もないと、初めのうちはなんということもなく受け答えをしていたのですが、こちらの職業や社内での地位まで訊き出そうとするのは、別に不都合もないけれど、インタビューでも受けているような気持ちになりました。

東京での仕事や、山辺の道の途中で中沢さんに偶然、十数年ぶりに再会したことなどを答えていると、中沢さんが戻ってきました。「今、乾燥機に入れてきた」中沢さんは言いました。「三十分くらいかな。ジーパンはもうちょっとかかるかも」

　そこへどたどたと階段の音がして、大柄な若い男性が入ってきました。

「鍵は？」というその男性に、仁さんはズボンから何かの鍵を出して渡しました。

「いらっしゃい」鍵を受け取った男性は私を見て、「あ、それ」と、ジャージを指さして微笑しました。

「すみません。お借りしています」

「ええ、ええ」男性は笑顔で答えました。「そんなダサいもので、こっちこそ申し訳ない。また後ほど」

　そう言って男性は、またどたどたと階段を駆けおりていきました。中沢さんも、すぐ戻るからね、と男性のあとに続きました。

「今の男は武《たけし》というて、うちの次男です。剛の弟です」

　仁さんが少し声を落としてそんなことを言うので、私はつい、

「剛さん？」と聞き返してしまい、それから思い出しました。

「ご存じありませんか？」

「あ、いいえ、知ってます。思い出しました。中沢さんのご主人ですよね。お会いしたことはありませんでしたけれど」

「そうですか……」

仁老人の声には、かすかに落胆の色がありました。どうやら彼は私のことを、中沢さんの家庭の事情にまで通じている、ごく親しい人間と思い込んでいたようでした。

私は、そうじゃない、言った通り彼女とは十数年ぶりに会っただけだし、それ以前にも「友だち」と言えるような間柄ではまったくなかったのだと、仁さんに説明しようかと思いました。しかしそれをぐっと呑んで、ただ曖昧に頷くだけにしておきました。その様子から、どうやらこの老人は、こっちが聞き役に回りさえすれば、いらぬことまであれこれ喋りそうな、お人好《ひとよ》しのようだったからです。私には、この一件に関する情報が必要でした。

「剛に死なれたのは、本当に辛うてね」

案の定、仁さんは会って十分ほどの私に向かって、べらべらと語り始めました。

「あの頃、武は九州の大学に行っとったし、剛の姉は結婚間近で、おまけに仕事もうまいことといかん時期やったんです。食品の卸をやっておりましたが、資金繰りがどうにもこうにも……。そんなところへ、せっかく嫁を貰うたばかりの長男が、東京で、あんなことになってしもうて……。姉の結婚は延期になるし、母親は病気になるしで、私もすっかりわやになって、仕事も畳んでしまいました。

そこへ久美子が、おとうさん、言うてくれましてな。私、奈良でみんなと一緒に暮らしたい、剛が死んでも、私は中沢家の嫁だから、って……。私らがあんまり落ち込んでるんで、見るに見かねたのかもしれません。いや、知らんうちに私らが、久美子と別れ別れになりとうない、これでまた久美子とまで、赤の他人になってしもうたら、辛うてどうなってしまうか判らへんと、あの子にそれとなく訴えていたかもしれません。泣き落としや。

実際、久美子がこっちへ来てからというもの、剛がおらんちゅう苦しい気持ちが、薄紙を剝がすように、だんだん遠のいていきましてな。私もふさぎ込むのをやめて、新しくこの商売を始めることができました。これも久美子のアイディアでね。女房……剛の母親が、昔からこんなもの、よう器用に作ってましたんで。お義母《かあ》さん、これきっと商売になるよ、なんて言って……。あのひと言がなかったら、女房は今でもよう動かんままだったか判りません。

一周忌の後にはみゆき……剛の姉も結婚して、武は大学を出たら帰ってきて、就職が思うようにならへんかったのもありますけど、この店を手伝うてくれるようになりまして、この頃はずいぶん、物事がうまいこと運ぶようになってきたんです。それもこれも、久美子の明るさのおかげで……」

話のこのあたりから、中沢さんが静かに戻ってきて、仁老人の背後に丸椅子を出して腰かけました。私をちらちら見はしますが、話には入ってきません。義理の父親を見守りながら、話すがままにさせているといった様子に見えました。

他人の不幸話に微塵《みじん》も関心のない私は、ただハイハイ、そうなんですかと話を聞き流していました。

仁老人の話は次第に湿り気を増していき、しかも支流に枝分かれしていきました。

武は法学部を出たのにこんなところで働いている。いかに就職難とはいえ会社員になることだって不可能ではないはずなのに、狭い厨房《ちゅうぼう》で餡子の見張りをしているのはひとえに母親孝行のためなのだ。みゆきは京都の嫁ぎ先で苦労もあるだろうに、そんな素振りは毛ほども見せずに明るく振る舞っている。しかし明るさ朗らかさではやはり久美子にはかなわない。女房が病気で臥《ふ》せっている時から何くれとなく世話を焼いてくれて、文句ひとつこぼしたことはなく、ただ健康を回復させてくれただけでも大したものなのに、女房に食品衛生なんとかの資格まで取らせ、この家を店舗兼住宅に建て替えさせ、銀行や保健所を回って、必要な交渉事を助けてくれたり、書類を読んでくれた。実の子にも勝る尽くしようだった。久美子にはこの十数年、一家そろって甘えっぱなしだった。

「ところが私ら、久美子に、その尽力に見合ったものは、なあんにも返すことができませんのや」

この年寄りの話はいつまで続くんだ、と私は思いながら、はあと返事をしました。

「友だち一人おるわけでなし、こっちに来てからは女房の看病やら家の手伝い、私らあの子を、家政婦同然に使うてしまいました。それでも久美子は、辛いのしんどいの、いっぺんも言うたことあらしまへん。それどころか私らを元気づけるために、いっつもニコニコ、明るく振る舞ってくれましてなあ。誰より悲しいのはあの子に決まってますのに、お義父《とう》さん元気だしましょうね、お義母さん前向いて生きていきましょうねて、手ぇ握って言うてくれますのや。あの頃のことを思うと、私も女房も、ありがたくて、申し訳なくて……」

とうとう老人は、べそまでかき始めました。中沢さんは私にちらちら目をやりながらも、老人の話を止めるでもなく、一緒になって聞いていました。

「……せやけど、いくらなんでも十何年は頼り過ぎですわ。あなたも……」

「由良さん」中沢さんが小さい声で口を挟みました。

「由良さんか。由良さんもおかしいとお思いになっとるんやないですか。見ず知らずの私みたいな年寄りが、いきなりこんなお話を長々としとるなんて、ねえ。せやけど、実は久美子が東京のお友だちをここへ連れて来たのは、これが初めてのことなんです。東京からのお客さんいうたら、この子のご両親くらいなもので、この子はほんまに孤独な生活を、私らに無理強いされとるんです」

「そーんなこと」

　中沢さんがその場の雰囲気を打ち砕くような、からっとした大声でそう言いかけるのを、仁老人は軽く振り向いて手で制して、

「いやいや、それはそうやないか。これは、久美子がおらんうちに言うてしまおう思てたんやけど、おっても構わん。由良さん、いきなりこんなこと申し上げて、ご迷惑かしれませんが、なんかこの子が東京へ戻れるような、うまい工夫はおまへんやろか。私も女房も、武もみゆきも、この頃はずうっとそんなことばっかり考えてます。この子もそれを知ってます。もうこの子に、部屋でこっそり、ぽろぽろ泣かれとうないんです」

「バカバカしい！　あーバカバカしい！」中沢さんは怒ったようにそう言いました。

「これですわ」仁さんは苦笑しました。「いっつもこんな調子で、私らが何をどんだけ言うても、聞く耳なんか持たしまへん。奈良がいい。みんながいるから、自分はもう奈良の人間だ。それればっかりで。そらそうですわ。私らが言うたかて、この子は帰るなんて言うわけがない。この子は今でも、私らのことを心配して」

「心配なんかしてないよ！」中沢さんは叫びました。「心配は本当にしてない！」

「せやな。してないんやな。せやけど私らのことを家族や思うて、一番大事に思とるのは確かやろ。せやから東京には帰らへんのやと、久美子は自分で思とるか知ら

んが、お前はこの十何年で、東京どころか、実家にも二度か三度しか帰っとらんやないか。それはな、私らのことを大事に思てくれるのと同じくらいの気持ちで、東京に帰ると里心がついてしまうからや。わしもかあさんも、篠田さんのお父さんもお母さんも、みんなそんなこと、判っとんのや」

「せっかくお客さんがいらしてるのに、そんな話……」中沢さんは泣きそうな顔の頬を膨らませていました。

「他人様《ひとさま》の前でしか、できん話や、これは」老人は静かにそう言って、私に向き直りました。

「由良さんには、本当に申し訳ないと思うとります。家庭の事情を聞かされて、さぞご迷惑と思います。ただ私は、大袈裟《おおげさ》に言うたら、わらにもすがる思いですのや。身内にはできん大事な話があるちゅうのに、この子の周りには身内しかおれへん。由良さんみたいな、ちょっと距離はあっても、事情はなんとなく知っとる人、義理もしがらみもなくて、ぼんやり気兼ねせんと喋れる友だちが、この子には必要なんです。いつまでもここにおったら、この子の人生、私らがよってたかって食い潰したんと同じになってしまいます」

老人の強い言葉に、部屋の中は静まり返ってしまいました。

「お義父さん、もういい？」

困りながら、怒りながら、とがめている。そんな口調で中沢さんが言いました。老人もさすがに喋り疲れたのか、テーブルの上に目を落としたまま口を開きませんでした。

「いいんなら……ハイ！　由良さん、ごめん！　今の話はすっかり忘れてください。おし、まい！」

そう言って立ち上がった中沢さんに振り返って、老人がさらに何か言おうとした時、階段を上ってくる足音がしました。

「お着物は、そろそろ乾きますが……」

台所で見かけた、小柄な老婦人でした。

「お着替えなさる前に、お風呂はいかがですか……？」

「いやいや」なにを言っているんだ、という表情にならないよう、気をつけながら私は答えました。「ついさっき、シャワーを頂いたばかりですし」

「あれは、ほんの五分ほどでしたやろ」おばあさんは真面目な顔でした。「ゆっくりもなされんかったでしょう。おかしいとは私らも思いますけど、お着替えの前にもう一度、お疲れを取られたらと思いましてね……。もうお湯は張ってありますので……」

「これからご飯の用意するから、待って貰わないといけないし」と中沢さんが言います。

「お食事までは頂けませんよ」

本当に、どうしたんだろうこの家は。私は少し気味が悪くさえありました。仁老人の話といい、シャワーの後の風呂といい、偶然の来客に夕食を出すとまでいうのです。

「ご飯だけは食べてってー」中沢さんは手を合わせるような格好をしました。「お願いー」

「東京から久美子のお友だちがここへ来ることは、めったにないんです」仁さんはさっきと同じことを繰り返しました。「初めてですわ。ですから私らもまあ、どないしたらええか、おもてなしにオタオタしてしもうて」

私もオタオタしていました。俎板の鯉だと、さっき感じたのを思い出しました。

私は立ち上がって、もう一度浴室に向かいました。

「ゆっくりしてね」中沢さんが言いました。「洋服とかご飯とか、用意がいろいろあるから」

浴室のドアを閉める頃には、私にもまた「ゆっくりする」必要があるのだと気がついていました。一人になって、物事のせわしない進み行きを理解し、対処を考えなければならなかったのです。

湯につかりながら、状況と情報と、考えをまとめようとしました。

といっても、さっきの老人の話の内容は、考えるまでもなく明らかでした。要するに、中沢さんの夫である中沢家の息子が死んでから、中沢さんはこの家の一員になるために奈良で暮らすようになったが、家庭内のことにかまけて、もしくは中沢家が彼女に依存しすぎて、プライベートな時間も空間も与えられぬまま十数年が経過してしまった、それを中沢家の老人は今になって申し訳なく思っているのです。そしてどうやら老人の観察では、中沢さんも内心では東京に戻りたいと思っていて（奈良の水が合わない可能性もある）、しかしそれだけによけい、帰京するのは中沢家を見捨てる勝手な振る舞いのように感じているのでしょう。

それはこの短時間における中沢さんの様子を見た、私の印象とも合致していました。彼女は老人の話を頭ごなしに否定しようと躍起になっている。それは取りも直さず彼女が、奈良と東京に引き裂かれている自分の葛藤を見透かされたくないという、一種のヒステリックな反応に見えました。

そんなごく内々の問題を、私のような見ず知らずの人間に向かってぶちまけたのはどうしてだろうと、私は考えていたのでした。老人が言った通り、それは「身内にはできん大事な話」なのでしょう。しかし老人自身も含め「この子の周りには身内しかおれへん」ために、ずっとできない話だった。……いや、話は何度かしていたにしても、身内同士では埒《らち》があかなかったのでしょう。そんな状態が何年も続いていたところへ、「他人様」の私が現れたので、老人の腹に溜《た》まっていたものが、瞬時に堰《せき》を切ったのではないかと、私は推測しました。

私が考えなければならなかったのは、第一に老人の言ったことが、果たして本当におばあさんや武さんを含めた、家族の総意なのかどうかです。それを見極めたうえでなければ、次に進むことはできません。

多少湿ってはいるものの、すっかり洗濯され柔軟剤の甘い匂いのついた自分の服に着替えて二階に戻ると、食卓の上にはちらし寿司や惣菜《そうざい》やビールが並んでいました。

仁さんや武さん、中沢さんにおばあさん――仁さんの妻の松子《まつこ》さんだと、この食事の席で知りました――、家族に歓待され、私は殊勝に何度も礼を言いました。素直に食事を頂き、勧められるままにビールを飲みながら、私はタイミングを計っていました。中沢さんの帰京が老人の独り決めな思いやりではなく、中沢家の総意であるのを確かめるためには、中沢さんがシャットアウトしてしまった老人の「哀訴」を、どこかで蒸し返す必要があります。

どこかで私が東京の一語を切り出す必要がありました。あたかもつい口をついて出てしまったかのような、さりげないやり方で。タイミングを計るのは、地味な時間ながらもなかなか刺激的だと思いながら、私は寡黙な客を演じていました。

ところが私がいつ放とうかと身構えていた一語は、ごくあっさりと松子さんの口から飛び出してしまったのです。

「これ」松子さんは自分の茶碗《ちゃわん》に取り分けたちらし寿司を、お箸で指しながら言いました。「東京ではちらし寿司といいますやろ。こっちでは、ばら寿司、いいますのや」

「東京でもばら寿司っていうこと、あるよねえ」と中沢さんがこちらへ身を乗り出しましたので、私は、

「聞いたことありますね」と答えました。

「そうですか」松子さんはもぐもぐと、「同じもんですやろか」

私はたまたま、それについてどこかで読んだことがありましたが、黙っていました。

「こっちでもちらしっていうこと、あるんじゃないの？」中沢さんはけろりと言い

ました。「あたし聞いたことあるよ」

それがいけなかったのですよ、中沢さん。

「このあたりで、ちらし寿司とは聞いたことない」仁老人が静かに言ったのです。

「そらあ、久美子が今でも、ちらし寿司と思うとるからやろ」

みんなが黙りこくったのは、一瞬のことでした。

「ああ、やっぱりこれは、ちらしじゃなくてばら寿司ですね」

皆が一斉に私を見ました。

私はとぼけたまま、静かに話を続けました。

「たしか、ばら寿司というのは寿司飯をばらばらにしているからばら寿司、ちらし寿司は寿司ネタを散らしているからちらし寿司というんでした。だから東京のちらし寿司は、こんな風に具をご飯に混ぜないんですよ。寿司飯の上に具を散らしてあるだけなんです、東京では」

タイミングも、効果も、抜群でした。「そういえば久美子ちゃん、ばら寿司作るとき、あんまり混ぜんもんなあ」と、松子さんが言いました。

それはまったく、どうということもない口調でした。それなのに中沢さんは、それを聞いて瞬時に顔が耳まで赤くなり、

「そんなことないでしょ！」と怒鳴ったのです。「これだってちゃんと、お義母さ

んに教わった通りにおしゃもじ使ったじゃない！」

「そない大きい声」松子さんは顔をしかめました。「ムキにならんでも」

「ムキになってない！」悲鳴のような声が出て、中沢さんは自分で驚いたらしく、私をちらっと見ました。

「ほんならなんでそんな大声出すの」松子さんも私をちらっと見ましたが、愛嬌のあるまなざしでした。

　中沢さんはこわばった笑顔を浮かべて、ちょっと言葉を呑み込んだように見えましたが、すぐに紅潮したまま、

「だって……」と呟きました。「もう……いつまで経っても、東京人扱いされるからあ……」

「そりゃあ、しゃあない」仁老人が言いました。「久美子は東京人や」

　中沢さんはそれを聞いて、まず口をぱっと開けて、頬をぷくっと膨らませて、それからみるみるうちに瞳をうるませました。

「久美子はうちの娘や」仁さんは言いました。「そないなこと、改めて言うこともない。当たり前の話や。みーんな判ってる。嫁や。東京の人や。そんなんどうでもええ。お前はわしとかあさんの娘や。武の姉さんや。今までも、これからも、それは変わらへん。それはな、お前が篠田さんの娘やっちゅうことと、同じことなんや。

せやろ？　久美子には家族がふたつあるんや。本当なら、そら、ええこっちゃないか。楽しいことやないか。東京もふる里、奈良もふる里、お前のふる里は人の倍あるんや。もっともっと、生き生きと暮らせるはずやないか。お前には、豊かな人生があるはずなんや。

それが、見てみぃ。東京どころか、奈良の外へもよう行かん。わしらがお前を、ええように使うてしまうからや。剛のことがあって、へこたれとるのをいいことに、わしらが久美子に、十何年もおんぶに抱っこで甘え続けていたからや。

こんなことは、いつまでも続けていたらあかん。もうお前に甘えとったらあかん。お前に申し訳ないからやないよ。わしらにとってよくないんや」

食卓は静まり返りました。

「たかがちらし寿司で、そんな……」と中沢さんが言いかけると、

「たかがちらし寿司で、お前は、大爆発したやないか」仁老人が優しい声で言いました。「きっと、なんでもよかったんや、きっかけは」

「久美子は、自分で思うてる以上に、東京が恋しいんやで」

松子さんが、静かに口を開きました。

「あんた、無理してんねんで」

「してないってば」

「あんたを責めてるわけやないんや。それは判ってな。お父さんの言う通り、私ら、あんたに申し訳ないと思とるのや」

「それ、どういうことなの？」中沢さんの涙は、もう瞳にとどまってはいませんでした。「なんだかんだ言って、それ、あたしにこっから出て行けって言ってるようなもんだよ？」

「全然違う」武さんが苦笑しながら、強く首を振りました。「義姉《ねえ》さんに自由になってほしいだけや。そう言うとるんや」

「自由って、どういうこと？東京に戻ったって、あたし別になんにもないよ。この年で、仕事なんか見つかるわけないし」

「こんなところで、わしらに閉じ込められとるより、どんだけマシか」仁老人の言葉に、

「閉じ込められてないってば！」中沢さんは両手で顔を覆って、泣き出してしまいました。

ほかの三人は気まずそうに私を見ながら、しょんぼりしています。

私は、おそらくあまり表情のない顔でいたでしょう。こういう際にはなまじ表情を出さないほうがいいはずだと、意識していましたから。もちろん内心では、私が

漏らした絶妙にさりげない、計算されたひと言がもたらした大きな成功と、そこから発展した関西名物浪花人情劇、それに中沢さんの精神的混乱と家族の困惑をたっぷり見物できた喜びに、ほとんど酩酊《めいてい》していました。

しかも中沢さんは、私が考えていたセリフに、きっかけまで与えてくれたのです。老夫婦や武さんが私に向かって、お恥ずかしいところをお見せしましたとかなんとか言い出す前に、これまたあたかもこの場の雰囲気をなごやかにするつもりででもあるかのように、私は口を開きました。

「仕事はありますよ」

中沢さんの泣き声が小さくなり、ほかの三人は改めて私を見つめました。

「僕の会社でパート従業員を募集しています。経理のアシスタントか、営業になりますけど、そう難しい仕事じゃないはずです。残業もありません」

中沢さんは涙の光る顔を上げ、私をぽかんと見つめました。室内にある人間の目玉で私を見ていなかったのは、私自身の目玉だけでした。

まったく人間というのは不可思議ですよ。私はその八つの目玉の攻撃をまともにくらったのでした。もちろん、そんなのは一瞬のことでしたが、私はぎょっとしてひるみました。顔色も蒼ざめていたかもしれません。というのもその目玉は、こちらに訴えていたからです。おしまいにな<ruby>っ</ruby>た、と。これで今までのような生活は終わってしまうのだ、と。彼らは自分らが私に向けているのがそんな訴えかけだなんて、気がついてもいなかったでしょう。みみっちく、小意地の悪い私の根性が、見も知らぬ家庭の平穏に波を立てようとしているのを、彼らの脳より意識より、感情よりも早く正確に察知したのは、彼らの目玉だったというわけです。

「それは……」仁老人の目はすでに訴えかけの光を失って、ただの常識的な世間を見る目に戻っていました。「それは、なんというか、アテにできるお話ですか」

「僕は今は総務ですが、ずっと人事課にいたものですから……」今いる人事課の連中は大半が部下みたいなものだ、という言葉は、あえて濁しました。

「失礼ですけど、由良さん、お勤めはどちらに……?」

武さんが赤い顔に笑みを浮かべて尋ねてきたので、私は電車のICカードのホルダーに、控えで持っていた名刺を出しました。

私の勤める建築資材の会社は知られているし、就職先としても人気のようですから、名刺がもたらした武さんへの効果はてきめんでした。アッと小さく声をあげて、名刺を仁老人から松子さんへと回しながら、それは有名な会社だ、大きな会社だと、それればかりを繰り返していました。もちろん、有名で大きいという以外、私の会社について知識はないのでしょう。

中沢さんは松子さんから回された名刺に、目も向けませんでした。

「見てみ。この人課長さんやで。偉い人やで、この歳《とし》で」

「この歳って、お義母さん由良さんいくつか知らないじゃない」

「久美子の同級生やろ。三十五六や」

「同級生？」

「同じ学校で本読んだん、ちゃうの？」

松子さんの勘違いで、座に笑いが戻ってきました。

「僕はもうすぐ三十八です」私も微笑みを浮かべることにしました。「同級生じゃありません。下北沢の読書会でご一緒したんです」

「あちゃー」

松子さんは大袈裟に顔を隠して見せ、それがまた笑いを誘いました。私は穏やかさを保ちながら、とどめを刺すなら今だと判断しました。

「僕も下北沢からずいぶん足が遠のいてしまいましたけど、今日思いがけず中沢さんにお会いしたら、また行ってみたくなりましたよ。なんだか懐かしい街なんです、下北沢って。ごちゃごちゃして、にぎやかで……。読書会のあった本屋さんは、どうやらまだやっているらしいんですよ。

中沢さんはご実家が近いから、たまには見に行っているのかなと思ったら、さっきのお話じゃあ、下北沢にも行ってないみたいですね」

中沢さんはじっと私を見ていました。そんな彼女の様子を、武さんと松子さんが窺《うかが》っていました。

「僕は、中沢さんのご家庭の事情は、詳しくありません」私は中沢さんにとも、ほかの三人にともつかないように喋りました。「中沢さんのご主人のことは、以前に伺っていましたて、僕のような者には、なんとも言いようがありません。さぞ、お辛いことだろうと思います。

もちろん、僕なんかの出る幕じゃないことは、よく判っています。こちらのご家庭の事情も、よく判りません。だけど、今言った仕事の話は、嘘でもいい加減なでまかせでもありません。僕には中沢さんの気持ちを慰めることはできないし、まして人生を決めるなんて僭越《せんえつ》なことはしませんけれど、もし、東京で仕事が必要だったら、それくらいなことはできます」

「由良さんにそんな、気い遣って貰わなくても……」

涙を流したあとに和やかになった中沢さんは、照れ臭そうにして言いました。

「気は遣っていません」私は言いました。「できることを話しているだけです。中沢さんにその気がなければ、それでも構わないし。僕も難しく考えてるわけじゃないですよ」

「ありがとうございます」仁さんが私に頭を下げました。「久美子、お前、ええ人に会うたもんやなあ」

「私、何も」と、またムキになりかかった中沢さんに、仁老人は首を振って、「そら、判った。わしももう言わん。せやけどな、今のお前んとこに、由良さんのような人が、偶然、現れてくれはったいうのは、不思議なことやと思わへんか。それも三輪の神社の中でやろ。まったくこりゃあ、大神様のお引き合わせやで」

「本当になあ」松子さんはそう言って、そっと手を合わせる真似までしました。

「まーた始まった」武さんがうんざりしたような、にやけた顔で言いました。「なんでも、かんでも、神様仏様。この人たちね、こないだ仏壇に手え合わせてるから何やと思たら、メガネが見つかったって」

これでまた大笑いとなり、それからは酒も手伝って、話はうやむやになっていきましたが、私は内心大満足でした。とりわけ老人たちが「大神様」を持ちだしたのには、ゴールを決めたサッカー選手のような気分になりました。

誰をも傷つけず、誰にも悟られず、人の生活に侵食し、感情の脆《もろ》い傷口に、「ええ人」として塩を塗る。こんなに心の震える経験は、めったにできるものではありません。

中沢家を出た時には、抜かりなく中沢さんと住所やメールアドレスを交換してありました。

休暇明けにすぐ私は人事課に問い合わせました。パートを募集しているかどうかではありません。正確には問い合わせでもありませんでした。三十代後半の完全に無経験な女性を私がパートとして紹介した場合、受け入れるように内々で要請したのです。むろん強要ではありませんでしたが、私がコネ入社を斡旋《あっせん》するとは予想外だったらしく、人事課の後輩たちは少し驚いた様子でした。

次に私は、先日の滞在のお礼と、当社でパートタイマーを募集していることを確認した旨を、葉書に書いて送りました。これも考えたうえでのことです。同じ内容をメールで送った方が手っ取り早いのは言うまでもありませんが、それでは中沢さんだけが読んで終わりにしてしまう可能性が高くなります。葉書で送れば、あの和菓子屋一家の目にも触れるでしょう。

しばらくのあいだ、葉書に返事はありませんでした。メールも来ませんでした。私は待ちました。半年でも一年でも待つつもりでした。一年待ってなんの連絡もなかったら、私は翌年の有給休暇も奈良行きに使おうと考えていました。

ところが、私がこれを書いている最中、つまり私の奈良行からほんのひと月後に、中沢さんは返事をよこしたのです。それは携帯メールにしては長文でした。

「連絡しないですみません。あれから家族ともいろいろ話し合ったり自分で考えたりしました。いろいろあって東京にためしに行ってみようかと思ってます。それで由良さんが言っていたお仕事の話はまだ大丈夫でしょうか。だめでもいいです。いろいろすみません」

私はその短い文章に、その拙さと、連続して現れる「いろいろ」という凡庸な副詞に、彼女の逡巡《しゅんじゅん》と懊悩《おうのう》を嗅ぎ取って、それを上質なワインの一滴のように味わいました。

もちろん現在もパートタイマーは募集中であること、履歴書さえ用意できれば面接の手はずはこちらで整えられることなどを書いて返信しました。

さして日を置かずに履歴書が、会社ではなく私の自宅へ郵送されてきました。書き間違いや、欄外に書き込みなどのある下書きでした。

それが届いた夜に携帯電話に連絡がありました。

「あれ、試し書きです」中沢さんは私に、控えめな敬語を使うようになりました。「ちゃんとしたものを書く前に、由良さんに見てもらいたかったんです。あんな履歴書で採用されるか、相当不安で……。もっとうまく書けませんか？　なんかもっと……インチキはいけないけど、見栄えよく……大卒ってことにしとくとか……二種免許持ってるとか……」

「それインチキじゃないですか」私は笑ってしまいました。「履歴書なんかどうだっていいですよ」

自信なさそうにあれこれ言っている中沢さんに私は、とりあえず面接のためにだけでも上京してはどうかと、できるだけ優しい声を出して提案してみました。「もちろん強制はしません」私は言いました。「まずはゆっくり上京の日取りを決めて、落ち着いて、面接のことを考えるのは、それからで充分ですよ」「ありがとう」中沢さんは静かな声でそう言いました。

中沢さんから電話がありました。上京し、世田谷の実家にいるとのことでした。「由良さんが言ってたみたいに、旅行感覚でちょっと来てみた感じです」中沢さんの声は静かではありましたが、弾んでいるようにも聞こえました。「着替えだけ持ってきて、駄目だったら即帰ろうと思ってます」

駄目だったら、とはもちろん、就職のことでした。「自分でも、仕事、探せるかなと思って、ネットでちょっとやってみたんです」中沢さんは言いにくそうでした。「だけど、この齢《とし》だと全然なくて。びっくりするくらい。熟女キャバクラはあったんですけど、やめときました」

冗談の口調でしたが、言っている中沢さん自身が、面白がってはいませんでした。「由良さんに、お世話になるのは、申し訳ないんですけど……」

「なぜですか?」私はさらりと尋ねてみました。

「だって……、偶然会っただけの、私みたいな女に……」

「こんなの、どうってことないですよ」私は笑いました。「別に中沢さんのために、無理やり仕事を作ったわけじゃありません。実際に募集しているんですから」

「すみません……。お世話かけます……」ただの挨拶ではなく、中沢さんは本当に申し訳なさそうでした。


中沢さんは形式的な面接を受け、採用が決定しました。

今朝は面接場所に案内するため、会社の最寄り駅で待ち合わせましたが、私は最初の数秒、改札から出てきた女性が中沢さんとは気がつきませんでした。リクルートスーツのつもりであろう、地味で厚手な黒いレディーススーツに、茶色いハンドバッグをさげた中沢さんは、法事に向かう中年女性のようでした。

「お待たせしました」と息を切らしながら頭を下げる様子に、奈良で見た活力はなく、緊張でおどおどしていました。

「お久しぶりです」私の顔はどうしようもなくニヤニヤしていたはずです。

「由良さんも久しぶりですけど、私、東京が久しぶりすぎて……」中沢さんは精一杯らしい笑顔で言いました。「なんだか、どきどきしちゃって……」

「ご実家にはお帰りになっていたんでしょう?」私は奈良で聞いた老人の話を思い出していました。

「帰っても、あんまりあちこち出歩いたりしなかったから。下北沢にも殆ど行かなかったくらいだし……。今度だって、家から出るの、これが初めてなんです。緊張しちゃって」

「たいした面接じゃありませんよ」

「面接もそうですけど、東京に緊張しちゃって」

ローヒールの靴で歩きにくそうにしている中沢さんに歩調を合わせて、私はゆっくり歩かなければなりませんでした。

本社ビルの七階にある、人事課の会議室がとりあえずの面接場所になっていました。私は廊下まで連れて行って、彼女がドアをノックして中に入るのを見届け、エレヴェーターの前にある自動販売機でコーヒーを買って、終わるのを待ちました。思った通り、中沢さんは十分足らずで戻ってきました。私が待っていると思っていなかったらしく、驚いたような顔に笑みを浮かべました。

「あっけなかった」中沢さんの全身から、素直な解放感が溢れていました。

「明後日《あさって》までに連絡くださるそうです」

「そうですか」

彼女の採用はとうに決まっているようなものでしたが、私は黙って正門まで送りました。

「だけど、こんなことって、ねえ」中沢さんの声は、何かを警戒しているようでした。「東京でちょっと知り合いだった人に、たまたま桜井で会って、その人の会社がたまたま募集かけてて、なんて……」

「そうですねえ。すごい偶然ですね」私はとぼけました。「じゃ、僕は仕事があるのでここで」

「本当に、何から何まで、ありがとうございました」

中沢さんは私に頭を下げました。その頭を上げた時、彼女の表情は、あの十数年前の、若々しく自分勝手な女の子のものになっていました。

「由良さん、今度の土曜日ヒマ？」

「予定は、別に、何も」私は正直、その明るさに多少ひるみました。

「よかったら、一緒に下北沢に行かない？　あたし一人じゃあの本屋さん、行かれない。なんか恥ずかしくって」

「いいですね。僕も恥ずかしいですけどね。すっかり中年になっちゃったから」

「下北沢も変わったらしいし。お昼頃？」

「判りました」

四十近い私たちは、学生のデートみたいな約束をして別れました。

第二部　マサキくん

「フィクショネス」のその後

　警官に止められて自転車の持ち主を思い出した僕は、レジスターの前に座りながら、ぼんやり久美ちゃんどうしているのかなあ、と考えていた。そしたら久美ちゃんが来たんだから、僕は「ああァッ！」とでかい声を出してしまった。

　しかも一緒に現れたのは由良龍臣である。その妙に老成した、それでいて二枚目の中年男（といっても僕より十歳は若い）が由良だと判った時には、さらに「ああァッ！」と声が出た。週末の昼下がりで、店の中にいた十人ほどの常連や冷やかしが、一斉にこっちを振り向いた。

　僕に忘れられているんじゃないか、篠田久美子のことは記憶にあっても、それが三十代も半ばになった今の中沢久美子の姿と一致しないんじゃないか、なんて考えて、恐るおそるやって来た久美ちゃんは、僕のすっとんきょうな声を聞いて安堵の笑みを浮かべた。そして店内を見渡し、小さな声で、

「お客さんが、いる！」

と、目を丸くした。十年以上ぶりの再会だというのに、相変わらずの無礼者である。

僕だって馬鹿じゃない。自分の店を少しはマシな、世間並みの店にしようと、これでも努力をしてきたのだ。久美ちゃんや由良が来なくなってから、状況は変わったのである。それは、世間一般の基準でいえば当たり前すぎる書店経営のやり方ではあったのだが、僕にとっては小さい変化ではなかった。問屋と契約したのである。

下北沢には僕が「フィクショネス」を開店するずっと前から、信用金庫の向かい側に「百万年書店」という本屋があった。お爺《じい》さんが一人で頑張っていたのだが、由良が僕の店に顔を出さなくなって半年ほどして、爺さんは店を畳んだ。顔なじみだったので尋ねてみると、五十年続けたという。九十九万九千九百五十年足りませんでしたねえ、といったら爺さんは、

「ウワーッハッハッハッハ！　馬鹿野郎ッ」と笑いながら怒った。

閉店の日にご挨拶に行くと、すでに店内はどんどん片付けられていて、問屋の名前の入った段ボール箱が積み上げられている中で、腕組みをして話し合っているスーツの男が二人いた。問屋の偉いさんだと爺さんに紹介された。日本には大きな本の問屋が二社ある。その問屋は五番手か六番手くらいの会社だった。「百万年書店」がなくなれば、下北沢には本を卸すべき小売店がなくなってしまうはずだった。

そこで僕は思い切って、その場で二人の偉いさんに「フィクショネス」に来て貰った。僕が本を神保町の問屋を回っていちいち買い切りで仕入れていると知ると、

偉いさんたちは呆れたようだったが、品揃えと店の個性は褒めてくれた。

僕は商談を持ちかけた。偉いさんたちは、経営実績があれば保証金なしで契約することはできる、ただし困る点がひとつあるという。今の店内にある本の在庫だ。これらを問屋が卸した本に混ぜて返品されるかもしれない。

今しがた名刺を交換したばかりの相手である僕に信用がないのは当然だし、たとえ信用があったとしてもそういう問題がこちら側にあるのは納得ができた。そこで僕は、それなら、といってその場で一大決心をし、一週間後にもう一度来店してくださいと頼んだ。

次に偉いさんのうち若い方が来たとき、「フィクショネス」の本棚はもぬけのからになっていた。知り合いの古本屋に頼み、店内の本をすっかり買って貰ったのだ。買い切り商品だったからこそできた芸当だった。僕は問屋の本社へ行き、契約書にサインした。商売上の細かいやりとりや無駄な気苦労をかっこよく省けば、そういうことになる。

すっからかんになった「フィクショネス」は広かった。僕は妻の桃子と二人で本棚の配置を換え、床を磨き、新装開店のチラシを作った。売り上げはゼロだし貯金もないから、何もかも夫婦でやるしかなかった。これでもし問屋が詐欺だったらコンビニでバイトするしかないという妄想が膨らんで眠れなかった夜が明けると、店の前にはすでに数十箱の重たい段ボールが積み上げられていて、僕たちは文字通りぶっ倒れるまで本を並べまくった。

目に見えて成果が出た。新しくなった「フィクショネス」は、表向きは小ぶりでオシャレなシモキタのブックショップ、裏では近所に頭を下げて配達にいそしむ御用聞きとして、地道に働く堅実な本屋さんになったのである。桃子がレイアウトしたチラシを持って僕は下北沢の美容室や喫茶店やラーメン屋さんを回り、店に置く雑誌を定期的に持って行った。午前中は久美ちゃんから貰った自転車で下北沢を回り、正午から店を開く。午前中に歩いている人間のいない街でなければ、とても一人じゃできなかったろう。

従来の客寄せイベント「文学の教室」も、新装開店と同時に再開した。何年もやっているうちに参加メンバーは入れ替わったが、以前のように三人しか来ないようなことはなくなった。その代わり特に大入り満員になる心配もなさそうだった。かつての久美ちゃんとは逆に、そんなイベントがあるなら参加したいといって、取り上げる本を買ってくれて、当日来られない、という人も常にいて、それはそれで有難いお客様になった。

ただ、僕はイベントが月に一度ではちょっと物足りないと考えるようになった。勝手にそれでホームページや店頭で、閉店後のスペースを使いたい人を募集した。

いろんなことをやらせて、ショバ代というかアガリを頂こうという魂胆だ。定期的に使ってくれるという奇特な人はなかなか現れなかったが、自作の詩の朗読会をやりたいとか、CDの販売会をやらせてほしいという依頼は来た。そこから知り合いも増え、常連になってくれる人も現れた。

右肩上がりというのとはちょっと違うし、成功したとはとてもいえない。それまでが商売としてひどすぎたのだ。出版不況という言葉は、「フィクショネス」を開く前からいわれていた。今やそれは深刻な社会問題になっているらしかった。けれども僕はお金が入って嬉しかった。問屋を通して本を仕入れ、見込みが立たなければどんどん返品をするというやり方が、こんなにもきちんと売り上げにつながるとは思わなかった。使いきれないくらいの金を手に入れるつもりは最初からないし、人生はもっと楽でもいいはずだという嘆きは、ずいぶん前に捨ててあったから、これでいいのだ。

久美ちゃんと由良が十何年ぶりに顔を見せてくれた時、僕の店は問屋を通すようになってから良くも悪くもならず、安定したまま続いていた。考えてみれば彼らが顔を出さなくなったのと同じ年月、僕はここでこうしていたわけだ。進歩も野心もなく、現状を維持するためだけに生きてきたようなものだが、そのどこが悪いのか、僕には全然判らない。現状維持とはそれなりに重労働である。平板な日々が無為に積み重なったのでもない。進歩や野心がなくても、日々には苦しみや悲しみ、喜びがある。

由良と久美ちゃんという懐かしい人たちが来てくれたことは、僕にとって単純な驚きであり、喜びだった。利害も邪心もなんにもない、ひたすら純粋な嬉しさ。あああッ！　としかいえなかったのも無理はなかった。

「久美ちゃん！」僕は叫んだのと同じ音量でいった。「今ちょうどあなたのこと考えてたところだよ！」

「そんなの嘘だよー！」

そういって久美ちゃんは笑った。

「ほんとなんだって。昨日の夜から、ずうっと思い出してたんだよ」

「嘘うそ。信じないよ！」

笑う久美ちゃんの目から、涙がぽろっとこぼれた。

コネも良し悪し

久美ちゃんはそれからまた以前のように、ふらりと「フィクショネス」に姿を見せるようになった。以前のようにといっても、平日は働いているから、はじめの何か月かは、週末にぽつんとやってくるのが常だった。

十年以上、経っている。僕にとって以上に、それは久美ちゃんにとって苦しい年月だったに違いない。

それは判っていたのだが、それにしても久美ちゃんは変わった。変わり果てた、といってもいいくらいだった。笑顔らしい笑顔を見せてくれたのは、由良と一緒にやって来た再会の初日くらいで、その後に一人で店に来る時には、「ふうー」と声に出してため息をつき（声で「ふうー」といえば、少しは冗談らしく聞こえるかもしれないという、彼女なりの配慮らしかった）、店内のベンチに腰かけて、僕とお喋りするのでなければ、ぼんやり本棚を見つめていることが多かった。

じゃお喋りは明るく楽しいかというと、そういうこともあんまりなかった。来るたびに久美ちゃんの口からまず出てくるのは、仕事がうまくいかないという話だった。そしてその「うまくいかない」の内実は、なんともお粗末というほかないのである。久美ちゃんが真剣に悩んでいるから冗談にしてまぜっかえすこともできないが、聞いているこっちとしては、ちょっと呆れてしまうような悩みなのだった。

「あのね、ちょっと訊きたいんだけど」

久美ちゃんは疲れた顔をこっちに向ける。

「何」

「オサムさん、エクセルって知ってる？」

「知ってるよ」

エクセルくらい誰でも知ってるだろ、とはいっちゃいけないなと、彼女の表情を見て反射的に思ったから、僕はそれだけ答えた。すると久美ちゃんは哀しい顔をして、

「いつから知ってる？　何歳から？」といってきた。

久美ちゃんはまず、由良の会社で経理のお手伝いに回された。古参のOLから、エクセルを開けば当社専用の経理ソフトがファイルの中にあるから、伝票を入力する場所はすぐ判る、あとは書いてある通りにセルにカーソルを合わせてクリックし、伝票の数字を入れていけばいい、その先はタブキーで次の項目に移動して、入力し終わったらコントロールプラスSキーで保存するだけだと教わった。

だけ？　その複雑極まりないパソコン操作のどこが「だけ」なの？と久美ちゃんは思ったが、口には出さず黙っていた。先輩OLは、きっと親切な人なのだろう、彼女の眉間のしわを見て、今の手順を紙に書いてくれた。

それでも久美ちゃんは、その日一日何もできなかった。エクセルというものがパソコンの中にあることだけはさすがに判ったようだけれど、それ以上の何もかもがちんぷんかんぷんだったのだ。朝の九時から夕方の五時まで、久美ちゃんはパソコ

ンのディスプレイを睨《にら》みながらエクセルを探し続け、「英語で書いてあるところのどこかにあるらしい」と推理できたところまでで時間切れとなった。結局その日はくだんの先輩ＯＬが戻ってきて、久美ちゃんが一日でやるべき仕事を四十分くらいで片付けてくれたそうだ。

翌日はさすがにパソコン上にエクセルを発見することはできた。残りの作業も昨日の先輩のやり方を見ていたし、紙に書かれたものもあったから大丈夫なはずだった。ところがそれでも彼女は午前中何もできなかった。一時間かけて経理ソフトを開くことはできたのだが、その先を忘れてしまい、書いてもらった手順の中の一語につまずいてしまったのだ。

「キーボードを押すこと、『入力』なんて普通いわないよねえ」と久美ちゃんがいってきたときにはさすがに僕も、

「普通いうよ！」

と答えてしまった。僕の答えに久美ちゃんは再び落ち込んだ。彼女は「入力」とはどんな作業かを自分なりに考え――現実とは思えないのだが――、結局それは「念力」みたいなものではないかと結論を出し、パソコン上に伝票の文字が浮かび上がってくるまで、超能力のありったけをふりしぼって集中していたのだという。あいにく超能力が不足していたため、ディスプレイ上のソフトウェアは微動だにし

なかった。

「だって前の日に先輩がキーボード使ってるの見てたんでしょ？」

僕が呆れると、

「パソコンの使える人に、この気持ちは判らない！」

久美ちゃんは叫んだ。気持ちの問題ではないと思うが、それもまた彼女にとってはパソコンを使える人間の驕《おご》りなのだろう。

由良（と久美ちゃん）の会社はどうやら大きな企業らしい。ある程度の規模の会社が、今どき経理にエクセルなど使うわけがないから、久美ちゃんがやっているのは、全体のごく瑣末《さまつ》な部分だけなのだろう。もしかしたら彼女の能力を見るために、ダミーをあてがわれている可能性もある。それに対して久美ちゃんがありったけの超能力で応じているとすれば、会社側としてはいくら由良課長のコネであっても、使えないパートタイマーだと判断するのは時間の問題だろうと、僕は気の毒に思っていた。ところが久美ちゃんはそのまま、半年以上も経理の仕事をやらされていたのである。そこにどういう事情があったのかは知らない。

由良が来たらその話をしようと、僕はずっと彼を待っていた。しかし由良は久美ちゃんを連れて来て以来、全然顔を出さなかった。久美ちゃんも会社で由良に会うことはめったにないらしかった。あの男は、社内ではそうとう偉い立場にいるらしい。

さすがに日を追うにしたがって久美ちゃんは仕事に慣れていったようだが、何か月経っても、彼女の憂い顔が晴れる気配はなかった。あの若々しさはどんどん失われ、目は小さく、背中は丸くなり、僕の店にいてさえ、どこかオドオドしていた。僕は一人で店を切り盛りしているのだから、久美ちゃんが来ても彼女一人を相手に し続けるわけにはいかない。「フィクショネス」は、もう以前のような閑古鳥の鳴いている店ではないのだ。それでも久美ちゃんは黙って、日によっては何時間もぼんやりと座っていた。しかもそうしていながら、同時に始終ほかのお客さんの動きを気にかけて、ちょっとでも人の邪魔になりそうになると、さっと場所を移動したりしていた。こっちはその様子が気にかかっちゃってしょうがない。仕事に集中できないこと、はなはだしかった。

「そんなにキツいんなら、辞めちまえばいいじゃねえか」

雨の日だったと思う。たまりかねて僕はそういい放ったことがあった。

「辞めたくは、ないの」久美ちゃんはいった。「いろんな意味で」

そして辞めない理由を、とつとつと語った。

「だって由良さんに申し訳ないでしょう？　せっかく、仕事をお世話してくれたんだから……。最低でも、一年くらいは続けないと……由良さんに悪いもん」

これがコネ入社の厄介なところだ。置かれた場所で咲きなさい、といえば聞こえはいいが、自分の意思のないところで働こうとしても、向き不向きはどうしたって出てくる。そこに義理が絡めば、辞めるに辞められない。

「それに、ほんとに辞めたくないんだよね。まわりの人たち、すごく親切だし……。今どきこんな、なーんもできないオバハン雇ってくれるところなんか、あるわけないもん、あんないい時給で……。パソコンだって、勉強してないあたしが悪いんだし……。やってりゃ、慣れるんじゃない？」

だが、仕事を続けたい最大の理由はほかにあった。

「家を出たいんだよ」久美ちゃんは、こればかりははっきりした口調でいった。

「いつまでも実家の世話になりたくないの」

「実家って悪くないぞ」僕は口を挟んだ。「家賃って、自分で稼ぐようになると、結構負担だからなあ」

「実家の負担よりはマシだよ」久美ちゃんはそういって、またため息をついた。

「あのお父さんは、ほんとに負担」

「うるさいの」

「あたしにはうるさくないんだけど、なんての、世間にうるさいの」

そこから久美ちゃんが本屋の中でいった言葉の中には、とうてい書き記すことなどできない卑劣な用語が含まれていた。要するに久美ちゃんの父親は、外ではひとかどの社会人として通用しているにもかかわらず、家の中では外国人や教育のない人、不遇な人々を平気で差別し、ニュースでそういう人たちが取り上げられるたびに、ああいう連中が今の日本を駄目にしているという趣旨の演説を、ビール片手にするそうだ。

「家の中だけの話だけどさ、あたしそういうの、耐えられないんだよねえ」久美ちゃんはいった。「住まわせて貰って、親にこんなこといっちゃ、いけないんだろうけどさ」

「そんなのは、親でも駄目だ」僕はいった。「そういう人が日本を軍国主義にしようと、憲法改正に賛成しているに違いない！」

「あたし差別主義でも軍国主義でもないけど、憲法は変えた方がいいと思ってるよ？」久美ちゃんは僕に抗議した。「自衛隊が違憲なんておかしいよ」

「お前はエクセルも知らないのに、憲法は知ってるのか」

「その考えは差別主義だ」

「確かに」いわれてみればその通りだった。「そういう差別をしているね、俺は」

「開き直ったね」

僕は考えてから頷いた。「うん。四方八方完璧に無差別なんかじゃないよ、俺は」

「あたしも。それでお父さんを嫌いにもなれないし」
「でも一人暮らしをしたいと」
「お父さんとは暮らせないいんだよ」
久美ちゃんはまたしても、でっかいため息をついた。

チェスと将棋

それから数か月して、久美ちゃんは部署を替えられたと、「フィクショネス」へ嬉しそうに報告してきた。デスクワークでは使い物にならないと判断されたのだろう。

新しい仕事はどうやら在庫管理のアシスタントみたいなものらしい。関東各地に散在する会社の工場や取引先を回って、倉庫にある部品とか材木がきちんと揃っているかどうか確かめて、不足や問題があれば報告する、みたいなことを、どうやら久美ちゃんはやらされるようになった。

「そんなこと、その工場なり子会社なりがやればいいじゃないかねえ」

と僕がいうと、そうでもないらしい。久美ちゃんが入社する少し前に、会社の中で資材の横流し事件があって、ネットワークだけで在庫状況を管理するのは不充分だということになり、本社が定期的に見て回るシステムが作られたそうだ。しかしそんなことのために靴の底を減らして歩くのは誰にとっても面倒だから(なのか知らないが)、若い社員とアシスタント二人で、埼玉や千葉に毎日出向いているのだそうである。

その仕事になってからひと月ほどは、久美ちゃんは全然「フィクショネス」には顔を見せなかったが、その後はやけに頻繁にやって来るようになった。新しい仕事は性に合っているらしかった。長々と車で移動したり遠くまで歩かされたり、体力的にはきついけれど、部屋に閉じ込められてパソコンに泣かされるよりは、どれほどマシか判らないと久美ちゃんはいった。

ただその仕事はやけに孤独なんだそうである。一緒に各所へ出向く社員は何人かいて、嫌な奴というわけじゃないが、お喋りな人は退屈で、面白い人は一箇所にずるずる居続ける。仕事に不満足で一日中むっつり黙っている人もいれば、裏表のはげしい人もいるという具合で、移動中に仲良くお話ができるような社員がいない。社員はたいてい昼食を工場長や他の社員と連れ立って食べるので、久美ちゃんはそれが当たり前のように置いていかれ、近所にあるファストフードや定食屋に入ったり、自作の弁当を階段に座って食べたりしているそうだ。あんまり会社にいないから、由良ともまったく顔を合わせなくなったということである。久美ちゃんはそういう話を、特に悲愴《ひそう》感もなく喋っていたけれど、それはなかなか寂しい境遇なんじゃないだろうかと、僕はちょっと気の毒だった。

とはいえ一時期のため息ばっかりついている久美ちゃんに較べれば、ずいぶん表情が晴れてきたことも確かで、仕事に気力体力のすべてを捧《ささ》げ尽くしてしまうこともなくなったらしく、週末ばかりでなく平日の閉店間際にも、よく顔を見せてくれるようになった。週末は開店早々からやってきて、わずらわしいくらいだった。桃子が店に来ると助かった。久美ちゃんの話し相手になってくれたから。もっとも彼女たちは、どうやら主として僕の悪口をいい交わしていたようである。

その年の暮れに、僕は店で新しいイベントを始めた。「文学の教室」がそこそこうまくいった――というほどでもない、かろうじて生き延びているようなもんだが、まあ長年続いているし、単発のイベントも成功率は高かった。コンスタントに人を集める手段は、いくつかあった方がいいと考えたのだ。

僕はその頃、子ども時代に夢中になったチェスや将棋に再び興味を持つようになり、小銭が貯《た》まるといろんなサイズの盤駒を買って、店番の最中に谷川浩司やボビー・フィッシャーの本を見ながら一人で遊んでいた。それを見ていた常連客の中に、ルールくらいは知っているという人がいて、じゃ一番お願いしますというところから、今度友だち連れてきてもいいですか？　となり、そんならというわけで、チェス将棋クラブみたいなものを始めたのである。閉店一時間前くらいから始めて、一人二時間五百円、コーヒーメーカーで淹《い》れたてを出す、という寸法だ。

チラシやホームページで宣伝して、十二月初めの金曜日にやってみた。十人も来ちゃったらどうしよう、盤が足りない、でもそれだけ集まっても五千円か、などと心配という名の期待をしたのに、三人しか来なかった。ルールくらい知っているといっていた人と、その友人、あとの一人が久美ちゃんだった。

「なんで来たの？」

久美ちゃんから五百円玉を受けとりながら、びっくりして尋ねると、

「興味あるから」と答えた。「暇だし」

「やったことあんの」

「お父さんの相手したことあるよ。中学までやってた」

人数が少ないし実力差も不明だから、トーナメント制にしようと僕は提案した。といって総当たりでは時間がかかる。だから最初にくじで対戦相手を決め、その相手とまずチェスをする。それから相手を替えて将棋をする。するとチェスと将棋の勝者がそれぞれ二人ずつ残るから、その二人で決勝戦をする。

僕はルールくらいは知っているといっていた人とチェスをやって、十五分くらいでボロ負けした。ポーンを取ればナイトを取られ、チェックの回避と引き換えにク

ィーンを差し出さなければならなかった。「ルールくらいは知っている」などとほざく奴が実はどれだけ強いか、当時の僕は知らなかったのだ。この日の勝負を終えてからこの人が、将棋のアマチュア四段の免状の持ち主と判明した。そんな強えんだったらこんな所に来ねえで将棋会館行ってやってろってんだ。

アマ四段が連れてきた友人はピンキーちゃんと名のった。

「あ、俺、ピンキーちゃんで」

ドレッドヘアーの上に毛糸の帽子をかぶって、ちょっと近寄れば臭ってきそうな革ジャンを、線の細い身体にはおった無精髭《ひげ》の二枚目だった。

名前や容姿については、僕も久美ちゃんもそれ以上は追及せず、どこの誰だかなどは知りたくないといった感じで挨拶し、久美ちゃんはピンキーちゃんとチェスをやった。これは熱戦になり、結局ピンキーちゃんが勝った。

次に僕と久美ちゃんが将棋を指した。久美ちゃんの将棋は序盤こそ教科書通りの矢倉《やぐら》で始まったが、こちらがちょっと変なところへ角を出すとたちまち独創的になり、飛車ばっかり動かして自分の首を絞めた。これはちょろい、ちょろすぎて気の毒だと、王手角取りになる絶妙手を見逃してやると、なんとそこから久美ちゃんの猛攻が始まり、金の丸損でパニックになった僕は悪手を連発、あげく王将の頭に飛車を打たれて敗北という、今思い出しても悔し恥ずかしい結末に終わったのであった。

決勝戦はチェスも将棋もアマ四段が勝って終わったが、そんなのはどうでもいい。久美ちゃんは僕に勝ったことが嬉しくて仕方がない様子で、顔がほてっていた。しかも卑劣なことに、頭に来た僕がもう一番やろう、頼むからあと一局と、何度お願いしても久美ちゃんは首を縦に振らなかった。

「拾わせて頂きました。ありがとうございました」とアマ四段がいい、

「いーお年を！」とピンキーちゃんが叫びながら店を後にしても、僕はろくに返事もできなかった。もうこんなイベントやめようかなあとばかり考えていた。

久美ちゃんは後片付けを手伝ってくれた。

「俺一人でできるから、いいよ」と僕はいったが、

「オサムさん、本気で怒ってるみたいだから」久美ちゃんはコーヒーメーカーを洗ってくれた。

「勝てたんだ！」自分の店だ、勝手だろうとばかりに僕は叫んだ。「勝てたんだー！」

そんな僕の幼稚な姿を見て、久美ちゃんはにこっと笑った。そして、

「ああ、良かった」といった。

「何がじゃあ！」と僕が紳士的に尋ねると、

「わざと負けてくれたのかと思ってたから」久美ちゃんは答えた。「そんだけ悔しがってんだから、絶対マジだ。マジ負けだ。ということは、あたしマジ勝ちしたんだ」

「いやいや。手を抜いたんだって。勝てたんだって」

「あたし将棋で勝ったの、初めてだ」久美ちゃんは僕のいうことなど聞いていなかった。「ありがとね」

そしてウヒヒヒヒと笑いながら帰っていった。

その夜、桃子にいわれて僕は気がついた。久美ちゃんはこのとき、奈良から戻ってきて初めて、僕の前で笑顔らしい笑顔を見せてくれたのだ。

クセのある人々

僕としては、このチェス将棋イベントはつまらんと思っていたのだが、アマ四段やピンキーちゃんが年明けに店へやって来て、ぜひまたやってほしい、なんていってくるし、後になってホームページの告知に気づいて残念がり、次は参加したいというお客さんもいたりして、その頃にはこちらも敗戦の傷が癒えてきたので、二月から毎月第一金曜日の夜に二時間限定でやることにした。するとまたしても久美ちゃんは五百円玉を持ってやってきた。

呆れたことに、言いだしっぺも同然のアマ四段は姿を見せず、しかもその後、まったく来なくなった。定例になって最初のときには、ピンキーちゃんが太った金髪の女性を連れてきた。それから七十代のおじいさんと、東大生と、キタノヒロシと、桃子が来た。僕は自分の妻からもしっかり五百円いただいた。

僕がしたい話にこのチェス将棋イベントは欠かせないが、勝敗だのゲームの経過なんかをこれ以上こまごま語るのには意味がない。また他の参加者は常に流動的だった。常連になったキタノヒロシとピンキーちゃん、それに妻の桃子の話だけ、今のうちにさらっとしておこう。

久美ちゃんが来なくなり由良が顔を見せなくなっても、キタノヒロシはこの十数年、毎月の「文学の教室」へきちんきちんと参加してくれている、いちばんの常連客だった。キタノは生花店に勤める真面目な男で、妻と二匹の犬と一緒に武蔵小杉のマンションに住んでいる。英語に堪能で、アメリカのマイナーポエットの詩集を翻訳して、小さな出版社から出している。自身も詩を書いているらしい。安物のジャンパーなんか着て、ちょっとビートニクの詩人を思わせる風貌をしているが、ユトリロとバッハとビル・エヴァンスを愛する物静かな男であり、ごくたまに「文学の教室」で披露する朗読も美しい。そう親しくはないが、付き合いやすい男だ。癒し難いロリコンであることを除けば。

物心ついた頃からの熟女好きである僕からすると、ロリコンなどというのは最悪の趣味なのだが、キタノヒロシのそれに限って不快を覚えることはない。なぜなら彼は、現実の幼女に指一本触れることはないからだ。かつて彼は僕に、ロリコンのなんたるかを静かに語ってくれたことがある。

「無垢《むく》な女の子を愛するのがロリコンです」彼は年老いた人のように語った。「つまり、こちらがちょっとでも手を出せば、その女の子は無垢ではなくなってしまうんですよね。このパラドックスをちゃんと理解しないと、ロリコンと性犯罪者の区別はつきません。実際そういう犯罪者があまりに多いんで、ボクは文学の無力をいつも感じているんです。だってロリコンの元祖であるナボコフの『ロリータ』というのは、そういう小説じゃないですか。あれは、無垢な女の子を自分の手で無垢でなくしてしまった馬鹿の、絶望と悲劇の物語ですよ。真のロリコンは女の子に触れてはいけない。いやらしい目で見るだけでもダメです。黙って自分の欲望に耐え続けるしかありません。ロリコンというのは、愛の本質的な不可能性そのものなんです」

キタノヒロシが穏やかな紳士であるのには、こういう理由があるのだった。彼は僕の前でも誰の前でも、ロリコンらしい素振りは決して見せない。そういう話題にも一切触れない。僕は十年以上の付き合いの中で、ようやく探り出したのである。

もちろん最初は、そいじゃコイツ、涼しい顔して女の子をどういうつもりで見ているんだ？　と、かなり胡散臭《うさんくさ》く思った。けれども考えてみれば、しれっとした顔でいやらしいことを妄想するのは、男にはしょっちゅうあることだ。女にもあるだろう。

キタノヒロシは「文学の教室」でしか僕の店に来なかったから、小さい女の子に店内で出くわすこともなく、僕としては別に警戒もしないで済んでいる。

だがピンキーちゃんに対しては、必ずしもそういうわけにはいかない。この男には逮捕歴があるのだ。一人で店にふらりとやってきたときに、自分から打ち明けたのである。

「コンビニのビニール袋に乾燥大麻入れて歩いてたら、警察にごっそり持ってかれちゃって」

悪びれもしないどころか、憤然としている。自分の持ちものを盗《と》られたといわんばかりだった。

「大麻は近いうち、か、な、ら、ず、合法化されるんすよ。タバコなんかより全然いいんだからマジで」そして海外では医療に使われているとか、アメリカじゃ各地で合法になってるとか、そんな話をとくとくとし始めた。

僕はこの十数年、この手の話は聞き飽きている。僕の店は――きっとあんまり貧乏くさく見えるせいだろう――、ある種の人たちから反体制的な本屋か何かだと思われているらしく、世の大勢に順応できない人たちが結構来る。深い悩みを抱えている人とか、宗教的ドグマを信奉している人とかも来るが、店の中で僕を相手に自説を力説したがるのは、日本国のありように不満を感じている人が殆どだ。

彼らは自分の主張が正しいと思っている。そして大麻の合法化などというキワどい問題に限らず、自説を正しいと思っている人間というのは、実にしばしば、高飛車で威圧的で、優越感が鼻の穴から漏れ出ている自分の態度に気がついていない。自分のいっていることに従わない者は体制側の人間か、馬鹿だと思っている。

だがピンキーちゃん（このくだらないネーミングセンスだけは我慢ならないが）には、そういう押しつけがましさがなかった。僕は大麻に限らず、いわゆるドラッグ全般を忌避する理由として、子どもの頃に雑誌で読んだ、あるスペイン人画家のインタビューのセリフを引用した。

「私はドラッグをやらない。私がドラッグなのだ！」

それを聞くとピンキーちゃんは、

「かぁっこいいッスね、それ！」と瞳を輝かせた。「俺もそれ、使わせてください！」

「どこで使うんだよ、大麻吸ってんのに」

「俺は自分じゃやらないス」あっさりいった。「必要な人に供給するだけで」

「それって……」と僕はいいかけて、「アそうなんだ」これ以上深入りしたくないなと自制した。

だからピンキーちゃんは要警戒なのである。彼についてはほかに、現在執行猶予中の身だということしか知らないが、それでもいつどんなタイミングで彼が「フィクショネス」のお客さんに「供給」し出すか、判ったものじゃない。ただしその心配を除けば、彼は気さくで楽しい、謙虚でさえある好青年だ。

とはいうものの、ピンキーのみならずキタノにしても、決して無害な良識的市民とはいえない男たちであって、それはまあ構わないにしても、久美ちゃんのことを考えると、こんな連中と一緒にいて大丈夫かなあと、店主として無関心ではいられないわけである。それでまたこういう連中と久美ちゃんばっかりが、「フィクショネス」の常連となって残る。のちに久美ちゃんは、この時にキタノと再会したために、「文学の教室」にも再び参加するようになった。

昔の久美ちゃんじゃないんだから、もう三十代後半なんだから、子どもじゃないんだからと思っても、やっぱり僕の中に面影が残っているのか、久美ちゃんの童顔をキタノが、無防備で寂しげな久美ちゃんをピンキーが、狙っているようないないような、危うい気がしてしょうがない。そこで僕は桃子に頼んで、チェス将棋イベントに来て貰うことにしたのだ。

桃子は長らくサラリーマン向け週刊誌の編集部に勤めていたが、僕と結婚する少し前に体調を崩して辞め、フリーランスのライターとして働いている。彼女の机にはホロスコープだのタロットカードだの『天使の事典』だのが散乱しているが、すべて彼女の仕事道具である。占い専門のライターなのだ。一日中パソコンの前にいて、僕なんかよりずっと稼いでいる。雑誌やインターネット、早朝のテレビ番組なんかの占いを、さる高名な占い師の指示に従って書くのが仕事だ。詳しいことは企業秘密だけれど、とにかく桃子の仕事ぶりを見て僕は朝の占いランキングを信じなくなりました。

桃子ほど久美ちゃんを思いやっている人は、恐らく家族のほかに誰もいないのではないか。剛さんが亡くなったと聞いたとき、僕は桃子があんなに涙するとは思わなかった。久美ちゃんが奈良に引っ越してから何年経っても、時折思い出しては、どうしているだろう、元気にしてるかなあ、なんていっていたし、奈良から戻ってきてからは、僕を素通りして久美ちゃんと直接連絡を取り、長電話などしていたようである。

もともと久美ちゃんは、剛さんと結婚する前にも、そうひょこひょこ友だちを作れる性格ではなかった。だからこそ「フィクショネス」のような、どうしようもない本屋に入り浸っていたのでもあるだろうし、それは今でも変わらないようだ。会社に親しくなった人ができたという話も聞かないし、下北沢に行きつけのお店があるとか、趣味のサークルに通っているとかいうこともない。父親のために家に居づらいといっていたことを思い合わせると、彼女が好き勝手にしていられるのは、僕の店だけなのかもしれなかった。

だから久美ちゃんが店に来ているときにお喋りしたり将棋を指したりする相手には、僕なりに気を遣いたかったのである。桃子は喜んで来てくれた。チェスも面白がってくれた。

しかも桃子は、久美ちゃんとどっこいどっこいの棋力だった。というより二人は事実上、チェスも将棋もたいしてやっていなかった。並んで駒を並べると、どっちかがルールを忘れたり、待ったを繰り返したり、ゲームをほっぽらかしてお喋りしたりしていた。ついには「王手された方が気がついていなかったら、その王様をとってはいけない」という、心優しくもゲームの根本を否定する特別ルールを作り、双方にこやかに、そして果てしなく遊び続けていた。

しかしおかげでトーナメントをやるのには助かった。ハナから二人を度外視すれば、それでいいんだから。久美ちゃんと桃子は楽しく、かつ勝利も敗北もないゲームを一局楽しむと、残りの時間はみんなと喋ったり、決勝戦を覗きこんで、どっちが勝っているかを当のプレイヤーに訊いたりして過ごした。終わってからみんなで軽く呑みにいくこともあった。

新入り

そんなメンツで（といったって、フリのお客は常に何人かいたんだけれど）将棋を指したりチェスで負けたり、ミラン・クンデラを読んだりして、半年ほど経った頃のことである。「文学の教室」を終えてみんなを帰して、ひと息ついていた僕に、久美ちゃんがいつになくもじもじした様子で近づいてきた。

「あの、今度の将棋大会なんだけどね」

「将棋大会ではないけどね」

「知り合い連れて来ていい？」

「いいよ」僕は、当たり前だけれど、あっさり答えた。「そんなの、前もっていう必要ないよ。千客万来ですよ」

「だよね。じゃ、おやすみ」

久美ちゃんはそういって帰りかけたのに、出入口の前で振り返って、

「でも、来ないかもしれない」

「アそう」

「来ない確率は高い」

「ふーん」

「来るか来ないか判らない」

「OK」

「将棋大会じゃなくて、文学の教室に来るのかもしれない」

「将棋大会とはいわないけどね」

「来ないかもしれない」

「了解」

「来るかどうか、判らない」

「なんなんだよ」

久美ちゃんがあんまりグズグズいっているのが、不思議だった。だけど彼女はその謎を謎のままにして、しばらく僕と自分のあいだにある床に目を落として黙りこんでから、不意に目を上げて、

「さよならあ」と帰ってしまった。

次のチェス将棋イベント(これだってたいしたイベント名ではないが、「将棋大

会」よりはマシだと思う）に、久美ちゃんは来なかった。

「どうしたんでしょうね」キタノヒロシは時おり盤から目を上げて、僕を見た。

「なんかつまんねえな」ピンキーちゃんもそういって、なぜか照れ笑いみたいな顔になった。

「誰か連れて来るっていってたんでしょ？」格好の対戦相手がいなくなって、仕方なくピンキーちゃんの女友だち（毎回違う女性）にチェスのルールを教えていた桃子がいった。

「えっ、そうなの？」

「カレシですか？」

ピンキーとキタノが同時にいって、同時に僕を見た。

僕は意外だった。「久美ちゃんのこと、そんなに気になる？　二人ともただここ来て将棋指してるだけだと思っていたけど」

「将棋指してるだけですけどね」ピンキーちゃんがいった。「でもね」

「気になるってわけじゃないですよ」キタノがいった。「ただ、ちょっと気になるだけで」

「気になるんじゃないか」

「気になると、ちょっと気になるは、違います」キタノはけっこうしっかりした声でいった。「どう違うかは判んないですけど」

「別に久美ちゃんがどうこうってわけじゃないすけど、でもカレシってことになったらねえ」ピンキーちゃんはいつの間にか久美ちゃんのことを、久美ちゃん、と呼んでいた。

「久美ちゃんのこと気にしてるの、私たちだけかと思ってたけど」

帰宅してから桃子はいった。

「みんな好きなんだね。いつもは知らん顔してるくせに」

「気にはしてないけど、ちょっと気にしてるんだってさ」

そういってから、

「キタノヒロシは、ざっくりとは知ってるんだよな、久美ちゃんの事情」僕は今さら気がついた。「昔っから『文学の教室』の常連だったんだから。剛さんのことだって、どっかでピンキーにそんな話、したのかもしれない」

翌月の「文学の教室」に、久美ちゃんは一人で来た。痩せたのでもやつれたのでもないが、どこかぼんやりとして、人の話もあんまり聞いていない風だった。そのくせ声をかけると、ハイッ！　と元気よく返事をして笑顔を作る。桃子もピンキーもいなかった。僕とキタノはさりげなく目を合わせた。けれどそれ以上の詮索はしなかった。できなかったといった方が正確だ。終わると久美ちゃんは、僕たちを避けるようにそそくさと帰っていっちゃったんだから。

　確か七月だったと思う。その月のチェス将棋イベントの日、僕がテーブルに平積みした本を脇へ寄せて、盤駒を並べていると、久美ちゃんが男性を連れてやって来た。

　久美ちゃんより頭ひとつ背が高く、細身だが骨太らしい体格の男だった。目が大きくて鼻が低い。ほっぺたがかすかに膨らんだ丸顔で、チェックのシャツの袖を手首まで折っていた。ユニクロのジーパンにナイキのスニーカー。さっき洗ったばかりなのかと思うような髪の毛が、表情を隠すみたいに垂れていた。

「新宮優樹《まさき》さん」久美ちゃんがそれだけいうと、男はぺこりと頭を下げた。

「こんにちは。初めまして」

　丁寧でぎこちない挨拶だった。僕は、いらっしゃいとかなんとか、返事をしたとは思うけれど、よく憶えていない。

　新宮優樹は若かった。三十にもなっていないのではないかという第一印象だった。奈良から戻って一年以上経って、久美ちゃんがもう若くないことには慣れていたのに、この男性と並んでいると、申し訳ないが彼女は、いかにも四十を目前にした女性だった。

「あなた、久美ちゃんの何？」

そう尋ねたくなる喉をぐっと締めて、僕は新宮さんにお店のことや、久美ちゃんが常連であること、イベントの話などをべらべらと喋った。

「新宮さんは、チェスやられるんですか？」

「将棋は、ちょっと……」おとなしい、小さい声だった。「中高、将棋部だったんですけど、全然弱くて……」

「そーゆーこといってる人が、アマ四段だったりするんだよねえ」

僕が、その場になぜか漂い始めた緊張感を吹き飛ばすべく、わざとでかい声でそういうと、新宮さんはそれを真面目に受け取ったらしく、

「いや本当に駄目なんです。高校出てからやってないし。俺頭悪いんで」

と、手を振りながら激しく否定した。

そこへ桃子が来た。久美ちゃんと二か月ぶりの再会を喜び合い、僕と同じ名前だけの紹介をされ、久美ちゃんがいるから楽しくチェスができると笑った。桃子の振る舞いは僕よりずっと自然だったけれど、僕にはちらちら意味深長な視線を送っていた。

ピンキーちゃんとキタノヒロシは同じ電車だったとかで連れ立ってきた。久美ちゃんと並んでいた新宮を見てピンキーはオロッ！　と声をあげて立ち止まってしま

ったが、桃子に睨まれてそれ以上の好奇心をひた隠しにした。おかげでキタノヒロシはニヤニヤしても目立たなかった。

ほかに二人来たので、ピンキーとキタノはその人たちと対戦し、僕が新宮と将棋をした。

「久美ちゃんの会社に勤めてるんですか？」

四間飛車に駒を進めながら、僕は尋ねた。

「いや、取引先みたいな」

新宮は穴熊に囲っていた。

「そうか、そうか」僕は思い出した。「そういえば彼女は、外回りみたいな仕事してるっていってた」

「そうなんです。僕は、木材加工の小さい工場で働いてて」新宮はとつとつと喋った。「あんな大企業、僕なんか無理ですから」

「俺も無理」と僕がいうと、かたわらでチェスをしていたピンキーが、

「俺も無理無理！」と口を挟んだ。

「私なんか前にちょっと大きい会社入ったら、身体壊しちゃったもん」桃子がいった。

「じゃ新宮さんは職人さんか」僕はいった。「手に職持ってるのは、いいよなあ」

新宮さんは小さくなって、盤上に視線を集中させた。

ん？　と思って見ると、久美ちゃんが僕をじっと見ていた。僕と目が合うと、一瞬だけ新宮さんにまなざしを向け、それから桃子を見た。桃子は相手の駒を取ろうかどうしようか悩んでいた。

久美ちゃんはそれからも新宮の顔を盗み見るようにして、全然ゲームに集中できずに負けたらしい。

僕は単に詰まされて負けた。

それから新宮は、毎月将棋を指しに「フィクショネス」へ来るようになった。久美ちゃんも来た。

やがてちょっと意外な取り合わせが、格好のライバル同士になった。新宮とピンキーちゃんである。ピンキーはどこで仕入れてくるのか、大山の四間飛車だの羽生《はぶ》ニラミだのと、それっぽい能書きを垂れるくせに実力はそれほどではなく、新宮は弱い弱いといいながら、終盤はしっかり寄せて詰みも早く見つける。見た目もタイプも全然違う二人で、お互いの人間性やプライヴェートに関心もなさそうなのに、僕の店に来ると当たり前のように二人で向かい合うのだった。

ピンキーは口先ばっかりだから、新宮に攻められると甘ったれた顔で「待った」

という。新宮が辛抱強くそれを許しているのが、隣で指してて気に障ることもあったが、あるときとうとう新宮が、

「待ちません」とピンキーに歯向かったので、僕はちょっと小気味よかった。

「なんでよぅ」ピンキーは口をとんがらせていった。「いいじゃんよぅ。一回くらい」

「一回じゃありません」新宮は断固としていた。「これでもう四回目です」

「いいじゃんよぅ。四回くらい」

「今度はダメです」

そんな押し問答がしばらく続き、やがてピンキーの口元からにやけた笑いが消え、イヤな雰囲気が店全体に漂い始めた。

「遊びなんだから」ピンキーの声は少し陰に籠ってきた。「んなマジになんなくったって」

新宮はもう何をいわれても黙って盤面を見下ろしていた。

するとピンキーが椅子をガタンと鳴らして立ち上がった。

「面白くねえな！」ピンキーは叫んだ。

少し離れたところから、久美ちゃんがその様子を見ていた。僕は立ち上がった。

「どうした？」僕はわざとケロッといった。「また負けたか」

ピンキーちゃんは頭に血がのぼっていた。

「まだ判んねえよ」

「そーか負けたか」僕は平然と聞き流して続けた。「負けることもあるわな」

「くだらねえ」ピンキーちゃんは僕が目の前にいなかったら、店の床に唾でも吐いていたんじゃないだろうか。「将棋なんて、くだらねえ」

新宮が静かに立ち上がった。そして僕たちにとめるいとまも与えずに、ささっと店を出て行ってしまった。

久美ちゃんは真っ白な顔をして、座ったまま固まっていた。

「俺が悪いっての？」

結構な長さの沈黙に耐えられなかったと見えて、ピンキーちゃんが口を開いた。

「そりゃそうさ」僕はいった。「お前が悪い」

「うっせえ」

恥ずかしそうにうつむきながら、しかし眉間には怒りのシワを寄せて、久美ちゃんが店の外へ走っていった。

「あーあ」僕とチェスを指していたキタノヒロシが、自分のキングをころんと倒した。「台無しじゃないですか。いい夜だったのに」

「謝んなさいよね！」

久美ちゃんがすぐに戻ってきた。背後に新宮がいた。

「なんで俺が！」

「当たり前だろうが」僕は苦笑してしまった。「羽生が待った四回するのかよ」

「お前が悪い！」と新宮を指さすピンキーに、理屈もへったくれもありゃしない。

「俺の香車をタダで取りやがって」

「判った判った」

僕は終始冷静で、この時点ではあることを思い出していた。

「待った四回のピンキーが悪いか、香車をタダ取りした新宮さんが悪いか、将棋で決着をつければいいじゃないか」

これとまったく同じ落語があるのを、僕は思い出したのだ。その落語を知っていたとは思わないが、僕の提案を聞いてピンキーは瞬時に、

「やったろうじゃないかぁ！」

といって、圧倒的に不利だったそれまでの盤面をそそくさと崩し、どんどん初形に戻し始めた。

「子どもだ」僕は新宮にいった。「小学二年生だと思って、勘弁してやってよ」

新宮は頬を紅潮させて僕を睨んだが、やがてピンキーに向かい合い、不機嫌な表情のまま初手から指した。

久美ちゃんは自分の将棋など忘れたように、二人の様子を立ったまま見つめた。

いつの間にか桃子が彼女の横に立っていた。

どういう経緯でそうなったか憶えていないが、その日は他の参加者もいなかったようで、気がつくと僕は新宮の背後に立ち、ピンキーちゃんの横にはキタノヒロシが座って、全員がその一戦を見物していた。いや、僕や女性たちはただ見ていただけだが、キタノは、それだと飛車に入られるとか、銀の割り打ちに気をつけろとか、ピンキーちゃんの指し手にやたらと助言をして、ピンキーもその助言を三つに二つは役に立てていた。久美ちゃんはキタノを睨みつけたが、僕は放っておいた。二人がかりでも新宮が優勢だったからだ。実際、新宮はその将棋でも角でピンキーの香車をタダで取り、代わりに自分の飛車を取らせて、ぬか喜びしているピンキーとキタノの玉を、取った香車と桂馬と金であっさり詰ませた。

久美ちゃんが拍手し、今度はキタノに敗戦の責任を負わせようとしているピンキーを店から追い出して、その夜はお開きになった。

後日聞いたら、その日はそのまま居酒屋で将棋盤を開いて、始発が来るまで四人で将棋を指していたそうである。——男三人はともかく、下北沢から歩いて帰れる久美ちゃんまで付き合うことなかったんじゃない、とは、桃子も僕も思わなかった。

しかし、そんな久美ちゃんと新宮なのに、どういうわけか「フィクショネス」の中では、お互いに話しかけるということが、ほぼまったくなかった。対局もしなかった。それでいてどちらかがほかの誰かといるのを、二人ともずっと気にして見ているのだった。

そんな時の、久美ちゃんの視線も、新宮さんの視線も、優しくて哀しげで、僕なんかじれったくってしょうがなかった。桃子に厳重注意を受けていなかったら、デリカシーもへったくれもなく、ずけずけ尋ねていただろう。一体二人はどうなってんだ。どこでどうやって知り合って、この店じゃないところじゃどんな風になってるんだ。二人ともお互いのことを、どう思っているんだ、と。

歯がゆい恋のメルヘン

1

むかしむかしあるところに、中沢久美子さんという女の人がいました。まだ若い頃に恋をし、結婚をして小さな家庭を持ちました。ところが結婚して一年も経たないうちに、夫がひどい交通事故にあって、なくなってしまったのです。

久美子さんは夫も、愛も、生活も、いちどきに失ってしまいました。

それでも、彼女にたったひとつ残っていたものがありました。それは心の優しさでした。彼女はそれまでの生活を捨てて、遠い町に住んでいる夫の両親と一緒に暮らすことに決めました。久美子さんは自分が暗い海の底に沈められたような悲しみの中にあってさえ、自分と同じほど悲しみ、苦しんでいる人への思いやりを失わなかったのです。

やがて年月が経ち、夫の家は、以前のようにではなくても、にぎやかさを取り戻していきました。久美子さんはなじみのない、よその町で、不平ひとついわず、毎日にこやかに振る舞っていました。

そんなある日、久美子さんはまったくの偶然から、東京で知り合いだった男の人と十数年ぶりに再会しました。由良龍臣というその人は、今では大きな会社の偉い立場になって働いていました。由良さんは久美子さんの今の有様を知り、

「ああ、それは気の毒なことだ。この家はもう大丈夫だと、皆さんもおっしゃっている。東京へお戻りなさい。働き口は僕が世話してあげましょう。久美子さんは自分の人生を、自由に生きていいのですから」

といって、すぐに自分の会社で彼女にパートタイムの仕事を与えてあげたのでした。

久美子さんは東京の自分の両親の家に戻り、由良さんからいただいた外回りの仕事を始めました。

営業部員と電車を何度も乗り換え、クリップボードを持ってあちこちの工場を回り、倉庫の在庫を確認する仕事は、難しくはありませんでしたが、ひどく孤独でした。

周囲にさして面白い風景があるわけでもない小さな工場の片隅で、ぼんやりして

いると、私、何やってるんだろうなあ、という思いが、胸の中からじめじめと湧いてくるのでした。

帰る前には、由良さんの「自由に生きていい」という言葉が、久美子さんにも魅力的に響いていたのでした。しかし今になって、久美子さんは気がついたのでした。東京だろうとどこだろうと、私には「自由に生きる」ことなんかできないんだと。

人が「自由に生きる」には、その人の中に、その人自身を束縛するものがなければなりません。これをやる、ほかのことには目もくれない、という束縛です。しかし久美子さんには、仕事とか、家とか、過去とかいった、自分の外にある束縛しかありませんでした。だから彼女は、自由になれなかったのです。

久美子さんには「これをやる」という強い野心などありませんでした。彼女にあるのは、人への思いやりだけでした。だから自分が自由に生きられないと思っても、彼女はそれを不幸とは考えませんでした。彼女は本当の不幸を、すでに知っていたのです。

東海道線の戸塚駅から十五分ほどバスに乗って、国道から脇道に入って藤沢方面へさらに十分ほど歩いたところに、トモジ製材所はありました。広い敷地の中にプレハブの工場が三つほどあって、木材が何百本も立てかけてあったり、丸太が積み重なっていたりします。工場の中からは、ひっきりなしに製材機械が木を伐《き》る甲高い音や、板を積んでいく、がらーん、がらーんという音が聞こえています。木材のいい匂いが広がっていますが、その香りを思い切り吸いこもうとすると、木の削りくずが鼻の穴に飛んできてしまいます。

小さな製材所ですから、巨大な重機も多くは見当たりません。事務所があるのは綺麗なログハウス風の建物の中です。このログハウスは表がショールームになっていて、お客さんが中で商品の木材を見たり、いろいろな相談ができるのです。

このショールームのあるログハウスの裏に、小さなお庭がありました。お庭といっても、手入れは全然されていません。芝生は伸び放題、雑草は生え放題、あんまり人が歩くためにはできていない庭でした。どうやら最初は、社員への福利厚生みたいな意味で作られたフリースペースだったようですが、今は大して使われないまま、放置されているのでした。

このお庭にベンチと大きな四角いテーブルがありました。製材所が作ったベンチとテーブルですから、どっしりとして丈夫ではありますが、使われていないから、あちこちささくれだっています。

久美子さんは毎週木曜日のお昼は、ここで持参したお弁当を使わせて貰うのが、今では習慣になっていました。ささくれているところはよけて座ります。たまにお昼休みの社員が、煙草《タバコ》を吸いに来ると、久美子さんは自分が邪魔になるんじゃないかと、ちらちらそちらを見て気を使いました。

トモジ製材所の在庫チェックの時は、いつも同じ若い男性社員に倉庫へ入れて貰っていました。新宮さんというその社員は、年の頃二十五、六歳くらい、細身の身体に少しぶかぶかした作業服を着て、黒目勝ちの品のいい顔立ちをしていました。在庫確認のための必要最低限の会話のほかは、会いしなに「お疲れ様です」、帰りしなに「お疲れ様でした」しかいわない人でした。久美子さんはなんとも思いません。どこへ行っても、似たり寄ったりの扱いを受けているからです。彼女がクリップボードに在庫数を記しているあいだ、この人のようにずっと倉庫の片隅で彼女の作業が終わるのを見届けてくれることは、ほかの会社ではあまりない、という程度でした。

ある木曜日のことです。その日は夜明け前まで雨が降っていました。久美子さんがトモジ製材所に来た時には、雨は上がっていましたが、まだ空は薄曇りで、灰色の雲が抜けきっていませんでした。

久美子さんはいつものように家で作ってきたお弁当を開こうと、ログハウスの裏庭にやってきました。しかしそこで彼女は困ってしまいました。木のベンチが雨に濡れていたからです。雨水は木材の中にまで滲《し》みこんでいて、ハンカチで拭いたくらいでは乾きそうにありません。そのまま座っては、洋服のお尻が濡れてしまいます。久美子さんは立ち止まって、どうしようかと思ってしまいました。

どこか別の場所を探すしかないなと、久美子さんがベンチに背を向けた時です。ばさばさ、という音がして、作業服を着た男の人が来ました。新宮さんです。新宮さんはやけに大股で久美子さんの横を通り抜けると、小脇に抱えた青いビニールシートをばさばさと広げ、物もいわずにそれをベンチの上に敷きました。そして、身体は久美子さんの方に向き直りながら、目はそらして、

「……ん……」

といって、足早にまた彼女の横をすりぬけて、どっかに行ってしまいました。おそらく、どうぞ、とかなんとかいったのでしょうけれど、彼女には「ん」としか聞こえなかったのです。

「あ、ありがとうございます。すみません」

慌ててそういった久美子さんの言葉が聞こえたかどうかも判りませんでした。彼女がぺこりと頭を下げたのを見もしなかったのは、間違いありません。

おかしな人だなあ、とは思いましたが、久美子さんは、おずおずとではありますがありがたく、まっさらなビニールシートの上に腰を下ろし、多少落ち着かない気

持ちでお弁当を食べました。

いつもより早く昼食を終えた久美子さんは、すぐ立ち上がってビニールシートを綺麗にたたみ直し、それを抱えて新宮さんを探しました。まだ昼休みは終わっていなかったので、敷地の中はがらんとしていました。新宮さんは見当たりません。ビニールシートなんか、そこらにいる製材所の人に渡しておけばいいようなものですが、彼女はやっぱりどうしても新宮さんに直接返して、お礼がいいたかったのでした。

二人がいつもいる倉庫を覗いてみると、棚と棚のあいだにあるパイプ椅子に腰かけた新宮さんが、前のめりになって小さな本を睨んでいました。

「あ、新宮さん」真剣な読書の邪魔になるかな、と思いながらも、あまり時間のない久美子さんは声をかけて、駆け寄りました。「あの、これ、ありがとうございました」

新宮さんはハッとしたように顔を上げ、久美子さんを認めて目を見開きました。それから本のページに右手の指を挟んで立ち上がり、左手でビニールシートを受け取ると、すぐにそれをかたわらの棚の空いている場所に押し込みました。で、なんにもいいません。二人とも向かい合ったままです。新宮さんはこの時も久美子さんの顔を見ませんでした。

「あ、将棋……」

十秒も二十秒も二人で黙りこくったあと、久美子さんがいいました。

新宮さんが指をページに挟んだまま持っていた小さな本の表紙に、「将棋」という文字が見えたのでした。新宮さんはそれを見られたことに気がつくと、慌てたように本をお尻のポケットに突っ込みました。

「新宮さん、将棋やるんですか……？」

久美子さんが尋ねると、新宮さんはなぜか顔を赤くしてうつむいてしまい、

「いや、いや……」とかぶりを振りました。

そこへ誰かが入ってきました。昼休みが終わったようでした。久美子さんはこんな向かい合っている姿を人に見られたら恥ずかしいと、なぜか思ってしまい、新宮さんにぺこりと頭を下げると慌てて表へ出ました。

次の木曜日、久美子さんが先週のことをちょっと気にしながらトモジ製材所の倉庫へ入っていくと、若干挙動不審気味の新宮さんが、

「ぉ疲れ……ス」

くらいの感じで目を合わさず挨拶をしてきました。

仕事はいつも、十五分ほどで終わります。久美子さんの仕事は、メールでやりと

りしている在庫数が実数と一致するかどうかを確認するためのものですから、本当は週に一度も来る必要はないのです。取引会社を回って営業部の社員が挨拶……と称して、あれこれ無駄なお喋りをするのが主な目的です。久美子さんの仕事は付け足しなのでした。

クリップボードをバッグにしまっても、昼休みまでまだ時間がありました。新宮さんはちょっと離れた場所で立っていました。

「在庫チェック終わりました」久美子さんがいいました。

「あ」新宮さんがいいました。

この日もまた沈黙が続きました。

「あの」久美子さんは、思いきっていいました。「私も、ちょっとだけ将棋やるんです」

「俺、できないす」

新宮さんが手を振って恥ずかしそうにするので、久美子さんはちょっと不思議になりました。

「だけど、こないだ、本……」久美子さんの言葉はたどたどしくなってしまいました。

「あれ、違います」新宮さんは困ったような照れ笑いを浮かべました。「将棋の本じゃないです。詰将棋」

「詰将棋って、将棋でしょ？」といって久美子さんは、自信がなくなってきました。

「え？　違うの？　あれ？」

「詰将棋は、将棋だけど」新宮さんもとつとつと答えました。「あれ、今、俺、まだ、五手詰めなんですよ。全然下手なんす。そこ、あんま掘り下げないでください」

「ああ……」久美子さんは五手詰めの意味が判りませんでしたが、とりあえず「すみません」と謝りました。

その夜、久美子さんは下北沢にある「フィクショネス」という本屋さんに行きました。ここでは月に一度、将棋とチェスの会があって、彼女は通っているのでした。

「オサムさん、ゴテヅメって何？」

久美子さんは本屋さんの主人であるオサムさんに尋ねました。

「五手詰めというのは詰将棋だな」人に物を教えるのが好きなオサムさんは、ふんぞりかえって答えました。「五手で相手の王様がどこにも逃げられなくするんだ。詰将棋は必ず王手を指さなければいけないから、王手する。相手が逃げる。また王手。逃げる。王手、までで追い詰めるのを、五手詰めという」

「それって、下手なの？」久美子さんは、チェスも将棋もルールをうろ覚えしているだけですから、新宮さんがいったことを、オウム返しにして尋ねるしかありません。

「下手とは？」

「だからさ、下手な人がやる詰将棋なの？」

「そりゃお前、ものの見方によるさ」オサムさんはいいました。「プロなんかは何十手、何百手の詰将棋を、ばんばん解いていくんだ。それに較べたら五手詰めなんてのは、初歩の初歩だな。アマチュアでもうまい奴は五手詰めくらいはちゃっちゃと解く。だけど、決して馬鹿にしたもんじゃないぞ。なかなか難しい問題もあるからな」

そういうとオサムさんは、本棚から『三手詰め・五手詰め問題集』という本を取りだし、

「まあ実地に見てみればいい」といいました。久美子さんはそこで初めて詰将棋というものを見ました。本屋さんの本を小一時間も開きっぱなしにしてにらめっこを続けましたが、オサムさんから解き方を教わっても、解答欄を見ても、彼女にはその九割がちんぷんかんぷんでした。

「これできる人って、やっぱ将棋強いんじゃない？」

「そりゃ久美ちゃんよりは強いだろ」

「オサムさんよりは？」

「……それは時の運だ」

次の木曜日は、朝から強い雨が降り続いていました。外のベンチでお昼を食べることは、できそうもありませんでした。

仕事を終え、お昼休みの時間になると、久美子さんはできるだけいつもと同じ口調で、

「それじゃ、今日はこれで」といいました。

すると新宮さんが、

「雨だから……」と、ようやく聞き取れるくらいの声でいいました。

「はい？」

「あそこ、使えないでしょ……雨だから……」

「あそこ？」と久美子さんは、いったんとぼけて、「ああ、ベンチの……。あ、はい……ですね……」と、新宮さんに負けず劣らずの気弱な声で答えました。

「……たら、ここでも……別に……」新宮さんの声は、いっそう小さくなりました。

「……ここ……？」と久美子さんが聞き返しても、

「あ、ここ、使います……？」新宮さんはなぜか、まるで自分がいい出したんじゃ

ないみたいにそういってから、「いいっすよ……どうぞ……」と顔を赤くしました。

そして新宮さんは久美子さんの返事も聞かず、倉庫を出て行ってしまいました。

そうか、新宮さんは新宮さんで、どっかに食べに行くんだな、と察した久美子さんは、かえって気が楽になりました。以前に新宮さんが使っていたパイプ椅子に腰をおろし、バッグからお弁当を出して、膝の上に広げました。

やがて、再びドアが開いて新宮さんが戻ってきました。手にはコンビニのお弁当とお茶が入った、横に長いビニール袋を持っています。アやっぱりここで食べるんだ、と久美子さんは慌ててお弁当に蓋をして立ち上がりかけました。

「いいっす、いいっす」

新宮さんは久美子さんを座らせて、棚の後ろに立てかけてあった、別のパイプ椅子を広げると、久美子さんの斜め向かいあたりの、微妙な距離のあるところに座って、コンビニ弁当を食べ始めました。

二人で食事をしているのに、ずうっと黙っています。外から雨の音がするばかりです。

「あの……」

久美子さんは、沈黙が気づまりになって口を開きましたが、喉がうまく開いてくれません。コホンとひとつ、咳《せき》をしました。新宮さんがぴくりと顔を上げました。

「こないだ、五手詰めの本、見てたでしょ……。新宮さんて、やっぱりほんとは、将棋うまいんじゃないんですか？」

「うまくなゲホ」

新宮さんは慌てて否定しようとして、ちょっとご飯を詰まらせてしまいました。急いでお茶で流しこんで、

「うまくないです。駄目ですよ、人にいったら」

新宮さんの将棋の腕を人に告げる、という発想がなかった久美子さんは、ん？という表情で彼を見ました。

「この会社、将棋強い人、けっこういるから」

「ああ」

「強いとか思われちゃうと、やろうっていわれちゃうから」

「やったらいいじゃないですか」久美子さんは座ったまま、ちょっとだけ身を乗り出しました。「面白いじゃないですか、将棋」

「だから今勉強してるんですよ」新宮さんは、まるで責められているように、口をとんがらせました。「やっと五手詰めが解けるようになったんだから、まだ全然ダメなんです。みんな、すごい強いんですよ」

ひと息にそれだけいうと新宮さんは、もうお喋りはおしまいとばかりに、椅子を

ずらしてお弁当をむやみにかっこみました。

久美子さんは——新宮さんが人と将棋を指す前に強くなっておきたいと思っているのは判りましたから——、じゃあちょっと、私と指してみませんか、といおうと思っていたのでした。しかし彼の態度はなんだか怒っているようにも見えましたし、将棋の話ではなく、自分とお喋りするのが面白くないと思われたかもしれないので、それ以上は話しかけられませんでした。

次の木曜日、久美子さんがトモジ製材所に行くと、新宮さんは倉庫の前で待っていました。そして頭をぼりぼり掻きながら、

「お疲れ様です」といいましたが、その声はいつにもましてモゴモゴとした小声で、顔は耳から首まで真っ赤になっているし、唇はとんがって、目はあらぬ方向を見ています。

「お疲れ様です……」

久美子さんが、へんなの、と思いながら返事をすると、次に彼女が、在庫を拝見します、と言葉を継ぐ間もなく、新宮さんはいきなり綺麗な「回れ右」の形で正反対に身体を向けると、一目散にどこかへ走って行ってしまいました。

なんだろう？　と久美子さんは小首をかしげ、倉庫に入って仕事を始めました。

すると十分ほどして、がちゃん、ばたん、と騒がしくドアが開き、新宮さんが入

ってきました。入ってきたというより、どうやら外から誰かに押しこまれているようです。新宮さんは入るまいとして抵抗しています。それでも外にいる誰かに突き飛ばされでもしたのか、新宮さんの身体が倉庫の中に入ると、ドアは閉められてしまいました。

目を丸くして見ている久美子さんに、しばらくうつむいて、作業服のズボンをやたらとこすっていた新宮さんは、ぺこっと頭を下げて、またドアを開いて出て行きました。

久美子さんは、最初は何がなんだか判りませんでしたが、新宮さんのこれまでの態度に、つい想像してしまうことがありました。それはとうていありそうもない想像でした。久美子さんは小さな声で、まさか、と呟くと、感情を押し殺して在庫を最後まで調べました。

お昼休みになりました。この日は快晴でしたから、久美子さんはログハウスの裏に回ってベンチに座り、テーブルの上にお弁当を広げました。

と、そこへコンビニの袋を持った新宮さんがやってきました。

「こんちは」というので久美子さんも、

「こんにちは」と返事をすると、新宮さんはまたしばらくズボンをこすってから、くるっと後ろを向いて走り去ろうとしました。

そこへ同じ作業服を着た、三十代くらいの角刈りの男の人が出てきて、新宮さんの前に立ちはだかりました。新宮さんはその男をよけてあっちへ行こうとしましたが、男は新宮さんの肩を摑《つか》んで行かせまいとします。

「やっぱ無理っす、無理」

「馬鹿。男だろ。しゃきっとしろ」

新宮さんと角刈りの男が小声でそんなことをいいながら、もみ合い始めました。

久美子さんはどうしたらいいか判らず、その様子を見ているばかりでした。

「すいません。今ちょっと」角刈りの男が、新宮さんの肩を摑んだままいいました。

「こいつが、話があるっていうんで、聞いてやってください」

「岩崎《いわさき》さん！」新宮さんは真っ赤になって角刈りに抗議しましたが、

「すいません。ちょっと聞いてやってください」

岩崎さんと呼ばれた角刈りは、そういって新宮さんから手を離し、ぺこっとお辞儀をしていなくなりました。

久美子さんはどうしたらいいか判らず、新宮さんを見つめて固まってしまいました。

「あの！」

新宮さんは意を決した様子でそういい、久美子さんをぐっと見つめました。

「そこで、お弁当食べてもいいすか！」

普段は無口で、口を開いても小さな声しか出さない新宮さんが、応援団のような雄叫《おたけ》びをあげたので、久美子さんは思わずのけぞりましたが、
「……どうぞ……」と答え、少し腰をずらしました。座る場所など、まだたくさん残っているのに。

新宮さんは顔を赤らめたまま、久美子さんの向かい側に座って、コンビニのお弁当を広げました。

で、なんにも喋りません。

新宮さんはご飯に集中しているのか、それとも照れ臭いのか、お弁当に鼻の先がくっつくんじゃないかというくらい前のめりになって、ひたすらご飯をかっこんでいます。これじゃせっかく大音声を発したのに、一緒にお昼を食べたことにならないんじゃないかなと、久美子さんは新宮さんが少し気の毒になりました。

といって、じゃ久美子さんから話しかけるかというと、それもしません。話題もこれといって思い浮かびません。またぞろ将棋の話をするのも気が引けました。なので彼女も同じように、お弁当箱を手に持って、猫背になって食事を続けました。

そして食事は終わりました。久美子さんはトモジ製材所をあとにしました。

次の木曜日、仕事をしているあいだは倉庫に姿を見せなかった新宮さんが、お昼

休みになると裏庭にやってきました。「こないだ、すみません」新宮さんはまたしても顔を赤らめていました。「意味判んなかったですよね」

「あ、いえ」久美子さんは新宮さんの登場に、どぎまぎしました。

「今日も、あの、ここでメシ食っていいですか」

「どうぞ」

しかし新宮さんは、お弁当を持っていませんでした。手の中にあるのは小さなブラックコーヒーの缶だけでした。新宮さんはベンチに座ってそれを開けると、酒でもあおるようにぐっとひと息に飲み干し、ふぅーと鼻息を吐くと、久美子さんを見つめました。

「中沢さん」

「はい」

新宮さんの喉仏が動きました。「中沢さんは、彼氏とかいるんですか」

久美子さんは（この時が来た）と思いました。「いいえ」

新宮さんの瞳が、いや口も鼻も耳も、花開いたように明るく輝きました。

「すみません！」新宮さんは立ち上がりました。「俺、弁当買ってきます！」

そういうと新宮さんは、勢いよく駆け出していきました。

そんな新宮さんの態度が、久美子さんにはなぜだか、おかしくて可愛らしくてならないのでした。すらりと背が高くて顔の小さい、美青年といってもいいような男なのに、どん臭くてぎこちなくて、中学生か高校生のようです。その純情っぷり、あどけなさは、彼女にはなんだか、せつないように感じるのでした。

新宮さんは、彼女の思っていた「物的証拠」を示したわけではありません。けれども、あれ以上に何が必要だったでしょう？　彼女に恋人がいないと聞いて、顔を光り輝かせて、お弁当を買いに行く。これ以上に率直な愛の告白が、この世にあるでしょうか？　久美子さんは今の新宮さんの様子を思い返して、一人で微笑まないではいられませんでした。

しかしそれが彼女に、幸福感だけをもたらしたわけではありません。口元から少しずつ、微笑が消えていって、久美子さんは真面目な顔でお箸を持ったまま、一点を見つめていました。

彼女が心配していたのは、自分が新宮さんより、もしかしたら十歳ほども年上だ、ということではありませんでした。新宮さんのことを、自分が何も知らない、ということでもありませんでした。そんなところまで、まだ全然いっていないのです。

彼氏とかいるんですか、という、新宮さんの問いかけが、彼の気持ちとは無縁のところで、実はとても危ういものだったことに、久美子さんは思い当たったのです。

もし彼が私に、別の質問をしたら、どう答えていただろう。

「中沢さんは、結婚しているんですか」と訊いていたら。

久美子さんの夫、中沢剛が亡くなって、十年以上が経っていました。つい一年ほど前まで、彼女は夫の家族と暮らしていました。夫のいないまま、夫の家族と暮らすことに、彼女は慣れていました。

東京に戻ってきて、世田谷の両親の家の、寝泊まりしている自分の部屋には、剛さんの写真が何枚も飾ってあります。お墓も位牌《いはい》も、夫の家族のところにありますが、彼女の部屋には彼女なりに作った小さな祭壇があって、毎晩キャンドルを灯しています。

（私はまだ、剛と結婚しているんだろうか）

久美子さんは新宮さんが帰ってくるまで、身じろぎもしないで考え続けました。

いくら考えても、答えは同じでした。

（している）

2

新宮さんはコンビニ弁当とお茶の入ったビニール袋をぶらぶらさせながら、走って戻ってきました。

「お待たせしました。いただきます」

この間と同じ、久美子さんとテーブルを挟んだ向かい側に腰をおろし、お弁当を広げましたが、新宮さんはニコニコ顔を真っ赤にしたまま、何も喋りません。

その表情は誰がどう見ても、久美子さん――彼氏のいない久美子さんと一緒にお昼ご飯を食べているのが、嬉しくてしょうがないという気持ちを表していました。言葉なんかいらない、とさえいっているように見えました。

それが久美子さんには恥ずかしく、しかし可愛らしく感じてならず、同時に申し訳ないような気持ちもして、どぎまぎしてしまうのでした。

沈黙の時間が続きました。

「あの、将棋」

「えっ？」と新宮さんが聞き返してきたので、

「あっ」久美子さんはどきっとしてしまいました。

「えっ、将棋？」

「えっ？」

「いや、あの、将棋」

「はい」

「今、あの、将棋って、いいましたよね」

「あっ、駄目なんでしたっけ」

将棋の話はしないでくださいと、以前いわれたのを久美子さんは思い出したのです。

「いや、あの、全然」新宮さんも赤い顔をいっそう赤くしました。「会社の人に、あんまりいわないでって。それだけで。いいです全然。全然いいです」

それでも久美子さんは、少しのあいだためらっていたのですが、

「じゃあ、会社じゃ、やらないんですか?」と、話を続けました。

「やったことないです」新宮さんは答えました。「強い人ばっかりだから」

「でも五手詰めができるんでしょう? このあいだの本、五手詰めの本でしょう?」

「だけど、一問解くのに、十分も二十分もかかるから……」

「私なんか、一日中考えたって、五手詰めなんか解けないよ」と久美子さんはいって、「多分。知らないけど」と付け加えました。

すると新宮さんは、

「やってみますか?」といって腰をずらし、ズボンのポケットから詰将棋の本を出しました。

「ええ?」といいながらも、久美子さんは少し興味があったのでした。

ところが彼女が新宮さんから本を受けとろうとしたとき、工場の方からブワハハハ！　という、社員たちの大きな笑い声が聞こえてきました。もっともそれは、別の場所で誰かが何かに大笑いしたというだけで、新宮さんたちには関係があるはずもありません。

それでもそれを聞いた新宮さんは、急にさささっと本をポケットに戻してしまいました。

「ここじゃ駄目だ」新宮さんは、将棋の強い社員を警戒しているはずなのに、なぜか人に聞こえてしまいそうな、きっぱりとした大声でいいました。「会社の中は駄目です」

新宮さんはそういうと、さらにさらに顔を赤くしました。久美子さんはちょっと心配になりました。

新宮さんは次に自分がいうべき言葉を思いついて、真っ赤になっていたのでした。「会社の中は駄目です」ということは、会社の外ならいい、という話になってしまいます。それは——当たり前ですが——久美子さんと、会社の外で会う、という意味です。

自分が彼女に、会社の外で会いましょう、といったも同然の流れに、会話がなってしまったことを、新宮さんはどうしたらいいか判らなくなったのでした。気持ちの準備も何もなく、そんなところまで話が来てしまった！　新宮さんは座ったまま、割り箸を握ったまま、背筋を伸ばして凍りついたようになってしまいました。

「新宮さん……？」気味が悪くなった久美子さんが、恐るおそる声をかけると、

「アはい」新宮さんは我に返りました。

「大丈夫ですか？　具合でも……」

「全然大丈夫です」

そういって新宮さんは、お弁当をせわしなく食べ始めました。

その日はそれでお昼休みが終わりました。

金曜日、久美子さんは仕事帰りに下北沢の本屋さん——「フィクショネス」ではない、駅前のちゃんとした本屋さん——で、詰将棋の本を立ち読みしてみました。

「スイスイ解ける三手詰め！」と、本の表紙には書いてありましたが、スイスイどころか、一問解こうと思って頭を振り絞っていたら、通りかかった店員さんに咳ばらいをされてしまい、目を上げると一時間も同じ頁を開いて立っていたのでした。しかも解けませんでした。久美子さんは気まずくなって何も買わずに本屋さんを出ました。

するとと今度は古本屋さんの店先で、ワゴンに放り出された百円均一の本の中に、

カバーが取れてよれよれになった詰将棋の本がありました。久美子さんは縁を感じてそれを買いました。

買いはしたものの、解けないことに変わりはありません。少なくとも月に一度は将棋をやっているはずなのに、こんなに判らないもんだろうかというくらい判らないのでした。

翌日の土曜日は「フィクショネス」で「文学の教室」という定例の催しがある日でした。久美子さんはこの催しにも、将棋の催し同様、毎月足を運んでいました。

しかしその日は、オサムさんの話も何も耳に入ってきませんでした。頭の中は詰将棋でいっぱいでした。

「文学の教室」が終わると、久美子さんはほかの参加者が帰っていくのを待って、オサムさんに思い切っていいました。

「あの、今度の将棋大会なんだけどね」

「将棋大会ではないけどね」

「知り合い連れて来ていい?」

「いいよ」オサムさんは、久美子さんの気持ちも知らず、あっさり答えました。

「そんなの、前もっていう必要ないよ。千客万来ですよ」

「だよね。じゃ、おやすみ」

これっぱかりのことを尋ねるのに、思い切りがなきゃいけなかった自分が、馬鹿みたいでした。久美子さんはいつものように、さっさと店を出ていこうとしました。

でもやっぱりちょっと気になったので、振り返りました。

「でも、来ないかもしれない」……ということを、念のために断っておかなきゃと思ったのです。

「アそう」

「来ない確率は高い」

「ふーん」

「来るか来ないか判らない」

「ＯＫ」

久美子さんは混乱しました。どうしたことでしょう。この話をどうやって終わらせたらいいのか、見当がつかなくなってしまったのです。

「将棋大会じゃなくて、文学の教室に来るのかもしれない」

新宮さんが文学の教室に来るなんて、久美子さんは思ったこともありませんでした。

「将棋大会とはいわないけどね」

「来ないかもしれない」

「了解」

「来るかどうか、判らない」

「なんなんだよ」

　それまで辛抱強く彼女のしどろもどろに付き合っていたオサムさんも、とうとう笑いながら突っ込んできました。（そりゃそう、そりゃそう）と思いながら久美子さんは、しばらく床に目を落として黙っていましたが、やはり話の終わらせ方は思いつかず、こりゃもうしょうがないと、いきなり顔を上げて、

「さよならあ」

と、話をぶった切ってお店を走って出て行きました。

　次の木曜日、新宮さんと久美子さんは当たり前のように、中庭のテーブルを挟んで向かい合ってお昼ご飯を食べました。新宮さんは相変わらずニコニコしているし、久美子さんも、決して嫌ではありません。このお昼ご飯は、彼女のつまらない日々の中で、わずかに、そしてひそやかに心のときめく何十分かであったのです。そして同時に、そのときめきは少し気づまりでもあるのでした。

　一方の新宮さんはどうやら、人と向かい合ったままずうっと無言でいても、平気でいられるようでした。

「あのぅ」

久美子さんは小さな声で、新宮さんに話しかけました。

「はいっ」

新宮さんはしゃきっと目を向けて答えました。

「あのね」久美子さんは周囲に人がいないのを確かめてから、「詰将棋、あたしも本買って、やってみた」

「えっ」

なんの話だこれは、と久美子さんは思いましたけれど、二人ができる話といえば、これしかありません。

「そしたらね、三手詰め、二問だけ解けた」

「ほんとに⁉」

新宮さんは満面の笑みを浮かべて叫びました。

「二問だけね。二問だけ」新宮さんがあんまり大喜びしたのに驚いて、久美子さんは二問だけを強調しました。「でも三問目から、めんどくさくなっちゃって、頭痛くなっちゃって」

「すごいじゃないですか中沢さん」新宮さんは立ち上がらんばかりになりました。

「詰将棋やる女の人、初めて見ました！」

「移動の時とか、電車の中で解こうかなと思うんだけど、すーぐ嫌になってやめちゃう」

「今持ってるんですか、詰将棋」

久美子さんは、この人ここで将棋の話すんなっていってたじゃん、と思いながらも、バッグから詰将棋の古本を取り出し、今解いている問題の頁を開いて、新宮さんに見せました。

「ん。ん。ん。判った」

「もう判ったの？」久美子さんは驚きました。「答え、教えて」

「教えませんよ」新宮さんはいいました。「自分で解くんですよ」

「だから解けないんだってば」

「落ち着いて考えたら、すぐできますよ」

新宮さんの声は、だんだんと落ち着いた、男らしい声になっていきました。

「詰将棋って、王手しか指せないでしょ？　だから今この状態で、王手のできるところだけ探せばいいんですよ」

「判んないよ！」

「判るって。もう二問解けたんでしょ。ゆっくり考えれば判ります」

「……金を、ここ」

「そしたら王様がこっちへ逃げちゃう」

「そしたらもう、ぐねぐねーって逃げられちゃうもんね」

「じゃあ、どうすればいいですか？」

「逃げられないようにする」

「逃げられないようにするには……？」

「逃げ道をふさいで……」といった瞬間、久美子さんはひらめくものがありました。

「あ。あ。あ。ちょっと待って待って。あれ？　……駄目か」

「駄目って何？」

「んーとね。駄目なんだけど、この逃げ道を飛車でふさいじゃおうと思ったの。でもこっちに角があるから、取られちゃうから駄目でしょ？」

「飛車でふさいで、取られなかったら？」

「取られなかったら、さっきの金で、王様逃げられない」

「じゃ、角が飛車を取ったら？」

「取ったら……あれ？」久美子さんは飛び上がりそうになりました。「あれ？　これもしかして？　あれ？　もしかしてこれでも、王様逃げられない？」

「味方の角が邪魔をして……。逃げ道をふさいで……？」

「詰みですか……？」

「詰みました！」

「やった！」

将棋のド素人だけが味わえる、三手詰めを自力で解く爽快感が、久美子さんの中で爆発しました。興奮して新宮さんのほうを向くと、新宮さんの顔は彼女の目の前二センチくらいにありました。

二人はテーブルの中央で本を覗き込んでいたので、知らないうちに顔を寄せ合っていたのです。久美子さんの左のこめかみと、新宮さんの右のこめかみは、お互いの髪の毛でへだてられていただけで、事実上はくっついていたようなものなのでした。

ハッと二人は飛び跳ねて離れました。久美子さんは少しの間もじもじしてしまいましたが、見ると新宮さんは、顔は赤らめているものの、きりっとした微笑を浮かべながら目を逸らさず久美子さんを見つめていました。

その笑顔を見ていると、久美子さんも恥ずかしさを忘れて、素直に笑みを返すことができました。

「気持ちいいですね」新宮さんがいいました。

「爽快！」久美子さんがいいました。

「詰将棋ってパターンがあるから、いったん解けるようになると、ずんずん解けますよ」

「へーえ」

だから今すぐ次の問題をやってみな、なんていわれたら困るなあ、と牽制《けんせい》しながら も、久美子さんはわくわくしました。

「中沢さん」にこにこしたまま、新宮さんはいいました。「今度僕と、将棋をやりませんか」

「教えてください」

その言葉は久美子さんの口から、久美子さんにも意外なほど、すんなりと出てきたのでした。ついさっきは、ちょっぴり顔が近づいただけでも顔が赤くなっていたのに。

「日曜日」

新宮さんはそこまでいって、急に口を閉じました。微笑も消えて、何か変なものを呑み込んだみたいな顔になりました。

久美子さんは続きの言葉を待ちました。新宮さんはなかなか口を開きませんでした。

「はい」

久美子さんは新宮さんを励ますような気持ちで、話の続きを促しました。

それでも新宮さんは黙っています。

久美子さんは殆ど大勝負をかける思いで、新宮さんにニコリと微笑んで見せました。新宮さんは、顔はこちらを向いているのに、久美子さんも何も目に入っていないのか、魔法で固められた王子様のように、身じろぎもしませんでした。

久美子さんは、ここは辛抱強く、新宮さんが我に返るのを待つことにしました。食べ終えたお弁当箱をしまい、久美子さんは膝に手を置いて待ちました。

しかしそれから程なくして工場の中が賑《にぎ》やかになり、製材機の大きなモーター音がしてきました。お昼休みが終わったのです。久美子さんは行かなければなりませんでした。

「中沢さん」

久美子さんに、新宮さんが決然と声をかけました。

「はい」

「今度の日曜日、あいてますか」

久美子さんは、「あ、えーと……」と、日曜日の予定を思い出すフリを始めました。だけれども、どんなに顎に指をあて、目を上に向けて考えたところで、日曜日の予定なんか、ひとつもありはしません。

「あ、ごめんなさい」久美子さんは申し訳なさそうにいいました。「今度の日曜日は、ちょっと……」

「あ、じゃ、いいです」新宮さんは気まずそうでした。

「すみません」久美子さんの心はたちまち「申し訳なさそう」などではなくなり、腹の底から新宮さんに謝りました。「今度の日曜日だけ、どうしても」

「いいです。全然。全然いいです」

久美子さんはバッグを肩にかけ、立ち上がりながら、何度も何度も頭を下げました。言葉は出ませんでした。ここで口を開いたところで、すみませんとごめんなさいを繰り返すだけなのは、判りきっていたからです。久美子さんは自分の格好悪さ、気の小ささ、思いやりのなさに、泣き出してしまいそうになりながら、新宮さんの立ち尽くす、草ぼうぼうの庭をあとにしました。

久美子さんは自室に籠って時おりぼんやり詰将棋を解きながら、退屈という罰を受けて日曜日を過ごさなければなりませんでした。

自分が新宮さんを好きなのかどうか、何時間考えても答えは出ず、考えれば考えるほど、久美子さんの自己嫌悪は募っていくのでした。

彼女が新宮さんについて考えていた彼女の部屋には、自己流の祭壇があって、アロマキャンドルに照らされた大きな剛さんの写真が飾ってあります。

剛さんが亡くなったのは、十年以上も前のことです。奈良から東京へ出てくる前に、十三回忌法要も済ませていました。

祭壇の写真の剛さんは、いつの間にか、今の久美子さんよりも年下になっている。

――そんな風に思うと、久美子さんは、今でも涙が出てしまいます。

天寿を全うしたり、病気で衰えていった人と、事故で突然命を失った人とでは、魂のゆく道筋も、違うのではないでしょうか。十三年経とうが十五年経とうが、剛さんは今も、納得できないでいるのではないでしょうか。

奈良の家族と、それは幾度となく話し合ったことでした。奈良のお義母さんは、

――せやけど、もしかしたら剛は、今が一番楽なのかもしれへんな。生きてる時よりフットワークが軽いかもしれへんな。……といったことがありました。

お義母さんはその場にいた皆を笑わせよう、自分も笑おうと思って、そんなことをいったのでしたが、いい終えないうちに、ブワアッ、と泣き出してしまったのでした。

久美子さんにはあの時のお義母さんの、全部がよく判るのです。その通りだと彼女は思いました。久美子さんは、剛さんは納得いかなかっただろう、今も納得できないだろう、と思っています。けれども、今の剛さんが気軽であるだろう、とも感じるのです。そしてそれを思うと、涙が止まらなくなるのです。

そんな自分が、新宮さんの気持ちなんか、どうして考えられるだろう！　まして新宮さんを、自分が、どう思っているかなんて！　久美子さんは何かほかのことを考えよう、考えられないんだったらせめて無意味に下北沢をうろついてみよう、と思いながら、そのどちらもできないまま、ベッドに寝転がりながら詰将棋の本をお腹《なか》の上に開きっぱなしにして、ただ苦しんでいました。剛さんのことを思う自分も苦しく、新宮さんのささやかな誘い――それは結局、製材所の社員に覗き込まれない場所で将棋を指そう、というだけのことです――を、無下《むげ》に断ってしまったことも苦しいのでした。

結局、久美子さんは次の木曜日まで、新宮さんのことばかり考えていたようなものでした。そして自分なりの結論を出しました。あの時は新宮さんからの誘いを大袈裟に受け止めすぎて混乱してしまい、気持ちの準備ができていなかったから、断ってしまっただけだ、と考えることにしたのでした。だからようやく木曜日になって、トモジ製材所の倉庫に入った時、彼女は顔を合わせた新宮さんにまず、

「この間はすみませんでした」と、小声ながらもしっかりということができました。

「いいえー」

新宮さんはそう答えながらも、久美子さんの気持ちを表情から読み取ろうとする目つきで、じっと見ていました。

「あの、あたし、今度の日曜日だったら、予定ないんですけど」久美子さんはすぐに続けて、一気に用意していた言葉を出してしまうことにしました。「よかったら将棋教えてほしいんですけど」

「あ、はい」新宮さんは頷きました。「じゃ、お昼に、いろいろ」

「ですね」

新宮さんは一瞬、ポケッと口を開け、それから仕事に取りかかりました。久美子さんも黙ってクリップボードに在庫を記入し始めました。

お昼には、日曜日の何時、どこに集まるかを打ち合わせるだけでしたが、そのためにはお互いがどこに住んでいるかを教え合わなければなりませんでした。

新宮さんは藤沢市の、遊行寺《ゆぎょうじ》の近くに住んでいるのでした。そんなことといわれても、土地勘のない久美子さんにはイメージができませんでしたが、藤沢駅に近いということでした。藤沢と下北沢は、小田急線でつながっています。

「じゃ僕、下北沢に行きます」と新宮さんはいいましたが、

「それは悪いですよ」と久美子さんは答えました。「一時間くらいかかるでしょ？電車賃だって」

「大丈夫です」新宮さんはすぐに答えました。「もうすぐ給料入るし、ボーナスも出るんです」

「下北沢って、行ったことないから、いっぺん行ってみたい」とも、新宮さんはいいました。

日曜日の十二時に、下北沢駅の南口の前で待ち合わせることになりました。新宮さんはそっけなく、「じゃ、それで」といっただけでしたが、喜びと緊張が身体中からあふれ出ていました。

緊張しているのは久美子さんも同じでした。金曜日の仕事が終わると、土曜日にもなっていないうちからソワソワして落ち着きません。彼女は、奈良へ移ってから東京へ戻ってきた今までの長い年月、友だちと出歩くといったことは、殆どなかったのです。何を着ていったらいいか判らないし、着ていくものなんかありません。

土曜日は一日、下北沢の古着屋さんや洋服屋さんを歩き回るのに費やしました。何を試着しても自分が年をとったのを鏡に見せつけられているような気がしました。体型も垢抜《あかぬ》けなくなっています。けれども、それでもやっぱり、よそ行きの服を選んで買うのは心楽しく、久美子さんは日頃の哀しみを、つかのま忘れることができました。赤いラインの入ったスニーカーも買いました。

足が細く見えるデニムパンツとチェック柄のシャツを着て、久美子さんは下北沢駅の南口で待ちました。十二時になっても、新宮さんは現れませんでした。五分ほど待っていると、汗をかいた新宮さんが、改札からではなく、駅の外から走って来ました。

「すみません遅れました。南口が判らなくて」新宮さんは息を切らしながらいいました。「連絡しようと思ったんですけど、ケータイ番号知らないし……」

それはその五分間に、久美子さんも思ったことでした。二人はメールアドレスもSNSのアカウントも、何ひとつ知らないままなのです。（今日のうちに連絡先を交換することになるのかな）と、久美子さんは思いました。

しかし今は、それどころではありません。狭いようで広いようで狭い、この下北沢のどこかに、将棋のできるレストランか喫茶店を探さなければならないのです。それは久美子さんの役目なのでしょう。

「カレー屋さんでも、いいですか」久美子さんは恐るおそる尋ねました。

「ありがとうございます」新宮さんの返事も、なんか変でした。

南口の、狭くて人がびっしりと行き来している商店街を、久美子さんは案内しながら歩きました。あまり出歩かないといっても、このあたりは彼女の古巣です。小さいお店が左右にひしめいていました。このお店は昔からある、このお店は以前は古本屋さんだったと、久美子さんは自分でも頼りないと感じる声で語りながら、ゆっくりと歩きました。新宮さんはそのいちいちに感心していました。

商店街が終わりかかったあたりに、カレー屋さんの看板がありました。手描きのイラストがあって、下に矢印が出ていて、「この先六十三歩」と書いてあります。

矢印の先は、商店街よりもっと細い、古い住宅街みたいな道になっていました。

「ほんとに六十三歩で着くんですよ」

久美子さんは何度か試したことがありました。

「へえ。僕の足でもかな」

「大股で歩いたら駄目ですよ。普通に歩くの」

「そういわれると、普通に歩くって難しいな」

そんなことをいいながら、二人で「いち、に、さん……」と声を出して歩いていると、ちょうど六十三まで数えたところの目の前から、カレーのいい匂いがしているのでした。

床に木の板が敷いてある、こぢんまりとしたお店でした。

「おしゃれなお店ですね」

店の前で立ち止まって、新宮さんが小さな声でいいました。

「いいのかな、僕なんかが入って」

「大丈夫。あたしだって、しょっちゅう入ってるんだから」

お店は空《す》いていました。カウンターもありましたが、将棋をするのでテーブル席に向かい合って座ることにしました。いつものお昼と同じです。メニューはあまり多くありませんでした。こだわりのカレー、なのかもしれません。久美子さんがビーフカレーを注文しました。宮さんも、同じものを頼みました。

お店の人がいなくなったのを見て、新将棋盤を取り出しました。どのおもちゃ屋さんにも売っている、安物のマグネット式のものです。新宮さんはちっぽけな駒を並べる、久美子さんの指先を見ていました。見られていることに、久美子さんは気がつきました。

「きちんと並べるんですね」新宮さんは、言い訳のようでなくいいました。「王将から並べて、駒を枡目《ますめ》の真ん中に置いてる。並べ方でその人がどれくらい強いか、判るらしいです」

「お父さんと、小学校中学校の頃に、ちょっとやってただけです」久美子さんは照れました。「でも駒の並べ方はきちんとしなさいっていわれて。今でも憶えてる」

それを聞いて、新宮さんは黙ってしまいました。久美子さんには、なんでだか判りません。勝負モードに入ったんだろうと解釈して、じゃんけんをしました。久美子さんが先手になりました。

「なんか、いいなあ」

新宮さんがため息を漏らすようにそういったのは、二人とも玉を囲い終えた頃でした。

「何がですか？」

久美子さんがそう尋ねても、新宮さんはすぐには答えませんでしたが、しばらくして、

「お父さんと将棋をした、っていうのが」

と呟いて、歩を突き出しました。

「僕、父親と一緒に暮らしたことがないんです」

「そうなんですか……」

そんな相槌《あいづち》が、嘘臭く聞こえてしまいそうな話です。久美子さんはよく知らないけれど、普通の母子家庭で育っても、父親の記憶くらいはあるのではないでしょうか。ただ、そういう凄《すご》すぎる話はちょっと聞きたくないな、会ってまだ三十分くらいだし、という気持ちも、彼女にはあるのでした。

その気持ちが伝わったわけでもないでしょうけれど、新宮さんはそれ以上父親については語らず、「そう指すと、その桂馬がタダになりますよ」と、将棋に話を戻しました。彼も気持ちの準備ができていなかったのかもしれません。それにふた皿のビーフカレーもやってきました。駒をずらさないように将棋盤を脇へよせ、二人は平皿に盛られたカレーを食べました。

「うまいなあ」新宮さんは、たった今の話題を忘れたかのように感嘆しました。

「いくらでも食える。大盛りにすればよかったなあ」

「お肉も柔らかいし、ご飯もおいしい」久美子さんが控えめな声でいうと、新宮さんは、

「うまいこといえないけど、うまいなあ」

自然にそういってから、それが図らずもダジャレみたいになったことに気がついて、自分でクスッと笑いました。久美子さんは、ダジャレはともかく、新宮さんの照れ笑いの可愛らしさに、思わず笑顔になりました。

合い間にちょこちょこと駒を動かしながら、カレーを食べていると、お互いに対してだんだんと、心安い気持ちになっていきました。無駄な力が抜けていって、それまでの自分に警戒心があったことに気づかされる、そんな種類の心安さでした。初めての将棋は久美子さんの王将が詰まされてしまいましたけれど、お互いに勝ち負けなんかは二の次でしたから、終わると将棋盤をそのままに、二人は下北沢の話や製材所の話をするようになりました。

それは楽しい雑談でした。けれども久美子さんは内心で、さっき新宮さんがちらっと話した父親のことが、やっぱり引っかかっているのでした。

もう一局くらいやりたいけれど、このお店で粘るのも悪い、という話になりました。

「どこかで、コーヒーでも飲みますか？」

久美子さんはカレー屋さんからほど近いところにある、古い喫茶店に新宮さんを連れて行くことにしました。

「今のカレー屋さんより、もっと敷居の高そうなところなんですけど」久美子さんはいいました。「ほかに喫茶店とか、あんまり知らなくて」

「平気です」

この人はどんどんしっかりしていく。賑やかな下北沢の小道を、殆ど久美子さんを先導して歩くような新宮さんの背中を見て、久美子さんはそんなことを思いました。

歩行者の行き交う中に、たまに自動車やトラックが人間をかき分けるように通り抜けていきます。そんなとき新宮さんはさっと腕を出して、久美子さんに車が近づきすぎないようにガードするのでした。

喫茶店はビルの二階にあって、落とし気味の照明の中、静かなジャズの流れているお店でした。

（いいのかな）久美子さんはみるみるうちに堂々としていく新宮さんを見ながら、慎重に考えました。（……まずかったらまずかったで、いいや。もどかしいままで今日を終わりにするよりいい）

「あたし、今は父とはあんまり仲良くないんです」

久美子さんは少し唐突に、そういいました。

「将棋やってた中学の頃は、まあ好きだったんですけど」

「一緒に住んでるんですか？」

下北沢の近くに実家があるという話は、以前に出ていました。久美子さんは頷きました。

「そういうの聞くと、なんか」

新宮さんの笑顔は歪んでいました。久美子さんは目で続きを促しました。

しばらく迷っていた新宮さんは、警戒するような照れ笑いを浮かべてから、真面目な表情になって口を開きました。

「僕は物心ついた頃から、施設で育ったんですよ。だから、お父さんと一緒に住んでるのに、仲が良くないとか、そういうの、よく判んないんです」

久美子さんは返事もできず、新宮さんから少し目を逸らしてしまいました。離婚した母子家庭で育ったのかも、くらいのことは想像していたけれど、どうやらそれどころではなさそうです。

「僕が生まれて半年くらいして、母が死んじゃったそうなんです」新宮さんは久美子さんの様子に構わず、話し続けました。「父は今でも生きてるはずなんですけど、貧乏だか、育児放棄だか、その両方だかみたいで、赤ん坊の僕を引き受けなかったんです。それで乳児院に入れられて――記憶はありませんけどね。それから小、中、高は児童養護施設から通いました。今の職場も施設から紹介されたんです。住んでるアパートも――」

新宮さんが話にひと区切りつけて、コーヒーカップに口をつけても、やっぱり久美子さんは相槌が打てませんでした。想像を絶しています。母親がいないというだけでも、彼女には実感できません。育児放棄なんていうのは、テレビか新聞で見る、遠い世界の他人事《ひとごと》です。児童養護施設に至っては、ドラマや映画（それも外国映画）の「設定」でしかなく、現実にある場所だとすら、彼女は思ったことがありませんでした。

「もしかして……」

黙りこくっている久美子さんを見ている新宮さんの目は、哀しそうでした。

「恐《こわ》い感じですか？　僕のこと、恐いみたいに思っちゃいました？」

「恐い？」久美子さんはきょとんとしました。「恐くはないです」

「ああ」

久美子さんの言葉にも、口調にも、表情にも、取り繕っているところがないのを見て、新宮さんは安堵した声を出しました。

「びっくりしちゃって」

久美子さんは言葉を継ぎました。思っていることを示さなかったために、彼が不安になったのを悟ったのです。

「なんか、そういうの、聞いたことなかったし。そういう人、知り合いにもいないし」

「ですよね」

「なんて返事していいか、判らなくて」

「別に普通でいいです」新宮さんは柔らかい声でいいました。「普通なのがいいです」

「普通っていわれてもなー」久美子さんは戸惑いをそのまま言葉にしました。「それって、ほかの友だちと同じように接してほしい、っていう意味でしょう？」

新宮さんは頷きました。

「だけどあたし、あんま友だちとかいないんだもん。普通に付き合うとか、ないんだもん」

「今みたいな感じで、いいんです」新宮さんはそういって、思い出したようにバッグから将棋盤を出しました。「一局、やりましょう」

二人は、カレー屋さんより小さなテーブルの上で、窮屈に駒を並べました。

「中沢さん先手でいいです。お願いします」

「お願いします」

久美子さんは歩を突いて角道を開けましたが、ぼんやりしていました。

「つらかったですか」

「施設は、全然。ひどいところもあるらしいし、施設ってほんと、合う合わないの落差が激しいんですけど、僕は楽でした。そういうとこしか知らないだけかもしれないけど」

二人は少しのあいだ、黙って駒を動かしていましたが、

「でもやっぱり、親に見離されてますからね」やがて新宮さんは呟くようにいいました。「それは、ちょっと、きついっていうか」

「お母さんは、どうして亡くなられたんですか？」

「交通事故だって」

特に感情もなく、通りすぎるようにいわれた新宮さんの答えに、駒を動かそうとした久美子さんの手が止まりました。その右手は、やがて細かく震え始め、久美子さんはさっとその手を引っこめました。

交通事故という言葉が、久美子さんに剛さんを思い出させないわけがありませんでした。

3

どうぞ、と新宮さんにいわれて、久美子さんは目を上げました。

「中沢さんの番です」

そういわれても、久美子さんにはどの駒を動かせばいいかも判らなくなりました。頭の中にいろんなことがぐるぐる回っていて、将棋なんかは弾《はじ》き飛ばされてしまったのです。

新宮さんは少しうつむいている久美子さんを、黙って見守っていました。二人のコーヒーは、すっかり冷めてしまいました。

久美子さんが結婚していた――している――ことも知らない新宮さんが、剛さんの交通事故を知っているわけがありません。剛さんの車に衝突したのは泥酔したトラック運転手ですから、同じ事故であるはずもありません。毎年、何千件とある交通死亡事故のうちのふたつが、お互いの人生を根元から変えてしまった。それは非情な運命であったとしても、それ以上に剛さんの事故と新宮さんの母親の事故とを、結びつけるものではないのです。

しかし久美子さんが胸の中の動揺を収めることはできませんでした。

新宮さんは、そのあいだずっと黙って待っていました。目の前の彼が黙っているのは、将棋の手番を待っているからだと、久美子さんが気がつくのには、さらに時間が必要でした。久美子さんはろくに駒を見もしないで、ひとつ前に突き出しました。

「それは、桂馬」新宮さんは静かにそういって、くすっと笑いました。「前には進めませんよ」

「あっ」

久美子さんは赤くなって歩を動かしました。

「将棋を教えてくれたのも、施設の職員さんなんですよ」新宮さんはいいました。「将棋の好きな若い人がいて、みんなに教えてくれて……。難しくって投げ出す子もいたけど、ハマる子はハマって、楽しかった」

お互いに玉を囲っているあいだ、新宮さんはぽつり、ぽつりと、こんなことを話しました。

「将棋は、現実的じゃないからいい……。現実は将棋より、はるかに残酷だから。……前にテレビでね、ある実業家が、企業を買収しようとして、将棋なら詰んでいるんだから、諦めて俺に買収されるしかない、みたいなことを、いってたんですよ。……そんなもんかな、と僕は思った。将棋だったら、確かに詰んでしまえば負けで、それよりほかはないけれど、現実の社会じゃ、いくら将棋で王様が取られても、将棋盤をひっくり返して、相手をぶん殴って、無理やり降参させることだってできますからね。……そういうことがないからこそ、将棋は面白いんだから……」

新宮さんは、穏やかかな、はにかむような口調でそういいましたけれど、久美子さんは哀しい目でその表情を見ました。彼女はその言葉の背後にある新宮さんのこれまでの人生が、どんなに恵まれない、気の毒なものであるかを、直覚したのでした。

この人に何もかも告げてしまおうか。

「しまった」新宮さんが、指した後にいいました。「しくじった」

そして両手を脇の下に入れて、ウーンと唸《うな》り始めたのです。いかにも自分が「待った」をしないように、両手を制しているようです。

「チャンスですか、あたし」

「そっちから見れば、チャンスです」といいながら新宮さんは、「やばい、しまった」と悔しそうでした。

久美子さんは盤面をぐるりと見渡しました。どこかに相手の隙があるというのです。それを探せば、まだまだ序盤ながら勝機があらわれる。

「どこだろう。えー？　どこだろう」といいながら、久美子さんは互いの駒の動ける範囲を頭の中で追いました。

「三手ひと組です」

「三手ひと組って、どっからやるんだろう……。ヒント教えて」

「今のがヒントだよ」新宮さんは噴き出しました。「三手ひと組で、こっちは大ピンチ」

「三手の最初の一手だけ教えて」

「教えま、せん」

それきり新宮さんは口をへの字にして、それ以上決して漏らすまいという意思を示しましたから、仕方なく久美子さんは一人で頭をしぼりました。

五分考えていたのか、十分だったたか、ある単純な一手を彼女は考え続け、やがて考えるのに疲れ果てて、水に飛び込むような気持ちで、

「えいッ」と声を出して、新宮さんの陣地に駒を打ち込みました。

「そうッ」新宮さんは大きく頷いてその駒を取ります。そこで久美子さんは王手をしました。新宮さんの王将は逃げるしかありません。久美子さんが思いついていたのはそこまででしたが、実際にその盤面になってみると、王手をした駒でやすやすと銀を奪うことができるのでした。

「やった！」

思わずそう叫んだとたんに、新宮さんの背後にいたサラリーマンが振り返ったの

で、久美子さんは赤くなって首をすくめました。そして気がつきました。

三手ひと組を考えていた今、あたしは確かに、現実にいなかった。

どこで何をしているかも、新宮さんも、仕事も親も、頭から消えていた。剛すらいなくなっていた。現実がなかった。そのことに気がついて、我に返って、その五分か十分かを振り返ってみると、それは、なんと晴れやかな気分だったことか。

「一緒になって喜んでる場合じゃないんだよなあ」

久美子さんの気持ちはもちろん、背後のサラリーマンの視線にも気づかない新宮さんは、腕組みをして前のめりになり、次の手を考え始めました。

そしてそれから一時間ほども、二人はろくに口もきかず、ひたすら目の前の将棋を指し続けました。他人が見たらそれは、なんの面白味もないへぼ将棋でしかなかったでしょう。しかし彼らは真剣になって、そのへぼ将棋を指していました。相手が進める駒の意外さに息を詰め、思い描いたようにならなかった盤面を一から考え直し、向こうの意表を突こうと狙いを定める。その真剣さには、なぜか不思議な艶やかさが、見えない靄《もや》のように、立ち昇っていたのでした。久美子さんの頰は紅潮し、新宮さんの息は久美子さんにだけ聞こえる、微《かす》かな音を立てていました。

最後は、角も銀も桂馬も香車も取られた新宮さんが、久美子さんに王手飛車取りをかけて勝ちました。久美子さんはテレビの将棋番組や「フィクショネス」の男た

ちがやっているみたいに、小さく、

「まいりました」

といって、ぺこりと頭を下げました。そんな悔しいことは「フィクショネス」でも、幼い頃に父親を相手にした時にも、やったことはありません。しかしこの時は、悔しさなんかは少しもなく、しばらくのあいだ、頭がぼんやりしていました。新宮さんも勝ってにこりともしていませんでした。

「まいりましたので、コーヒーを奢《おご》らせていただきます」

しばしの沈黙の後、久美子さんはそういうと、新宮さんの返事を聞かずに手をあげ、コーヒーのお代わりを頼みました。

新宮さんも異は唱えませんでした。黙って、終局の盤面を見ていましたが、やがて名残惜しそうに駒を片付け始めました。

「……今の将棋、中沢さん、いいとこいっぱいあったよね」新宮さんはいいました。

「俺、何回もヒヤヒヤしたよ」

「ってことは、あたしが新宮さんに見えてるような、いい手を指さなかったってことだよね」

「今度から、棋譜つけながらやろうか」

「めんど臭いよ」久美子さんはそういって、唇に寄せているコーヒーカップごしに、新宮さんをちらと見ました。「強くなんなくてもいい。ヒヤヒヤさせられたら、あたしはそれで充分」

新宮さんは彼女の言葉と声に、どきりとしたような顔をしました。

そして……それだけです。その日はお代わりのコーヒーを飲んでしまうと、二人は駅までの道を少しばかり遠回りして、下北沢の街並みを見物して、夕方過ぎに改札の前で別れました。

帰り際、新宮さんがやけに肩を四角くして、

「また日曜日に将棋やりましょう」

といったのが、せめてもの――恐らく、お互いにとっての――収穫でした。

「はい」

「今度の日曜日は駄目ですか」

「大丈夫」

久美子さんの返事を聞くと、新宮さんはフウーッと大きく息を吐き、

「それじゃ！」

といって、久美子さんに手を振りながら改札口に入っていきました。後ろ向きに歩いていたので、駅から出てきた人に、思い切りぶつかって、新宮さんはぺこぺこ頭を下げていました。久美子さんもつられて、ぶつかった人にぺこぺこしてしまい

ました。

それから二人は、木曜日と日曜日に会うようになりました。久美子さんは、電車賃が申し訳ないから、今度はあたしが藤沢に行くといったのですが、新宮さんは藤沢なんかちっとも面白くない、電車賃なんか大したことないよと、微笑むばかりです。それからは新宮さんが下北沢に来るのを、久美子さんが改札口で待っているのが、当たり前のようになりました。

そして、日曜日に会ったところで、最初の二回はとうてい「ゆっくり話をする」というようなものではなかったのです。いや、誰に遠慮するわけでもなく、いつまでもだらだらお喋りをしていたには違いないのですが、それは殆ど将棋の話でした。金と角と両方取れるならどっちを取るとか、「桂の高跳び歩の餌食」とか、たいしてうまくもないくせに、二人ともそんな話をえんえんとしているのでした。

そんなデートを二度繰り返して、次の木曜日、久美子さんはお弁当を食べながら、「今度はあたしが藤沢に行きます」といいました。

「いやあ、いいですよ」新宮さんは答えました。二人とも、日曜日にはざっくばらんにお喋りするけれど、製材所では相変わらず敬語を使うのでした。「藤沢なんか」「水族館があるんでしょう?」それだけのことをいうのすら、久美子さんにとっては思い切った飛躍でした。「行ってみたいな、江ノ島の水族館」

新宮さんは、初めて久美子さんをデートに誘った時と同じ顔をして、一瞬息を詰めました。

「将棋しかしないデート」から「将棋しかしない」を引いて「水族館」を足せば、それは「水族館デート」になるのではないでしょうか。そういうデートを、久美子さんはリクエストしているのではないでしょうか。

「水族館なんて、僕も行ったことないですよ」新宮さんは声を低めました。「藤沢っていったって、江ノ島って、僕の住んでいるとこからは、ずいぶん遠いんです」

久美子さんはぐっとこらえて、黙っていました。口を開けばあっさりと、じゃシモキタでいいですと、いってしまいそうになったからです。

その代わりに、彼女は精一杯の思いを込めて新宮さんを見ました。

「判りました」新宮さんは答えました。「じゃ、お昼に、小田急線の片瀬江ノ島駅」

「えっ、あっ、はい」

「片瀬江ノ島駅、判りますか」

「判ると思います」と久美子さんはいってから、「……ちっちゃい時に、一回行っただけだけど」と付け加えました。

「改札はひとつしかないんですよ」覚悟を決めたのか、新宮さんはきりっとした顔をしていました。「そこ出たところで待ってます。お昼より前の方がいいかな。日曜日、きっと混むから」

「十時くらいですか。十時半くらい……?」久美子さんは、なんだか少しずつ自分が、新宮さんのペースに呑まれているような気がしてきました。

「だいたいでいいですよ。着いたら電話ください」

確かに新宮さんは、なぜか久美子さんをリードできているのでした。久美子さんは彼のいう通りにバッグから携帯電話を取り出し、彼がいう通りの番号をプッシュして、呼び出したところで切りました。新宮さんは仕事中に携帯を持ち歩かないので、そうすれば彼の電話に着信履歴が残ります。

初めて下北沢で会った時から不便を感じていたのに、それからもずっといい出せなくて棚上げにしていた連絡先の交換も、新宮さんはあっさりとやってのけてしまいました。

「水族館のこと、いろいろ、調べておきます。道順も知らないから」新宮さんはにっこりと笑いました。

(やばいなあ……)

久美子さんは、うまく微笑み返すこともできませんでした。新宮さんの笑顔に、胸がぎゅっと苦しくなったのです。

梅雨入りして、ぐずぐずした天気が続いていたのに、日曜日は初夏の乾いた晴天が広がりました。

久美子さんは土曜日に買った、地味なオレンジ色のワンピースを着て、インターネットで調べた通り、十時半少し前に片瀬江ノ島駅に到着する急行電車に乗って、大ぜいの家族連れと一緒に、長くて広いプラットホームに降りました。

みんなの進んでいく方向に改札があるんだろうとは思いましたから、久美子さんも同じ方へ歩いてはみましたが、それでも心配で、駅の外へ出てしまう前に電話をかけることにしました。

「中沢さん」

携帯電話に目をやったとたんに声をかけられ、久美子さんは驚いて身体をぴくりとさせました。

ブルーの半袖シャツを着た新宮さんが、目の前に立っていました。

「日曜日だから、すごい人だね。電車混んでたんじゃない？　疲れたでしょう」

「ううん。登戸《のぼりと》で座れた」

「よし。じゃ、行こう」

駅へ降りた時から気配のあった海風が、外へ出てすぐに二人の頰を吹き過ぎていきました。陽射《ひざ》しは強いけれど、困るほど暑くはありません。

駅を出た観光客の多くが、駅舎に携帯やデジカメを向けているので二人も振り返ると、駅舎は朱色の柱に派手な黄緑の屋根、屋根の端には黄色のシャチホコみたいな飾りまでついていて、まるきり竜宮城の趣きなのでした。

「面白いねえ」と久美子さんがいうと、

「写真、撮ろうよ」と新宮さんは、ジーパンのポケットから携帯を取り出しました。

二人の写真を撮ろうなんて、それまでの新宮さんからは、考えられない大胆な提案です。新宮さんは思い切り手を伸ばしてシャッターを押しました。見ると、二人のこわばった顔ばかりがやけにでかく写ってしまい、竜宮城が殆ど入っていません。すると彼は、近くにいたランニングシャツのおじさんに携帯を渡し、撮影を頼むことまでしました。

横断歩道を渡ると、街灯が並ぶだけで電信柱のない、幅広の歩道の向こうに、海岸が姿を現しました。

そのさらに先には、大きな灯台のある江ノ島が、意想外の大きさで、どんと居座っています。

車道は渋滞していて、どの車かが積んでいるらしいラウド・スピーカーからはドンドンという音が鳴り続けています。歩道は足元を走る子どもや、急に立ち止まる人々のために、思う歩調で進むこともできません。砂浜は建てられ始めた海の家が並んでよく見えないし、海の浅瀬では水着の男女が野卑な声をあげています。風が砂や湿気を運んでくるようにもなりました。

それでも久美子さんは、心が海へ広がっていくようでした。新宮さんも笑顔を輝かせていました。そんなことにも久美子さんは、今初めて気がついたような気がしましたが、並んで歩くと、新宮さんは久美子さんより、頭ひとつ背が高いのでした。

水族館も混んでいて、興奮した子どもの叫び声や泣き声がうるさいほどでしたが、室内の空気は涼しく、照明も心地よい薄暗さでした。

中へ入るとほどなくして、新宮さんが通路の途中で不意に立ち止まりました。

「僕、ここ、来たことある」

はからずも記憶がよみがえって、呆然としている顔でした。

「ほら、この大きな水槽の中が波打ってるの、憶えてる。施設の遠足で来たんだ」

それはとても大きな水槽でした。通路はその水槽の下まで、ガラスの縁に沿って下る坂になっていました。初めに見た水の上で人工的に作られていた強い波は、下から見上げると無数の泡を立て、水中を白くかき混ぜているのです。そこでは種々の魚や堂々としたエイが泳いでいる中を、何千もの鰯《いわし》が、みずからのいのちに命ぜられるまま、寄り集まってひとつの大きな生き物を模し、羽衣のようにきらきらと銀色のお腹を細かく光らせながら、せわしなく、休みなく泳ぎ続けているのでした。館内はごった返していて、近寄るのもなかなか難しい水槽もありましたが、急ぐつもりのない二人はぽつぽつとお喋りしながら、ゆっくり魚たちを見て回りました。それに混雑には濃淡がありました。イルカやアシカのショーが始まりますというアナウンスがあると、水槽の前から子どもと親の数は減っていきました。久美子さんはアシカショーも見たいと思っていましたが、アナウンスがあっても何もいわない新宮さんを前におとな気ないかなと、我慢することにしました。

「前に来た時より、おしゃれになっている気がする」新宮さんはあたりを見回しながらいいました。「あの時は、もっと陰気な場所だった。——僕が暗い気分だっただけかもしれないけど」

「みんなと一緒に、水族館に来てるのに？」

「あたり一面、親子連ればっかりでしょ。僕にはそういうの、なかったから。今もだけど」

久美子さんはなんと声をかけていいか判らなくて、黙って海老《えび》や海藻《かいそう》を見ていました。そして少しして、「ごめんね」といいました。

「えっ。どうして？」

「親子連ればっかりのとこ、行きたいなんていっちゃって」

「そういう意味じゃないよ」新宮さんは微笑みました。「今は、親子連れなんか何人見たって、なんともない。もういい大人だしね。ここは楽しい。来てよかった」

そういわれても久美子さんには、新宮さんの微笑や言葉に、さまざまな意味合いの哀しみが潜んでいるように思えてなりませんでした。

やがて二人は、暗い水槽の並ぶ一郭に入りました。暗い中に電飾がちらちらと、静かに光っています。しかしそれは電飾ではありませんでした。

「ああ、くらげだ」

新宮さんは感嘆したような声をあげました。

ショーの時間とお昼が重なったためなのか、くらげの部屋はやけに人影がまばらでした。つい今しがたまで子どもや男女の騒ぐ声であふれていたのに、一歩で別世界に足を踏み入れてしまったようです。静けさは、少し気味が悪いほどでした。

けれども、人の少ないことを怪しんだのは、二人ともつかの間でした。久美子さんも新宮さんも、すぐに水中を漂うくらげの姿に、魅了されてしまったからです。

多くのくらげが、いわれてみれば他の名は付けられない、そのものずばりの名を与えられていました。瓜《うり》の形をしているだけでなく、まくわ瓜や隼人《はやと》瓜のように縦《たて》縞《じま》があって、その縞に光の筋を流しているのは、ウリクラゲというのだそうです。

左右に分かれた身体を羽のようにひらひら動かしながら水中を飛んでいるのは、チヨウクラゲ。細長く、身体の下から上へと光の粒を滑らせている、フウセンクラゲ。ドレスのフリンジみたいな紐をひらひら動かしながら、横になったりひっくり返ったりしている、小さなヒトモシクラゲ——それは急に人のいなくなった周囲の様子と同じくらい、いやそれ以上に夢幻的でこの世ならぬ、しかしまぎれもない生の姿でした。

「中沢さんと、ここへ来られてよかった」新宮さんは、水槽から目を離すことなく、そっと呟きました。「好きです」

久美子さんも水槽を彷徨《さまよ》うくらげを見つめていました。目を逸らすことができなかったのです。目を逸らせば、新宮さんを見てしまうでしょう。そうなったら、もうほかのものは目に入らなくなってしまうかもしれません。

どう答えたらいいのか。何をいうことができるのか。

かたくなに水槽を見つめる久美子さんの視界の端に、新宮さんがこちらへ顔を向けたのが見えました。

「ごめんなさい、ですか」

気持ちを受け容れてはくれないのですか、という意味です。久美子さんはすぐに答えました。

「いいえ」

その声ははっきりして、ひどく張りつめていました。冷たくなってしまった声の響きを、もうひと言かふた言補って、取り繕う方がいいだろうか。久美子さんは一瞬惑い、すぐに思い直しました。冷たく張りつめていて、いい。だって彼女の心は、まさにその通りだったのですから。

その代わりに久美子さんは——なんの代わりなのか、彼女にはよく判らなかったし、頭でも心でも、そんなことをするつもりはなかったのに——、新宮さんの指先を、くらげに目を向けたまま探り、そっと握りました。

彼女の手を新宮さんの親指が包み、握り返しました。

人が見たら、いやらしいおばさんが若い美青年をたらしこんだみたいに見えるのじゃないかと、久美子さんは恥ずかしくてなりませんでした。

二人はくらげの水槽を、手をつないだまま見て歩きました。けれども久美子さんには、もはやくらげは夢とうつつのどちらともつかぬ、ぼんやり点滅する青白い影のようなものでしかなくなってしまって、それはとうてい「見て歩く」というようなものではありませんでした。水槽の前を歩き尽くして我に返ると、くらげを見物する客はさっきよりぐんと増えていて、久美子さんは、あれ今まで自分はどこにいたんだろうと思ってしまったほどでした。つないでいた手は、いつの間にか離れていました。

階上の明るい場所にあるカフェテリアで、二人はホットドッグを食べました。お昼はとうに過ぎていたし、お腹が空いていたようにも思えるのですが、久美子さんはどきどきしてしまって、そう大きくもないホットドッグを半分ほど食べると、それだけで何も食べられなくなりました。

ここでは二人は、食事も喉を通らなくなるほど緊張して、お見合いみたいに向かい合って黙っていたのかというと、そんなこともないのでした。けして口数は多くありませんでしたが、しかしトモジ製材所で出会ったばかりの時のような、戸惑いと若干の警戒心の含まれた、相手の出方を見る無口ではなく、お互いの中にある優しい高揚感を無駄な言葉で壊さないようにしながら、それでも通い合おうとしている無言の会話でした。

「あたし、三十七歳ですよ」

久美子さんがそれだけいえば、新宮さんはただ、

「僕はもうすぐ三十」と答えるだけです。

それだけで新宮さんには、久美子さんが年齢をどれだけ気にかけているか、それについてどんな思いでいるか、すっかり理解できたし、新宮さんの返答と表情を見れば、久美子さんは気持ちが楽になり、年齢なんか気にかけていた自分が、ただ気弱になっていただけだったような気がしてきます。

また、新宮さんが、

「びくびくしてるの、よくないと思って……」

といえば、久美子さんにはそれが、今までの新宮さんの、彼女に対する怖気《おじけ》づいたような態度のこと、そしてそれを改めようと心を決め、彼女の前で堂々とするようにしたこと、それは木曜日に久美子さんが、水族館、といった時の決心であることまでが、彼女にはすべて伝わってきたのです。

そんなとつとつとしたお喋りをしているうちに、四時になりました。新宮さんは、そろそろイルカやアシカのショーが始まる、見に行こう、と立ち上がりました。

「あんな子どもっぽいの、興味ないのかと思ってた」

久美子さんが嬉しくなってそういうと、

「最後の回は日曜日でも比較的空いてるって、ネットに書いてあったんだよ」

新宮さんはちゃんと調べておいてくれたのでした。

陽射しは少しばかり夕焼けの気配を見せ始めていました。空いているといっても、広い客席の七割ほどは埋まっています。二人は中央の後ろの席に並んで座りました。

アシカが拍手をしてから、輪投げの輪を首で受け止める。イルカが水中から飛びあがって、ボールを鼻先で突っつくと、大きな水しぶきが上がる……。そんな昔ながらのショーが、久美子さんには可愛らしくてなりません。隣を見ると新宮さんも手を叩いて笑っていて、いつしか二人の会話も、自然となめらかになっていきました。

（この人、あたしのこと、好きですっていったんだなあ……）

それは久美子さんが、二十二歳の時から今まで、感じることも忘れていた幸福でした。

水族館を出たのは閉館間際でした。さすがに二人ともお腹がぺこぺこになったので、近くのファミリーレストランでパスタを食べました。

「今日は、将棋持ってこなかったね」

久美子さんは明るくそういいました。

「だって水族館っていわれたら、将棋じゃないってことだと思ったから」

持ってくればよかった？　という意味が含まれていました。

「いいの」久美子さんはいいました。「やりたいわけじゃないの。今日はね」

「ほんとは、ちょっと持って行こうかなって思ったんだけど、今日将棋やりたくなったら、男じゃないと思って」

「なにそれ」

久美子さんは新宮さんの大袈裟な決意に思わず笑ってしまいましたが、彼のそんな気持ちも、実はよく判るのでした。

食事のあとは、夕暮れの海岸を歩きました。

「今日は、よかった」新宮さんはいいました。「最初はね、どうなることかと思ってた。僕、今日、しょっぱなから失敗しちゃったから」

「失敗なんか、したっけ」

「覚えてないかな。水族館に入ってすぐ、施設の遠足で来たことあるって、僕、いったでしょう」

「いってた」

「ほんとは、今日はね、施設の話なんかしたくないなって思ってたんだよ。もともと、あんまり好きじゃないんだ。施設を出たから、どうとか、こうとか、いったり、いわれたりするの。それなのに、自分から口火切っちゃって。あーシクッた、こっから施設の話題がふくらんじゃったらどうしようって、ちょっと身構えてたんだけど、中沢さん、そんな話、全然しなかったよね。今日だけじゃなくて、いっつもしないよね」

「だって知らないから」久美子さんは内心、気を使いながら答えました。「施設なんて、ドラマとかでは見たことあるけど、ドラマとは違うに決まってるし」

「そういうとこ、中沢さん、いいよね」新宮さんも考えながら話していました。

「なんか施設出身て、全員だいたいおんなじとか思ってる人、けっこういるんだ。

実際は施設だって、その中にいる子どもだって、一人ひとり、ずいぶん違うんだけどね」

「でしょう？」

「可哀想とか、トラウマがあるとか――善意でいってくれる人もいるんだけどね。まー確かにトラウマあるんだろうし、可哀想なのかもしれないけどさ。だいたいコンプレックスあるから、僕の場合」

「ふーん」

「施設で十八まで、なんでもかんでも指導員のお兄さんとか、施設長さんとかにやって貰って、いきなり一人暮らしすることになって、自分一人じゃガス代も電気代も、どうやって払ったらいいか判んない、っていう……。アパート借りるのだって、結局人の世話にならなきゃ、保証人もいないからね。――そういうコンプレックスで、いじけて、手っ取り早く金儲けしようとしたり、おかしな道に踏み込んじゃう奴も、けっこういるんだ」

「新宮さんは真面目だよね」

「きっかけが、あったんだ。コンプレックスが軽くなるきっかけが。それがつまんない話なんだけど、製材所で働き始めた時にね……あの製材所だって、施設長さんの紹介で入れて貰ったんだけど、同じ頃にバイトで入った奴で、はたちで、普通の家の子がいたんだよ。そいつも一人暮らし始めたばっかりでさ。そいつが、みんなのところにガスの支払いの通知持って来て、これどうしたらいいんスかね、っていったんだよ。アレ？　こいつ、そういうこと親に教えて貰ったんじゃないの？……とはいわないで、黙ってたけど、先輩が同じようなこといったら、そいつ、いってたよ。『だって実家にいたらガス代なんか払わないじゃないスか』、って……。そーか、普通の家で暮らしてても、そういうの、判んない奴は判んないんだ……。それで、気が楽になって」

「へーえ」

「一人暮らしが寂しいのも、金が足りないのも、みんなおんなじなんだって判ったら、変な儲け話の誘いとか、相手すんのやめよって、すーっと思えるようになったんだよ」

「新宮さんは真面目だよ」

久美子さんはもう一度そういって、彼の話を聞きながらずっと考えていたことを、思い切って口にしました。

「あたし、そういうのよく判んないんだよね。施設がトラウマとか、なんだとか。コンプレックスもトラウマもない人なんか、いないよ。施設なんて、あたし興味ない。どうでもいい。あたしに大事なのは、新宮さんが真面目な人だってことだよ」

久美子さんには新宮さんの話が、くどく感じられたのでした。そのために彼女のいい方は、ちょっとキツくなってしまいました。そして久美子さんにとって、それは一番正直な、精一杯の愛情の表現でした。

驚いたことにその表現は、新宮さんに完全に伝わったのでした。そして新宮さんに自分の思いが伝わったと、久美子さんがすぐ察知できたのは、いっそうの驚きでした。なぜなら実際には、彼女の言葉に新宮さんは何も答えず、それどころかいきなり彼女から離れて波打ち際へ行き、足元の貝殻や石ころを拾い始めて、むやみに海へ投げていったからです。

新宮さんは硬い表情でした。奥歯を嚙《か》み締め、こらえていないと涙がこぼれそうに見えました。

そこには、久美子さんには知ることのできない、彼の悔しさがありました。と同時に、もしかしたらその長かった悔しさが、今からは少しずつ遠ざかっていくかもしれないという、彼がまだ知らない感情にあふれていました。それは殆ど、怯《おび》えているような表情でした。

久美子さんが近づいて、そっと背中に手を当てても、新宮さんはまだ海を見ていました。汀《みぎわ》が二人の安い靴を濡らしました。お互いも知らないうちに、二人は抱擁していました。

久美子さんが新宮さんの胸に顔をうずめていたのに、新宮さんは久美子さんに包まれているのでした。

帰りの電車は、片瀬江ノ島から藤沢まで一緒でした。新宮さんは、下北沢まで送る、といったのですが、そんなことをしたら、往復で二時間ほども新宮さんは小田急線に乗っていなければなりません。

「今度、どこに行こうか」

久美子さんは、控えめに誘いました。

「中沢さん、行きたいところある？」

新宮さんは久美子さんといられれば、どこにいてもいいのでした。

「木曜までに考えとく」といってから、久美子さんは思い出しました。「そうだ。下北沢で、あたしがよく行く将棋の会があるんだけど、行かない？」

「碁会所みたいなところ？」

「それがね、本屋さんなの。月に一回、夜にみんなで集まって将棋やるの。チェスもやるよ」

「チェス、やったことない。やってみたい」

「毎月の、最初の金曜日の夜。こないだは行かなかったけど、次は行こうと思ってたんだ」

「連れてってよ」

「いいよ」

――こうして久美子さんは、新宮さんを「フィクショネス」のチェス将棋イベントに連れて行くことになったのでした。それは別に、どうということもない、ただ将棋やチェスを指してひと晩を過ごすというだけのことと、二人は思っていました。けれどもそうではなかったのです。一度帰宅した久美子さんは、製材所から下北沢へ向かうという新宮さんを待ちながら、もしかしたら自分は、早まったのじゃないかという考えに取りつかれてしまいました。

久美子さんは、まだ、新宮さんを誰にも紹介したことがなかったのです。前にそれとなく、「フィクショネス」の店主のオサムさんに、人を連れてくるかもしれないといったことはありましたが、それが彼女にとってどういう関係の人か、どんな意味を持つ人なのかは、黙っていました。

その時は、新宮さんが自分の何であるか、はっきりしませんでした。今はどうでしょう。はっきりしたのでしょうか。もし、はっきりしているとして、それをオサムさんや、オサムさんの奥さんの桃子さんや、「フィクショネス」の常連のみんなに、どう紹介したらいいのでしょう。彼らはみんな、剛さんのことを知っているのです。

久美子さんの表情はこわばりました。これから行く将棋大会で、彼女に剛さんという人がいた、いる、ということを知らないのは、新宮さんただ一人だと気がついたからです。彼女はまだ、自分のこれまでについて、彼に告げてはいなかったのでした。

4

「フィクショネス」ではオサムさんが、テーブルの上の本を片付けて、将棋やチェスの盤を広げる準備をしているところでした。

久美子さんを見たオサムさんは、彼女の後ろから入ってきた新宮さんに目を向けました。

「新宮優樹さん」

それだけいいました。

「こんにちは。初めまして」

新宮さんが久美子さんの隣で緊張した声を出し、ぺこりと頭を下げました。

「いらっしゃい」オサムさんはぼんやりと答えました。ぼんやりしたまま、視線が新宮さんから離れません。失礼な人だなあと久美子さんは思いました。この図々《ずうずう》しい店主が、なんか立ち入ったことを訊いてきたらどうしよう。久美子さんは緊張していました。

しかしその緊張は、少なくとも新宮さんには伝わらなかったらしく、オサムさんと将棋の話なんかし始めました。どうやらオサムさんは、もっと根掘り葉掘り尋ねたいことがありそうでしたが、久美子さんの目つきを見て、我慢しているようでした。

そこへオサムさんの奥さんである桃子さんが来ました。大きな笑顔で再会を喜んでくれたので、久美子さんの気持ちも少しなごんできました。桃子さんはオサムさんよりずっと思いやりがあるので、何かあってもきっと助け船を出してくれるはずです。

そのうちにほかのメンバーもやってきて、久美子さんの心配などとは関係なしに、将棋やチェスが始まりました。常連だけが集まるのではなく、将棋やチェスをやっていると聞いた人なら誰でも参加できるので、新宮さんのような新しい参加者が出入りするのも、珍しくないのでした。

新宮さんはまずオサムさんと将棋を指し、それからキタノヒロシという常連とチェスをやりました。久美子さんは桃子さんと将棋を指しながら、ずっと新宮さんの様子を見ていました。新宮さんは自分の仕事や久美子さんとの（職業上の）関係などを話しながら、生真面目に駒を動かしていました。そしてオサムさんを将棋で打ち負かし、キタノさんにチェスで負けたようでした。新宮さんは首をかしげて微笑みながら、感想戦で敗因を確かめていました。

「ああ面白かったなあ！」

常連が居残っている「フィクショネス」を後にして、駅前のマクドナルドでコーヒーを飲みながら、新宮さんは満足そうにいいました。

「将棋をする人って、どうしてもピリピリしちゃうんだけど、みんないい人ばっかりだね」

「まあ、ね」

キタノさんのロリコンや、もう一人の常連であるピンキーさんのジャンキーっぽい感じとかを久美子さんは知っていますから、そうですね！とはっきり答えられはしませんでしたが、彼らがそれでもまあ「いい人」たちであることは、彼女も否定はしないのです。

こうして新宮さんは「フィクショネス」の将棋とチェスのイベントを、毎月訪れるようになりました。もちろん久美子さんも一緒です。二人はそのほかに週末、時には土日とも会うようになりましたし、木曜日には仕事で顔を合わせます。

どちらもあんまりお金はありませんから、湘南の海岸を歩いたり、世田谷の広い公園でソフトクリームを舐《な》めたり、そんなことばかりです。場所なんかどこだっていいのでした。暑くても寒くても、雨が降っても平気でした。

会わない日にはＬＩＮＥやスカイプで話していたのですから、二人は事実上、いつも一緒といってもいいくらいでした。話題がなくなることはなかったのでしょうか。ありませんでした。話の内容なんか、なんでもよかったのですから。テレビドラマのストーリーや製材所で見かける野良猫の話で充分なのでした。というより、少なくとも久美子さんは、むしろそんな取るに足りない話題ばかりを選んで喋るようにしていました。そんな話に新宮さんも、飽きず付き合っていました。

なんとそれはすがすがしい、清潔な交際だったことでしょう。今どき高校生にだって、もう少しいやらしいデートをしている人たちはいるんじゃないでしょうか。ましてや二人は大人です。誰はばかることなく、最後までいっちゃっても構わないはずではありませんか。

こんな風に二人が親密になって、ひと月たち、ふた月たちしても、久美子さんはまだ、かつての自分に何があったか、新宮さんに打ち明けられないでいたのでした。自分がかつて結婚していたこと、その結婚を不慮の事故に奪われてしまったことを打ち明けないままでは、新宮さんと本当に結ばれることはできないと、彼女は思っているのです。

新宮さんと会っている気持ちに、迷いや浮ついたものはありません。畏《おそ》れているのでもありません。かつて自分が結婚していたと新宮さんに伝えても、彼はそれを理由に気持ちを遠ざけていくことはない。久美子さんは知っていたのです。新宮さんがその程度の男ではないのを。

久美子さんは、新宮さんに剛さんの話をしてしまったら、剛さんが離れてしまうと思えてならないのです。

十数年も経ってしまいました。奈良の中沢家からも出てきてしまいました。何もなくても剛さんは、日に日に遠くなっているのです。初めのうちは抵抗があった、自分の部屋からの新宮さんとのSNSや電話でのやりとり――スカイプを使う時、彼女は自分の背後に、剛さんの写真や「祭壇」が映りこまないよう、場所や角度を慎重に決めなければなりませんでした――も、今では楽しいばかりです。苦《にが》い気持ちがやってくるのはいつも、新宮さんにおやすみをいったあと、「祭壇」のある部屋に一人で取り残されてからでした。しかしその苦みも最近では、半ばはそれを味わわなければ申し訳がないから味わうことにしているような、義務や日課みたいなものになり果てています。

久美子さんは、そんな自分が剛さんに、ひどいことをしているように思えてならないのです。もう時間を先に進められなくなった剛さんに対して、自分ばっかり先へ進んでいくのが、ずるいように思えて、そのずるさのために、剛さんから見放されていくような感じがしてならないのです。

この感じがしているうちは、新宮さんと今以上の関係になるのはいけないと、久美子さんはかたくなに思っていました。剛さんと新宮さんを、どちらも大事に思うのは、不倫みたいになっちゃうじゃないか、と。

彼女だってこんな気持ちには、なりたくてなっているのではありませんでした。彼女の気持ちは、すべての人間のすべての気持ちと同じく、水のように彼女の中へ、勝手に、都合も聞かずに滲みこんでいったのでした。いっそ「祭壇」なんかは片付けてしまえばいいのかもしれません。そんなのは絶対に嫌でした。剛さんに悪いとか非人情という以前に、久美子さんが剛さんと離れたくないのです。

といって彼女は決して剛さんに「操を立てる」なんてつもりはありません。江ノ島や鎌倉を歩いた日はいつも、小田急線が藤沢駅に近づくと、新宮さんは何気ない風を装いつつ、しかしはっきりと緊張の伝わる硬い声で、

「ついでに……俺んちとか……来てみます……？」

と誘ってきます。久美子さんは、今日はちょっととかなんとか、理由にもならな

いことを口の中でごにょごにょいってごまかします。新宮さんもそれ以上強引になることなく、プラットホームから手を振ってお別れします。久美子さんは新宮さんの気持ちというか意図というか、望んでいることを痛いほど判っているだけでなく、それは久美子さんが待っていることでもありました。いっそ新宮さんが小田急線から自分を引っぱりだし、肩に担いでアパートまでかっさらってくれたらいいのにと、急行電車に揺られながら、いつも妄想しているくらいでした。

恋の歓《よろこ》びが久美子さんの中で、二人の中で、大きく膨れ上がっていくにつれて、その歓びが彼女を圧《お》し潰していくようでした。

とうとう久美子さんは新宮さんに、

「今度の土日、知り合いのところに行ってくる」

と、嘘のようなことをいってしまいました。

「へえ。どこ行くの？」

新宮さんの明るい声に、嫉妬や穿鑿《せんさく》の響きはありませんでした。久美子さんは正直に答えました。

「奈良」

自分の両親には一応、中沢の家に行ってくると伝えましたが、奈良の家には黙っていました。剛さんと話をするつもりのことを、先に奈良の家族にいってしまうのは、違うんじゃないかと思ったのです。

奈良駅で桜井線に乗り換え、まっすぐに剛さんのお墓まで行きました。下北沢を朝早く出たので、お寺に着いた時にはまだお昼になったばかりでした。

中沢家の古いお墓に、剛さんのお骨は納められています。久美子さんは黙ってお墓を磨き、花を供え、手を合わせました。

何をいえばいいのか判りません。頭の中は真っ白です。

いつものように声には出さず、剛さん、と呼んでみました。

いつものように、なんの返事もありません。遠くで電車の音がして、どこからか子どもたちの遊ぶ声が聞こえるだけです。

「おいこらー」

「なんや！」

「いなかもんー」

「なんやとボケェ」

真っ白な久美子さんの頭の中に、子どもの口ゲンカの応酬が入ってきて、なかなか真っ白になりません。ケンカといっても、声に怒っている様子はなく、どちらもお互いの罵声を楽しんでいるみたいでした。雲ひとつない空に風が吹いていました。

「早よ来いやー」

「待っとけ、あほんだらー」

「どん臭いやっちゃのー」

「いなかもんにいわれとないわー」

せっかく高い新幹線に乗って、新宮さんをごまかして、ここまで来たのですから、静かに剛さんの声を待っていたい、自分も剛さんに語りかけたいと思うのですが、どうしても耳が子どもらの声を聞いてしまいます。そして笑いたくなってしまいます。

子どもたちが何をしているのか、懸命に目をつぶって手を合わせている久美子さんには、なんとなくしか判りませんでした。

「早よせんとアイス溶ける！」

「待っとけいうとるやろ！」

「アイスは待たへん！」

それを聞いてとうとう久美子さんは、ぷッと噴き出してしまいました。

すると何かが開きました。

「がんばれー。がんばってくれー！」

声が叫んでいました。

「そっちでええんや、進め！」

久美子さんは思わず目を開けて立ち上がりました。あたりをきょろきょろ見回しました。誰もいません。声も聞こえなくなりました。

涙が止まりませんでした。

久美子さんは中沢のお店へ向かいました。義父の仁さんも義母の松子さんも、驚き喜んで迎えてくれました。お店には義弟の武さんだけでなく、たまたま来ていた義姉のみゆきさんもいました。みゆきさんは剛さんと体格の似た、がっしりした女の人です。

その夜、久美子さんは中沢家のみんなに、新宮さんの話をしました。

久美子さんは覚悟を決めて、中沢家のみんなにとってそれがどんなに衝撃的であろうと、正直にすべてを打ち明けようと、緊張して話したのでした。

ところがみんな、彼女がすっかり話し終えても、にこにこと黙ったままです。久美子さんが、

「だから今日、剛さんとこ行ってきたってわけ」

といって話を締めくくり、みんなの様子を見ると、みんなは一様に首をかしげた

り、ちょっと目を開いたりするだけでした。

「ん?」みゆきさんが、みんなを代表していいました。「それだけ?」

久美子さんは頷きました。

「それだけ?」みゆきさんは声のトーンを変えて繰り返しました。「なんか報告とか、ないの?」

「だから、今のが報告」

「それだけ?」今度は武さんが同じことを大声でいいました。「東京で年下のカレシができた、ってだけの話に聞こえたけど?」

「そうだよ?」

「なあんだ!」姉と弟が同時に叫びました。それからみゆきさんが、

「そんな報告、いらんわ!　ほんまの報告かと思たわ」

「ほんまの報告って何」

「そりゃ決まっとるやないか、結婚の報告や」

「俺も絶対それや思た」武さんもいいました。「ここにいるみんなそう思とったわ」

「わしはそんなこと、思てへんかったよ」

義父の仁さんが口を開きました。

「わしはなんの報告があるとも、思てへんかった。久美子がふらーと遊びに来てく

れただけで嬉しいんや」

そして仁さんは、みゆきさんをちらっと見ました。

「みゆきは、そんな報告いらんていうけどな、まァ軽口やろうけど、久美子の身にもなってみい。今さら好きな人ができたくらいで、わざわざ東京から奈良まで来て、剛の墓行って、わしらン所来て、膝に手ェあてて報告せんならんと思うくらい、久美子は今まで、そういうこととは縁遠かったんや。そんだけ剛とわしらに、遠慮、遠慮と違うか、なんちゅうのか、わしらを大事に思てくれてるのやないか」

「せやけど久美子」

無口で控えめな義母の松子さんが、食卓ごしに久美子さんの目を優しく見つめました。

「いくらなんでも、そないに私らに気ィ遣わんでもええんよ。はっきりいうたら、あんたの気の遣い方、間違うとるかもしれへんよ。私らはね、あんたがいつまでも剛にとらわれとるより、好きな人見つけて、幸せになってほしいて、そればっかり願うとるんよ。今までだってそうやったんよ。ええ人がおって、ほんまよかった。心配せんでね。うちはみんな、大喜びよ」

その晩は中沢家に泊まり、翌朝久美子さんは奈良駅のプラットホームから、新宮さんにメールを送りました。

すぐに、待っている、と返信がありました。

久美子さんは京都で新幹線の切符を小田原まで買い、小田原からは東海道本線に乗って藤沢まで行きました。

久美子さんがお願いして連れて行って貰った新宮さんのアパートは、木造二階建て、歩くと少し揺れる外階段の上の、一番手前の部屋でした。朝のメールを受けとって慌てて片付けたらしい部屋は、小さなIHのキッチンとユニットバスがあるだけの、フローリングの八畳一間でした。家具は小さな机と椅子と、洋服の入ったカラーボックス、机の上の小さなテレビ、冷蔵庫、それくらいです。ベッドの足元に洗濯物を放りこんだプラスチックの籠があって、その上に目隠しのつもりなのか、バスタオルが広げてありました。

新宮さんがコーヒーメーカーで淹れてくれたミルクコーヒーを飲みながら、久美子さんは剛さんのことを、すべて話しました。

出会いと結婚。事故の知らせを受けた時のこと。不安な救急病院での夜。最期の瞬間から奈良での十数年。ずっと悲しみと、どこか現実と思えない感じとを、抱え続けて生きてきたこと。新宮さんとの出会いの歓びが自分を苦しめもしたこと。そしてつい昨日、剛さんの聞けない声を聞きに奈良へ行ったこと。

久美子さんはゆっくりと、下手な話し方で、涙を拭きながら語り続けました。

時おり相槌を打つほかは、黙って頷きながら聞いている新宮さんの目にも、涙が浮かんでいました。

「今まで、ずっと黙ってて、ごめんね」久美子さんは微笑んでいました。「あと、すごい時間かかっちゃって、ごめんね」

「なんか、でも」

ずっと口を閉じていた新宮さんは声が出しづらく、咳をしながらいいました。

「なんでか知んないけど、なんか、判る。——判るの、おかしいけど。俺とは違うし」

久美子さんはおかしいとは思いませんでした。新宮さんなら判ってくれる、彼になら通じると、今までも彼女は信じていたのですから。

「でもさ」新宮さんは、久美子さんを見つめていいました。「お墓参り行って、それで、もう大丈夫なの？　そういうのって、大丈夫なんてこと、ないんじゃないの？　これからも」

悲しみから逃れきることはできないのではないか、と彼は問いかけたのでした。その悲しみに塞がれている久美子さんに、自分の入る余地はないのではないかと。

「ううん」久美子さんは首を振りました。「もう大丈夫。話したから」

「え、剛さんと？」

「うん」

「……なんていってた」

「がんばってくれって。進めって」

新宮さんがこの話を信じなくても、自分のことを怪しんでも、仕方がないし当然だと、久美子さんは覚悟していました。しかし話を聞いている彼に、不信の表情は微塵もありません。そこにあるのは真剣な驚きだけでした。

「俺そういうの、まず信じない方なんだけど」新宮さんは静かにいいました。「そんなことが、あるんだね。あるかもしれないね」

「ほんとにそう思う？」

「うん」新宮さんは頷きました。「いざって時は、あるかもしれない、そういうこと」

久美子さんは嬉しさに胸が痛いくらいでした。

「だから」久美子さんはいいました。

「だから、何」新宮さんはどきりとしました。

「だから、お腹すいた」久美子さんは立ち上がりました。「普段、一人でどんなもの食べてるの？」

「コンビニのやつとか……」新宮さんは頭を掻きました。「夜スーパー行くと、弁当半額になってたりすることあるし……」

「それでお昼もコンビニ弁当でしょ。身体こわすよ」

そういったとたん、久美子さんは自分がいかにも年上女房ぽいお説教をしているのに気が付いて、顔が赤くなりました。

「あたし、なんか作ってもいい？」

「いいけど、冷蔵庫、なんにも入ってないよ」

「奈良でおみやげ買ってきたんだけど……」久美子さんは旅行カバンを開きました。

「にゅうめん、好き？」

新宮さんはにゅうめんを食べたことがありませんでした。冷蔵庫を開けると、本当に野菜ジュースと缶ビールと、プロセスチーズと氷しかありませんでしたから、二人は近くの小さなスーパーマーケットに行って、山菜と肉団子を買ってきました。明日からのことも考えて、久美子さんは野菜や豚肉、カレーのルーも買いました。

山菜と肉団子がのっかった、久美子さんのにゅうめんの味を、新宮さんは一生忘れない、といいました。

食べ終わると、久美子さんがカレーを作っている隣で、新宮さんは食器を洗ったり、生ごみを片付けたりして手伝いました。

「うまそうな匂い」新宮さんが顔を近づけると、

「明日食べる分だよ。今食べちゃ駄目だからね」久美子さんは肩で彼をつつきました。

とうに日が暮れていました。新宮さんのアパートに久美子さんが来たというのが何を意味するのか、二人ともよく判っていました。だけど親には今日帰るといってあるし、明日は仕事なので、泊まるわけにはいきませんでした。

新宮さんは迷っていました。つい昨日、死に別れた旦那さんのお墓参りに行って、心を決めたばかりの久美子さんに、触れていいんだろうか。

施設を出てすぐの頃、合コンで知り合った女の子とふた月ほど、ぎこちなく付き合ったほか、新宮さんに経験はありませんでした。もう十年くらい前のことです。そのための不安もありました。

そんな迷いと不安が、久美子さんにも伝わってきて、彼女の身体を硬くさせました。剛さんが亡くなってから、経験は全くありません。

今日は優しくしよう。がつがつしないで、キスして駅まで送るのがスマートなやり方だし、彼女にも好感を持たれると、ネットかテレビで見たことある……、と、新宮さんは思いました。

でも若かったしこれまでずっとお預けを喰《く》らっていたようなものだったので、やっぱり激しく迫ってしまいました。久美子さんは覚悟はしていたけれど、初めは少し怯えました。そして結ばれてからは、二人は何もかも忘れて、幸せの中にどんどん溺れていきました。

世田谷の家に久美子さんが帰ったのは、十一時を過ぎた頃でした。両親はもう眠っていたので、彼女の身体がほんのり輝いていたのを、見た者はいませんでした。

翌日からいきなり自分たちが変わった、という自覚は、どちらにもありませんでした。ただ周囲の人たちはその変わりように驚きました。久美子さんも新宮さんも、姿勢がよくなり、歩き方が速くなりました。表情も明るくなり、声も少し大きくなったようです。久美子さんの会社の人たちは、彼女がそんな一面を持っているとは思っていませんでしたから、どうしたんだろうとささやき合いました。一緒に外回りをしている年上の社員が、

「最近やけにハツラッとしているじゃない。カレシでもできた？」

と無遠慮に尋ねると、久美子さんは小学生みたいな大声で、

「ハイできました！」

と答えました。噂《うわさ》はすぐ周囲に広まり、女性社員たちが、どんな人？　どこで知り合ったの？　などと訊いてくるのに、彼女は正直に答えました。

「フィクショネス」のみんなも、久美子さんが明るくなったとは気づきましたが、

さして話題にはしませんでした。将棋の強い新宮さんが彼女の恋人だということくらい、みんなとっくに知っていたからです。

店主のオサムさんと妻の桃子さんは、彼女の性格が変わったとは思いませんでした。彼らは以前の久美子さんを知っていたので、むしろ帰京してからの沈んだ、おとなしい彼女の方が、本当の久美ちゃんではなかったのだと感じていたのでした。本来の久美ちゃんに戻ったのを見て、二人はそっと喜びました。

製材所でも二人の仲は周知の事実ですから、木曜日の新宮さんのお昼ご飯を、久美子さんがハンカチに包んで持って来ても、誰もなんともいいません。だけど久美子さんがお弁当箱だけ持ち帰って、新宮さんが午後の仕事の汗を残ったハンカチで拭いていたりすると、仲間や先輩はヒューヒューとわざとらしく囃《はや》したてたり、新宮さんを小突いたりしてからかうのでした。

当人同士もわだかまりなく、中沢家も職場の仲間たちも祝福し、すべてが丸く収まったように見えました。

ところがこのあと、何もかも順風満帆としか思えなかったこの二人に、突然、とんでもない横槍《よこやり》が入ったのです。

久美子さんと新宮さんが清新な気持ちで付き合えるようになってあまり時間を置

かずに、久美子さんは両親に、朝食の席で新宮さんのことを話しました。

両親に許しを請うとか、そんなためでは勿論《もちろん》ありません。久美子さんはとっくに大人の女性です。ただ自分の近況報告として、そういう人ができたという話をしただけでした。

「あら、そうなの！」

お母さんの篠田しづさんは、目を見開いて喜びました。しづさんもまた、久美子さんのことを、まさか娘がこのままの人生を送ってしまうんじゃないかと、ずっと心配していたのです。

「どんな人？」

「新宮優樹さんていって、製材所で働いてるの」

「いくつ？」

「三十」

「アラ若い。不倫じゃないでしょうね」

「馬鹿」

「いいじゃないの。良さそうな人じゃないの。ねえ？」

と、しづさんは隣で黙って聞いている、夫の篠田万平太《まんぺいた》さんに同意を求めました。

久美子さんはこの父親がどんなことをいうか、気がかりでした。剛直な仕事人間で、家のことは殆ど何もしません。久美子さんの知っている父親は、テレビや新聞を見ては、外国人の悪口をいったり、真面目に働けばホームレスになんかなるわけがないとか、近ごろの母親はだらしがないとか、そんなことばかり呟いている人です。久美子さんが東京に戻ってきたのが面白くないのか、年を取ったせいなのか、最近は特にそういう偏見が強くなっているようです。

万平太さんはテーブルに置いた新聞に目を落とし、トーストをかじりながら、久美子さんの話も聞いていないわけではないという態度で黙っていましたが、目は新聞に向けたまま、ぼそっと尋ねました。

「どこの、なんていう製材所に勤めてるんだ」

「どうして？」

「製材所といってもピンキリだ。東京都の森林組合連合会には、知り合いがいる」

「東京じゃないよ。横浜の、トモジ製材所ってとこ。きちんとした会社だよ。ウチの取引先だもん」

久美子さんは、ちょっとムキになって答えました。

「そうか」

万平太さんはそれ以上何もいわずに、立ち上がって出勤しました。特に関心があるようにも見えませんでした。

それからふた月ほど経った、夏の終わりの頃でした。

久美子さんがシャワーを浴びて、髪の毛を乾かす前にリビングのソファでぼんやりテレビを見ていると、万平太さんがふらっと近づいてきました。ジャージ姿ですが、手には大きい茶封筒を持っていました。

「久美子」

「なに？」

「新宮優樹という男は駄目だ」

「へ？」

あんまり思いがけないことを唐突にいわれたので、久美子さんの口からは、変な声が出てしまいました。

「付き合うのをやめなさい」

「やめないよ」久美子さんは即座に答えました。「なんでやめなきゃいけないの」

「じゃ勝手にしろ」万平太さんは久美子さんを睨みました。「お父さんは反対だ」

「だからなんで」

「駄目に決まってるだろう、あんな男！」万平太さんは怒鳴りました。「あんな育ち方をしたような男に、娘を嫁にやる親があるか！」

久美子さんは絶句しました。その言葉に、二重にも三重にも衝撃を受けたのです。

「どうして」ようやくひとつだけ、言葉にすることができました。「育ち方って、どうしてお父さん、そんなこと知ってるの。あたしそんなこと、誰にもいってないよ」

するとと万平太さんは一拍おいてから、いいました。

「調べたんだ」

そして持っていた茶封筒を久美子さんに突き出しました。久美子さんが受け取ると、中には綴《と》じた紙が入っているのだけ判りました。

茶封筒の表には、「ピーカントン探偵社」と書いてあります。久美子さんの衝撃が、またひとつ増えました。

「どういうこと？」久美子さんの口の中は、渇ききっていました。「マサキくんのこと、探偵に尾行させたの？　なんでそんなことすんの？」

「自分の娘がどんな男と付き合っているか、知っておくのは親の義務だ」万平太さんは久美子さんを睨みました。「ちゃらちゃらした男に騙《だま》されないように」

「お父さん馬鹿じゃないの？」

「どこが馬鹿だ。親の義務だ」万平太さんは繰り返しました。「中沢君の時には、特に問題はなかった。だからお父さんは……」

「剛さんも調べたの？」久美子さんは立ち上がろうとしましたが、動けませんでした。腰が抜けたのかもしれません。

「一人娘の結婚相手だ。当たり前じゃないか！」

「気持ち悪くなってきた」久美子さんの顔色は、実際に白くなっていました。「吐いちゃいそう」

「私もよ」

いつの間にかリビングに来ていた、しづさんがいいました。

「剛さんの時は、久美子も二十一かそこらで、軽率かもしれないと思ったし、私も若くて、そんなもんかなと思ってたけど、この子も、今はもういい大人なんじゃないの。なんでそんな、人のこと嗅ぎまわるようなことしたの？」

「なんにもなければ、それでいいじゃないか！」万平太さんは真っ赤になって怒鳴りました。「昔はなあ、こういうことは、きちんとした家庭じゃ、かならずやったんだ。それに久美子だって、そこに書いてあることのうち、どれだけ知ってるんだ。知らないで付き合ってるに決まってるんだ！　傷が浅いうちにやめておけ。別れなさい！」

久美子さんは茶封筒をテーブルに放り出すと、口元を手で押さえて走りました。トイレまで間に合いません。リビングと素通しになっているキッチンの流しに顔をうずめて、ドエッという音とともに吐いてしまいました。

「あなた」久美子さんの背中をさすりながら、しづさんは万平太さんを睨みました。

「あんまりですよ」

「問題がなかったら、何もこんな話はしないんだ！」万平太さんの叫び声は、まるで無実を訴える犯罪者のようでした。「何も出てこなけりゃ、身元を調べたことなんて、黙っていれば済んだんだ。その男だけのことじゃない！　久美子は知らないんだ」

「どういうことです」しづさんの声は冷えていました。

「久美子。お前知らないだろう」万平太さんは肩で息をしていました。「その男の父親が、どんなにひどいクズ野郎かなんて」

5

その夜、久美子さんは一睡もできませんでした。

久美子さんは剛さんの話を打ち明けた日から、もう二度とマサキくんに隠しごとをしないと、心に決めていました。それまでの自分が、どんなに苦しかったか——苦しんでも打ち明けられなかったことに、自分なりの理由があったにしても——を、よく憶えていたからです。隠しごとのない、隠すようなものが何もない関係を、二人は喜んでいました。

しかし、このことを久美子さんは、どうやって彼に告げたらいいのでしょう？　告げられたとしてもそれは、彼にとっていいことなのでしょうか？

このこと、というのは、久美子さんの父親が二人の付き合いに反対していることではありません。そんなのは放っておけばいいのです。高校生の頃の彼女だったら、馬鹿はほざいてろ、とシカトを決めこんだでしょう。大人になった今は、ただ哀しいだけです。

マサキくんの父親のことは、彼も少しは知っていて、久美子さんも聞いたことがあるのでした。何かの事業に失敗した、貧しい老人というだけの話でした。マサキくんは物心ついてから、父親に一度も会ったことがないから、それ以上は何も知らないのです。

久美子さんが少しうとうとするたびに、はっとなって目を覚ましてしまうのは、いうまでもなく、父親が受け取った興信所の報告書のためでした。

カーテンの向こうが暗がりからほんのり明るくなっていく中で、久美子さんはぼんやりした頭を懸命に働かせながら、あの興信所の大きな茶封筒について、考えを整理しなければなりませんでした。

まず何よりも、自分の父親が人を使ってマサキくんの身の上をあれこれ探らせた、などと彼に知られるのが、あまりにも恥ずかしく、きまりが悪くてなりません。それはただ、家族の恥というだけでなく、久美子さんがそういう人間の娘だ、ということにもなってしまいます。そういう父親のいる家庭だと、マサキくんに思われてしまう――しかもそれは事実なのです――、その時の彼の反応を想像するだけで、久美子さんは悔しさに涙が出てしまうのでした。

しかもこの苦しみには、まだ先があります。万平太さんはマサキくんの父親について、ひどいことをいいました……自分のことは棚に上げて！ しかしそれは、興信所の報告を読んだからです。つまり万平太さんと興信所は、マサキくんの父親について、マサキくんも知らない何かを知っている、ということです。そしてその何かが書いてある報告書は、今、久美子さんの部屋の机の上にあるのです。

万平太さんは、久美子さんがリビングのテーブルに放り出した報告書に目も向けず、寝室へ入ってしまいました。しづさんは少しのあいだ久美子さんに慰めの言葉をかけてから、娘を一人で泣かせてあげようと思ったのか、いつの間にかいなくなりました。久美子さんはリビングに、報告書と一緒に残されたのです。頭が痛くなるほど思い悩んで、彼女は報告書の茶封筒をつかんで、自分の部屋に閉じ籠ったのでした。

しかし中を見ることは、迷っても迷っても、やはりできない。それが彼女の眠りを妨げている、もうひとつの理由でした。

久美子さんは封筒の中身をマサキくんに見せるのが本当だ、とは思います。この中に入っているのは、彼のお父さんについての——そして、彼自身についての——報告書なのでしょう。彼のお父さんについて、万平太さんや興信所などが、彼よりも詳しく知っているなんて間違っています。

けれども、果たしてマサキくんはお父さんのことを知りたいでしょうか？　久美子さんはマサキくんから施設の仕組みを、少しずつ聞いていました。彼は別に、お父さんから引き離されているのでもなければ、会う機会を奪われていたわけでもないのです。父親がどんな人か知りたければ、これまで会ったり教えてもらったりすることは、いくらでもできたのです。

彼はいつか、いっていました。

「向こうが会うつもりがないみたいなんだよね。……だったら、こっちもいいか、って思ったまんま、今まで来ちゃって……。ちょっと冷たいかなあ。でも、気がついたらそういう生活だったし、それってそんなにつらくなかったんだよ、僕には。そういう父親だから、僕はここにいるわけだし。だから、あんまり重要に思わなかった。……でもこういうと、やっぱり、ちょっと冷たいみたいな感じだなあ」

そんなこと全然ないよ、と、その時久美子さんはいって、話はそこまでになったのでした。

でも判りません。マサキくんは父親を、本当は知りたいかもしれません。本当に知りたくもないのかもしれません。

それに、たとえ知りたくても、自分が知りたいと思う時に知りたいのではないでしょうか。赤の他人が勝手に調べたものを、無遠慮に突きつけられても、いい気持ちなんかしないだろうと思います。さらに、今の彼が父親を知りたいと思っていても、知ったとたんに怒りがこみ上げたり、哀しみや悔しさがあふれたりするかもしれません。知らなければよかった、どうして余計なことを教えてくれたんだと、久美子さんを責めるかもしれません。

久美子さんはいろんな考えや空想がふくらんで広がって、頭がぐるぐる回るようで、眠れないのに、起き上がることもできないのでした。

せめてものさいわい、あくる日は土曜日でした。しかもその月の第二土曜日でした。ほかの土曜日はマサキくんと昼から夜まで、時にはあくる日まで、ずっと二人でいるのですが、第二土曜日だけはお互いに好きなことをします。

それはその日に「フィクショネス」で「文学の教室」が開かれるからでした。久美子さんは東京に戻ってきてから、少なくとも三回に二回はこの集まりに参加しています。マサキくんは文学は得意じゃありませんから、遠慮しているのでした。

夜眠れなかった分、昼間はぐずぐず、たっぷり眠りましたけれど、久美子さんの気分が明るくなったわけではありません。「文学の教室」なんか、行く必要はありませんでした。それでも久美子さんは出かけました。教室そのものはどうでもよく、彼女は由良龍臣さんに会いたかったのでした。

由良さんは将棋はしませんけれど本は今でもよく読む人で、「文学の教室」にも参加しているので、久美子さんも顔を合わせるのでした。会社で会うことはめったにありません。詳しくは知りませんが、由良さんは会社の、とても偉い地位にあるので、久美子さんみたいな下っ端が近づける存在ではないのです。

「文学の教室」でも、そう親しいというわけではありません。全然言葉を交わさないまま、お辞儀だけして終わることもしょっちゅうです。以前から寡黙で、あまりにも綺麗な顔立ちのためにかえって近寄りがたいところのあった由良さんは、今ではますます厳しい、鋭い顔つきになっていました。

それでも久美子さんにとって由良さんほど有難い、尊敬すべき人はいません。奈良の片隅で十数年も、うずくまるように生きてきた彼女を、東京で暮らせるようにしてくれたのは由良さんなのです。あの、池のほとりでの再会と、その後に起こったことを思い出すと、なんだか不思議な、神秘的な感じすらしてきます。

そして由良さんに今の仕事を世話して貰ったおかげで、マサキくんと出会うこともできたのですから、由良さんは彼女の人生の恩人といってもいい人です。久美子さんは「文学の教室」に行って、由良さんに会って、マサキくんのことを相談しようと考えたのでした。

「文学の教室」自体は、久美子さんの思っていた通り、どうということはなく、オサムさんがヘンリー・ジェイムズについてえんえんとお喋りをするばかりでした。ヘンリー・ジェイムズを読んでいない久美子さんは、大きなテーブルを挟んだ向かい側に座っている由良さんを見ました。由良さんはいつもと変わらず、鋭い目つきでオサムさんと手元の文庫本を交互に見るばかりで、久美子さんの視線には気づいてもいないようでした。

「由良さん」

やけに深刻な顔をして自分のところへ来た久美子さんを、由良さんはちょっと不思議そうな目で見ました。

「ちょっと、お話が」

古い馴染みではあっても、やはりどうしても由良さんの前に立つと、オドオドしてしまいます。

しかし由良さんはそんな久美子さんの気持ちに無頓着なのか、それなら、と近くの喫茶店に入りました。

「あのう」

喫茶店で紅茶を頼んで、久美子さんはそれだけいって、ため息をつきました。由良さんは黙って、なんの表情もなく向かい側に座っています。

「あのう」

紅茶が来ても、久美子さんはため息をついては「あのう」、「あのう」といってはため息を、何度も繰り返すばかりでした。そのかん、由良さんは黙ってコーヒーを飲んでいました。

「あのう……。マサキくん、じゃなくて、新宮さんのことなんですけど」久美子さんは十分もかかって、ようやく話し始めました。

「新宮さん？」

「っていうか、うちの父親の話なんですけど」

「はあ」

「すみません」久美子さんはまたため息をつきました。「うまく話せなくて」

「ゆっくりでいいですよ」

由良さんのその口調が、久美子さんには大人の優しさに感じられました。紅茶も温かくて香ばしく、さらにため息をついているあいだに由良さんが頼んでくれた、パイナップルのケーキの甘酸っぱさが、彼女を少しだけ落ち着かせてくれました。

「こういうのって、どうしたらいいのか判らなくて……」久美子さんはいいました。

「うちの父が、マサキ……新宮さんのことを、勝手に調べちゃったんです。興信所に頼んで。それで彼と付き合うのは駄目だっていうんです。そんなのは、もう私も歳だし、相手にしなきゃいいんですけど……。新宮さんのお父さんのことまで、調べたみたいなんです」

「新宮さんの、お父さん」

「マサキくん、自分のお父さんと、殆ど会ったことないんですよ。ほら、施設で育ったから」

「ああ、そうか」

「マサキくんはだから、父親のこと全然知らないんですよ。それなのに、うちの父が、勝手に調べちゃって」

「新宮さんの父親って、何か問題あるんですか」

「知らないです。私読んでないから。でも、どうしたらいいのか判らなくて、ずっと持ってるんです」

そういって久美子さんは、バッグからピーカントン探偵社の茶封筒を取り出しました。

「こんなもん……。私、見たくもないし、でも、マサキくんに見せるのが、いいのかどうか……」今までで一番大きなため息が、久美子さんの口から吐き出されてしまいました。

「ふーん……」由良さんは考えました。

「興信所に他人のこと調べさすなんて、最悪ですよね」

「いやあ、一概にそうともいえません」由良さんは答えました。「昔は、大事な娘を嫁にやる家がどんなところか、あらかじめ調べておくっていうのは、いい家なんかじゃ普通にあったみたい。谷崎潤一郎の『細雪』にも出てくるし」

「うち、いい家なんかじゃないですよ」久美子さんはまた怒りがこみ上げてきました。「父は人を差別するんです。許せない」

由良さんは答えず、左耳の後ろを指で軽くこすり、久美子さんの長くて要領を得ない話を聞いていました。

「それで……、あれ、何話してたんだっけ」久美子さんはようやく、父親への怒りから我に返りました。「ごめんなさい」

「つまり、問題はこういうことですよね」由良さんは冷静な表情のまま、口を開きました。「新宮さんのお父さんについて、新宮さんよりも詳しく判ってしまったけれど、それを彼に告げるべきかどうか判らない」

「そうです」ああ、頭のいい理解者がいて良かった！　久美子さんはそう思いながら頷きました。

「ということは、彼はまだ、自分が調べられたとは知らないんですよね」

「多分」久美子さんは、そっちの方から考えてはいなかったせいか、いいしれぬ不安を覚えました。

「まあ知らないと考えていいでしょう」由良さんはいいました。「新宮さんが勘づいていたら、あなたに必ず話していたでしょうから。変な人が職場に来たとか、電話がかかってきたとか」

「ですね」久美子さんは由良さんの話を頭の中に入れて、もう一度整理して、ようやく理解して、少し明るい顔になりました。「そうですよねえ！」

「うーん……」左耳の裏を指で撫でながら──それが考える時の癖なのです──、由良さんは慎重に切り出しました。「そしたら……どうでしょう……、僕から彼に、それとなく話してみましょうか……」

「えっ」久美子さんは何かを感じ取りました。でもよく判りませんでした。「どういうことでしょう？」

「つまりですね、たとえば、僕が何かの理由で、新宮さんの身元調査をしたことにして……。いや、それはおかしいな……」

由良さんは不意に目を輝かせました。

「そうだ、僕がひょんなことから、彼のお父さんについて、知ることになった、ということにしたら、どうでしょう」

「どうして由良さんが、新宮さんのお父さんを知ってるんですか？」

「そこはまあ、理由を考えないといけないけど、それらしい理由さえ思いつけば、中沢さんも、中沢さんのお父さんも、彼から不審がられる心配は、しなくてよくなるんじゃないですか？　僕だって、偶然彼のお父さんのことが判明した、ってことにすれば、彼から恨まれるようなことはないわけで……」

「だけど……」話を聞きながら、久美子さんはまたしても不安になりました。「それって、マサキくんに嘘つくってことでしょう？」

「でもね」由良さんの瞳は、喋りながら、どんどんきらきらしてきました。「中沢さんは、この報告書の中身を知らないんでしょう？」

「知らないです」

久美子さんには由良さんの瞳がきらきらするのが、ちょっと怖いようでした。

「二人はこれからも付き合っていくでしょう？」

「まあ、はい」

「あなたのお父さんが、なんといおうと関係ないんでしょう？　つまり今後、あなたと新宮さんが結婚するとか、一緒に住むとかいうことになった時、お父さんに相談したり、お父さんの承諾を得なきゃいけないなんてことは、ないんでしょう？」

「ありませんよ」久美子さんの万平太さんへの怒りは、まだ全然収まっていませんでした。

「だったら、嘘といったって、そう大きなものじゃないんじゃないですか？」由良さんはいいました。「実際にあなたは彼のお父さんについて、なんにも知らないんだし、興信所は秘密厳守だし、あなたのお父さんは、新宮さんとは会ったことがないんだから」

「はあ」

久美子さんは頭がこんがらがりました。由良さんのいっていることは、筋が通っているように思います。でも、なんか、どっか、変な気持ちになってしまいます。

「嘘をつくのは僕だけですよ。中沢さんはなんにもいわないでいればいいだけです」

「でも」久美子さんは——由良さんの予想に反して——食い下がってきました。

「なんにもいわないっていうのは、嘘と同じじゃないですか。知ってることを知らないフリするんだから」

「確かにねえ」由良さんは久美子さんに、あたかも同意したかのように頷きました。

「中沢さんが、知っていることを、知っている通りに話して、新宮さんに気持ちよく受け入れて貰うのが、一番いいですよねえ」

「はい」

「でもそんなことはないわけだから」由良さんは平然と、一気にいいました。「お付き合いしているとはいえ、婚約しているわけでもない人のことを、あなたのお父さんが探偵を雇ってこっそり身元調査をしたなんて、当人が聞いたら、新宮さんだろうと誰だろうと、いい気持ちがするわけないもの。そうでしょう?」

「ああ」久美子さんは、お腹が痛くなってしまいました。由良さんはこの件を、ただきちんと整理して、問題をはっきりさせただけなのに、彼女にはそれが、叱られているように、いじめられているように聞こえてしまったのでした。

「だから僕がいっているのは、最善ではなくても、次善の策です」由良さんの声は、やや穏やかになりました。「本当だったら、そりゃあ、当人同士で話をするのがいいに決まっていますよ。だけどこの場合は、僕みたいな第三者があいだに入るのは、悪いことじゃないと思うんです」

由良さんは理解者だ、私たちのことを考えてくれているんだと思いながらも、久美子さんは重苦しくてしかたがありませんでした。

「いずれにしても、その報告書の内容を見なければ、先には進めませんよ」由良さんは久美子さんの苦しんでいる様子を見ながらいいました。「中沢さんが見て判断してもいいし、僕が見てもいいです」

「由良さん見てください」久美子さんは即座にそういって、茶封筒を突き出しました。その封筒が悪の根源なのです。

由良さんは躊躇《ちゅうちょ》なく茶封筒の中から報告書を取りだし、ざっくりと目を走らせました。写真もありました。

「これは……」報告書に目を落としたまま、由良さんは呟くようにいいました。

「これは困ったたな……」

久美子さんはそれを聞いただけで、涙がこぼれそうになりました。

「育児放棄ですよ」由良さんはそういって、口をへの字に曲げました。「母親が死んだあと、父親が新宮さんを育てようとしなかったんです。素行や経済状態にも、かなり問題のある父親らしい。施設にも、一度も面会に来ていないようです。……確かにこういうのは、真面目な社会人にはイメージが悪いだろうな」

「マサキくんのお父さんのことは、詳しく書いてあるんですか」久美子さんは恐るおそる尋ねました。

「いや、そんなには……」

「マサキくんのことは」

「読んでみますか？」

由良さんはそういって、報告書を渡そうとしました。けれども久美子さんは受け取りたくなくて、反射的にこういってしまいました。

「嫌です。由良さん持っててください」

「家にこれがなかったら、あなたのお父さんが怪しむでしょう」

「捨てたっていいます」

由良さんは久美子さんの様子を少し見てから、報告書を封筒にしまい、自分の鞄《かばん》に入れました。

「いつでもお返ししますからね。……当たり前ですけど」

「マサキくんと、その話するんですか？」

由良さんが、これで話はおしまい、みたいな感じになったのが、久美子さんには不安で物足りませんでした。

「僕もまだ、ちゃんとは読んでいないし、決められません」由良さんは答えました。

「中沢さんもだけど、僕もゆっくり考えないと」

「あたし、明日会うんです」久美子さんは恥ずかしいことを告白するみたいにいいました。「なんていったらいいか」

「それは困りましたねえ」由良さんは本当に困ってそういいました。「中沢さんもどうするか決まっていないなら、明日はキャンセルしたらどうですか」

「そうですねえ……」

「気分がすぐれない、っていえば、嘘じゃないし」

「確かに……」

久美子さんは、なんか由良さんのいいなりに動かされているような気持ちにもなりましたが、彼のアドヴァイスはいちいちもっともだ、とも思うので、そうすることにしました。

「でも、その先はどうしたらいいですか……？」久美子さんは嘆くように問いかけました。

「どうしたらいいも、何も」由良さんは苛立ったような苦笑を浮かべました。「何もかも解決できる名案はないんですって。……とにかく、できるだけ早くこれ読んで、対策を考えますよ。明日にでも連絡します」

「今夜じゃ駄目でしょうか」

由良さんは、ただ「判りました」とだけ答えました。

自分のマンションに帰ると由良龍臣は、改めて報告書に細かく目を通しました。

そして報告書をきちんと封筒へしまい、久美子さんに電話をかけました。

「報告書を、じっくり読んでみたんですが……」由良さんは、できるだけもったいぶった口調で告げました。「これはやはり、久美子さんより、僕から内容を伝えた方がいいですよ」

「どうしてですか？」

「第一に、彼の父親——新宮獅子虎《ししとら》という、すごい名前なんですが、この人物の履歴がひどすぎる。あなたのお父さんの心証が悪くなるのも無理はありませんよ。これを知ったら、あなただって嫌な気持ちになると思います。だから、知らない方がいいんです。

第二に、そうなると、誰かほかの人が新宮さんに教えなければなりませんが、その役目ができるのは、今のところ僕しかいませんからね」

「あたし、思ったんですけど……」久美子さんは、恐るおそるといった風にいってきました。「いっそ、マサキくんにすっかり喋った方がいいんじゃないかって……。正直に……」

「同感です」由良さんは答えました。「嘘や隠しごとはよくありませんよね。すっかり打ち明けて、彼に理解してもらうのが一番いいですよ」

「じゃあ……」久美子さんの声が少し明るくなったのを、由良さんはさえぎりました。

「だから僕が、これまでの事情を彼に話します」

「え？」久美子さんは、なぜか、どきっとしました。

「だって中沢さんは報告書の内容なんか、知らないじゃないですか」由良さんはたたみかけました。「この場合、あなたが何も知らないということは、重要なんです」

「どうして？」

「あなたが事前に報告書の内容を知っていたら、新宮さんはあなたをお父さんといっしょに興信所へ調査を依頼したと思うかもしれない。共犯と思うかもしれない。そうでしょう？」

「……そうか……」げっそりした声でした。

「すぐにお二人で話すことになるとしても、最初は僕から話すのがベストですよ。そうだ、いっそ明日会って話します。昼のうちに事情を話してしまいますから、そのあとお二人で相談なさったらどうですか」

「はあ……」

「こういう煩わしいことは、早く処理したいでしょう？」

「まあ……」

「じゃあ、今から彼に連絡します。夜遅くなっちゃったけど、大丈夫かな」

「大丈夫だと思います」私の電話を待っているはずだから、という言葉を、久美子さんは呑み込みました。

「それじゃあ」

また連絡するのか、久美子さんはどうしたらいいのか、わざとすべてを曖昧にして、由良龍臣は電話を切りました。そして喫茶店から今まで、ひっきりなしに働かせていた頭と、普段めったに開かない口を休ませるために、洗面所でごしごし顔を洗いました。

——こうして久美子さんとマサキくんの物語は、唐突にメルヘンの世界から、断ち切られてしまったのです。

メルヘン後の策謀

由良龍臣は、一体何を考えていたのか？

久美ちゃんから話を聞かされた時から、彼の心の鼻息は荒くなっていたのだった。さらに彼女の打ち明け話を聞いているうちに、あることに思い当たって、由良は呆れていたのだ。

久美ちゃんは、由良が新宮優樹という人をすでに知っていると、思い違いをしていたのである。

久美ちゃんにボーイフレンドができたことや、それが新宮優樹という名前であること、外回りで知り合った人だということは、「文学の教室」で彼女がオサムさんやキタノヒロシと喋っているのを小耳にはさんでいた。けれどもチェスも将棋もやらない彼は、そっちの集まりには顔を出したことがない。だから新宮さんとは面識がなかったのだ。

しかし久美ちゃんにしてみれば、自分とマサキくんとは仕事のつながりで知り合ったのだし、二人が付き合っていることは周知の事実だった。さらにトモジ製材所は由良の会社とずっと以前から取引があって、新宮さんはそこで何年も働いている。

由良が彼のことを知らないわけがないと、いつしか思いこんでいたのである。

しかも久美ちゃんは、由良に興信所の報告書まで自分の方から差し出してきた。由良は興奮に手が震えた。情報を摑むのは、それだけ自分を優位に立たせる。しかもそれは、久美ちゃんのカレシだけでなく、カレシの父親の個人情報もたっぷり含んだ詰め合わせセットだったのだ。

由良龍臣はこの報告書に書いてあることを使って、久美ちゃんだけでなく、新宮優樹なる人物もついでに嫌な気持ちにさせてやろう、と考えた。

さっそく由良龍臣は、報告書にある新宮さんの番号に電話をかけた。

「夜分遅く申し訳ありません」できるだけ陰気な、重々しい口調で、由良は会社の名前を出した。「弊社の中沢が、いつもお世話になっております」

「はい。こちらこそお世話になってます」

しっかりした、よく通る声が返ってきて、由良龍臣は一瞬ひるんだ。ひるんだことで、見たこともない新宮さんへの憎しみが、胸の中に点《とも》った。

「実は中沢さんから個人的にお預かりしているものがありまして、その件で明日、ちょっとお会いできないかと。はなはだ急なお願いで申し訳ないんですが」

「明日ですか」

夜の十時を過ぎていた。新宮さんの声には、なぜそんな急に、明日は日曜日なのに、という響きがあるように、由良には聞こえた。

ところが、新宮さんはすぐに、

「判りました。何時くらいですか」と、不審がる様子もなく訊いてきた。

「十一時くらいはどうでしょう。午前中です、もちろん」由良も即座にビジネスライクな口調でいった。

「御社へ伺えばいいんですか」

「いえいえ、ご足労には及びません。こちらから参ります。新宮さんは確か、藤沢市にお住まいですよね。JR藤沢駅の改札はどうでしょう」

「じゃあ、改札を出たところに『みどりの窓口』がありますから、その前でお待ちしています」

お前の住まいもこっちは把握しているよ、と由良は告げたつもりなのに、新宮さんの口調はやはり平然としていた。

「判りました」

由良はそういってから、ちょっと微笑んだ。

「こちらから不躾《ぶしつけ》なお願いをしておいてナンですが、ずいぶんあっさり信用してくださって、ありがとうございます」

すると新宮さんは答えた。「由良さんですよね。中沢さんからいつもお話を聞いてます。中沢さんを奈良から呼び戻してくれた方ですよね」

「呼び戻したわけではありませんが」

「彼女は由良さんに、とても感謝しています。自分が今、東京にいるのは由良さんのおかげだって」

口の中に苦いものを感じながら、由良龍臣は電話を切り、大きなため息をついて、すぐ久美ちゃんに電話した。新宮さんに連絡を取らせてはいけない。

「明日の十一時に藤沢で会うことになりました。話をするのにどれくらい時間がかかるか判りませんから、中沢さんは彼と待ち合わせなどはしないでください。電話も、今夜はしないでくれると助かります」

我々に面識がないと、あなたにバレてしまいますのでね。

「これはとてもナイーブで、慎重に扱わないといけない案件ですから」

由良龍臣は一方的にそれだけ喋ると、久美ちゃんの小さな「判りました」という声を聞いて、すぐに話を打ち切った。

藤沢の誤算

翌日の藤沢駅で、由良龍臣はすぐに新宮さんを見つけることができた。報告書についていた写真を見ていたからだ。痩せているのに肩幅ががっしりしていて、丸顔なのに表情の引き締まっている三十歳の男が、「みどりの窓口」の自動ドアの脇に立っていた。

簡単な初対面の挨拶を済ませると新宮さんは、ゆっくり話せるところ、という由良の求めに応じて、駅から十分ほど歩いた商店街のはずれにある喫茶店に案内した。

「さっそくですが、実は昨日、中沢さんから相談を受けまして……」

自分の顔が、年を取るにつれてますます冷たい無表情になっているのを、由良は自覚していた。初対面の人にこの顔は、とりわけ気味悪がられる。

「中沢さんのお父様が、娘さんとあなたのお付き合いを、快く思っておられないということなんです。その理由が、これで……」

自分のような得体の知れない中年男がいきなり現れて——彼は日曜日にもかかわらず、わざとスーツにネクタイを締めていた——、相手の私生活について陰気に語り始めれば、それだけで充分に人を不愉快にさせる。由良龍臣はそう確信していた。

「まあ中沢さんのお父様としては、娘さんはいくつになっても娘で、しかも一人娘ですからね。そのうえ、前の結婚は不幸な終わり方をしましたから、次は幸せになってもらいたいという一心なんでしょう。興信所にあなたの身元調査を依頼しましてね。これがその報告書です。どうぞご覧になってください。この報告書を見て中沢さんのお父様は、あなたとの交際に難色を示すようになったんですが、それについては新宮さんの身元もさることながら、あなたのお父上についても、詳しい報告が上がっていて、むしろそれを見て彼女のお父様は――」

「拝見します」

新宮さんは茶封筒を取って報告書を読み始めた。その集中力と気迫のみなぎった姿を見て、由良龍臣は口を閉じ、ゆっくりとコーヒーをすすった。

嘘も策略も、演出も不要だった。そこにあることをあるままに示すだけで、見知らぬこの男を嫌な気持ちにさせることができたのだ。自分にはなんの利害もない、善良な人間を傷つけた。由良はそんなおのれの汚《けが》らわしさ、惨めさに、やけどのような痛みを感じた。その痛みを感じなければ、由良龍臣にとって自分自身は、生きているとはいえなかった。

「失礼します」

自分のことで頭がいっぱいになっていた由良に、新宮さんが声をかけた。

「はい……？」

新宮さんはしかし返事を待たず、携帯電話を取り出して何かを打ち込み始めた。

「メールですか？」由良が訊くと、

「今から中沢さんに来て貰います」新宮さんは答えた。「すぐ来ると思います。駅前の本屋さんにいるので」

「え」

由良の顔から血の気が引いた。

「しかし昨日、彼女はあなたと会わないとおっしゃっていましたが……」

「はい。彼女も用事があったみたいなんです。だけど僕が無理をいって、来てくれってメールしました。由良さんがどんな話をするか、よく判らなかったし」

彼の計画にはなかったことだった。

彼の思惑はこうだった。まずとにかくすべてを新宮さんにぶちまけてしまう。スーツを着たいかめしい陰気な男から呼び出され、お前は身元調査をされた、依頼主は中沢さんの父親だ、なんて話を聞かされたら、新宮は心穏やかではいられまい。中沢さんに対しても、疑心暗鬼になるかもしれない。しかしそれは自分の責任ではありえない。なぜなら自分のやったことはすべて、中沢さんに頼まれたものなのだから。二人のあいだに気まずい空気が流れるのを、自分は無辜《むこ》の第三者として眺めることになるだろう……。

人を傷つけ、自分の卑劣さにこっそり苦しむ。いってみれば、それだけのことだった。

しかしそのためには、第一に新宮さんが中沢さんを怪しまなければならない。身元を探られたことに、裏切られたような気持ちにならなければならない。そして第二に、それが中沢さんに伝わる時には、由良自身は無関係な場所にいなければならない。つまり、時間が必要なのだ。

そんな時間は全然ないと、由良龍臣は突然宣言されたのだ。もう間もなく、中沢さんがやってくるという。すぐ近くにいるという。

由良は頭の中で恐慌をきたした。

彼はこれまでの人生で、自分のやったことに責任を追及されたり、言い逃れをしなければならなかったことが、一度もなかった。

しかし、もしこの場に久美ちゃんが現れれば、そして新宮さんと顔を合わせれば、ひとつの事実が明るみに出るだろう。今こうしているのが、由良と新宮さんの、初対面だという事実が。それは、由良をとんでもない窮地に陥らせることになる。

昨夜の由良は、それまで会ったこともなかった新宮さんという男性について、さもさもよく知っているかのように振る舞った。そして久美ちゃんの悩みに、自分からどんどん首を突っ込んでいった。

久美ちゃんに、なぜ首を突っ込んできたのですか？　と問われたら、由良はどうしたらいいか判らない。いや、その質問自体には、「だって中沢さんから相談を持ちかけられたから、なんとかしてあげたくて」とかなんとか、心にもない返答はできるかもしれない。しかしそこから久美ちゃんと、それから新宮さんの心の中に、由良に対する疑念が、いぶかしさが、芽生えてしまうのはどうすることもできない。

彼はいつだって、人の心の痛みを意地汚く楽しんでいた。しかしあくまでもそれは、人に見られないよう、自分を蚊帳の外に置いた上でのことだった。事件の渦中にいる、なんて事態には、今まで一度も遭遇したことがなく、したがって対処の方法も、彼は知らなかった。

「ひどい男ですね、僕の父親は」

新宮さんの思いつめたような表情に、由良は恐怖で相槌も打てなかった。

「久美ちゃんの父親は、これを読んで、僕と付き合うなといってるんですよね」

「……僕は、知りませんが……」由良の口調は情けなかった。「中沢さんが、確か、そんなことを……」

新宮さんは頷いた。「つまり、僕たちは二人とも、お互いの父親から見離されてるんです」

由良の額から、汗がたらーと流れた。彼は頭の中で、ひたすら、嫌だ、見たくない！　とばかり思っていた。何が嫌で、何を見たくないのか、自分でも判らなかったけれど。

「お二人でお話があるのなら、僕はお邪魔でしょうから……」

とうとう由良はそういって、なかば腰を上げた。

「できれば、いてください」新宮さんはいった。「証人になって貰いたいので」

「証人？」

（どんなことだろうが、関わり合いになるっていうのが、僕は一番嫌いなんだ！）

由良は心の中で叫んだ。その場を立ち去りたい。それだけだった。

そこへドアの開く音がして、久美ちゃんが飛び込んできた。

その日、久美ちゃんは両親のいる家に帰らなかった。そしてそれ以降、久美ちゃんと新宮さんは、みんなの前から姿を消してしまった。

第三部　獅子虎

事件発生

その女性が誰だか、最初は判らなかった。初対面だったから当たり前だけど。それに僕はピンキーちゃんと将棋を指していて、お客が来てもそんなに目を向けなかった。なんて店主だ僕は。

ピンキーは相変わらず、へぼのくせに口ばっかり達者で、オサムさんの四間飛車は古いとか、ここで升田の自陣角とか、くだらないことをいっていた。そんな自慢の自陣角を僕が簡単にひっぺがすと、ピンキーは得意技の待ったをした。すると自動ドアが開いて、その年配の女性は入ってきた。

「いらっしゃい」

水曜日の昼下がりで、客は全然いなかった。ピンキーなんぞはいうまでもなく、客のうちに入らない。

女性は自動ドアから一歩入って、そこに立ち尽くしているだけなのである。買い物帰りの気さくさもない、といってよそ行きの盛装というわけでもない、白いブラウスにベージュのスカートを穿いて、狭い店内をきょろきょろ見回していた。

「何か……？」

あんまりきょろきょろが長いみたいだったから声をかけると、女性は、

「いえ」

と驚いたような顔になって、ぺこりと頭を下げ、出て行った。

「たまに、いるんだ」

おかしな顔で女性の後ろ姿を見送っているピンキーに、僕はいった。「ここ下北沢の路地裏の、袋小路の突き当たりだろ。そんなところにある本屋なんて、エロ本屋じゃねえかって、思う人はいっぱいいるよ」

「今の奥さん、エロ本買おうと思ったのかな」

「そういう意味じゃないけど。期待していた本屋じゃなかったんでしょうよ」

ピンキーちゃんはしばらく黙って駒を動かしていたが、ふと、

「なんか、見たことあるな、今のおばさん」と呟いた。

「お前もそう思った？」僕は盤から目を上げた。「俺も、なんか見た顔だなーって」

「でも誰だっけな」

「うーん」

その日はそれで終わりだった。ところが翌日の木曜日、女性はまた、同じくらいの時間に、おおむね同じような服装で、肩から大きなエコバッグをぶら下げて入ってきた。

「あ、いらっしゃいませ」

僕は一人だった。恐がらせたりしないよう、できるだけ愛想よく挨拶した。

「あのう」女性は僕から目をそらさないままお辞儀をして、

「篠田でございます」

「はい」会ったこと、あるんだっけ。僕は短時間で記憶を引っ掻き回した。誰だっけ。

「娘がいつも、お世話になっております……」

「ああ！」判った！ 篠田って久美ちゃんの旧姓だ。「こちらこそ、お世話になっております。初めまして！」

道理で見たことのある顔だと思ったわけだ。年配ではあるが、鼻のあたりやきょとんとした目元が、久美ちゃんにそっくりである。

「どうも……」篠田さんはしかし、暗い表情だった。「あの、久美子はこちらにお邪魔しておりませんでしょうか」

「今日は来てないです……ね……」といいながら、僕は嫌な予感に眉をひそめた。篠田さんは昨日もここへ様子を見に来たじゃないか。今日の話じゃない。

「そうですか」

篠田さんはまだ何かいいたそうに、困ったように立っていた。

「よかったら、ちょっとお掛けになりませんか」ただならぬ気配を感じて、僕は椅子を出した。「久美ちゃん、ついこの間、ここに来ましたよ。土曜日の夜です。八時過ぎまでいたかな」

「ああ、こちらに」腰かけた篠田さんは、頬に手を当てた。「八時ですか……」

「お帰りになってないんですか」

差し出がましいとは思ったが、訊かずにいられなかった。

「日曜日の夜から……」篠田さんは、頬に手を当てたままだった。「会社にも行っていないみたいで」

「えっ」

日曜日の夜から？　今日は木曜日。

犯罪かもしれないと、一瞬考えた。

「連絡はないんですか、彼女から」

「連絡は、あったんです」と篠田さんがいったので、ひとまずほっとした。「電話がありました。こちらからすぐ電話したんですけど、取ってくれないんですよね。それでメールが来まして……。ですから、危険なことにはなっていないとは思うんですけど」

そういわれても、僕はまだ不安をぬぐい切れなかった。

「最初に電話があった時には、彼女とじかにお話しできたんですよね」

「しました」

「じゃあ、どこにいるかも判るんじゃないですか？」

「それがね……」

そういって篠田さんはため息をつき、僕をちらっと見て、話を変えた。

「あの、久美子は、こちらによくお邪魔していたそうですね」

「ご結婚される以前から、よくいらしてました」

僕はそういって、剛さんのことや、自転車を貰って今でも使っていること、久美ちゃんが奈良から戻ってきてからも、立ち寄ってくれることなどを喋った。

「ここのお店のことは、私もずいぶん前から久美子に聞かされていたんですよ。『フィクショネス』のオサムさんオサムさんて、慕っていましてし
「慕ってはいないでしょう。何しろご覧の通り、風采の上がらないオッサンですから」

篠田さんは疲れた顔のまま、微笑んだ。

「長いこと奈良の方にいましたから、こちらへ戻って来ても、昔のお友だちはみんな、結婚なさったり、ちりぢりになってしまったようで……。いっつも帰ってくると、『フィクショネス』に行ってきた、オサムさんの奥様と、喫茶店でこんなこと

お話しした、なんて、甘えていたみたいで……。一度私どもからも、ご挨拶に伺わなきゃいけないとは思っていたんですが……」

篠田さんは独り言みたいにそんなことをいい、それから、意を決したように僕を見た。

「実は、お付き合いしている方のところにいるようなんです」

「へあっ」

びっくりして変な声が出てしまった。思いもかけなかった。しかしちょっと考えれば、ありえない話ではない。

「何かご存じでしょうか？」篠田さんは僕の奇声に何かを嗅ぎつけたかのように、前のめりになった。

「いや知りません」僕はそういって両手を振ったが、今にして思えばこれは、わざとらしいゴマカシの素振りに見えたかもしれない。「僕は何も知りません」

おまけに僕は、篠田さんが、

「新宮優樹さん、とおっしゃる方らしいんですけど」といったのに対して、「ええ」と頷いてしまったのだ。我ながら僕の様子は怪しかった。

篠田さんの顔にあらわれかけていた、僕への信頼の表情が、一瞬で引っこんだ。

「ご存じなんですか、新宮さんて方」

「よく来ますよ」

「ですけど、今、何もご存じないと」

「よく一緒にお店に来てくれるってだけですよ」おでこの生え際から、汗が出てきた。「それ以上のことは何も知りません。ほんとです」

「新宮さんのご住所とか、連絡先とか……」

「いや判りません。ほんとに。聞いたこともありません」自分でも自分の言葉が嘘くさいくらいだった。「だってお客さんですからね、ただの」

「そうですか……。そうですよね……」

オタオタした僕の目から見てそう感じただけかもしれなかったが、篠田さんには（そんなものかもしれない）という気持ちと（本当はこいつ何か隠してるんじゃないか）という気持ちが、両方あるようだった。

「まあ、久美子もいい大人ですから……」しばらく沈黙したあと、篠田さんはいった。「あんまり心配してもいけないんでしょうけどね……。連絡もくれないわけじゃないし……」

「だけど、会社にも行っていないというのはねえ……」

「そうなんです……」篠田さんは何度目かのため息をついて、「家庭の……内々のこともありましたからねえ……、ちょっとやっぱり、どうしてるかなあって……」

「それはご心配でしょう」動揺なんかしている余裕はないんだ、と僕は思った。

「僕でお役に立てることがあれば……。そうだ」

そこまでいって、やっと思いついた。僕はレジ横に置いてあった携帯電話を取って、ボタンを押しながら篠田さんにいった。

「妻に電話します。何か知っているかもしれない」

桃子は夕暮れ時に電話しても、つかまらないことが多いが、この時はすぐ出た。

「久美ちゃんが家に帰ってないみたいなんだよ。会社にも行ってないって。新宮さんのところにいるらしいんだ」というと、桃子の声は「えっ」と引き締まった。

「あなた新宮さんの住所か電話番号、知らないか」

「いや……知らない。ごめん」

「じゃあねえ、久美ちゃんに電話してくれるかな。あなたからの電話なら、出てくれるかもしれないから」

「了解。折り返します」

電話を待つ間に、僕は名刺を出して、裏に携帯電話の番号を書いて渡した。篠田さんも住所と携帯の電話番号をメモ用紙に書いてくれた。しづさん、という名前だった。

十分後に桃子から電話があった。久美ちゃんは電話を取らなかった。桃子は留守番電話に連絡するようにメッセージを残したという。

「なんかありましたら、必ずご連絡します」

電話を切ったあと、僕は篠田さんにいった。

「そうですか。よろしくお願いいたします」

篠田さんは深々と頭を下げて、店を出て行った。


その夜、僕が帰宅すると、桃子は玄関に出て来て、

「電話した」といった。深刻な顔だった。「新宮さんのところにいるんだって」

「無事なのか」

「しょんぼりしてたけど、一応元気そう」

「親に黙って、出て行っちゃったのか」

「いられないんだって」

「新宮ってどこ住んでるの？」

「藤沢だって」

「二十一世紀に駆け落ちかよ……」

無事ならいい。元気なら。この時点ではまだ、その程度にしか僕は考えていなかった。

桃子はその程度ではなかった。

「久美ちゃん、家でどんなことといわれたんだろう」

夕飯の席で桃子はいった。

「お父さんがあんまり好きじゃないって、いってたもんねえ」

「そうだったかな」僕は実際のところ、久美ちゃんが何を喋っていたかなんて、あらかた忘れていた。

「いってたじゃない!」妻に叱られた。「外国の人を差別したり、貧乏な人を馬鹿にするから嫌いだって。……あなた人の話、なんにも聞いてない」

「新宮さんのことも、反対されたのかな」

「されたんでしょう。出て行ったんだもの」

「だけど久美ちゃんだって、もう四十近いんだぜ? ちょろい顔してるけど」

「女性に向かってちょろい顔ってなんだコラ」

「童顔だけどいい大人なんだから、そんなに大騒ぎすることもないはずなんだけどね」

「でも、相談くらいしてくれてもよかった」

「家庭の事情が絡んでるんだろ」

「そうだろうけど。……やっぱり、悩んでるみたいだったし……」

「どうしようもないね」僕はいった。

「ねえ」桃子は少し小声になった。「久美ちゃんがどこにいるか、両親にいわないでね」

「なんで」僕はそういうのはイヤだった。「探してるんだぞ」隠すというのは、それだけ関わりあうことでもある。

「知られたくないんだって。連絡はしたんだし、生活もできるっていってあるんだから、それ以上の話はしたくないって」

「そんなに親との縁を切りたいのかよ……」

世間には、子どもの人生を振り回す親もいる。断ち切るには思い切った手段を取らなければならない人もいる。

僕たち二人の食卓はしんとなった。

「久美ちゃんさえ大丈夫なら、いいんだけどね……」

考え込んでしまった桃子に、僕はわざと軽薄なことをいってみた。

「タロットカードで見てみたら？」

「もう見たよ」桃子は答えた。「『棒のプリンス』が出た。道は険しく、ゴールは遠い」

「そうかい」棒のプリンスってなんだよ。「棒のプリンスが出たんじゃあ、前途遼《りょう》遠《えん》だね」

「苦しかったら、せめて打ち明けてくれたら、いいのに」桃子は呟いた。「家族にいえないことでも、友だちにならいえることだってある」

そうかもしれないと、友だちの少ない僕は思った。

そしてその気持ちは、二日後の土曜日、店を開いて間もない昼下がりに、久美ちゃんのお母さんであるしづさんが、ご主人を連れてまたやって来たとき、確信に変わった。

感情が行き違いまくる

篠田万平太というそのご主人、つまり久美ちゃんの父親は、中途半端に太って背丈も高いでなく低いでなく、少なくなった頭髪を少なくなっていないかのように撫でつけた、久美ちゃん似の幼さを残す丸顔の男だった。茶色いジャケットに開襟シャツ、ひと言も交わさぬうちから、こんな小汚い本屋を下北沢なんぞで開いている男は自分よりも低級に決まっているという目つきで、こちらの愛想笑いにも表情一つ変えなかった。ベンチに腰かけるのも、交渉事に挑むような態度だった。

しかもこの日は、しづさんもなんだかこっちを探るような目つきで、夫の背中からちらちら顔を出しているような印象があった。つい二日前には困惑してここへ話を聞きに来たくせに。——隠しごとをしなきゃいけないという、こっちの緊張のせいもあったろうけれど、篠田夫妻の第一印象は、決して明るく楽しいものではなかった。

「一昨日《おととい》は、妻がこちらへお邪魔したそうで、大変お世話になりました」万平太氏はつっけんどんを絵に描いたような口調でいった。

「いえ、とんでもありません」

「その後、何かありましたか」

嫌ないい方だった。どうなんだ、おい、といわれているような気がした。

「いえ別に」僕はさっそく、嘘をついた。

「こちらに顔を出したとか、電話があったとか、ありませんか」

「ありません」

「ああそうですか」

万平太氏は僕を疑っているらしい。それならそれでいい。僕は早くも、隠しごとに罪悪感をおぼえなくなっていた。

気づまりな沈黙の後、万平太氏はさらにおかしなことをいってきた。

「久美子から、何か預かっているものはありませんかね」

「ありません」顔も見ていないのに預かりものなんかあるわけないだろう。

しかし僕が即座に返答したのが、万平太氏には気に入らないようだった。しづさんの鼻のあたりにも、不審の表情が浮かんだ。

「実は大事な書類が見当たらないんですよ。久美子が持ちだしたんじゃないかと思うんですが」

そんなことといわれたって。僕は黙っていた。

「店長さんは、心当たりありませんか」

ねえよ。「ないですねえ」

「そう、です、か」

また不愉快な沈黙。訊きたいことを訊いたんだから、早く帰れ帰れ。

「久美子は、あんまり遊び歩いたりしない子なんですよ」万平太氏は（しづさんも）帰るつもりがないらしかった。「もう遊び回るような歳でもない、というのもあるでしょうが、そもそも根は真面目な子でしてね。下北沢でも、立ち寄るところといったら、こちらの本屋さんくらいしかなかったみたいなんです」

「はあ」そんなことはないだろう。古着屋だって美容室だって、なじみの店があるに決まっている。ただそんな店の話を、両親にしないだけだ。

「特に店長さんとは、その、親しくなさっているようで。家内から聞きましたが」

「はあ」いやらしい言葉遣いをする男だなあ。

「家内によると、久美子の勤め先を紹介してくださった方とも、こちらのお店で知り合ったらしいんですが、それは……？」

答えるのに、一瞬だけ躊躇した。こんな男にいちいち正直に答える必要なんかあるのかと思ったのだ。すっとぼけてやろうか。

「そうですね」僕は答えた。「うちでやってる小さな読書会に、お二人ともよく来てくださって」

どうせしづさんは知っているんだし、とぼけたりしたら僕の沽券《こけん》にかかわる。

「その方と連絡を取ることはできませんか」

「お客さんの個人情報をいちいち把握しているわけじゃありませんからねえ」僕の口調も若干トゲトゲしくなってしまった。

「こちらで探している書類も個人情報なんですよ」トゲトゲにはさらなるトゲトゲで対抗するのが、万平太氏の処世術らしい。「他人の手に渡ったら、とんでもないことになる。それが手元にあったら、こんな問題、一発で解決できるんだが、コピーしてあるわけじゃなし、私も細かい内容まで、覚えているわけじゃない……」

そんなん知らねえよ、百パーあんたの責任だろう！　と僕は、目だけでいった。

「……まあそれについては、店長さん、何ひとつご存じないということですから、こちらは手も足も出ませんが……」

万平太氏は、どこまでも癇《かん》に障る物言いを貫き通すつもりらしかった。

「しかし、新宮優樹という男のことは、まさかご存じないわけではないでしょう。こちらの常連客だったということですから」

まさか知らないとはいわせぬといった高圧的な態度に、僕も接客用の目つきを保ってはいられなくなった。

「ええ、よくいらっしゃいます」

「今どこにいますか」

「知らないですよ」とうとう僕はせせら笑ってしまった。「常連のお客さんが今どこを歩いているか知っている本屋なんて、聞いたことがない」

「そういうことではなくてですね」万平太氏の顔に赤みが差した。「新宮という人物の連絡先とか、住所をご存じじゃないんですかと訊いてるんです」

「知りません」知ってるようなもんだが、金輪際教えるつもりはなかった。

「そんなにすぐ返事のできることでしょうかねえ」万平太氏の眉間に皺《しわ》が寄った。

「本屋さんというのは、意外と顧客の個人情報を握っているものでしょう。たとえば特定の本を取り寄せる時なんか、私でも気軽に電話番号を教えて、届いたら連絡して貰ったりしていますが」

「今どきは、欲しい本があったら誰だってインターネットで注文できるんです。スマホでなんでも買えるんだ。それに」ここでためらった。こんな奴に新宮の話をべらべらするのはイヤだ。「うちじゃ客注は扱っていませんから」

「今ちょっと、話に間がありませんでした?」万平太氏は鋭く切り込んだつもりだったのだろう。「なんか別なことをいおうと思ってたんじゃないんですか?」

「別なこと?」

「電話番号とか、住所とか」赤鬼みたいな顔色になった。「今どこに隠れているかとか!」

もはや僕は、桃子や久美ちゃんから頼まれたから居場所を教えないのではなかった。完全に僕自身の意思として、口が裂けてもこのオヤジには何もいわぬと腹をくくった。

「僕が二人を隠しているっていうんですか?」

すると万平太氏は突然いきり立った。「あんたが何か摑んでいるのは判ってるんだよー!」と、僕を指さして怒鳴り始めたのだ。

「なんか隠してるでしょあんた。いいなさいよ。久美子はどこにいるんだ。どうせあんたもグルなんだろ。こんなところでこんな店やってるのは、どうせヒッピーに決まってるんだから!」

僕は腹を立ててしかるべきだった。でもヒッピーなんていうフリーダムな言葉が出てきて危うく噴き出しそうになり、口元を引き締めるのに必死で怒ることができなかった。そこへしづさんが万平太氏の腕を取って口を開いた。

「やめなさいよ、あなた」しづさんも冷静な様子ではなかったが、旦那さんよりはマシだった。「すみません。そんなつもりじゃないんです。私たち、心配で仕方がないんです。最近あんまり眠れていないものですから、気が立ってしまって……」

しかしそういっているしづさんも、僕に向ける目は決して穏やかなものではなかったのである。まるでウチの旦那が錯乱したのはお前のせいだといわんばかり、に、その時の僕には見えた。僕もカッとなっていたのだ。

ところが同時に、気の小さい人間というのはどうしようもないもので、久美ちゃんを思って眠れなかったと聞いたとたんに、なんだか二人が哀れにもなって、僅《わず》かに残っていた罪悪感がちょっとだけ疼《うず》き、胸がギュッと締めつけられてしまったのだ。「カッと」と「ギュッと」がいっぺんに来て、僕も変てこりんなことをいい返してしまった。

「眠れないったって、それ僕のせいじゃないじゃないですか！」僕はいった。「僕だってびっくりしてるんですから！　知らないものは知らないんです。嘘だと思うなら逆さに振ってごらんなさい。なんにも出てきやしないんだから！」

感情が制御できない時には、口を開いちゃいけない。ましてや猜疑心《さいぎしん》を持ってこちらを見ている人間に向かって、知らないものは知らないとか、嘘だと思うなら逆さに振ってみろとか、そんなことをいってはいけない。逆効果なだけだ。

そっちがいきり立ったから、いわば売り言葉に買い言葉でこっちも大声になったのに、篠田夫妻は凶暴な河馬《かば》でも見るような目で僕を見た。僕はそれでもまだ興奮していたが、後悔もしていた。でも興奮していたから黙っていた。

篠田夫妻もしばらく黙って僕を凝視するばかりだった。

「判りました」それから万平太氏が静かに口を開いた。「店長さんのお考えは、よーく判りました」

万平太氏は立ち上がった。

「店長さんのお友だちの、新宮という男が来たらお伝えください。二人が結婚しても私たちは決して許さない、久美子にはもう我が家の敷居は跨《また》がせない、と。——おい」

「はい」しづさんもきつい目で僕を見ながらいった。

「お邪魔しました」

万平太氏は会釈もしなかった。夫妻は出て行った。店の中には僕と、僕のやりきれない腹立ちと、夫妻への釈然としない哀しみが残された。

その後も久美ちゃんの家出（駆け落ち？）の話は、我が家の大きな話題にはなった。けれどもそれ以上の進展は何もないまま、月日が経っていった。

桃子は久美ちゃんと連絡を取り合っていたし、久美ちゃんはしづさんにもたまーにメールを送っているらしかったから、別に心配するようなことはないはずだった。

それなのに、この時期の桃子は久美ちゃんを思うと、決まって気持ちを沈ませた。

「私だって結婚した時には、親に反対された」桃子はいった。「だけどそれは、あなたが一文なしで不潔で軽薄だったからで、反対されるのも無理なかった。新宮さんはそうじゃない。真面目だし働き者だし、見た目だってかっこいいし、第一あなたと違って、新宮さんは久美ちゃんが大好きなんだから。なんで親と縁を切らなきゃいけないの」

「僕には判らないし、久美ちゃんは大人だ」僕は答えた。「そして今の話は、僕がカワイソウすぎる」

「事実を述べたまでです」

「釈然としないね」

「なんで久美ちゃんが思いつめなきゃいけないの……？」

桃子はそういって、涙ぐむことさえあった。

僕も久美ちゃんの気持ちを想像するとつらくなったが、泣きはしなかった。万平太しづ夫妻の、いわれなき猜疑心に満ちたまなざしが忘れられなかったからだ。どうせあんたもグルなんだろ、という言葉が、こんなところでこんな店やってる、という言葉が、聞いていた時には驚いて笑いそうになった程度だったのに、後になって思い返してみると、彼の腹の中にある、許しがたい偏見を露呈させているのが判る。——それでもやっぱり「ヒッピー」には思い出し笑いをしてしまうけれど。

久美ちゃんはあんな父親のご機嫌を取る必要なんかない。ましてやいわれた通りに生きる義務なんかない。最近あんまり聞かない、駆け落ちなんてことをしたのは、新宮さんとの付き合いを反対されたからだろう。新宮優樹のことだって、僕は大して知ってるわけじゃないが、篠田万平太とどっちを取るといわれたら、迷うことなんかいっこもありゃしない。

「だから、いいんだ。これしかないなら」

僕がそういうと、桃子も最後には頷くしかなかった。

しかしそんなことといっている僕も、決してケロリとしていたわけではなかった。

本屋がヒマな平日の昼下がりなど、ふと、

（こういう時、前は久美ちゃんが来て邪魔してったよなぁ……）

なんて思い出してしまうと、時間が経ったこと、こんな風に年月が人や物事を変えてしまったことに、さみしさを感じてしまうのだった。

将棋とチェスのイベントや「文学の教室」の時は、もっと露骨にさみしかった。どっちの催しからも常連がいなくなってしまって、「文学の教室」ではいつも彼女が座っていたところがぽっかり空席になった。当然のことながらキタノヒロシから、久美ちゃんどうしたんでしょうね、という声が出たので、僕は、

「なんか引っ越して、新宮さんと暮らしてるらしいんだよ」

とだけ知らせた。

そうなんですか？　とキタノヒロシは少し驚いたようにいっただけで、由良龍臣はこちらに顔も向けず、本に目を落としたままだった。今にして思えば、この時に僕は、由良の態度が無関心すぎることを、もっと怪しんでもよかった。

将棋とチェスはさらに壊滅的だった。さして新規のメンバーも増えないのに、常連が二人、いや三人も来なくなってしまったのだ。桃子は、久美ちゃんが来ないなら意味ないといって将棋に興味を失ってしまった。キタノヒロシも来たり来なかったりになり、店のテーブルに将棋盤を広げても、やって来たのはピンキーちゃん一人なんてこともあった。

「そうなの？」ピンキーの反応も、最初はこんなものだった。

露骨につまらなかった。

僕にも友だちはいた。ほんの少しだけれど。その少ししかいない友だちのうち、二人がいなくなってしまった。なんの挨拶もなしに。いきなり。

腹の出た中年男が人前で嘆くようなことじゃないと思って、黙っていた。

けれども、桃子がいっぺん藤沢に行って久美ちゃんの様子を見てくるといった時には、さすがにうらやましかった。

「僕からもよろしく伝えといて」と僕がいうと桃子は、

「自分でいえばいいでしょ。あなたも行くのよ」といった。

「なんで俺が」

「何いってんの。行きたがってるくせに」桃子は怒ったようにいった。

「いつ行くんだよ。こっちは店があるんだぞ」

「店なんか、なんだ。休んじまえ」

桃子は時々、とってもカッコよくなる。久美ちゃんに連絡して、「フィクショネス」の入口に臨時休業の貼り紙を出し、僕たちは小田急線で藤沢に向かった。

涙の再会

行ったことのない場所へ行くのは遠く感じる。藤沢は遠かった。途中で、なんでこんなことまでしなきゃいけないんだという気持ちにもなったが、桃子には黙っていた。

藤沢駅に着いても、土地勘は皆無だったから、僕たちは交番を見つけてお巡《まわ》りさんに住所を見せた。お巡りさんは大きな藤沢市の地図を指でたどりながら、それが遊行寺《ゆぎょうじ》というお寺の近くであるのを突きとめてくれた。

「戸塚駅へ向かうバスの途中に遊行寺前というバス停があるから、そこで降りると近いですね」

ここからさらにバスかよ。僕は内心うんざりしながら、バス停からの道のりをメモした。

「遊行寺というのは、時宗総本山遊行寺のことですか」僕はついでに尋ねた。

「総本山かどうかは判りません」お巡りさんは生真面目に首をかしげた。

「そうですか。ありがとうございました」

二人とも腹がペコペコだったので、目に入ったハンバーガー屋さんで昼食をとり、デパートでおみやげのケーキを買ってから、バスで遊行寺まで行った。

お寺には大きく、時宗総本山遊行寺と書かれてあった。

「やっぱり。ここか」

「知ってるお寺なの？」桃子が尋ねてきた。

「まあね」

「有名なの？」

「まあね」

僕が曖昧な返事しかしないのが、桃子は不服のようだった。でもそんなことはどうだっていい。今するような話じゃない。

僕たちは交番で書いたメモを見ながら、電信柱があるごとに近寄って、そこに書いてある住所をたよりに、うろうろ歩き続けた。バス停から歩いて数分のはずだと、お巡りさんはいっていたのに、僕たちは遊行寺の周辺を二十分以上もうろつき回った。

「桃ちゃん？」

いきなり後ろから声をかけられて振り返ると、今まで歩いていた狭い道の真ん中に、ジーパンを穿いた久美ちゃんが立っていた。

「久美ちゃあん！」

桃子は大声を張り上げて走り、久美ちゃんをぎゅっと抱きしめた。僕はケーキを持っていたからゆるゆると歩いた。久美ちゃんは僕と桃子を交互に見た。

その時、僕はすっかり悟ったのである。桃子があんなにもシャカリキになって、仲良しとはいえ赤の他人、事情もよく知らない久美ちゃんの行方を捜しまくっていたのは、桃子のおせっかいではなかったのだ。久美ちゃんが求めていたからだったのだ。

それは久美ちゃんの僕たちを見るまなざしに、隠しようもなくあらわれていた。彼女は待っていた。何かが自分のもとへやって来てくれるのを。何か「救い」みたいなものが、自分のところに訪れてくれるのを。

だけどそのまなざしの中には、不幸を示すものはほんの少しもなかった。桃子が涙声になっている隣で僕もちょっと鼻の奥がツンとしてしまったけれど、それは安堵のあらわれだった。

「桃ちゃあん！」抱き合ったままの久美ちゃんが叫んだ。

「久美ちゃあん！」桃子も負けじと呼び返した。

「さっきマサキくんから電話あったー！」久美ちゃんの声は、篠田久美子の頃と同じだった。「桃ちゃんがオサムさんと一緒に来るから、今日は早く帰るって。あたしジャージだけ着替えたんだけど、部屋ん中ムッチャクチャ。それでも入る？　入って！」

久美ちゃんがこんなにまくしたてるのは、聞いたことがなかった。はしゃいでいるみたいだった。

彼女が桃子の袖を引っぱって入っていく先には、そうとう古そうな木造二階建てのアパートがあって、二階に三部屋ある一番手前が久美ちゃんの、久美ちゃんと新宮の部屋だった。

いや、それは正確にいえば、もともと新宮が一人で住んでいた部屋なのだ。八畳一間の狭苦しい部屋だった。玄関のまん前がいきなりユニットバスで、右に流しとIHヒーターはあるけれど、それだけだ。窓の外にもカーテンレールにも洗濯物がぶら下げてあって、カラーボックスがテレビの横に並んでいて、フローリングの床には畳んだ布団が壁際に追いやられていた。独身者用のアパートに二人で暮らす空間を少しでも増やそうと、新宮さんが使っていたベッドを友人にあげた、という話を、後で聞いた。

部屋中に柔軟剤のいい香りが漂っていて、全体にこざっぱりした印象があるのは、女性がいる部屋のようでもあり、よけいに貧しさが際立っているようでもあった。

「ごめんねー貧乏丸出しでー」

明るく聞こえなくもない声で、久美ちゃんはまずそんなことをいった。僕は思っているることが見透かされたようで、恥ずかしくなった。

「思ったほどじゃなかったよ」だから僕は正直にいうことにした。「もっと困り果ててるのかと思ってたから」

「共働きだからねー」久美ちゃんはそういって、ちょっと目を伏せた。「私もスーパーでレジ打ってるから。水曜日はお休みなんだ。ちょうどよかった」

僕が渡したケーキをうやうやしく受け取った久美ちゃんが、それをしまうために冷蔵庫を開けた時、カレーとか野菜が詰まったタッパーウェアがきちんと並べてあるのが、ちらっと見えた。

「どうしてるか、心配してたから……」桃子はまだ涙声だった。「いきなりいなくなっちゃったしさ……。何があったか判んなくて……」

「ごめんねえ」

久美ちゃんは桃子の腕をさすって、まだ言葉を続けようとしたが、桃子は首を振った。

「いいの。事情なんかいわなくていい。久美ちゃんが元気ならいいの」

「ああん、桃ちゃあん！」

「久美ちゃあん！」

二人は古い少女漫画にでもありそうな抱擁を交わした。……いっちゃナンだが、二人ともわりと、いい歳のおばさんなんだけどね。

久美ちゃんが紅茶を淹れてくれて、余っていたマリービスケットを食べながら、僕たちはまず、「フィクショネス」は最近どうなっているとか、キタノヒロシが新しいチェスセットを持ってきたとか、どうでもいい話から始めた。

久美ちゃんが新宮と一緒に、こんなところにいる。親には内緒で。だけど久美ちゃんが笑っているんなら、そんな事情なんてどうでもいい。——そんな桃子の気持ちは嘘ではなかった。しかしやっぱり、その複雑な心持ちは多分、久美ちゃんにも伝わっていただろう。

少しすると彼女は、思わぬことを訊いてきた。

「由良さん、なんかいってた？」

「いや別に」鈍感な僕は答えた。「『文学の教室』に来たけど、なんにもいってなかったよ」

「由良さん、怒ってるだろうな……」

久美ちゃんはしょんぼりといった。

「あたし、ほんと悪いことしちゃって……。会社、なんにもいわないで、勝手に辞めちゃって……。由良さんが世話してくれた仕事なのにさ……。最低なことしちゃって……。今さら謝れないし……」

「あんまり気にしてる様子はなかったけどなあ」僕は実際の印象をいった。

「桃ちゃんもオサムさんも、心配してくれてありがとう」久美ちゃんは自分から話を変えた。

「まあ、こっちもヒマだから……」と僕がいい加減なことをいうのと、

「心配するでしょうよ！」と桃子が、問い詰めるようにいったのは、ほぼ同時だった。

「なーんにもいわないで、いなくなっちゃってさあ！　電話でもいったけど、ご両親が『フィクショネス』に来て、怒って帰ってったんだよ？　それなのに久美ちゃん、電話でもメールでも、なんにも詳しいこと教えてくれないじゃない。なんでこんなことになったの？　なんでこんなことまでしなきゃいけないの？　さっき私、事情は聞かないっていったけど、あれ取り消しね。ほんとは私、何があったか聞きたくてたまらないんだから。教えて貰う。根掘り葉掘り！」

　久美ちゃんは、みるみる表情を失っていくように、僕には見えた。

　ところが桃子の様子には、久美ちゃんを可哀想がる感じは全然なかった。喧嘩を売るというほどではないにしろ、ゴマカシを許さないといった、鬼気迫る情愛がみなぎっていた。

　久美ちゃんの視線はフローリングの床に潜り込んでいくようだったが、やがて目

を上げた。

「うちのお父さんが、とにかくマサキくんのこと嫌いで……」久美ちゃんはいった。

「知ってるでしょ、お父さんがどんなひどい人か」

「うん。聞いた」桃子が答えた。「だけどね、だからって」

久美ちゃんは沈黙した。それは明らかに、何かをいおうかいうまいか、迷っている沈黙だった。僕たちはマリービスケットをかじりながら、辛抱強く待った。
二、三分だったのか、そんなに長くなかったのか、黙り続けたあとで、久美ちゃんはいきなり顔を上げた。
「ねえ、施設で育った人って、どう思う？」

「どうも思わない」僕はあっさり答えた。だってどうも思わないから。「よく知らないけど、そんな人、世の中にはいっぱいいるんじゃないの？」

「マサキくん、そうなの」久美ちゃんは、ためらいながらいった。

「児童養護施設で育ったの？」僕は、鈍感だからだろうけれど、特に驚かなかった。

「そうなんだ」その代わりに同情の念も湧かなかった。

「親がね、ちょっとしかいないの」

「どういう意味？」僕は申し訳ないことに、あやうく笑ってしまうところだった。

「ちょっとしかいないって、何」

「お父さんしかいないらしいの。そのお父さんとも会ったことないんだって」

「じゃあ、一人で生きてきたの？」桃子は小声で尋ねた。

久美ちゃんは頷いた。「赤ちゃんの頃から、高校出るまでずっと、施設に預けられてたんだって。このアパートも施設の先生が見つけてくれたんだって。あと仕事も」

さすがに僕は、言葉を失った。新宮さんは、親に育てられたことがないのか。施設で育ったからといって、親に育てられた人間との違いなんか思い当たらない。それに変わりはなかったが、久美ちゃんがあっさりと語った新宮さんのこれまでの人生を、ほんの上っ面思い浮かべただけでも、その苦しさが僕の想像を絶するだろうくらいのことは判った。

「だからだって、マサキくんはいうんだけど、そういうとこ、あるんだよ」久美ちゃんはいった。

「そういうとこって」

「……そういうとこ」久美ちゃんはうまく説明できないみたいだったが、なんとか言葉をつないだ。「なんか、自分一人、みたいなとこ」

「久美ちゃんも寄せ付けないみたいな？」桃子の声は優しかった。

「ううん」久美ちゃんは首を振った。「あたしには、べったりなの。子どもみたい。

……一緒に住む前は、あんなじゃなかったんだけどねー」

「ちょっと待って」

久美ちゃんの話がソッポを向き始めたみたいだったから、僕は軌道修正のつもりで尋ねた。

「もしかして、新宮さんが施設で育ったから、久美ちゃんのお父さんは反対してるの？」

久美ちゃんは頷いた。「そういうところで育った人はダメだって」

「なんだそれは！」僕は頭に血が昇った。「差別じゃないか！」

人のアパートで大声を出した僕の膝を、桃子はぱちんと叩いた。その桃子の顔も怒っていた。

「だからいっているじゃない。そういうお父さんなんだって」桃子は叱るようにいった。

「腹立たしいねえ」僕は少し声を落としていった。「新宮さんは一生懸命働いてんじゃねえか。施設がなんだ。馬鹿にしやがって」

しかし僕がそうやっていきり立つと、久美ちゃんはなぜか申し訳なさそうに身体をすくめた。桃子まで僕が久美ちゃんをいじめているような顔で睨んできた。

「そんなお父さんに負けるな」僕はひるまなかった。「連絡なんかしなくていい！」

だが僕の荒い鼻息は空を切った。桃子は僕を完全に無視して、久美ちゃんに目を向けていた。

「新宮さん、つらかったね」桃子はいった。「怒った？」

「怒らない」久美ちゃんの声は、あまり暗くなかった。「私が、一緒に暮らそうっていったからだと思う」

「即座に新宮さんを選んだのか」僕はいった。「そういうのに男は弱い」

「だけど、いきなり一緒に暮らして、生活とか大丈夫なの？」

「私も、すぐにスーパーの仕事、見つかったし……」久美ちゃんは少しずつ明るさを取り戻していた。「なんとかなってる」

「そういう時、いいよね、若い男って」桃子がオバサン臭いことをいうと、

「そーねー」久美ちゃんもオバサン臭く同調した。

「だけどアレだよ。若いからなのか知らないけど、依存心がすごいの。さっきもいったけど」

桃子は、「どゆこと、どゆこと？」と身を乗り出した。完全にオバサンの茶飲み話である。

「施設とか、関係あんのかなって、私なんか思うんだけどね」久美ちゃんはため息なんかついたりしていたが、茶飲み話には明らかにノリノリだった。「そういう風

に育つと、そうなっちゃうんだって、マサキくんが自分でいうの。なんか問題が起きると、急にどうでもよくなっちゃったり、キーッてなっちゃったりするんだって。それで私に甘えるの。甘えるったってさー、ちょっと聞いてよ桃ちゃん」

「聞いてる聞いてる」

「もうこうなったら、なんでもぶっちゃけちゃうけどさー。男の人って、甘えるじゃない。それはあたしも判ってる。剛さんもそうだったから。だけどマサキくんの甘え方って、なんか恐いくらいなの。イッちゃってる感じなの。赤ちゃんに戻っちゃったのかなってくらい」

「そんなの、この人もそうだよ」桃子は笑いながら僕を指さした。

「だけどね」久美ちゃんは慰められなかった。「マサキくんのって、ひどいんだよ。あたしがマサキくん以外の人をちょっとでもアテにしようとすると、怒るの。やめろーっ！　っていって泣くの。あたしの携帯もしょっちゅう見るし。だからメールもできないんだよ。それであたしが一日おとなしくしてるでしょ。そしたらまた泣くの。ごめんなさいって。嫉妬じゃないんだって。あたしがマサキくんの方を見てないって思うと、自分で自分がコントロールできなくなっちゃうんだって」

「それって、家庭に恵まれなかったことと関係あるんだろうか」僕は考えながらいった。

「ねえ。だけど、あるってマサキくんはいうの。施設のカウンセラーの人が教えてくれたみたい。親の愛情に飢えてるから、そうなるんだって」

「ふーん」

僕は、やや会話からハジかれていることもあって、少し真面目に考えてみた。愛する人を意に反して束縛してしまうのは恐ろしい苦しみであろう、とも思ったし、ほんとかねえ、とも思った。

だがそんな真剣な考察は相手にされそうもなかった。そこから桃子は、いやそれも大変だけどこの人なんかひどいんだよ、と、僕のいちばん他人に知られたくない家庭内での習慣を語り始めたのだ。そんなこと今、カンケーないだろ？　と抗議をしても無駄だった。久美ちゃんはそんな話をしているわけじゃない、という思いやりも無意味だった。久美ちゃんは僕の家の中での幼児的な姿を聞いて腹を抱えて笑い出し、久美ちゃんも新宮のみっともないエピソードを語り始め、そこから話題は四十代手前と四十過ぎの女二人による、愚痴と泣き言と男への罵詈《ばり》雑言に突入していったのである。もちろん、その具体的な内容は一切割愛する。

女たちがそんな話をし始めて間もなく、新宮さんが帰ってきた。

壁はどこにあるか

「どうも……お久しぶりです……」

安物のジーパンにチェック柄のシャツ一枚、ぐにゃぐにゃになった革のバッグを肩にかけ、泥だらけのスニーカーを履いて玄関のドアを開けた新宮さんは、僕たちの顔を見て恥ずかしそうにいった。

「新宮さん、久しぶり」

それまでキャッキャと喋っていた桃子は、口元に笑顔は残していたが、声は一転して緊張をみなぎらせた。

応援している味方であるのは確かだけれど、同時に、やっぱりどうしても、(久美ちゃんに仕事も仲間も捨てさせて、勝手にここまで連れてきちゃった男)という目で見てしまう部分があったのだろう。それは僕も同じだった。

「元気だった?」桃子はいった。

「はい、元気です」

「久美ちゃんから話、聞きました」切り口上もいいところだった。

新宮の赤かった顔が、いっそう赤くなった。

「何があったか、だいたい判りました」

「僕が……」

「施設にいたことは聞いたよ」僕の口調も硬かった。「それが理由で久美ちゃんのお父さんが反対してるんだって？　バカバカしい」

新宮さんは靴を脱いで久美ちゃんにバッグを渡しながら、鼻でそっとため息をついた。

「施設で育った人の中には、ぐれたりするのも、結構いるんです」新宮は、少し唇を尖らせた。「だから評判が悪かったりするんです」

「どんな家で育ったって、ぐれる奴はぐれるんじゃないか」僕はまたちょっと腹を立ててしまった。「施設だからなんだ。新宮さんは真面目にやってんじゃないか」

久美ちゃんの両親の、苛立った顔が目に浮かんできた。

「お父さんなんか、どうでもいい」久美ちゃんはそういって、顔をくしゃくしゃにした。

部屋の中はしんとなった。僕も、腕組みをして考えた。久美ちゃんのこと、久美ちゃんの両親のこと、そして新宮さんの、ここまでの人生について。

何も判らなかった。

「僕が、いけないんです」新宮さんはしょげていた。「無理に連れてきちゃったんです」

「無理にじゃないよ。私がいったんじゃん、家を出るって」久美ちゃんがいった。「思い切ってスパッとここに来なかったら、あたしだって踏ん切りつかなかったもん」

それは、いってみれば新宮さんを思いやっている、ただそれだけの言葉だった。だがその声には、久美ちゃんの愛情が、痛々しいまでに響いていた。それは新宮さんに対してだけの愛情ではなかった。

偏見に満ちて苛立っているお父さんとお母さんを、久美ちゃんはとても好きなのだ。

どうでもいいなんて、本当は思いたくないのだ。

新宮さんは僕たちの視線をさけるように、下を向いていた。

「この人が、久美ちゃんのお父さんに怒るのは、判るんだけど」

桃子は僕をちらっと見てからいった。

「だけど……、やっぱり、どうでもいいってことはないんじゃない？　……私たちの口を出すことじゃないけどさ」

「僕たちの口を出すことじゃないし、久美ちゃんのご両親には、僕も思うところはある」僕はいった。「それでも、久美ちゃんの実家には、顔を出すくらいのことはした方がいいと思う」

　みんなの表情から、思っていることをひとつひとつ読み取ることはできなかった。僕は考えていることを最後までいうことにした。

「一緒に住むには親の承諾が必要とか、そんな馬鹿なことをいってるんじゃない。両親に報告さえしておけば、けっこう二人の気持ちも軽くなるだろうし、それにそれって、あんまり難しいことじゃないと思うんだよ」

「難しいことだよ」桃子が厳しくいった。「この二人にとっては、はたで見るほど簡単じゃないよ」

「それを踏まえていってるんだ」僕はいった。「嫌な気分になるのは、最初だけだと思う。新宮さんの顔を見たら、くだらない偏見なんか消えちゃうよ」

「ダメです」新宮さんはぐったりと、しかし断固として自分を否定した。「僕なんかダメです」

「なんでそう思うの？」桃子は驚いていた。「会ってみなきゃ判んないでしょう」

「ダメです」新宮さんはかたくなだった。

　沈黙が、長く続いた。

「壁にぶち当たったら、壁に向かって突進していくしかないぞ」僕はいわなければならなかった。「ほかにどうしようもないんだ、人生って」

「無理です」新宮さんは静かに、でも相変わらず強い口調で断言した。「今まで、ずっと無理でした」

「新宮さんが今までどんな目に遭って来たかは、判らない」僕はいった。「でもこれは今までとは違うぞ」

「違わないですよ」新宮さんは決めつけた。「どこが違うんです」

「俺たちがついてる」

僕は背筋を伸ばして、恥ずかしさに耐え、頷いた。

「だから、尻込みするんじゃなくて、俺たちで洗い出してみようじゃないか。何が壁になっているのか」

それでもまだ、久美ちゃんも新宮さんも黙っていた。けれどもそれは、決して否定的な沈黙じゃなかった。数時間前に久美ちゃんの瞳に浮かんだ、あの『救い』みたいな何か」を求める光が、今度は新宮さんの表情にあらわれた。

久美ちゃんが、思いつめた様子のまま、口を開いた。

「壁って」久美ちゃんはいった。「私、判る気がする」

みんなが久美ちゃんを見た。

「お父さんでしょ」桃子がいった。「久美ちゃんのお父さんさえ……」

「違うと思う」久美ちゃんの声は静かだった。

「俺だろ」と新宮さんがいっても、久美ちゃんは首をふった。

「マサキくんの前に、壁がある」

久美ちゃんが、こんなに成熟した、理知的な女性に見えたことは、今までなかった。

「なんだよそれは」僕はじれったくなった。

「根本の、おおもとの、原点」久美ちゃんはいった。「それはマサキくんのお父さんだと思う」

「オメエ何いってんだよ」僕はあきれた。「それは根本じゃねーよ」

「じゃ何が根本なのさ」桃子がつめ寄るようにいった。

「新宮さん自身に決まってるだろ」

すぐ横にいる新宮さんには申し訳なかったが、きっぱりというしかなかった。

「こいつが久美ちゃんの親にきちんと挨拶すればいいんじゃないか。それを俺たちがバックアップするよって話をしてるの。問題は久美ちゃんが実家と気持ちよく……」

「久美ちゃんはそれでよくても、それじゃ新宮さんは救われない」

桃子が口を挟んだ。

「久美ちゃんのいってる意味、私には判る。――新宮さんが苦しんでるうちは、久美ちゃんは何がどうなったって、幸せにはなれないんだよ。そうでしょ」

そういって桃子が久美ちゃんを見ると、久美ちゃんは白い顔をして、涙のたまった目で桃子を見つめて、うん、うん、と何度も頷いた。

「久美ちゃんは自分より新宮さんを大事に思って、ここで一緒に生きてる」桃子は新宮さんを見た。「そのこと、判ってあげて」

「判ってます」新宮さんも苦しそうだった。「判ってるんです」

「だけどさ……」僕は新宮さんに同情した。「そんなこといったって……。どうすりゃいいってんだよ……」

「新宮さんが救われるしかない」桃子はいった。「救われなくても、せめて納得するしかない」

「だから、どうやって」

するとマサキくんのお父さんが口を開いた。

「久美ちゃんのお父さんがどんな人か、マサキくんをどう思っているか、私は知りたい」

久美ちゃんは明らかに、勇気を絞り出していた。

「じかに話を聞きたい」

「やめろよ馬鹿」新宮さんは弱々しい声でそういい、久美ちゃんを睨んだ。それから僕たちを向いて、「全然知らない人なんです。意味ないですよ」

「本当にそう思ってる？」桃子の声は穏やかだった。穏やかでもそれは詰問だった。

「それは、いくらなんでも余計なお世話だ」僕は桃子をいさめた。「他人が口を出すことじゃない」

「壁にぶち当たったら、あなた、どうするっていった？」桃子は動じなかった。

「だからって、お前」僕は、なかば喧嘩腰になってしまった。「どこの誰かも判らない人に」

久美ちゃんと新宮さんの目が合った。何かをいい交わすみたいに。

「あんまり、いい人じゃないと思う」久美ちゃんが遠慮がちに、そんなことをいった。「会ったら、マサキくん、よけいに傷つくと思う」

「久美ちゃんがいい出したことじゃないかこれは。たった今！」

「傷ついても会ってほしい」久美ちゃんはいった。

部屋の中に、愛情があふれていた。

「新宮さんは傷つくかもしれない」桃子はそういって、新宮さんを見た。「私も自分のいってることは、余計なお世話だって、判ってる。でもそれが根本の壁だと思う。久美ちゃんがそういってるんだから」

桃子は息を吸い、自分を落ち着かせた。

「久美ちゃんに、幸せになってほしい」桃子はいった。「それって別に、久美ちゃんが人よりいい暮らしをするとか、そんなことじゃないの。好きな人と楽しく過ごしていられればいいって、それだけのことなの。

前の旦那さんが亡くなってから、久美ちゃんはずーっと、前の旦那さんの家族と暮らしてた。それは別に、自分を犠牲にしてたわけじゃないかもしれない。だけど、友だちも知り合いもいない場所にいて、旦那さんの家族を励まし続けるなんてさ。そんなこと、私だったら耐えられないかもしれない。久美ちゃんだからできたの。そいで、それから何年も何年も経って、東京に戻ってきて、やっと好きな人ができたの。私、すごく嬉しかったんだよ。今でも嬉しいよ、それは。

それが、これだもの。またこんな、知ってる人のいないところに来て、親とも友だちとも縁を切ったみたいな生活してる。久美ちゃんの親も悪いかもしれないけど、はっきりいって新宮さんだって、それでいいのって思っちゃうよ私。

私は久美ちゃんのことしか考えてないかもしれない。意味のないことをいってるかもしれない。だけど、二人の話を聞いてると、この人がいう『壁』っていうのが見えてくる気がするんだよね。ごめんね図々しくて」

桃子は素早く手を頰にやって、涙を拭いた。

「久美ちゃんのご両親はよくない。だけどあなたたちは、久美ちゃんの両親に怒ってるんじゃない。引き下がってる。あなたたちっていうか、新宮さんが引き下がってる。久美ちゃんに甘えてる。久美ちゃんは、それでいいって、我慢してる。新宮さんが好きだから」

「もういい」僕は桃子を止めようとした。「それは、みんな判ってる」

「どうして新宮さんが、そんなに久美ちゃんに甘えてるかっていうと、今まで誰にも甘えられなかったからでしょ」桃子は止まらなかった。「そいで、どうして誰にも甘えられなかったかっていうと、新宮さんの親が、親の役目を全然しなかったからなんじゃないの？　それを久美ちゃんはいったんだし、新宮さんだって、本当は判ってる。

新宮さんは、自分がなんでこんな目に遭わなきゃいけなかったのか判らない。それが判らないから、なんにも判らない。久美ちゃんを好きになって、久美ちゃんからも愛されて、ほかのことは全然判らない。だから、新宮さんも苦しんで、でも、どうすることもできない！

自分のことを知ったら、新宮さんはもっと苦しむかもしれない。だけど知らないまんまだったら、このまんまだ。今の、このまんま。それを久美ちゃんは発見したんだと思う。

今のまんまで、新宮さんはいいかもしれない。ほかにどうしようもないと思っているかもしれない。だけどそのために、久美ちゃんは好きな人と一緒に住んでいるのに、幸せじゃない！　また久美ちゃんは我慢してる！　このまんまじゃ、久美ちゃんはずーっと我慢することになる！　そんなの、私はおかしいと思う。ごめんなさい！」

桃子は両手で顔を覆ってしまった。

僕は、久美ちゃんや新宮さんの目も構わず、桃子の肩に手を置いた。

新宮さんは石になったように動かなかった。目は僕の方を向いていたが、何かを見ている目ではなかった。

それからゆっくり、久美ちゃんを見た。久美ちゃんも新宮さんを見ていた。

そして新宮さんは桃子を見た。

「おっしゃる通りです」

新宮さんの小さな、しかし強い声だった。

「決着をつけます」

「うん」僕は頷いた。「久美ちゃんのお父さんなんか、吹き飛ばしてやりゃいいんだ」

「その前に」新宮さんはいった。「まず父に会います」

僕はあっけにとられた。桃子も手の中から顔を上げた。

自分たちが今、さんざんいってきたことを、まさか新宮さんが受け入れるとは、思っていなかったのだ。

久美ちゃんは新宮さんを見ていた。何か、眩《まぶ》しいものを見上げるようなまなざしで。

「だけど。だけど」僕は殆どうろたえていた。「そんなことといったって、君のお父さんて人が、どこでどうしているかなんて……」

「判るんです」新宮さんはいった。「判っているはずなんです」

「はず……？」桃子が、恐るおそるといった口調でいった。

新宮さんは久美ちゃんに向かって、「いっちゃうね」といった。久美ちゃんは頷いた。

「彼女のお父さんが、僕のことを調べたんです」新宮さんは僕たちにいった。「興信所が僕の身元なんかを、詳しく調査したみたいなんです。それで彼女のお父さんは、僕が施設で育ったことを知って、反対したんです。それを知って、僕はちょっと、耐えられなくなって……。何が耐えられなかったのか、うまくいえないんですけど……。施設育ちだってことは、いつか自分でいおうと思ってたし……。

とにかく、その興信所の報告書の中に、僕の父の居場所なんかも書いてあるはずなんです。だけど、僕たちはそれ、見てないんです」

「じゃ、久美ちゃんのお父さんに訊けば判るのか」僕は目を丸くした。

「お父さんも、今はもう、持ってない」久美ちゃんは、恥ずかしそうに答えた。

「私が持って出てきちゃったから」

「ここにあるの？」桃子が尋ねた。「見てないだけなのね。じゃ、もしよかったら、私たちが代わりに」

「ここにもないの」久美ちゃんはいった。

「どこにあるの」

するとと久美ちゃんが答えた。

「由良さんが持ってる」

――ここに書いている話がすっかり解決した今でも、新宮さんの父親である新宮獅子虎については、僕たちには殆ど何も判っていない。

当人の弁によれば彼は、なんでも全世界を背負った、エスカミーリョなんだそうである。

これが何を意味しているのか、理解できる人間がいたらお目にかかりたい。

第四部　ぽんこつたち

ドライブ日和

世田谷通りを三軒茶屋に向かってミラ・ジーノを走らせながら、桃子は思いつめた表情でハンドルを握っていた。

僕たちの家は多摩川にほど近い、ぎりぎり東京都に含まれる狛江《こまえ》という小さな町にある。世田谷通りは狛江から三軒茶屋まで通っている一本道で、桃子は下北沢へ行くのに、何度となくこの道を使っている。

慣れた道のはずなのに、時おりハンドルから手を放すと、彼女の手が細かく震えているのが判った。

「やっぱり電車で行こう」僕はいった。「高島平でタクシーを拾えばいいじゃないか」

「イヤだってば」桃子は決然と答えた。「私が連れて来てあげるって、久美ちゃんと約束したんだから」

「タクシーだって連れて行くことに変わりないだろう」

「高島平からタクシー使ったら、一万円くらいするよ、きっと」

「かかったってしょうがないよ。俺が出すから」

「イヤなの。私が連れて行くの」

前夜からこのやりとりを、僕たちは何度も繰り返していたのだった。

桃子が数年前に中古車を買ったのは、ひとつには高齢になった彼女の両親を病院に連れて行ったり、近所に買い物に行くのに便利だからだった。彼女の両親は川崎市の生田に住んでいて、狛江からは多摩川を渡ればすぐだ。つまり彼女は、車の運転は嫌いではないけれど、長距離を走らせたことは、これまで一度もないのである。彼女がミラ・ジーノを買ったもうひとつの理由は、それが「可愛い」からだった。僕は車にまったく詳しくないからうまく説明できないが、ミニクーパーと鏡餅を足して二で割ったような、丸っこいちいちゃな車で、一応四人乗りということになっているが、僕の印象では桃子が運転して僕が助手席に乗れば、後部座席が無人でも「ぎゅうぎゅう」という感じがする。おまけに車体が水色で、ちょっとムーミンみたいだから買ったのである。そもそも長距離ドライブには向かない車だ。都内の移動が「長距離」かどうかはともかく。

そんな車で世田谷から板橋の高島平までなんて、桃子には荷が重いのは明らかだった。だから僕は何度も、あなたが運転する必要はないといったのだ。世田谷区内をちょっと長めに運転しただけでも、帰宅したら緊張とストレスでへとへとになっている桃子を、僕は何度も見ている。

それなのに桃子は聞かなかった。私が運転するの一点張りだ。

「できないことは、やれないけど、これはできるんだから」

泣きそうになりながら三軒茶屋の交差点を左折して、下北沢に向かう茶沢通りに入ると、桃子はいった。

「みんな、やれるだけのことを、久美ちゃんと新宮さんにしている。私だって」

「だけどねえ……」僕がいいかけるのを桃子は、

「もういいっ」ぴしゃりと制した。彼女も聞き飽きているのだ。

「……まあ、確かにドライブ日和ではある」

十月半ばにしては、暖かい日曜日だった。

そんなドライブ日和に、桃子は見知らぬ道を何時間もかけて往復し、初対面の人を乗せて、敵陣に乗りこもうとしているのだった。

何があったのか

藤沢のアパートで久美ちゃんが、新宮さんのお父さんがどこにいるかは由良龍臣が知っている、興信所の報告書を持っているから、といった時には、僕は最初わけが判らず、桃子も詳しい話を聞きたがった。

「証人になって貰ったんです」

二人が由良と、藤沢駅近くの喫茶店で会った時のことをひとしきり語ってから、新宮さんはいった。

「この人（と新宮さんは、隣の久美ちゃんを見た）の父親が、僕の身の回りを興信所に調べさせたって聞いて、もう駄目だ、おしまいだって思いました。久美ちゃんを、なんていうか、普通に幸せにすることは、僕にはできないんだ……。いっつもそうなんですよ。『普通』っていうのがつくと、いっつも駄目になっちゃうんです。普通、親がいる……保証人くらい、いるのが普通……。

だけど、僕は思い切ってみようって、その時思ったんです。思い切って久美ちゃんに、いってみようって。一緒に暮らしてくれないか。普通じゃないけど、きっと幸せにするから、って……。

僕がそういってるところに、由良さんには立ち会ってほしかったんです。だって僕がそういったら、久美ちゃんは、親よりも僕を選びます。それはこの人が喫茶店に来る前から判ってました。

でもそうなったら、久美ちゃんの親は、僕が誘拐したんじゃないか、なんて思うかもしれないでしょ。だから証人が必要だって思ったんです。由良さんは立ち会ってくれました。ちょっと迷惑そうだったけれど……。

実際、この人は僕が一緒に暮らそうっていったら、すぐに『ウン』っていってくれました。それだけじゃなくて、由良さんに向かって、『私たち今から一緒に住みますから、何かあったら、このことをみんなに伝えてください』っていったんです。由良さんは、判りました、っていってました。

それで僕たち、ここにいるんです」

新宮さんは話し終えると、ふーっと息を吐いた。

僕も桃子もしばらくのあいだ、二の句が継げなかった。僕はもちろん桃子だって、二人は自分たちだけで勝手に同居を決めたとばかり思っていたのである。由良なんていう第三者がいたなんて、思ってもいなかった。

「僕に相談すりゃよかったじゃないか」少しして僕はいった。

「こんな人はどうだっていいけど、私がいるじゃないの！」桃子は少し怒っていた。

「だって」久美ちゃんは顔をくしゃくしゃにしていった。「お父さんがそんなことする人だなんて、桃ちゃんにいえなかったんだもん」

やっぱり久美ちゃんは、家族が大事なのだ。人から非難されたくないのだ。

「でも、いなくなっちゃうくらいだったら、いってくれたほうが良かった」桃子はまだぐずっていたが、

「だけどまあ、久美ちゃんは由良さんの紹介で就職したんだし、そのおかげで東京

に戻ってきたんだからな」と僕はいった。「俺たちなんかより、久美ちゃんは由良さんに世話になってるんだ」

「そういうわけじゃないんだけど……」久美ちゃんは困ってしまったようだった。

「それにお父さんがしたことは、別に恥ずかしいことじゃないよ」だから僕は、少し話をずらした。「調べられて何が出てきたって、久美ちゃんと新宮さんが堂々としてりゃ、それでいいんだ。そうだろ？」

「すみません……」新宮さんが頭を下げた。「僕が……」

「新宮さんを責めてるんじゃないんだよ」僕は困ってしまった。どうも新宮さんには、情緒不安定なところがある。「新宮さんはしっかりやってるよ」

「そうだよ。偉いよ新宮さん」桃子も加勢してくれた。「久美ちゃんをしっかり守ってるんだから」

「確かに」僕は偉そうに頷いた。「あとは、気持ちの整理をつけるだけだ」

新宮さんはその言葉に、一瞬、怯えたような目を僕に向けた。気持ちの整理をつけるというのがどういう意味か、彼にはよく判っていた。

「だけど、どうしたらいいかねえ」桃子にも僕のいった意味が判った。「その、由良さんて人に、連絡つくの？」

「うん」久美ちゃんはすぐに、携帯電話を取りだした。「電話してみる」

「えっ今？」新宮は思わず、といった口調で久美ちゃんを見た。

新宮も不意を突かれただろうが、久美ちゃんにも度胸は必要だったはずだ。なにしろ彼女は、由良が紹介してくれた会社を、勝手に辞めている。

「まだ会社かもしれないけど」久美ちゃんは時計を見た。そろそろ六時だった。

「留守電でもいい。善は急げだ」

久美ちゃんは立ち上がって窓際に行き、僕たちに背中を向けて、携帯に耳をあてた。その背中がピクッと伸びた。由良が出たのだ。

久美ちゃんはまず、突然の退職をだらだらと詫《わ》びた。

「それで……、今さらこんなことといって、申し訳ないんですけど……」それから久美ちゃんは、ようやく本題に入った。

「こないだの、あの、書類なんですけど……。あれ、できれば、返して、あの、お返しくださるますか」

敬語をどう使ったらいいか迷ったらしい。

「……はい……。マサキくん……あの新宮っていう、あのこないだお会いしたあの、あの人物」

人物？

「……彼があの、父親に会う予定になったんです。予定っていうか、会いたいんで。

会いたいっていうか。あの、すみません。……えっ？」

久美ちゃんはそれからしばらく、由良の話に相槌を打ちながら耳を傾けていた。

「いえ、そうじゃなくて……。だけど、そうですよね。……そう思います」

そして久美ちゃんは、藤沢の住所を伝え、携帯に向かってお辞儀をしながら話を終えた。

「そうだよ！」電話を切るなり、久美ちゃんは大きな声でいった。「私だって、そうだよ！」

「何いってんの？」僕はいった。「由良、報告書送ってくれるって？」

「うん！」久美ちゃんの声はでかいままだった。「それはもしかして、とてもいいことがあったんじゃないですか、だって」

僕も桃子も、久美ちゃんの言葉の意味がうまくつかめず、きょとんと彼女の紅潮した顔を見つめた。

「それから、ご両家のご挨拶ですか、だって」

新宮さんはなんだか怖いものを見るような目つきだった。

「マサキくんが、お父さんに会うんだったら」久美ちゃんはいった。「私もちょっと、家に帰ってみるよ」

「どういうこと？」

「いっぺん、ちゃんとやってみようと思う」久美ちゃんの声はしっかりしていた。「お父さんに会ってほしい人がいるって、ずばっといってやろうと思う」

「実家に帰るの?」新宮さんの口調は対照的に、たちまち弱々しくなった。

「マサキくんが勇気出したんだから、私だって何かしなきゃ」

四十近い女性なのは承知しているのだが、丸顔の久美ちゃんが真剣にそんなことをいっているのは、僕にはなんだか、面映ゆいというか、不思議な寂しさを感じてしまうものだった。あの屈託のなかった久美ちゃんが、すっかり大人になっちゃって……。

そして新宮さんはというと、久美ちゃんにしっかりと頷き返しながらも、かすかに泳いでいる目が、若々しい当惑をあらわしていた。

由良から報告書を受け取って、新宮さんは父親に会って自分のトラウマに何らかの落とし前をつけ、久美ちゃんは久美ちゃんで父親である篠田万平太に正面から結婚の意思を告げることに決まった。

それぞれの父親がどのような反応を示すかは、大きな問題じゃない……。いや、大きな問題だけど、それよりずっと大事なのは、新宮優樹と中沢久美子(旧姓篠田)が親たちに「筋を通す」ことだ。こっちが正々堂々としていれば、あっちが腹を立てようがイチャモンをつけてこようが関係ない。そもそもいい年をした人間が幸せに暮らそうとするのに横槍を入れるほうがどうかしている。親だろうと構うものか。——そんなことを僕たちは、久美ちゃんが作ってくれたチキンカレーを食べながら喋りまくり、その日は高揚した気分で楽しく過ごしたのだった。

ところがそんな具合にトントンとは、後が続かなかったのである。

ハンバートの願い

藤沢から戻って以来、久美ちゃんは日増しに機嫌が悪くなっていると、電話で連絡を取り合っている桃子が教えてくれた。

「新宮さんが、ぐずぐずしてるんだって」桃子はいった。「お父さんに会いに行きたくないみたいなの」

「由良さんは、報告書を送ってきたんだろ？」

「とっくよ。あれからすぐに届いて、お父さんの住所も何も、すっかり判ってるんだって。それなのに新宮さんが、なんか、悩んじゃってるんだって。会うつもりはあるとか、行きたくないわけじゃないといったら嘘になるわけじゃない、とか、なんかグネグネしたこといってるんだってさ」

「行きたくない、わけじゃない、といったら……何だって？」

「私もよく判んないわよ。久美ちゃんだってジリジリしてるし」

「多分、新宮さんも自分のいってることが判ってないだろうな」僕はいった。「あいつの身になって考えることなんか、俺にはできないけど……、でもなんか判る気がする。いざとなったら、迷うよ」

「だけど、あの時はあんなにキッパリ……」

「キッパリやれるような、軽いことじゃないんだろう」

桃子はそれでもへの字口になって首をかしげていた。

次の「文学の教室」は閑散としていた。十分前にキタノヒロシが来て、今日は流会ですか？　と苦笑した。参加者が少なすぎてお流れになってしまうことは、この頃の「文学の教室」にはたまさかあることだった。キタノだけは毎回必ず顔を見せてくれるので、そんな時にはしばらくの間、無駄話をするのが常だった。

僕はキタノに久美ちゃんの話をした。キタノは桃子に次いで、久美ちゃんの消息を気にかけていた。僕は彼女が新宮さんと暮らし始めたこと、それを彼女の親が快く思っていないこと、新宮さんが家族と縁が薄いこと、父親の居場所が判ったことなどを、あまり具体的にならないように教えた。キタノは、

「あっ、そうですか。そうですか！」

と、身を乗り出して話に聞き入り、僕と桃子が藤沢に行ったと知ると、いよいよ真剣な表情で、二人がどんなところに住んでいるのか、アパートの間取りは、新宮さんの職業はと、なぜかやたらと細かいことを聞きたがった。

「そうか、新宮さんは製材所で働いてるんでしたね」キタノは感に堪えたように（製材所がなんで感に堪えるの？）いった。「前から思っていたんですよ、新宮さんて、やっぱりちょっと、リチャード・スキラーに似てるって」

「誰？」

「リチャード・F・スキラーですよ。あの有名な……」

キタノがそこまでいった時、自動ドアが開いて、由良龍臣が入ってきた。

「ああ、由良さん」久美ちゃんたちと会って以来、由良とは会っていなかったので、僕はいった。「久美ちゃんがお礼いってたよ」

「そうですか」相変わらず、由良はそっけない二枚目だった。「中沢さんも新宮さんも、うまくいくといいですね」

「それがさ、そうでもないらしいんだ」

僕が愚痴をこぼすようにして、思わずそういうと、由良よりもキタノの方が関心を示した。

「何かあったんですか」

「新宮さんは自分の父親と、会おうとしてたんだよ」僕はまずキタノにそういい、それから由良を見た。「だけど、いざとなったら尻込みしちゃってるんだって」

「由良さんは、新宮さんの父親の件も知ってるんですか」

というキタノの野次馬じみた質問に、僕が答えるのをためらうと、一拍おいて由良がいった。

「たまたま、僕がちょっと関係していたので」

「そうなんですか……」

由良の口調に、踏み込んではいけないものをキタノは感じたのだろう。それ以上の追求はしなかった。

「篠田さんは、もう再婚したんですか」その代わりに、キタノは関心の矛先を変えた。

「いや、入籍はまだだろ」僕は答えた。「やっぱり、いろんなことにカタをつけたいんじゃないかなあ」

「両親の承諾ですか?」キタノは小首をかしげた。「そんなもんかなあ」

僕はなんとなく由良の考えを聞きたかったが、目を向けても彼は、こちらを見返しもしなかった。

「新宮さんは、篠田さんのために、会ったこともない父親と会おうとしているんですねえ」キタノは温かい声でそういった。

僕が「久美ちゃん」、由良が「中沢さん」、キタノが「篠田さん」と呼んでいるのは、同じ一人の女性だ。久美ちゃんて、今、名字はどうなっているのだろうと、僕は思った。

名字、かッ。なんだかイラつくものを感じて、僕はため息をついた。

「まあ、ねえ」僕はいった。「新宮さんも、見たこともない父親と会うってなったら、そうやすやすとは行かないんじゃないの？」『瞼の母』みたいな話だもんねえ」

「マブタノハハって何ですか？」キタノが尋ねてきたけれど、

「あるんだよそういうのが」答えるのは億劫《おっくう》だった。

「こう上下の瞼を合せ、じいッと考えてりゃあ……」芝居気のまるでない棒読みで、由良がそらんじた。「逢《あ》わねえ昔の……なんでしたっけ」

「逢わねえ昔のおッかさんの俤《おもかげ》が出てくるんだ……」僕は芝居気たっぷりに続けた。

「逢いたくなったら俺あ、眼をつぶろうよ……。新宮さんも、そんな気持ちなのかもしれないなあ」

由良は黙って何か考えている様子だったが、口は開かなかった。

そんな話をしているうちに、定時を半時間も過ぎてしまった。僕もやる気を失ってしまい、申し訳ないが今日は流会にしますと宣言した。由良はあっさりと帰っていった。

「リチャード・F・スキラーは、ドロレス・ヘイズの結婚相手ですよ」

残ってゆっくり帰り支度をしながら、キタノヒロシはいった。

「スキラーもヘイズも、俺には何のことやら」

「オサムさんだってよく知ってますよ。『文学の教室』でもやったじゃないですか。ドロレス・ヘイズっていうのは、ロリータの本名です」

「ああ、そうか」

ナボコフの名作に敬意は惜しまない僕だが、ロリコンのキタノほどに思い入れはない。

「ロリータは最後に、スキラーと結婚するんです」キタノはいった。「ハンバート・ハンバートに人生をめちゃめちゃにされた後で」

キタノはどこも見ていなかった。恐らく自分の中にある、可憐《かれん》でみっともない欲望を見つめていたんだろう。

「中沢さんは……まだ篠田さんだった頃、たまに雑誌の読者モデルをやっていたんですよ。それがロリータ・ファッションの雑誌で……ロリータ・ファッションなんて、小説の『ロリータ』とはなんの関係もありませんけどね……それに篠田さんは、もうとっくにロリータじゃありませんでした。だけどね……別に僕は、そういう目で彼女を見たことはありませんけど……。

ただ、彼女を見ていると、思うんです。僕みたいなロリコン野郎は、『その後』をどうしたらいいのか、って……。ナボコフは、っていうか、ハンバートは、『小悪魔《ニンフェット》』を九歳から十四歳までとしています。だけどその後、女性が十五歳になったら、二十五歳、三十五歳になったら、僕たちはどう振る舞えばいいんでしょう。ゴミ箱に捨てるんでしょうか。年を取った女性からは目を背けて、次々と新しいニンフェットを漁《あさ》るんでしょうか。週刊誌のエロ本みたいに？

『ロリータ』って小説は、むしろその問題を、僕たちに突きつけているんです。ロリコンの楽しみなんて、全然書かれていない。だからロリコンの男たちに、あまり人気がないのかもしれません。現実を見せつけられますからね。まあ、現実にしちゃあ、あれはずいぶん極端ですけど……。

篠田さんはニンフェットじゃないし、かつてそうだったこともありません。だけど彼女のことを考えると、僕は……」

キタノはしばらく沈黙した。

「新宮久美子になって、幸せになってほしいですよ」

成熟した女性や肉感的な女性にうっとりする傾向がある僕としては、キタノのひとり言におぞましさを感じないでもなかったが、それでも最後のひと言に、欲望を超えた真情があらわれているのは、しみじみと感じた。

由良が動く

下北沢から帰宅する途上、由良龍臣の頭はずっと目まぐるしく働いていた。新宮優樹が父親である新宮獅子虎に会うのをためらっている、という情報には、彼の抗しきれないものが潜在していた。

由良は興信所の報告書を、そっくりそのまま久美ちゃんたちに送っていた。彼らはそのすべてに目を通したに違いなかった。そうであれば、新宮優樹が父親に会いたがらないのは、単に自分を捨てた親だから、というだけの理由ではないはずだと、由良は考えた。もっと直接的、現実的な理由が、報告書には書いてあるのだから。

——今、これを書いている僕の机の上には、そのピーカントン探偵社の報告書がある。久美ちゃんと新宮さんの許可を得て、ここにその一部分を引用する。ちなみにこの引用の許可を、篠田万平太氏からは取っていない。

「新宮獅子虎氏は現在、板橋区の高齢者福祉ケアの保護を受けています。保護内容の詳細に当社が立ち入ることはできませんでしたが、観察によって獅子虎氏が、軽度あるいはそれ以上の認知症を患っていること、さらに種々の疾患によって軽度の歩行困難である可能性は、極めて高いと判断できます」

由良龍臣はこれを読んで、こう考えた。

新宮優樹が父親に会いたがっていないのは、単に面識がないだけではなく、会えば自分が失望する、あるいは絶望すると、あらかじめ判っているからだろう。当然だ。ようやく居場所が見つかって会いに行った父親が、自分自身が誰かも、どこにいるかも認識できなかった、などという事態になれば、絶望しない人間などいるわけがない。

さらに報告書には、新宮獅子虎の写真もあった。鼻から下は真っ白な髭に覆われ、大きな目玉をぎょろつかせながら、左手にコンビニのビニール袋、右手に杖《つえ》を握りしめて、赤黒いシャツは腹のボタンがはちきれそうに膨れ、下にはグレーのズボンを穿き、腰を曲げて歩いている写真だ。見るからに怪しげな大男である。

由良はまた「フィクショネス」で、「入籍はまだ」という情報も得ていた。彼の「両親のお引き合わせ」という旧弊な言葉に対して久美ちゃんが、そうですよね、そう思います、と電話で答えたことも忘れていなかった。

すると——新宮優樹は、どこの誰かも判らない無能の老人を、我が父親として久美ちゃんの両親に曝《さら》さなければならない。ただでさえ施設育ちだからと反対されている結婚相手の親に、それがどんな印象をもたらすか。新宮優樹は彼らの蔑視を恐れているに決まっている。

にもかかわらず新宮さんが、少なくとも一度は父親と会うと決心したのは、中沢さんがそれを望んでいるからにほかならない。彼女には現実が見えていないのだ。新宮父子が挨拶に来れば、自分の親も心を入れ替えて、好意的に結婚を承諾してくれるはずだと思い込んでいるのだろう。

由良龍臣が脇からしゃしゃり出て、やれることがあるだろうか。ない。そんなものはひとつもない。

それなのに彼は、翌日の日曜日に実行した卑しい計画のために、インターネットで路線や地図を調べていた。

地下鉄の高島平駅——といっても、このあたりでは地下鉄も高架の上を走っているけれども——を北側に出て、由良は隣の西台駅に戻るようにして新河岸川に向かった。

スマートフォンの地図を頼りに住宅街の入り組んだ路地を歩いていくと、種々の団地や建売住宅の並ぶ中に、同じ長方形のアパートが三棟並んでいて、その左側が由良の目指していた場所だった。

日曜日だったが、怪しまれないように、彼はスーツを着ていた。アパートの前に立ってポストを確かめても、不動産業者か役人のように見えたはずだ。報告書の通り、103号室のポストにマジックペンで、新宮獅子虎、と書いてあった。

あてもなくただ来ただけだから、獅子虎氏がすぐに姿を見せるとは期待もしていなかった。空振りもやむなしだ。それでも、いつまでも他人のアパートの前に立ち尽くしているわけにもいかなかった。興信所の探偵はどこに身を潜めたのだろう。

子どもの声が聞こえた。少し先の四つ角に公園があった。ベンチに座ると、アパートの入口は見えなかったが、人の出入りは観察できそうだった。

一日中老人を見張っているわけにはいかない。ああいう境遇の老人は、まったく外出しないことも珍しくないだろう。そもそもこの時の由良が計画していたことは、大胆で非現実的な夢想にすぎなかった。夢想のためにはるばる高島平まで足を運んだ自分に、由良は人生で三千回ほど繰り返した愛想尽かしを、またしても感じていた。

ところがベンチに座って十分もしないうちに新宮獅子虎が現れた。由良はもう少しでめまいを起こすところだった。いや、もしかしたらそれ以前から、彼はそれまでの現実世界を失ってしまっていたのかもしれない。そこに姿を現した獅子虎は、汚れた赤いシャツにグレーのズボン、もじゃもじゃの白い無精髭に突き出た腹、右手に杖を、左手にコンビニの袋を持ち、ぎょろ目を見開いて口の中で何かを呟きながら歩いていた。それはまったく興信所が撮影した写真そのままだった。まったく、寸分もたがわない姿だった！

しかも獅子虎は、アパートに向かってはいなかった。曲がった腰でよぼよぼと、車道を斜めに横断して、由良のいる公園に歩いてきたのだ。それればかりではない、獅子虎は由良が座っているベンチの前に立ち、彼をじろりと睨んだのである。

由良は思わず、「どうぞ」といって腰をベンチの端にずらした。

獅子虎は小さな唸り声のような音を喉から出して、ベンチにどっかりと腰をおろし、

「家ん中に一日中いたって、なんにもありゃしねえ」

といった。

そのまま獅子虎がコンビニ袋からカップに入ったコーヒーを取りだし、ゆっくりとすすり始めるあいだ、由良は混乱した自分を落ち着かせなければならなかった。

なぜだ。なぜこんなに都合よく、向こうから近寄ってきたんだ？　こんなにも完璧に写真と同じ格好で。まるでこちらに、何があっても間違えたり見失ったりしないよう、念を押しているかのようじゃないか。当人が自覚しているわけがない。どういうことだ？

しかしその時の由良には、この邂逅《かいこう》の意味を考える暇はなかった。彼はこの「願ってもない幸運」を、最大限に活用する方法を、殆ど反射的といっていい速度でひねり出さなければならなかった。

獅子虎はコーヒーをすすりながら、相変わらず口の中で何か呟いていた。歌っているようでもあった。

二人から少し離れたところで、子どもたちが遊んでいた。日曜日だからなのか、親たちも何人か寄り集まって、立ち話をしていた。

「子どもが多いですね」

由良はさりげなく、内心は崖から飛び降りるような黒い勇気を振り絞って、声を出した。

獅子虎は由良をじろりと睨むと、ゆっくり目を子どもたちに向け、

「……ふん……」と呟いた。「……何にも判りゃしねえくせに……」

子どものことをいっているのか、声をかけた由良を指しているのか、はっきりしない。彼は怖気づき、思わず獅子虎を見たが、獅子虎はぼんやりと子どもたちを見ているだけだった。

もう踏み出してしまった、自分の夢想したたくらみに進んでいくしかない。由良は言葉を継いだ。

「お子さんはお元気ですか」

「お子さんなんかいねえ」

獅子虎は即答し、またコーヒーをすすり、顔をしかめた。

そしていきなり由良をまともに睨んだ。

「あんた誰だ」

由良はすぐには答えられなかった。この老人をもっと喋らせて、観察する時間が必要でもあった。名乗るのに気後れもした。そこで彼は、

「あなたこそ誰です」

と尋ねてみた。

「俺を知らねえ奴はいねえ」獅子虎は苛立ったようにいった。「赤坂でも六本木でも、俺のことを知らねえなんて奴はモグリだぁ……。ノグチだってサカイだって、みんな俺んとこの常連なんだから……」

「ノグチ？」獅子虎の声が聞き取れないので、由良は耳を寄せた。「サカイ？」

「サカイじゃねえか……」獅子虎の目はぼんやりどこかを見ていた。「アトムズのサカイったら、おめえ……」

「ああ！」由良はわざとらしい明るさでいった。「あなたは、新宮獅子虎さんでしたか！」

「サカイもノグチも、死んだだろ、きっと……」獅子虎は不愉快そうだった。「俺んことを知ってる奴は、みんな死んだか、まあ、死んだようなもんだ……」

「私は存じておりますよ、新宮さん」由良はいった。「新宮優樹さんのお父さんでしょう？」

獅子虎は長いこと黙っていた。やがて、

「そう言ってくる奴が、前にもいた」といった。「あなたが、お父さんでしょう。あなたは、お父さんでしょう……。ケェッ！」

獅子虎は頬を振って、地面に唾を吐いた。由良は慌てて足をどかした。獅子虎の下唇から地面まで、ひどく細長くて薄茶色いよだれの線が、蜘蛛《く も》の糸のように伸びていた。

「どいつもこいつも、俺にあいつを押しつけやがる！」獅子虎はよだれの糸を髭に垂らしっぱなしにして叫び出した。「ミリィも、看護婦も、警察も、そいから、あれだ、俺の見たこともねえ男だの、新潟のサカモトだの、よってたかって、俺に、あいつを、押し付けて！　俺にはな、子どももなんかいねえんだ。それが、なんだ！　どいつも、こいつも。あなたが、お父さんでしょう。あなたは、お父さんでしょう……。畜生め。おい、なんでか判るか。おい、お前、なんでか判るか？」

獅子虎は摑みかからんばかりの勢いだった。カップのコーヒーが揺れて、由良のズボンに落ちたが、そんなことを気にする余裕もなかった。

「それはなあ！」獅子虎は由良の顔の二センチ前で絶叫した。「俺が全世界を背負ってるからなんだよッ!!」

静かに、ゆっくりと、大人たちが子どもを引き寄せていた。子どもたちもまるで声を立てなかった。

「全世界！　この忌々しい、糞《くそ》くだらねえ世界を、俺は一切合財、一人で背負ってるんだ！　判るか？　判るか？」

由良は答えるどころか、首を縦にも横にも振る勇気がなかった。

「おい、お前、お前だって生きてるんだから判るだろ。この世界が、え、背負う値打ちのあるところだかどうだか、それくらい判るだろ。え、どうなんだ、え？」

「ありません」由良はいった。「そんな値打ちはありません」

「ねえんだよ！」獅子虎の勢いは止まらなかった。「こんな世界を背負うくらいだったらなあ、牛の糞でも背負ってた方が、よっぽどマシなんだよ！　誰だお前は！」

家の中で泥棒を見つけたような声だった。

「新宮優樹さんの知り合いの者です」

「誰だそれは！」

由良はもはや気後れも謎めかしもなく、

「あなたの息子さんですよ」と、直球を投げるしかなかった。

「優樹がどうした」

獅子虎の目は相変わらずぎらぎら光っていたが、声の調子は少し勢いを失った。

「結婚するんです」由良はいった。

とうとう由良龍臣の汚い夢想へ、現実が追い付いてしまった。

「結婚？」獅子虎は彼を怪しむ目つきだった。「優樹が？」

「ええ」

「ふん」獅子虎は鼻で笑ったが、笑顔ではなかった。「あのガキが結婚なんか」

「ガキじゃありませんよ」由良はいった。「もう三十です」

それを聞いた獅子虎は文字通り開いた口がふさがらぬ様子だった。

ここで畳みかけなければならない。由良は息を吸いこんだ。彼の目的は「言質を取る」ことにあるのだから、またぞろ意味不明のことを怒鳴り散らし始める前に、いうべきことをいってしまわなければならない。

「優樹さん、あなたの息子さんは、苦労されています」由良はいった。「施設で育ったことで、相手の親から偏見を持たれているんですよ」

「息子なんかいねえ」

しかしその声は、さっき同じことをいった時より、よほど弱々しかった。

「施設で育ったような人間は、どうせろくなものじゃないと、優樹さんは思われているんです」由良は構わず続けた。「それだけじゃありません。子どもを施設に預けるような親もひどい。養育義務を放棄している。そんな親の息子に娘をやることはできないと」

「そりゃ、俺のことじゃねえ……」獅子虎は呟いた。「そんな親は、死んだよ」

「あなたがご存命でいらっしゃることを、向こうのご家族はもう知っています」由良はいった。「もしかしたら向こうは、あなたがたとえば、お金をせびりに来るんじゃないかとか、そのために親戚になろうとしてるんじゃないかとか……」

「誰なんだ、お前は」獅子虎は同じ質問を繰り返しながら、恐ろしいぎょろ目で由良を睨みつけた。

「新宮優樹さんの知り合いです」由良は辛抱強く答えた。

「優樹の知り合いが、なんだ、俺を焚《た》きつけに来たのか」

「とんでもありません」由良の笑顔は引きつっていた。「私は、息子さんがあなたの助けを必要としている、というお話をしに来ただけです」

「またか！」獅子虎はそういって、また地面に唾を吐いた。「どいつも、こいつも、俺にすがりついて来やがる。あっちからも、こっちからも。何度も、何度も、何度も！　なぜだ。おい、お前、なんでだ。なんでだと思うんだ」

「あなたが全世界を背負っているからですか？」

獅子虎は由良のいったことなど聞いていなかった。彼は動きを止め、ふっとあらぬ方向に目をやったかと思うと、ごくごく小さい声で、歌い始めた。

「……レボシ、レボシーィ」とかいう、意味不明の歌だった。

「向こうの親は保守的な、形を重んじる人たちです」由良は一切お構いなしに、獅子虎の顔を見ていった。「優樹さんは、あなたが彼の父親として、向こうの親に型通りの挨拶をしてくれないだろうかと思っているんですよ。そんなこと、なんてことないんですけど、保守的な家庭はそういうことを大事にしますし、あなたが出て来てくだされば、向こうも態度を軟化させるんじゃないかと、息子さんは思っているみたいなんです」

自分はどんどん当初の夢想の実現に向かっている。由良は冷静な口調とは裏腹に、内心では取り返しのつかないことをしているという興奮に、鼓動を速めていた。

この明らかにまともではない汚い老人が、久美ちゃんの両親に好印象を与えるわけがなかった。それどころか、もしもこんな人間が彼女の実家に挨拶に出向いたとしたら、どんなデタラメが起こるかも判らず、その結果に傷つかずにいられる者は一人もいないだろう。そういう老人に違いないという、由良龍臣の目論見《もくろみ》はずばりと当たった。あとはこの老人から、ごく簡単なひと言を引き出して、言質を取るだけだった。

「どうでしょう獅子虎さん」由良は最後の言質を取るために、柄にもないセールスマンのような口調でいった。「新宮優樹さんに会っていただけないでしょうか。それでご納得いただければ、お相手のご両親にご挨拶を……」

「ぶへぇッ！」

獅子虎はいきなり持っていたカップを地面に叩きつけた。

「なんだこれはッ。これでもコーヒーのつもりか！　馬のしょんべんじゃねえか！」

「新宮さん、どうか……」

「誰だお前は！　何しに来た！」

「息子さんがあなたに会いたいといっています」

「息子なんか、いねえんだ！　何度いったら判る！　お前、なんなんだ。警察か。民生か。あんしん福祉センターか！」

「私は優樹さんの……」

「お前、優樹か！」獅子虎はそういって目を丸くした。

「違います。私は優樹さんの知り合いです。彼が結婚をするので、相手のご両親にお父さんを紹介したいんです」

「んなこたあ、なんでもねえ」獅子虎はそういった。「んーななあ、お安いご用な

由良は身構えた。

「なんですか」次は何をいいだすかと思って、由良は身構えた。

「優樹は俺の子じゃねえんだッ！」

獅子虎はその後も、自分の身に降りかかるわざわいを呪ったり、由良が誰か尋ねたり、優樹は自分の子ではないと繰り返したりしていた。由良は言質を取った後は耳を貸す気にならず、しばらく適当に相槌を打ってから、話の途中で立ち上がった。

「では優樹さんにはそのように伝えておきますので」

といって、公園に獅子虎を残したまま、高島平を立ち去った。

追いつめる

帰宅した由良龍臣は、夕方の五時少し過ぎに電話をかけた。

「由良です」できるだけ落ち着いた口調で話した。「ちょっと新宮さんにお話があるんですが、いらっしゃいますか」

「あ、はい……」

久美ちゃんの不安そうな声は、いつ聞いても不愉快な由良の心を震わせる。どうやら彼女は、携帯電話をスピーカーフォンに切り替えたようだった。

「もしもし」新宮優樹の声がした。

「ああ、お久しぶりです」由良は神妙な声を作った。「実はちょっと、新宮さんには差し出がましいことをしてしまいまして……」

「なんですか？」

新宮さんの声にも警戒の色があった。

「それがですね」低姿勢な口調を変えないよう気を付けながら、由良は本題に入った。「実は今日、新宮さんのお父様とお話ししてきまして」

「えっ」

期待通りの衝撃を、彼らに与えることができたと、由良は思った。しかし彼の攻撃は、無論これだけでは終わらない。

「いや、僕も出しゃばりすぎだとは思ったんですが」彼はあらかじめ考えておいた台詞《せりふ》を、読み上げるように語った。

「驚くような偶然が、いくつも重なりましてね。僕は仕事の関係で、昼に高島平の方へ行ったんですよ。報告書に、お父様があのあたりにお住まいだと書いてあったのを覚えていたもので、用事が済んでからも、なんとなく駅の周辺をぶらぶら歩いていたんですよ。もちろん、お会いできるなんて思っていなかったんですが、公園で休んでいたら、たまたまそこにお父様がいらしたんです。あの写真と、まったく同じご様子でした」

長い沈黙のあと、由良の耳に久美ちゃんの声がした。

「どういうことですか……？」

久美ちゃんは由良を非難しているのではなく、単に何があったか、一度聞いただけでは理解できなかったのだった。由良は必要最低限の嘘だけを加えた事実を、何度か繰り返して説明した。

「そんなことって」

久美ちゃんの声は、明らかに半信半疑だった。

「いや僕も驚いたんです。あとで確認したら、僕がいたのはたまたま、お父様の住んでおられる場所から、ほんのワンブロックほどのところだったんですね。それにしても、ですよ。びっくりしました」

「はあ……」新宮さんが、そこでようやく声を出した。「それで……」

「そうそう。それで僕は、思わずお父様に話しかけましてね。自分は優樹さんの知り合いですといいました。お父様も、奇妙な偶然に驚かれた様子でしたよ」

由良は自分のこしらえた台詞が、思った以上にわざとらしいことに気がついた。が、今さら手遅れだった。向こうの二人はあっけにとられている様子だし、そのまま台詞を続けるしかなかった。

「以前に僕は、『フィクショネス』の店長さんから伺っていたんですよ。僕が報告書を送ってから、新宮さんがお父様にお会いになるのを、ためらっているという話をね。それを思い出したものですから、これは本当に、出しゃばりだったんですけど、お父様に伺ってみたんです。息子さんにお会いになるつもりがあるかどうか」

電話の遠くで、久美ちゃんが「え……」といったのが聞こえた。由良には二人が目を合わせて緊張している様子すら、目に見えるようだった。

「そうですか……」新宮優樹がいった。「それで……」

「お父様はお会いになるそうです」由良ははっきりした声でいった。「それから、必要であれば中沢さんのご両親とも、お会いになるとおっしゃっていました」

「ほんとですか！」久美ちゃんの大きな声は、ただ驚いているだけでなく、悲鳴にも聞こえた。

「本当に、余計なお世話もいいところで……」由良は続けた。「ただ、あまりにも偶然に、しかもいきなりお父様が目の前に現れたものですから、最初はただの自己紹介だったんですが、ついつい話がそんなところまで及んでしまいましてね」

「その……父は……」

父、という言葉が、新宮さんにはいいにくかった。

「父は、何かいってましたか」

「そうですね。正直、ちょっとお話が聞き取りにくいところもあったんですけれども」こういえば判るだろ、という含みを持たせて、由良はいった。「ただ、これだけは間違いなくおっしゃっていました、中沢さん、というか篠田さんですね、そちらのご実家にお父様がご挨拶に伺うのは、お安いご用だ、と」

高島平へ行ったのが、社用だという以外、由良は嘘を殆どついていない。その前後の言葉はともかく、獅子虎が「お安いご用だ」といったことは間違いなかった。

「マサキ」

久美ちゃんがいった。

「やっぱ、行こうよ。行かなきゃだよ」

「……うん」聞こえるか聞こえないかの、新宮さんの声だった。

「私も行くからさ。ね？」

新宮さんが答えたかどうか、由良には聞こえなかった。

新宮さんの退路は断たれていたのである。彼の退路を断つために由良は、わざわざ高島平くんだりまで足を運んだのだから。

「由良さん」

新宮さんはいった。

「由良さん、僕を父の所へ連れて行ってください」

「判りました」由良は即答した。「いつでもご案内しますよ」

新宮優樹や久美ちゃん、さらには見知らぬ彼女の両親たちまで、これで果てしない気まずさの底に突き落とすことになると思うと、由良龍臣は自分の醜さに恍惚《こうこつ》となった。

香車のかたき

将棋とチェスのイベントは「文学の教室」と違って、一人でも来てくれればお流れになることはない。僕と二、三局やればお客は満足だ。なぜなら、僕はめったに勝たないから！　チッキショー！

その日はキタノとピンキーしか来ていなかった。二人は黙ってチェスを指していた。僕はレジ台の前に座っていたがあくびしか出ない。いつまでもこんな調子が続くなら、「教室」も将棋も、いさぎよくやめた方がいいかもしれん、などと思っていると、自動ドアが開いて、桃子が久美ちゃんを連れてきた。

「篠田さんだ」キタノはなぜか抑えた声でそういい、対戦相手のピンキーに、「篠田さんですよ。篠田さん」と呼びかけた。

「うっさい」ピンキーは答えた。「今よそ見したら、角が取られる」

「角じゃなくて、それビショップです」キタノはニコニコと久美ちゃんを見た。

「お久しぶりです。お元気でしたか」

「うん」久美ちゃんは硬い表情で頷いた。

「久美ちゃん、これから家に帰るの」桃子も生真面目な顔だった。「お父さんに会うんだって」

それがどういうことか、その場にいた全員がそれなりに理解していた。

「だから」桃子は続けた。「その前にここで、将棋がやりたいって」

「いいね」僕は立ち上がった。「嬉しいよ」

「あんたとじゃないよ」桃子はいった。「私とに決まってるでしょ。ねえ」

「うん」

話しかけられても、表情はこわばったままだった。

桃子に促されるように、久美ちゃんは将棋盤を挟んでテーブルの前に腰かけた。

久美ちゃんと桃子は、盤の真ん中で箱をひっくり返して駒を出し、王将から左の金、右の金、左の銀、右の銀、と、ゆっくり並べていった。

大橋流という、駒の並べ方だ。久美ちゃんがかつて、桃子に教えていた。久美ちゃんはこの格調高い並べ方を、万平太氏から教わったのだ。まだ幼い頃に。

「女流棋士みたいだなあ、そこまでは」と僕が茶化しても、二人は返事もしなかった。

そして実際、本格的なのはそこまでだった。二人は以前のように、しっちゃかめっちゃかな将棋を指して遊び始めた。表情は硬いままで。

そんな久美ちゃんに、キタノが恐るおそるといった感じで声をかけた。

「……新宮さんは、あれから……」

「全然ダメ」久美ちゃんは皆までいわさなかった。「ノイローゼみたいになっちゃって、ずーっと頭かかえてる」

「だから久美ちゃんが、先に行動を起こすことにしたの」桃子はいった。「自分のお父さんに、結婚したい人がいるっていいに行くの。今から」

「その前に、ちょっとここで、ね」

小さくそういいながら、うつむいて駒を並べる久美ちゃんは、なんだか恥ずかしそうでもあり、思いつめているようでもあった。

「帰る前に、ここで、元気出そうかなって。……みんないるし」

「新宮も来ればよかったのに」話を聞いているのか定かでないピンキーが、相変わらずチェス盤を睨んだままいった。

「だから行かれないんだってば」と桃子がいうと、

「そうじゃなくて、ここへ」ピンキーはそういって、テーブルを指でつついた。「将棋を指しに来いっての」

「将棋どころじゃないだろう」僕は口を挟んだ。「あいつは現実で悩んでるんだから」

「現実なんか犬に食われろ」ピンキーはいった。「将棋の方が現実より、ずっと大事だよ」

「凄まじいこと、いうね」キタノはそういって、駒を動かした。「その割には……。チェック」

「その割には、なんだよ」といいながらピンキーがキングを動かすと、

「その割には、この通りチェックメイト」キタノはずっと駒を動かしてから、にっこりと笑った。「そっちに動かさなきゃ、まだ逃げられた。詰む方に逃げるから」

「へぼでも何でも、将棋が一番だ」ピンキーはすぐに駒を初めの形に戻し始めた。

「現実なんか、二番か三番だ。久美ちゃん」

　ピンキーは久美ちゃんを見た。久美ちゃんも彼を見た。

「新宮にここへ来いっていっといてよ。あいつ、俺の香車をタダで取って、そのまんまなんだから。勝ち逃げすんじゃねえって、いっといて」

「うん」久美ちゃんは頷いた。

売り言葉に買い言葉

「フィクショネス」を出たあと、電話もメールもせず、久美ちゃんはいきなり実家に帰った。

何か月もただ持っていた鍵を回して、緊張しながら大きな声で、

「ただいま」

というと、しづさんがリビングから飛び出してきた。

「久美ちゃん」娘の顔を見たとたん、しづさんの顔はくしゃくしゃになった。「あんた、元気なの」

「うん」

母親の顔を見たら、久美ちゃんの目からも涙が出てしまいそうになった。ぐっと奥歯を嚙みしめてから、できるだけしっかりした声でいった。

「お父さん、いる?」

「いるわよ」

リビングではテレビがクイズ番組を流していた。ソファに座りながらビールを飲んでいるジャージ姿の万平太氏が、その画面をかたくなに見つめていた。

「お父さん」

久美ちゃんがそう呼びかけても、万平太氏は返事もせず、目も向けなかった。

「お父さん」久美ちゃんは辛抱強く、しっかりした声でいった。

「なんだ」

万平太氏はテレビから目を離さず、不機嫌そうにいった。

「会ってほしい人がいるの」

万平太氏は返事をしなかった。久美ちゃんは辛抱強く待った。

テレビでは外国人のタレントがほかの出演者たちを笑わせていた。万平太氏はそのタレントに、とてもここではあらわせないようなひどい言葉を吐いた。

久美ちゃんはテレビのリモコンを摑み、スイッチを切った。部屋の中はしんとなった。久美ちゃんはテレビの前に立って、万平太氏に向かっていった。

「近いうちに、ここに連れてこようと思うんだけど」

「……何いってるんだ……」

「だから近いうちに」

「駄目に決まってるだろう！」

万平太氏はいきなり久美ちゃんを怒鳴りつけた。

「勝手に家出して何か月も音沙汰なしで、顔を見せたと思ったら会わせたい人がいる？　なんだその挨拶は。そのまえにまずいうことがあるだろう！　全然反省してないじゃないか！」

「なんで反省なんかしなきゃいけないの」久美ちゃんは強くなっていた。「何を反省するの」

「もういい」万平太氏はいった。「出て行け」

「もう出て行ってるじゃない」久美ちゃんはいい返した。「ここには住んでいません」

「口答えするな！」万平太氏は立ち上がった。「出て行ったなら勝手にすればいいだろう。二度とこの家の敷居を跨ぐな！」

「嫌です」

父親の勢いに、久美ちゃんはひるみそうになった。でもひるまなかった。

「私はお父さんの娘です。会ってほしい人がいます。お父さんとお母さんに認めて貰って、式を挙げて、それから入籍します。そういうことを、きちんとやらなきゃいけないんです」

「やってないじゃないか。何ひとつできてないじゃないか！」

「会って五秒で喧嘩しないの、二人とも！」

しづさんが夕食の残りやフルーツを持って、入ってきた。

「久美子がどこで何をしてるかは、ちゃんと判っていたんだから、いいじゃありませんか。私とは電話もメールもしてたんです。あなただって知っているじゃないの」

「こいつは、俺のいうことをひとつもきかなかった」万平太氏は唾を飛ばしながらいった。「勝手に帰ってきて、勝手に働き出して、勝手に男を見つけて。俺は反対したんだよ。それなのに、なんだ、親を無視して男と暮らしてるんじゃないか。それを今さらなんだと？　お父さんとお母さんに認めて貰う？　勝手なことをいうな！」

万平太氏は久美ちゃんに詰め寄った。

「どうせあれだろう。生活できなくて帰ってきたんだろう。そんなことだろうと思ったんだ。お父さんはこれを心配していたんだ。思った通りだ。勝手に出て行って、行き詰まったんだ」

「あなた」しづさんは万平太氏を睨んで、静かにいった。「あなたそれ、本気でいっているの？」

「なんだと？」

万平太氏はしづさんに目を向けたが、明らかに自分の妻に身構えていた。

「久美子がこれまで、どんなに苦しんできたか」しづさんは震えていた。「いくら頭に血が昇ったって、一瞬でもそれを忘れるなんて、あんまりです」

「いいの。お母さん」久美ちゃんはいった。「お父さんがどんな人か、私、もう判ったから」

「なんだと？」万平太氏は色を失った。「お父さんは、ずっとお前のことを考えて……」

「判ってる」久美ちゃんはいった。「お父さんはずっとずっと、私のことを考えてくれている。今も、ずっと。それは判ってる。だけど別のことも判ってる」

万平太氏が何かいおうと口を開いたのに構わず、久美ちゃんは続けた。

「今、判ったの。お父さんがどうして、剛さんのことも、マサキくんのことも、興信所に調べさせたのか。どうして施設で育った人や、外国人や、貧しい人を差別するのか。どうしてお父さんが、いつも大きな声で怒鳴るのか。それはね、お父さんが弱虫だから。

私が、会ってほしい人がいる、反省なんかしないっていったら、お父さん、この家から出て行けっていったでしょ。それはね、私と話をするのが怖いから。

お父さんは弱虫。そして私のことをずっと考えてる。私と、この家と、もしかしたら私たちが住んでいる場所のことを。私たちが不幸にならないように。私たちが恐い目にあわないように。私たちが世間から後ろ指を指されないように。そのためなら、よその誰を傷つけても構わないし、誰がなんと思ってもいい。私さえ安全なら、お父さんは自分がどう思われてもいいくらいなんでしょ。

会ってほしい人がいるの。その人が挨拶して、ご両家が揃って、式を挙げる。そんなこと、私は必要ない。マサキくんも必要ない。私はお父さんとお母さんのために、そういうことをきちっとやりたいの。だから出て行きません。会うというまで動きません。

お父さん、マサキくんと会ってください」

そういうと久美ちゃんは、万平太氏に向かって、深く頭を下げた。

篠田家のリビングが静まり返った。

「久美子」しづさんが静かにいった。「あんた、かっこいい」

久美ちゃんは気まずいような笑みを浮かべた。

「だけど……」

万平太氏はソファに再び腰をおろして、口を開いた。

「そんなうまい具合には、いかないぞ。いや、お父さんは構わない。挨拶に来るっていうなら、来ればいい。でもそれは、そのマサキくんという男だけだろう。今お前は、ご両家っていったけど……」

「ご両家です」久美ちゃんはきっぱりといった。「マサキくんのお母さんは、亡くなっちゃったらしいんだけど、お父さんは元気です」

「元気でもなさそうじゃないか」万平太氏の口調は、困ったようにも、皮肉なように
も聞こえた。「報告書を見ただろう」

「本人にも会ってるの」マサキくんじゃないけど、という言葉を、久美ちゃんは呑み込んだ。「彼のお父さん、会いたいっていってるらしい」

「こっちは、別にそこまでしなくても構わないけどね」

そういって口元を歪める万平太氏に、しづさんがいった。

「あなた。また！」

「またってなんだ」

「またそんなことを考えてる」

「俺が何を考えてるってんだよ」

「向こう様と親類になったら、たかられるんじゃないかと思ってるんでしょう」

「そんなこと思ってるわけないだろう！」万平太氏はまた大きな声を出した。「誰がそんな失礼なことを」

「じゃ、何を考えてたの？」しづさんは追及した。「別に何も、っていうのは、もう通用しませんからね」

「……時間のことだよ」万平太氏はいった。

「時間て？」久美ちゃんが尋ねると、

「ああそうかー」しづさんは困ったような声を出し、久美ちゃんにいった。「お父さん、月曜日から出張なのよ。香港。六週間だって」

「今日、もう金曜日じゃないの」久美ちゃんは焦った。「なんでそんな大事なこと、先にいってくれないの」

「お前、自分がここ来てから今までをふり返ってみろ」万平太氏はいった。「ここまでのどこにそんな話をする隙間があったっていうんだ」

「ひと月半くらい、待ちなさい」しづさんはいった。「帰ってきてから、ゆっくり」

「イヤだ」久美ちゃんはいった。「明日、連れてくる」

「それはいくらなんでも」万平太氏は顔をしかめた。

「じゃ、あさって。日曜日ならちょうどいいでしょ」

しかし何がちょうどいいのか、久美ちゃんにも判ってはいなかった。久美ちゃんは、自分でも気づかないうちに、とんでもなく興奮していたのだった。しづさんは最初から彼女の味方で、万平太氏もすでにずいぶん折れているというのに、久美ちゃんだけがカッカした気分を抑えられず、啖呵《たんか》を切ってしまったのだ。

しかも連れてくるというのは、マサキくんだけのことではなかった。

「いろいろ話、聞かせてよ。泊まってったら？」

そんなしづさんの優しい言葉も、久美ちゃんの耳には入らなかった。

この時、知らないうちに久美ちゃんは——自分がすべての中心であることに、いまだに気がついていない彼女は——、ぜんまいを巻きすぎてしまったのだ。自分を取り巻く、人々の感情とも振る舞いとも定められない、なんかのぜんまいを。

久美ちゃんの周辺は発熱し、とっちらかり始めた。

急転直下

その夜、さっそく桃子の携帯に久美ちゃんが連絡してきた。僕たちは帰宅はしたものの、久美ちゃんのことが気になって、テレビもつけずに二人であれこれ話していたところだった。

「どうだった？　お父さんと話せた？　……うん。……うん。……えっ！　……うん」

桃子は緊迫した表情になりながらも、聞き役に徹していた。こりゃ長電話になるな、と思っていた矢先、桃子が僕に向かって叫んだ。

「日曜日にみんなで会うんだって！」

結婚を決めたご両家が顔を合わせてご挨拶、そんなの他人の僕らに関係ないだろう……、というのはすべてが終わって冷静になった今になって思うことで、桃子の大きくて張りのある声にその時の僕は飛びあがった。

「日曜日ってあさってだぞオイ！」

桃子のいう「みんなで会う」が、久美ちゃんと新宮優樹、それに久美ちゃんの両親と新宮さんの父親（この時点で僕たちは獅子虎の名前も知らなかった）のことなら、新宮さんはまだ父親と顔を合わせてもいないはずだ。と、いうようなことを、その時の僕はうまく言葉にできなかった。

しかし久美ちゃんがそれを判らなかったはずがない。桃子の電話は長かった。桃子は久美ちゃんの話をチラシの裏にメモしながら相槌を打っていた。そしてその長い電話が終わった時には、桃子と久美ちゃんは日曜日の予定を完全に組み上げていたのである。彼らばかりじゃなく、僕や新宮優樹、それに由良龍臣の予定まで。

「日曜日の午前十一時に『フィクショネス』の前で新宮さんと由良さんをピックアップ！」電話を切るなり桃子はそういった。「その足で新宮さんのお父さんのところに行って、一緒に久美ちゃんの実家に連れて行くから」

「質問事項がいくつかあるんだけどね」僕はいった。「まず第一に、一体なんの話だそれは」

「だから、あさっての十一時に」

「新宮さんと由良さんをピックアップっていうのはなんなんだ」

「車で藤沢まで行くわけにいかないでしょ、時間の無駄だし」

「車って、あの車のこと？」僕は玄関前の方向を指さした。そこには桃子の可愛らしいミラ・ジーノが置いてある。

「そうです」何を当たり前のことといってるの、といった口調だった。

「電車で行けばいいじゃないか」

「電車なんかダメよ」桃子は言下に答えた。「お爺さんなんだから」

「だけどあの車で、君が運転して」

「行くのッ！」桃子は決然といった。「久美ちゃんと約束したのッ」

「それならまあ、それとして」僕は辛抱強く尋ね続けた。「新宮さんをピックアップして、何」

「新宮さんのお父さんを迎えに行く！」

「どこまで。どこにいるの」

「それそれ！」桃子は電話しながら書いていたメモを広げた。「えーっと、板橋区高島平十丁目、って、どのへん？」

「いたばしぃ？」僕はぎょっとした。「埼玉の隣だ！　あなたの運転技術で行かれるとこじゃない」

「行くしかないの」桃子は口元を引き締めた。「行かれなくても行くしかない」

「僕は手伝えないんだぞ」運転免許を持っていないのである。

「手伝えるよ」桃子はそういって立ち上がり、パソコンを開いて、メモを僕に渡した。「この住所、調べて」

彼女のミラ・ジーノにはカーナビも付いていないのだ。事前の準備は必須である。

「由良さんも来るのか」インターネットを開きながら僕はいった。「なぜ由良さん」

「何いってんの。由良さんしか会ったことないんじゃない」桃子は苛立ったようにいった。「あなた人の話、何も聞いてない」

「会った？」僕は桃子を見た。「由良さんが誰に会ったって？」

「だから！」桃子は怒った。「由良さんが新宮さんのお父さんに会って、それでお父さんが新宮さんに会いましょうっていったんじゃない。それで久美ちゃんたち、みんなで会うことになったんじゃないの。何を今さら」

「由良さんがどうして新宮さんの父親に会ったんだ」

「知らないわよそんなこと」桃子はぷりぷりといった。「私だって久美ちゃんから電話で聞いただけなんだから」

「君はその話を僕にしましたか」

「したかしないかなんて重要じゃない！」

「しなけりゃ僕に判るわけないだろう！」

ヌケサク同士の夫婦ゲンカみたいになりながら、僕はその時点ですでに（なんかおかしいなあ）とは思った。思ったけれどほかに考えることがありすぎて、その曖昧な疑念は頭を通りすぎてしまった。

ネットではまず電車を使った下北沢から高島平までの路線を調べたが、めんどうな乗り換えをしなければならない上に、片道で一時間近くかかることが判った。これでは確かに、高齢で、しかも初対面の老人を連れて歩くのは難しいかもしれない。次に「グーグル・マップ」を開いて、同じ区間を車で行くルートを見た。笹塚から首都高に乗れというグーグルのごもっともな意見を、桃子はすぐに却下した。

「高速なんか乗れない。使ったことない。笹塚なんか行きたくない。大都会は無理！」

よその人が聞いたらわがままに思えたかもしれないが、車で近所のスーパーマーケットに行って帰ってくるだけでも両肩が四角くなってしまう普段の桃子を見ている僕には、彼女のいうことはむしろ有難い、交通道徳にもかなった意見なのだった。

「まだ問題がある」パソコンをいじったおかげで、僕は少し冷静になれた。「あの車で行くことはできない。タクシーを使うしかない」

「なぜ」

「君の車は軽自動車だ。黄色いナンバープレートがついている」

「だから高速は使わないんじゃない。あなたが軽自動車を馬鹿にする人だとは思わなかった」

「馬鹿にしてるんじゃない。君が運転して僕が助手席に乗って、後ろに新宮さんと由良さんを乗せたら、もう車の中は満杯だ。新宮さんの父親を乗せる場所がない」

「それは大丈夫」桃子は自慢げにいった。「由良さんは高島平で下りるから。帰りは電車」

「ひどいじゃないか。由良さんに道案内だけさせといて放り出すのか」

「私たちが決めたんじゃないよ。由良さんがそういったんだって。仕事があるから」

「日曜日に？」

おかしな疑念が再び浮き上がりかけた。だけどどこがおかしいのか、やっぱりよく判らなかった。


由良の手帖には、この夜のことがこう記されている――。

「中沢さんから電話で、新宮獅子虎のアパートまで道案内を頼めないかと言われた時、私はとっさに断る理由を探して、頭を巡らせました。住所が判れば行かれるのではないかとも言ってみましたし、知らない人の車に乗るのは、と躊躇を見せたり、道端で偶然出会ったので、アパートの正確な場所までは判らないと、嘘もついてみました。

しかしいずれも無駄な抵抗でした。中沢さんは言葉づかいこそいつものようにオドオドして遠慮がちでしたが、喰いついて離れない勢いがあり、こちらがウンと言うまで粘るつもりのようでした。

獅子虎が実際にはどのような有様か、彼らが知ってしまえば、私があの老人について作為的な言葉を使っていたことは誰の目にも明白になるでしょう。そこに私の理不尽な悪意を見つけ出すことも、難しくないと考えるべきです。

せめてものさいわい、彼らが獅子虎のところへ行くのは明後日の日曜日なのでした。私は仕事上の情報を入手するために出社して上司のパソコンを探ろうと思っていましたから、獅子虎のアパートを案内することはできるが、終わったらすぐに会社に行かなければならないと告げました。中沢さんはそれでもいい、その方がいいかもしれないと答えて、私にくどくどと礼を言って電話を切りました。

この件に関しては、このあたりが潮時なのでしょう。ずいぶんと長い期間、人の困惑や『不幸』を見てきましたが、そろそろ手を引くべきです。彼らが私の腐った性根に気がつく前に退場します。彼らを高島平に連れて行ったら、私は二度と彼らの前に姿を見せません。」

つまり由良は、この日を最後に僕たちと縁を切るつもりだったのだ。永遠に。

呼んでない奴らの送別

日曜日は朝から桃子も僕も落ち着かず、自宅から下北沢に向かうまでにも、桃子は赤信号でかけたハンドブレーキを青になっておろし忘れたり（普段彼女は信号でハンドブレーキなんかかけない）、僕が左折だっていってるのに右にウインカーを出しながら左折して後続車にクラクションを鳴らされたりしたのだが、そんな細かいことは省略する。とにかく下北沢に到着して「フィクショネス」近くの駐車場に車を停めた時には、すでに二人ともくたびれて神経がピリピリしていた。

そんなところへ、お呼びでないはずの人間が二人も「フィクショネス」の前でぶらぶらしていたものだから、僕は特に理由もなく苛立ってしまった。お呼びのはずの新宮さんと由良さんは来ていなかったんだから、なおさらだ。

「新宮が来るっていうじゃない」店の前にある石段に座っていたピンキーが立ち上がった。

「篠田さんから連絡があって」ピンキーと向かい合って喋っていたらしいキタノヒロシがいった。「僕たちも何かできることがあるんじゃないかと」

「嘘つけ」僕は見抜いていた。「ただの野次馬だろ」

「そんな言い方ないだろー」ピンキーがだらしなくいった。「つーか、なんで判った？」

「新宮さん、やばいらしいんですよ」キタノは真面目な口調だった。「精神的に追い詰められてるみたいなんです。だから、せめて僕たちがいた方がいいんじゃないかって」

「そうかもしれない」桃子がいった。「私たちと由良さんだけじゃ、新宮さん、なんかキツいもんねえ。どっかでユルくないと」

「それですよ」味方を得てピンキーは元気になった。

「だけど、ここに来たって、あとどうしようもないよ？」僕はいった。「車に乗れないもん。ここでお見送りするしかないね」

「さっきからなんかトゲあるね」桃子が僕を見た。「どうした？　怖気づいた？」

「緊張しているといって貰いたいね」僕は桃子を睨んだ。「他人の事情にずけずけ入りこんでいるんだしねえ。かなり複雑で繊細で、深刻な事情にねえ」

「だからそこが友だちの出番なんじゃないの」桃子も喧嘩腰になった。「久美ちゃんが幸せになるためだったら、私はどんなことだって」

「俺は新宮さんのことをいってんの」ピンキーやキタノにも聞こえていいと思った。

「三十年間一度も会ってない父親に会うんだぞ。あいつがどんだけ苦労したか知らないけど、そのあいだその父親は、全然助けてくれなかったんだ。どんな人かも判らない。そんな親のところに初めて行って、いきなり結婚相手の両親に挨拶してくれって、なんだそれは。追い詰めてるのは俺たちじゃないか。もっとはっきりいえば、久美ちゃんじゃないか」

「新宮さんにはこれが必要なの！」桃子は大きな声を出した。「どっかで自分に折り合いをつけないといけないって、何度も話したじゃない！」

「新宮さんがそういったのか？　お前たちが勝手にいってるだけじゃないのか？」

「自分で決めたんです」

しっかりした声が背後から聞こえて、僕たちは全員、ビクッとなってそっちを見た。

「おはようございます」新宮優樹が来ていた。「ご迷惑おかけして、すみません」

新宮さんの隣で、久美ちゃんが手を握っていた。

「迷惑じゃないよ」それから桃子が新宮さんに歩み寄った。「この人が馬鹿なだけ」

「聞いたよ」ピンキーがにやにやしながら近づいてきた。「マイってんだって？」

チンピラみたいなそのなれなれしさに、僕は顔をしかめた。久美ちゃんは新宮さんの手を放して、一歩うしろに下がった。

「俺がさ、高校中退して、家出して、一人で生きてたって話、知ってる？」ピンキーはいった。「知らないよね。誰にもいってないもん。いいたくないし。途中も全部省略な。で何年かして、母親がもう駄目だって聞いて病院行ったの。話なんか、できなかったよ。ベッドでなんか、管いっぱいつけて、痛い、しかいわないんだもん。痛い、痛い、痛い、って、それだけ。俺がいなくなって母親がせいせいしてたのは、知ってたんだけどね。

二日して、夜中に死んで。そん時、誰かがいってたんだよ。医療大麻が使えたら、あんなにまで痛くなかったかもしれないって。……ほんとかどうか、知らないけど」

みんな、静かだった。

「行ってきな」ピンキーはいった。「親父《おやじ》さん、まだ喋れるんだろ？」

新宮さんは頷いた。「ありがとう」

「僕たち、待ってるんです」キタノが新宮さんに、手を差し伸べた。「将棋盤の前で」

新宮さんはこわばった表情に、ぎこちない笑みを浮かべて、キタノと握手した。

そこへ「遅くなりました」といいながら、スーツ姿の由良龍臣がやって来たのは、悪くないタイミングだった。桃子は往復の時間を考えると気が気でなかったらしく、「じゃあ、行きましょう！」とカラ元気を出して歩き始めた。「久美ちゃん、なんかあったらこまめに連絡するからね」

「よろしくお願いします」

久美ちゃんが頭を下げた。その朝彼女が口を開いたのは、そのひと言だけだった。

僕と桃子は笑顔で頷いた。

「なんか、悪いけど」ピンキーとキタノに、僕はいった。「君たちはここまでだ。行ってきまーす」

「なんかあったら、電話ください」キタノがそういって、僕にメモを渡した。「僕の携帯の番号です。僕たち喫茶店で将棋やってますから」

「判った」僕はメモを財布の中にしまった。「あんまり出番なくて、すまん」

だが彼らの出番はこれだけではなかった。それどころかピンキーとキタノがあの場にいたこと、それからキタノが携帯番号を僕に渡したことは、あとでちょっと重要になった。

僕たちと並んで歩き始めた新宮さんを、久美ちゃんは黙って見送っていた。

まずは環八

駐車場に向かいながら、僕は何をおいてもまず、最も重要なことを尋ねなければならなかった。

「由良さんは運転できるかなあ?」

たとえ片道だけでも、由良さんが運転してくれれば、桃子の負担は軽くなる。

「できません」由良さんは即答した。「免許証は持っていますが、車を運転したことはありません」

「最も重要なこと」は、あっけなくついえた。

桃子が運転席に、僕が助手席に座り、運転席の真後ろに由良さん、その隣に新宮さんが座った。

「どういうルートで行きますか」

由良さん、いや由良が、さりげない口調で訊いてきた。

「環八を北上します」僕が桃子の代わりに答えた。「軽自動車で高速に乗るのはちょっと」

由良はそれ以上、尋ねなかった。

僕の中に由良への疑念が、またしても頭をもたげてきた。どういうルート？　運転したことのない人間がそんなこと尋ねるだろうか？　勘ぐりすぎか？

だがそれ以上由良のことを考えるには忙しすぎた。もともと車酔いのする僕は、折れんばかりにハンドルを握っている桃子の緊張を隣でびんびん感じながら、常備している関東地方のルートマップを開いて細かい道を確認するだけでも、胸の真ん中がむかむかし始めていた。おまけに桃子は自分が緊張していることに自覚がないようで、しょっちゅう道を間違えそうになるくせに、後ろの二人に話しかける。まるで運転に余裕があるみたいに。

「由良さん、初めましてですよねー」なんていってる。「ごめんなさいね、忙しいのに。日曜日なのに出勤なんですってね」

「まあ、顔を出せばいいので」由良が言葉少なに答える。僕はそこに割って入って、

「次の信号、右ね」三軒茶屋から世田谷通りに入るところは、難しい。

「判ってる！」桃子は僕には不機嫌だった。

だが三軒茶屋を抜けてすぐに桃子が世田谷通りの下を走る広い道に出ようとしかけた時には僕も口を出さないわけにいかなかった。

「まだだ！　これは環七！」

いくら方向音痴の桃子でも、いつもならさすがに環七を環八と間違えるようなこ

とはない。こりゃあ、こっちがしっかりしてないと、どこに連れて行かれるか判らんぞ！

「由良さんは、新宮さんのお父さんに会ったんでしょ？」息が荒くなっているのをごまかすように、ウインカーを戻しながら桃子が尋ねた。「獅子虎さんて方」

「ええ」由良は静かだった。

「どんな人？」

「そうですね」由良は軽く咳ばらいをした。「多少、頑固そうですが、しっかりした方です」

「どんな話をしたんですか」

「まあ、いろいろ」

由良は曖昧な返答をしてから、隣で新宮優樹が石のようになっているのに気がついたのだろう。

「あんまり、謝罪のようなことはおっしゃらなかったんですが、僕が新宮さんの知り合いだというと、興味を示してくださって……。新宮さんのご結婚のことも、中沢さんのご両親にお会いになることも、了承してくださいました」

由良にしては喋ったほうだ。

「……普通の人だよね……？」桃子の尋ね方はおずおずとしていた。

「前を見て運転しなさい」

「見てるじゃない！」

「穏やかな方でしたよ」という由良の言葉が大嘘だったとは、僕たちの誰も気がつかなかった。「口数の少ない紳士でした」

「もしかしたら、新宮さんにちょっと似てるのかもね」

桃子は、そんなことでもいったら新宮さんの気持ちが少しは明るくなるかもと期待したのだろうが、新宮さんは口も開かず、そこにいる気配も感じさせなかった。

三本杉陸橋をくぐるようにして環状八号線に出るのは、桃子にはお手のものだった。このミラ・ジーノを買った時に自動車学校で受けた「ペーパードライバー教習」で教わった道だから。環八に入りさえすれば、当分一本道だから安心だろうと僕は思った。ところがそうではなかった。桃子が知っている環八は、三本杉から成城警察署までのせいぜい二キロほどで、そこから先は未知の大荒野、横にはライオン前には象、左斜め後ろからはイノシシやハイエナが飛び出してくると、彼女には見えていたんじゃなかろうか。三車線ある大きな道の左端を、頭をすくめるように桃子は車を走らせていた。トラックが路肩に駐車していれば停車し、左から車が入ろうとすれば先に入れてやっている。

「車線を真ん中に変更した方がいいと思いますよ」ノロノロ運転にたまりかねたの

か由良が口を開いた。

「そうだよ」僕も助言した。「いちいち停まったりスピードを落としたり、怖くてしょうがない」

「それにずっと左端にいると、高井戸あたりで陸橋に乗れなくなるかもしれません」由良が付け加えた。

「り陸橋？」桃子は声を震わせた。「陸橋の上を走るの私」

「環八ってそうなってるんじゃないんですか」由良は静かに答えた。

「知らないです」桃子は大声になった。「陸橋なんか走ったことないもん」

「陸橋ったって普通の道だろ」といった僕も、陸橋のことは何も知らなかった。

「だけど私、ATMとかないよ」

「ATM？　銀行に用事があるのか」

「そうじゃなくて！」桃子は僕には食ってかかった。「陸橋に乗るならお金払わないと」

「ETCのことでしたら」由良は果てしなく冷静だった。「陸橋は高速じゃありません」

「とにかく後ろから車が来てない時に車線変更しな」

そういいながら僕は、腹の中では由良への疑念を確かなものにしていた。こいつは絶対に車を運転している。ここで運転できない理由があるのか、もしくは、わざと桃子に運転をさせている。でもそれはなぜだろう？

そんな疑念を僕は表に出さないようにしていたし、桃子は僕のことなど相手にしていられなかった。成城警察署を通りすぎると交通量がやや減ったのを見て、桃子は船橋四丁目の交差点の手前でいきなりハンドルを右に切って車線を強引に変えた。とたんに信号が赤になり、ミラ・ジーノは左と中央の車線にまたがったところで斜めに急停車した。後ろのライトバンにクラクションを鳴らされ、前の横断歩道では人や自転車が横切りながら、ちらちら僕たちを見ていた。

「もっとスムースにできないのか！」僕は思わず怒鳴った。

「あんたが車線変更しろっていったんでしょ！」

だがこの車線変更のおかげで、十分後に桃子は高井戸の陸橋にすんなり乗ることができた。「これ高速に入っちゃうんじゃないの？　高速の入口ってなんかこんな感じだよねえ！」と桃子が恐慌しているあいだに陸橋は下り坂になり、彼女の陸橋初体験はあっけなく終わった。終わってみると桃子の声はとたんに爽やかさを取り戻し、「なあーんだ、簡単じゃない！」だってさ。このあたりからまた車が増えて、さしてスピードを出さなくてもよくなったのが、彼女の精神を安定させたのかもしれない。

これでようやく車内が静かになるかと思われたが、そうではなかった。

パニック・イン・ジーノ

「十八になると、出されるんです、施設って」

それまで顔を伏せて、一切会話をしなかった新宮優樹が、不意に口を開いた。

「それまで料理だって洗濯だって掃除だって、みんなとにぎやかに分担してやっていたのが、いきなり箱みたいなアパートに住むことになるんです。布団と食器と洋服と、必要最低限のものだけあって、テレビも机も椅子もない、八畳とユニットバスの部屋で一人になって。することなんかあるわけないですよ。人間て、やることないと、どうなるか知ってます？　不思議ですよ。やることがなんにもないとね、人は、なんにもやりたくなくなるんです。布団に寝転んで、だらだらコーラとかポテチとか食べながら、携帯ゲームとかやってるか、寝てるようになるんです。三日で仕事辞めちゃう人なんか、いくらでもいますよ。

――仕事はきついし、周りは大人とヤンキーばっかりでしょ。人と喋るのがイヤになるんです。黙ってると、施設育ちは暗いとか、ろくなもんじゃないとかいわれる。お金は全然足りません。それでも僕は運が良かった。日雇いじゃない仕事につけたし、かばってくれる人もいた。木材加工の資格も、たいしたやつじゃないけど取りました。だいいち、僕は将棋が好きだった。将棋はお金がかからないでしょ。趣味があるって、ほんと救いなんですよ。やることがなんにもない人間にとっては。

だけど、僕の運が良かった最大の理由はそれじゃないんです。なんだと思います？」

そこで僕はいった。

「ブレーキはもっとゆっくり踏まないと！」

「うるさい！」桃子は怒鳴った。「新宮さんの話を聞きなさいよ！」

「聞いてるよ！」

「最大の理由はなんです」由良が社交的に話を促した。

「両親を知らないことです」新宮さんの口調には、興奮を抑圧している静かな強さがあった。「五歳とか六歳とか、物心ついてから施設にやって来た子どもは、自分に親からの愛情が不足していることを知っている。二歳や三歳でも、それは判るんです。受け止めてしまうんです、自分が、引き剝がされたことを。だから愛情を求めて、暴力的になったり、無気力になったりする。

僕にはそれがなかった。気がついたら僕は乳児院にいて、大人たちに囲まれていました。そういうもんだとしか思わなかった。それが良かったんです。学校に行くようになってから、同級生が親のことを当たり前のように話したり、僕に尋ねてきたりして、ようやく気がついたくらいですよ。ああ、親がいないってことを、僕は寂しく感じなきゃいけないんだな、ってね。

それが……」

僕の真後ろにいたので、新宮さんが泣いているかどうかは判らなかった。

「また陸橋だ」桃子が小声でいった。「まだまっすぐ走ってていいの？」

「杉並区に入ったばっかりだよ」58ページから69ページ、さらに80ページへと、慌ただしくロードマップをめくるのは、車酔いにはとっても良くなかった。

「まだなのか訊いてんの」桃子はイライラしていた。

「まだ、まだ、まだ」僕もイライラしていた。

「親がいて当たり前、なんですか」新宮さんは呟いていた。「親が挨拶して当たり前なんですか。なんで今になって、こんな気持ちにならなきゃいけないんですか」

「久美ちゃんのためだと思う」

桃子がいった。

「親がいなきゃいけない。親とうまくいってなきゃいけない。そんなことはないの。だけど久美ちゃんみたいに、親を大事に思いたい人だっている。どっちがいいとか、どっちが正しいとかいうわけじゃない。それで、私はね、私は久美ちゃんの味方なの。だから久美ちゃんのために、新宮さんに苦しんで貰ってる。本当にごめんなさい。でも、新宮さんだって久美ちゃんの味方でしょう？——ねえ、ここ潜っちゃっていいの、このトンネル？」

「トンネルじゃない、中央線の高架下だ」

「もっと優しくいいなさいよ！」

「新宮さんが大事な話してるんじゃないのか？」

「こっちも大事！」

「だけど」新宮さんがいった。「会ったこともない人に生まれて初めて会って、結婚する人の実家に行ってくれなんて、そんなのありえないですよ」

「そりゃしょうがない」僕はいった。「新宮さんが今の今までぐずぐずしてたんだから」

「ぐずぐずなんていわない！」桃子が怒鳴った。

「チャンスはいくらでもあったんだろ？」僕は平気だった。「名前も住所も判ってた。新宮さんがためらってるうちに、今日になっちゃった。ほかにどうしようもない。だから、いいんだ、これで」

「いきなり行って、付いて来てくれるかなあ」新宮さんは弱々しくいった。「忙しいかもしれない。予定があるかもしれない」

「そうなったら、それまでだよ」僕はできるだけ優しくいった。「そうですか、っていって帰ればいい。やれるだけのことやったんだから、それでいいじゃないか」

「お年寄りなんでしょう？」桃子は言葉を選んでいた。「リタイアなさった方なんだし、日曜日だし、どうだろう、忙しいかなあ」

「大丈夫だと思いますけれど」自分が尋ねられていると、由良は察したようだ。

「確かなことは判りませんが、お時間はあるご様子でした。悠々自適というか」

「またトンネルだ」

「トンネルじゃない。陸橋って書いてあるじゃないか」青梅街道の下を通っただけ。

「新宮さんも苦しいだろう」僕はいった。「だけど久美ちゃんがずっと苦しんでたことも、知ってるだろ。俺たち、ずっと前からそんな彼女を見てたんだよ。いつまでも抜けられないトンネルにいるみたいで、この桃子さんは、どこかで何とかしてあげたいと思っていたんだ。だけど他人だろ？　久美ちゃんは奈良に行っちゃったし、音信不通になって、僕らも半分忘れちゃってたわけ。でもこっちが忘れているあいだも、彼女はずっと苦労してた。まあ、知らないけど、多分ね。

それがこっちに戻ってきて、また会えるようになって、それだけじゃない、なんと好きな人ができたっていうじゃない。ホーッとしたよオレ。桃子なんか今でも嬉し泣きに泣くことがあるくらいなんだから。やっと久美ちゃんのトンネルの先に光が見えてきた。それが今なんだよ。あと、もうちょっとなんだ。桃子はいっつも、久美ちゃんのためならなんでもするっていってる。馬鹿の一つ覚えみたいに。だけどそれは、もう久美ちゃんに、一人で背負いこまないでほしいってことなんだ。久美ちゃんはずっと、剛さんが亡くなったことを背負いこんでいた。剛さんの家族が悲しんでいるのも背負いこんだ。今、久美ちゃんは自分の両親も、新宮さんのことも背負いこもうとしている。そんなの、見ちゃいられないよ。だからこうして、桃子は人生で一番長いドライブに挑戦しているわけだ。由良さんは日曜出勤の前にとんでもない遠回りをしてくれているわけだ。苦しんでいるのは新宮さんだけじゃない。楽をしているのは、僕くらいなもんだ」

「ちょっと待って」桃子が鋭く口を挟んだ。「ほんとにそうじゃない。みんな大変な思いしているのに、あなただけ気楽なんじゃない。ひどいねえ！　今気がついたよ！」

「日曜日は本屋のかきいれ時じゃボケ」僕はいった。「何万円という売り上げを棒に振っとるんじゃボケナス」

「売り上げなんか、なんだ」

「店の売り上げは我が家のオマンマじゃ」

「うちの収入は私が七割稼いでます」

「キサマ我が家最大のタブーをそんなにあっさり」

「何これ！　トンネルに入ってくんじゃない？」

「だからトンネルじゃないって」

「トンネルです」由良が静かにいった。「井荻トンネルです」

「助けてー」桃子は目を見開いた。「車が吸いこまれるー」

確かにそれは長いスロープを下った先にある入口の大きなトンネルで、入ったとたんに照明ですべてがオレンジ色に変化した。

「長い！」桃子が叫んだ。「出られるのこれ？」

「環状八号線に出られないトンネルがあったら大問題だ」桃子がパニックになったおかげで、僕は冷めた。「ほかの車も走ってるじゃないか」

「ほかの車が高島平に行くとは限らないでしょう！」

「でもどっかに出る！　どこに出ても俺が案内するから心配するな」

「あんたの案内が一番心配なの！」桃子はもう、とっちらかっていた。「あんたが久美ちゃんのこと、抜けられないトンネルなんていうからいけないんでしょ！」

「いけないってどういう意味だ？」

「道はこれで合っていると思いますよ」

由良がそういったので、桃子は少し落ち着いたようだった。由良はさらに、

「もう一本、右側に車線を移した方がいいかもしれません」ともいってくれた。

「どうして？」

「この車線のまま行くと、多分、笹目通りに行ってしまうんじゃないでしょうか」

それを聞いて桃子は息を呑んだが、車もさして多くなく、信号もなかったので、気持ちに余裕を持って車線を変えられたようだ。もっとも笹目通りと分岐する直前のゼブラゾーンで右に入ったから、もうちょっと遅かったらコンクリの壁に激突していたかもしれないけれど。

「いきなり行って、何を話せばいいんだろう……」新宮さんがそんなひとり言を呟いた。死の危険は後部座席には届かなかったようだ。「話すことなんか、なんにもない。……向こうだって、きっと……」

「どうなの、由良さん」桃子が尋ねた。

「新宮さんの話はしてあります」由良がこれをいうのは何度目だろう。「穏やかな紳士で、健康そうでした」

新宮さんはその後も何か不安を口にしていたし、桃子は彼を励まそうと、いいことをいろいろいっていたはずだが、僕は覚えていない。それどころではなかったのだ。井荻のトンネルを抜けると自動的に次のトンネルに道は続いており、その先に陸橋と、さらにもうひとつトンネルがあった。まだ行くの？　まだまっすぐでいいの？　という桃子の執拗《しつよう》な問いかけに答えながら、僕はロードマップを必死でめくり、桃子に目の前の交差点の名前を読ませ続けなければならなかった。練馬区に入っていた。平和台駅前、練馬自衛隊南、その次の信号を抜けるとまた陸橋があった。ロードマップの予習はしてあったので、そろそろ気を引き締めなければならないところだと判っていた。

「この陸橋の先にトンネルがある」僕はいった。「トンネルを出たら、また車線変更だ。今度は左側」

「了解」

桃子は、その時はしっかりとそう答えたのである。ところがトンネルの中で車線変更しようとしたところへ後ろの車がスピードを上げて追い抜いていったのが恐ろしかったのだろう、トンネルを出たところで左側を走れるようになった頃には、桃子の目は前後左右にぎょろぎょろ動くようになってしまい、ついには西台の交差点で信号を無視してしまった。

「危ない！」思わず僕が叫ぶと、

「あんたが左に寄れっていうから！」と桃子は絶叫した。「左ってどれよ。入るとこいっぱいあるじゃないの！」

「次の信号！」パニックが感染した僕も叫び返した。

「これ？」桃子は得体の知れない私道みたいな脇道を目で指した。

「違う！　信号だっていってるだろ！」

だがロードマップで見ただけでは判らなかったが、次の信号まで行ってしまっては手遅れなのだ。その数十メートル手前を左に入らなければならない。それに直前で気がついた僕は、

「そこ！　そこ入って！」とフロントガラスで突き指するくらいの勢いで前方左を指さした。「なにィイイ！」といいながら桃子は左にハンドルを切った。いくつかのクラクションが鳴り響く中、車内の四人は上体を左に傾けながら環八通りを出た。

「よし」僕は大きく息を吐いてからいった。「このまま道なりに行けば高島平だ」

「帰ったら話あるから」桃子は小声でいった。「ぶっ飛ばしてやる」

西台から高島通りに出たが、由良がアパートは線路と川のあいだだったというので、都営三田線の高架をくぐって交差点の手前にあった小さな駐車場にミラ・ジーノを停めた。すぐ近くの駅は高島平ではなく、西台駅だった。交差点の先に見えるゆるい登り坂の先に橋があった。ロードマップによると新河岸川という、荒川の支流である。狛江という多摩川の脇から走り始めて荒川までというのは、桃子にとっては充分に長いドライブだった。

九丁目の交差点を渡って高島平駅の方向に歩き、川が見えそうで見えない細い路

地を、電信柱に書いてある番地と由良の記憶を頼りに十分以上歩いた。

「あれです」ずっと黙っていた由良が、不意に一軒の木造二階建てアパートを指さした。

「あの一階の左側、103号室が新宮獅子虎さんのお宅です」

新宮さんが緊張して立ち止まった。確かに103号室の郵便受けには、マジックペンで「新宮獅子虎」とひどい字が書かれていた。

「いるかな?」僕は由良に尋ねた。

「さあ」由良の答えは冷たかった。「たまに買い物に行かれることはあるみたいです。僕がお会いした時も、たまたまお出かけから戻られたところだったみたいで」

「大丈夫」桃子が新宮さんにいった。「私たちがついてるから」

それを聞いたのがきっかけだったのか、由良がわざとらしい咳ばらいをしてからいった。

「よろしかったら、僕はそろそろ……」

「えっ」という桃子の驚きを隠すようにして僕は、

「そうだったよね!」大きな声でいった。「すまなかったね、わざわざこんなところまで。借りができちゃった。ありがとう!」

「いえ」

「ありがとうございました」新宮さんが頭を下げた。「それじゃあ……」

「いえ」由良は能面みたいな顔で答えた。

すると桃子が、「私も駅まで行きます」といったので、僕は驚いた。

「なんで？」

桃子は僕を睨んだ。ああ、そうか。トイレだ。

「じゃ、ついでに車を出してきたら？」僕はいった。「この近くに停めて待っててなよ。帰るときにその方が楽でしょ。お年寄りが乗るんだし」

「そうだね」桃子は答えた。「あと久美ちゃんにも電話しておく」

「オサムさんはどこにも行かないですよね？」

新宮さんは気弱そうにそういった。僕の袖を握らんばかりの、哀願するような目つきだった。

新宮さんを父親のところへ連れて行って、父親と一緒に久美ちゃんの実家に戻る、という計画しか立てていなかったことに、僕はその時初めて気がついた。一番大切な、新宮さんが父親に会うという部分が、僕たちの計画にはごっそり抜けていた。

今にして思えば、ここは獅子虎と面識のある由良が、お互いを紹介するのが当然の成り行きだっただろう。ところがこの時は僕たちの誰一人として、そのことに思い至らなかった。由良の徹底的に人を突き放した雰囲気が、親子の対面を取り持つなんていう人情味を、思い出させなかったのかもしれない。

それに新宮さんはもちろん、桃子も僕自身も、新宮さんと一緒に獅子虎なる老人のところへ行くのは僕の役回りだと、言わず語らずのうちに了解ができていた。

「よし」僕は息を吐きながらいった。「じゃ、行ってきます」

「お願いします」桃子は僕の目を見て、頷いた。そして心なしかモジモジしながら、由良と一緒に駅まで戻っていった。

世界を背負う男

103号室の前に立つと、中に人がいることを疑うわけにはいかなくなった。音楽が聞こえてきたのだ。フランク・シナトラみたいな、でもシナトラじゃない、古いアメリカン・ポップスだった。ただでさえこわばっていた新宮さんの顔がさらに硬くなり、怒っているみたいに見えた。

僕はベニヤのドアをノックした。返事はなかった。

もう一度ノックしようとすると、新宮さんがかたわらのドアホンを押した。ピンポン、という音が、外にも聞こえた。

音楽がやんだ。と、ドガン、ガチャンという何かがぶつかって落ちる音がして、罵っているらしい男の声が聞こえた。

　新宮さんと顔を合わせる勇気が出ないまま立っていると、いきなりドアが開いて、老いさらばえた男が顔を出した。瞬時に僕は、由良がとんでもない嘘をついていたことに気がついた。

　真っ白な無精髭にはクッキーのかけらとよだれの雫《しずく》がぶら下がり、半開きの唇には白くひからびた皮がめくれかかっていた。赤黒い皺だらけの鼻の頂点に大きな吹き出物があって、頬には大小さまざまな斑点がこびりついていた。そもそもその顔は立っている僕たちの胸のあたりにあった。腰が曲がっているのだ。ドアノブを握っている掌《てのひら》はグローブのようにでかかったが、皺だらけの腕は骨と皮しかなく、出来の悪い孫の手みたいだった。薄汚れたらくだのシャツに股引《ももひき》を穿いて、無言のまま僕と新宮さんを交互に睨んでいた。

　そう、もしその目がなかったら、僕はすべてを諦めてその場を引き返し、桃子にも久美ちゃんにも事情を説明して、万平太しづ夫妻に敗北宣言をしただろう。だがその老人、新宮獅子虎の眼光は鋭かった。並大抵の鋭さではなかった。どいつもこいつもぶった斬ってやるとでもいうようなド外れた気迫が、そこにはらんらんと漲《みなぎ》っていた。

　しかし瞳の輝きは必ずしも頭脳の働きと比例しないと、すぐに僕たちは思い知らされた。老人はまったく声を出さないまま、ただただ鋭い目つきで僕たちを睨んでいた。前衛劇みたいな時空間が、五秒ほど続いた。

「あの、新宮獅子虎さんですか」口火を切るのは、やはり僕の役目だったのだろう。

「初めまして」

僕が名を名乗り名刺を差し出しても、獅子虎は鋭い目のまま無言だった。

「あの」誰も何もいわないので、仕方なく僕は続けた。「先日、由良という男がこちらに来たと思うんですけど」

「ああ」と返事があったので、まず僕は胸をなでおろした。由良は嘘をついたが、獅子虎には本当に会っていたようだ。

「その時、由良がお話ししたと思うんですけど」

「あんたか」獅子虎はようやく言語を口にした。「あんたが由良か」

「僕は由良じゃありません」そういって、僕は改めて自分の名を告げた。「由良さんがお話ししたと思うんですけど、あの」

「初めまして」新宮さんが僕を押しのけるようにして前に出た。「僕は新宮優樹です」

獅子虎は新宮さんを見上げた。

「お前、優樹か」

「はい」

そういうと新宮さんは、いきなり獅子虎のシャツを両手で摑んで押し倒した。僕は慌てて新宮さんを抑えたが間に合わず、獅子虎は玄関の土間に尻餅をついた。やめろ、と僕はいえなかった。新宮さんの中に何があるのか、僕には想像できなかったし、想像する資格もなかった。新宮さんは嚙み締めた奥歯の中から、うう……、という声を漏らしながら、涙を流していた。

「どうやら、本当に優樹らしいな」土間にへたり込んだまま獅子虎がいった。「俺に食ってかかるたあ、立派に育ったじゃねえか。たいした度胸だ」

大昔の映画スターみたいな台詞だったが、尻餅をついた股引の爺さんではサマにもならず、痛々しいだけだった。僕は獅子虎の背中に腕を回して抱え上げた。最初の印象よりも骨太で、立派な体格だった。

獅子虎を上がり框《がまち》に座らせ、僕は新宮さんを見た。

新宮さんは苦しんでいる。それくらい僕にも判った。苦しくて泣いている。だけどここで、よそ者の僕が出しゃばるわけにはいかない。ここから先はなんとしても彼が自分の口から何かをいい、ここから連れ出さなければならないのだ。そんなことができるかどうかは定かじゃなかったけれど。

ところが獅子虎は――それまで打ち付けた腰をさすりながら、唸ってうつむいて

いたのだが——、なんとなく彼の肩に置いていた僕の手を振り払うと、

「触るな」と僕にいったのだ。「なんだ、人を突き飛ばしやがって」

「僕がやったんじゃありませんよ」僕はびっくりして答えた。「助けようとしただけで」

「これを見ろ、これを！」

新宮さんはそういって、左手の甲を獅子虎の前に突き出した。親指の付け根のところに、赤黒い傷跡があった。

「施設のいじめっこに、錐《きり》で突かれたんだ。病院に連れて行かれて、神経がやられてるかもしれない、左手は動かなくなるかもしれないっていわれたんだ。そん時、お前はどこにいたんだ。どこにいたんだよッ！」

獅子虎の目はさっきまでの鋭さを失って、ぼんやり新宮さんを見上げていた。

「あんた、誰だ」そして僕に向かって、「おい優樹、こいつは誰だ」

「僕は優樹さんじゃなくてですね」

「小学校の卒業式ん時、中学の徒競走で俺が一等になった時、あんたどこにいた。高校の合格発表なんか、みんなお父さんやお母さんと見に来るんだ。俺は誰とお祝いしたんだ。お前、知ってんのか。知ってんのかよッ」

「優樹、優樹」といいながら、獅子虎は僕にしがみついてくる。

「優樹は俺だ！」叫ぶ新宮さんのツバキが、獅子虎の無精髭にかかった。「あんた、俺の父親なんだろ！　違うのかよッ、違うなら違うっていえよッ」

獅子虎の目に、再び光が灯ったように見えた。それは鋭いだけではなかった。唇が開き、何かをいいそうになった。するとと獅子虎は、いきなり立ち上がったかと思うと、新宮さんの真ん前に向かい合った。そしてなおもひくひくと動く自分の頬を右手で摑み、殆ど髭を毟《むし》り取るようにして、自分の口をふさいだのである。

僕はあっけにとられ、まとまりのない恐怖のようなものにとらわれて、一瞬本能的に身構えた。新宮さんも目を見開いた。

すると獅子虎は左手で右手を口元から引き剝がすと、いきなり新宮さんを押しのけるようにして、アパートの外に広がる青空に向かって咆哮《ほうこう》した。

「寄せて来い全世界の苦しみよ！　俺を殴って憂さを晴らせ！」

ぜ、全世界？

だが、この獅子虎という男がどう見てもまともじゃないと決まると、僕としてはかえって考えの整理がついた。まともじゃない老人に向かって、まともに話を持ちかけても始まらない。

「ケンカしてる場合じゃないですよ」僕はためしに、そういってみた。「早く着替えないと。ご挨拶に遅れてしまいますから」

「ご挨拶？」と、気勢をそがれた様子の獅子虎が、思った通りに引っかかってきた。

「篠田さんにご挨拶していただくんですよ」僕は立て続けにいった。「優樹さんの結婚相手のご実家ですよ」

「結婚」獅子虎の目が輝いた。「優樹が結婚するのか！」それは喜びの輝きだったらしい。

「そうなんです」僕は頷いた。「ですから、着替えていただいて」

「大丈夫なんだろうな？」獅子虎は僕を睨んだ。「どんな女だそいつは」

「そいつなんていうな！」

新宮さんは怒鳴ったが、もはやさっきの勢いはなかった。獅子虎の全世界に向けた咆哮を聞いて、どうやら少し怖気づいてしまったようなのである。

「久美ちゃんはお前なんかより、全然ちゃんとしてるんだ。俺よりもずっといい人なんだ」

「女には気をつけろ」獅子虎は偉そうにいった。「結婚したいなんて女はたいていい金目当てだ」

「なんだとテメエ」新宮さんは獅子虎に一歩詰め寄った。

僕は間に入ったが、新宮さんがもはやそれ以上興奮しないだろうことは伝わっていた。

「いいから、いいから」

「久美子さんは真面目な女性です。それは僕も請け合います」

「オサムさん」新宮さんがいった。「こんなの駄目だ。帰りましょう」

僕は新宮さんを見た。彼のいう通りかもしれなかった。獅子虎という老人は、完全に話が通じないわけでもなさそうだったが、だからといって常識人というには程遠い。それに、このドアが開いて十分経つか経たないこの短時間で、僕も新宮さんも、へろへろになりかけていた。喜怒哀楽のミックス・ジュースを飲まされ続けて。

「僕が間違ってました」新宮さんはいった。「もっと早く、様子を見ておくべきだったんです」

「だけど、じゃどうする？」僕はいった。「久美ちゃんになんていう？」

「ありのままをいいます」新宮さんは再び目に涙を浮かべた。「お話にならない人だった、わけの判らない爺さんだったって」

「もうじき桃子が来るだろうから、彼女にも判断して貰って……」

「そんな必要ないですよ」新宮さんは断言した。「こんな人を久美ちゃんの両親に会わせたら、結婚に反対されるどころじゃない、彼女と一生会えなくなりますよ」

「おい、おい、おい」獅子虎が話に入ってきた。「なんだそれは。結婚に反対されるってのは」

「あんたみたいなのを人に見せたら、俺が馬鹿にされるんだよ！」新宮さんはいい放った。「ただでさえ馬鹿にされてんだ。あんたが出てきたらオシマイだよ」

「優樹」獅子虎はいった。「お前、馬鹿にされてんのか」

「あんたのおかげでね！」

「何いってんだ？」獅子虎は新宮さんと僕を交互に見た。「俺が何したってんだ」

拳を振り上げた新宮さんの腕を必死でおさえて、僕は獅子虎にいった。「優樹さんは相手の両親から、なんというか、素性を怪しまれているんです。施設で育ったから」

「施設で育ったから、なんだ？」獅子虎は本当に理解ができないみたいだった。

「そんな奴はいくらでもいるじゃねえか」

「偏見だよッ」新宮さんはいった。「施設育ちったら、ろくなもんじゃないと思われるんだ。いっつもそういう目で見られてるんだよ俺たちは！」

「おいちょっと待て」獅子虎の目が据わった。「施設がろくなもんじゃねえって、そりゃ差別じゃねえか」

「だからそういってんだよ！」

「お前、施設を差別してんのか」獅子虎は僕を睨みつけた。「最低の奴だなテメエは！」

「僕ではありません」もうため息しか出なかった。「ただ、久美子さんというお相手の実家にですね、若干ですよ、若干そういう傾向が」

「ふざけやがって」獅子虎は歯ぎしりして、唇をよだれで光らせた。「そんな女と結婚するのか」

「ですから久美子さんはそういう人ではなく」

「無駄ですよオサムさん。帰りましょう」

「無駄とはなんだ」獅子虎が新宮さんを見た。「人から見下されて、尻尾《しっぽ》巻いて逃げ出すのか」

「もう、うるさい」新宮さんは殆ど背中を向けようとしていた。「あんたに関係ない」

「関係ねえなら、なんで来た」獅子虎はいきなりしっかりしたことをいった。

「あなたが助けてくれると思ったんです」僕はいった。「あなたが穏やかな紳士で、向こうの親にきちんと説明できるんじゃないかと、僕たち期待してたんです。新宮さんを施設に入れたのも、何か特別な事情があったからだとか、なんとか、そんなことをいってくれるんじゃないかって。

でも、無理じゃないですか、獅子虎さん。ご自分でも判ってらっしゃるんじゃないですか？　あなたは、判断力が、なんというか、まだらで」

「まだ判らねえのか、お前らは！」

地響きのような大音声と共に獅子虎は仁王立ちになり、なったとたんに顔をしかめて腰をおさえた。

「痛てててて。畜生ッ、ふざけやがって。人から見下されて黙ってる俺じゃねえぞ！　なんだお前ら、馬鹿にされて、尻尾を巻いて逃げ出すのか！　俺を誰だと思ってるんだ！」

そういうと獅子虎は、痛む腰と格闘するようにドアも閉めずに土間から部屋に入り、奥の部屋に閉じこもった。

「どうしよう」僕はいった。「着替えてるよ、あの人」

「帰りましょう」新宮さんは感情がごたまぜになった、くしゃくしゃの顔をしていた。「すみませんでした」

そして新宮さんは本当に、アパートに背を向けて歩き始めた。

僕はアパートのドアだけ閉めて追いかけた。新宮さんは住宅街の狭い道を、公園に向かって早足で進んでいた。僕は小走りになって追いつこうとした。

そこへ水色のミラ・ジーノが背後から走ってきて、公園の入口で僕たちを追い抜き、すっと停車した。

「久美ちゃんに電話したよー」桃子が運転席から出てきた。「待ってるって」

一方その頃、篠田家で桃子から連絡を受けた久美ちゃんは、電話を切ると台所へ戻った。

「これから車に乗せるみたい」久美ちゃんはしづさんにいった。

「そう」しづさんは冷蔵庫を開けるついでに、壁掛け時計を見上げた。「やっぱりお昼にはいらっしゃらないのね。もう一時半だもの。こっちには夕方くらいかもしれないね」

「向こうを出るとき、また電話くれるって」

女たちの話し声につられてか、紺の結城紬《ゆうきつむぎ》の袷《あわせ》を着た万平太氏が、台所に入ってきた。

「寿司屋には電話したか」万平太氏はさりげない感じでいった。

「まだこれから」しづさんが答えた。「四人前でいいわね？」

「六人前にしとけ」万平太氏はいつにもまして、偉そうだった。「特上、六人前」

「あ、海老と蟹《かに》は入れないでね」久美ちゃんは思い出していった。「マサキくん、甲殻類アレルギーなの。海老食べると唇が痒くなっちゃうんだって」

「食わなきゃいい」それだけで、万平太氏はちょっと不機嫌になった。「海老蟹がない寿司なんか出したら、馬鹿にされる」

久美ちゃんは父親をちらっと睨んだが、視線が合わないうちに目をそらした。今日だけは、不要ないさかいを避けなければならなかった。

新宮獅子虎さんて、どんな人だろう。久美ちゃんは自分が、自分とマサキくんが、ついに獅子虎という人を知ることのないまま、この日を迎えてしまったことを、不安に思っていた。

由良さんは「穏やかな紳士」といっていたらしい。どういう意味だろう。優しい人だといいけれど。あまりお金がないようだから、お寿司はたくさん食べてもらおう。

けれどもいちばんの心配は、やっぱりマサキくんのことだった。父親と会って、彼はどうなっただろう。落ち着いて話ができただろうか。気持ちが乱れていないだろうか。

洒落男に手こずる

桃子の微笑みは眩しかった。獅子虎の真の姿を知らない無邪気さに溢れていた。

新宮さんは足を止めた。久美ちゃんのことを思い出したのでもあったろう。「どう？　お話できた？」という桃子の単純な問いかけにも、新宮さんは答えられなかったので、

「お話にならなかった」僕が図らずもシャレた切り返しをしてしまった。

「どういうこと」桃子は瞬時に笑みを消した。「行かないって？」

「行く行かないでいうと、行く気まんまんなんだけどね」

「何があったの」桃子は僕の返事が、不真面目だと思ったみたいだった。もっともかもしれない。

「おかしいんです」新宮さんは、それが自分の恥であるかのようにいった。「おかしな人なんです」

「受け答えがね、ちょっと」

「今はどうなってるの？」

「着替えてる」

僕がそういうと、桃子はアパートに向かって歩き始めた。新宮さんもあとについて戻ったので、僕は新宮さんの様子を背後から見守りながら歩いた。

彼は歩きながら、いうべきことを整理していたのかもしれない。アパートの前に着くと、

「申し訳ないんですけど、このまま帰ろうと思うんです」といった。「あんな人、彼女の家に連れて行ったら、ひどいことになると思う」

「どんな話したの？」

僕は桃子に、この短い時間で三人が交わした混乱したやりとりを、なるべくかいつまんで説明した。聞きながら、桃子の眉間のシワはどんどん深くなっていった。

「だから無理なんです」新宮さんは訴えるようにいった。「帰ります」

「だけど、私、まだ会ってないから……」

と桃子がいいかけた時、１０３号室の中から、どんがらがっちゃん！　からん、という音がした。

「大丈夫ですか？」

僕は思わずドアを開けた。いい天気の昼下がりだったが室内は薄暗く、最初の一《いち》瞥《べつ》では何も識別できなかった。そして、実は最初から気づいてはいたのだが、部屋にはなんとも不可思議な匂いが漂っていた。小便でもなく酒でもなく炊飯器の湯気でもない、でもそのすべてがちょっとずつ混ざっているような匂いだった。その胸がむかつくような匂いと薄暗がりの中で、スーツ姿の獅子虎がうつぶせに倒れていた。僕と桃子は驚いて部屋の中に入った。

「ええ、畜生」獅子虎がうめいた。「便所から出たとたんに、これだ！」

「大丈夫ですか。立てますか」それは桃子が獅子虎に初めてかけた言葉だった。獅子虎は、

「うるせえなあ、立ってるよ」と、ひどい口のききようだった。「ちょっとよろけただけじゃねえか。こっちゃあ腰が悪いんだから」

桃子が二の句を継げずにいると、獅子虎は続けていった。

「これから出かけるんだ、風呂は入らねえ。冷蔵庫に食い物詰めたら帰れ」

「私はヘルパーさんじゃありません」桃子は穏やかにいった。「新宮さんの友だちです」

「俺の友だち？」獅子虎はゆっくり、慎重に起き上がりながらいった。「なんだそれは。俺に宗教に入れってか」

「新宮優樹さんの友だちです。桃子といいます」

「桃子？」獅子虎は桃子の顔をまじまじと見た。「桃子お前、ロサンゼルスから来てくれたのか。どうした？　ボブとうまくやってるか？」

「その桃子じゃないと思いますよ」どの桃子か知らないが僕はいった。「僕の妻です」

「お前、ボブか」

「ボブじゃねえよ」思わず僕がいったのと、

「ボブでいいです」桃子がそういったのは同時だった。「とにかく、起きましょう」

獅子虎の周囲には転がった金盥《かなだらい》とか横倒しになった炊飯器なんかが散乱していた。桃子はそれらを脇にどかし、僕は獅子虎を助け起こした。

そうなってからようやく気がついたのだが、獅子虎は素晴らしく品のいいスリーピースのスーツを着ていた。ツイードの、もしかしたら古いブルックス・ブラザーズのものじゃないかという僕の予想は、後に正解だと判明した。色はやや明るいブラウンで、ツイードだから重みがある。立ち上がってみるとクリーム色のボタンダウンのシャツに、赤みがかった茶色のネクタイが、獅子虎の厚い胸板にさらなる貫録を付け加えていた。

立ち上がりはしたが、僕の腕につかまっていないとよろけてしまいそうだった。腰はひどく痛むらしく、獅子虎はずっと口の中で小さくうめいていた。それによく見ると、スーツはどこか奥深くに長いことしまってあったのだろうか、胸や肩のあたりに白い埃が積もっていて、防虫剤の匂いが漂い、チョッキの真ん中のボタンは突き出た腹を収めきれずに開いていた。桃子は埃をできるだけ払ったが、どうしても白い痕がうっすら残ってしまった。

「行くぞ」獅子虎はぶるぶる震える手で僕の腕を握ったまま、いった。

僕はふり返って新宮さんを見た。彼は入口の外に立ったまま、何もしないで獅子虎の様子を見ていた。

新宮さんの顔は明らかに、この事態をどう考えればいいのか判らなくて、困り果てている表情だった。それから僕は桃子を見た。桃子も今では本当の獅子虎がこの有様と知って、僕と目を合わせていた。僕は首を横にふった。映画に出てくる医者が患者の家族に（見込みはありません）と合図を送る時みたいに。

「どうする新宮さん？」桃子がいった。「今日はやめとこうか」

すると、もう一人の「新宮さん」が怒鳴ったのだ。

「行くに決まってるだろう！」腰を曲げた獅子虎のよだれが、床に落ちた。「このまま引き下がってたまるか！　進軍だ！」

「行きます」新宮さんがいった。「何もかも、全部見せます。それで駄目なら、それでも」

新宮さんは最後までいい切らずに唇を噛んだ。

獅子虎の倒れていた周囲のあれこれの中に、銀座の老舗靴店の古い紙袋があった。獅子虎がいうので僕は中を開き、箱に入ったこれまた高級そうな茶色いエナメル靴を彼に履かせた。土間の脇に傘立てがあり、ビニール傘がぎゅう詰めになった中に一本、傷だらけになったスネークウッドのステッキが入っていて、獅子虎はそれを握って背筋を伸ばそうとした。

「痛たたた」獅子虎の腰は伸ばす前よりもっと縮んだ。

「ご無理なさらないでいいですよ」桃子がそういうと、

「うるさいっ」獅子虎ははねのけた。「誰だ、お前は!」

「桃子です」

「桃子? じゃお前、ロサンゼルスから」

これで桃子もいちいち相手にするのはやめて、新宮さんの決心を尊重することにしたようだ。

「車があります」新宮さんはそういって、獅子虎のステッキを持っていない方の手を取った。「さっきはすみませんでした」

「何が?」獅子虎は新宮さんを、きょとんとした目で見た。

ところで、僕たちは自分らのことばかりにかまけていて、それが近隣住民の耳目を引いているなどとは、考えもしなかったしどうでもよかった。しかし外に出て獅子虎を囲むようにして歩いてみると、アパートの隣の部屋のドアは開いて、中からお婆さんが顔だけ出して様子を窺っているのを筆頭に、向かいの家の中年夫婦や、通りすがりとおぼしき主婦数人のグループなどが、遠巻きにこちらを見てお互いに耳打ちし合ったり、いかにも何か事件でもあったんじゃないかと眺めているのだった。僕たちはその視線に気がついたけれども、何かいってくるわけじゃないし、こちらにやましいところはないから、そのまま進んでいった。進むといってもアパートから公園の前のミラ・ジーノまでなんか二十メートルくらいなもんだった。その二十メートルが、やけに長い。

おまけに公園には日曜日のこととて、子どもたちがわんさといて、そいつらが僕たちを面白い見世物でも来たかのように群れをなして眺めているのである。指をさしたり笑っているガキもいた。けれどもそんなの相手にしていられない。獅子虎の足取りはひどくおぼつかなくて、そのくせ僕たちに向かって罵声を浴びせ続けていたのだから。

「段差がありますから気をつけて」「うるさいババア！」「車が来るから止まってください」「車を止めろ！　俺を誰だと思ってる！」「ドアを開けるから手を放しますよ」「いちいちいわなくていい！」

ずーっとこの調子。僕などこんなクソジジィは公園の前に捨ててやろうかと半分本気で思った。

ところがである。後部座席のドアから中に入ろうとして顔を上げ、公園からこっちを見ている子どもらを見た獅子虎は、突如として罵るのをやめたばかりか、なぜか満面の笑みを浮かべ始め、子どもたちに大きく手を振り始めた。子どもたちは驚いて真顔になった。それだけだったらまだ良かった。獅子虎はいきなりひどい声を張り上げて、奇怪な言葉を吐き出したのである。

「レボシ！　レボシ！」と。

その時彼は思い出したのだ。自分が何者であるかを。

そうだ！

彼は卒爾《そつじ》として自分の何者なるかを思い出した。子どもたちの叫ぶ、レボシ！　レボシ！　というあの声は、ほかでもないこの自分に向けられたものなのだ。それはかつて子どもだった彼自身の叫んだ声でもあった。あの、日本最初の原語によるオペラ『カルメン』上演の際に、おかしなドジョウ髭を生やした合唱指導の先生から教わったことを忠実に守りながら、彼は声を限りに甲高く歌い上げた。その同じ歌を今、近所の子らが歌っているではないか。彼のため、ほかならぬ彼のために。

来たよ《レボシ》！　来たよ《レボシ》！　連中が《ボシラ》来た《カドリーユ》！

闘牛士の連中がやって来た！

槍先を陽光に輝かせ、

ソンブレロを空に放り上げて！

来たよ！　来たよ！　連中が来た！

闘牛士の連中がやって来た！


本当のフランス語は「Les voici」だ。ドジョウ髭の先生は彼らに教えた。だけどそのままレヴォワシと歌おうとすると、十六分音符の中に納まらない。だからみんなはこの部分、「レボシ」と歌って構わない。どのレコードを聴いてもフランス人だってそう歌っているし、その方がかえって本物らしく聴こえるからな。じゃ、もう一度やってみよう。サン、ハイ！

「レボシ、レボシ、ボシラ、カドリーユ……！」


「……なんか歌ってる？」

助手席でロードマップと目の前の道路を交互に見ながら、僕は後部座席の新宮さんに尋ねた。

「僕じゃありません」新宮さんは答えた。

「そりゃ判ってるよ」僕は車酔いでまた胸がムカムカしていた。「小さな声で歌ってるでしょ、ハイソプラノで」

「みたいですね」

帰路につく

「そんなことより、ほんとにこの道で大丈夫なの？」桃子も不機嫌だった。「さっきこんな道、絶対通らなかったと思うんだけど」

「今調べてるんだから、ちょっと待ってよ」負けず劣らずのツンケンした口調で、僕は答えた。

西台駅の交差点を南下して、首都高池袋線の下の道に出たところまではよかった。だがいつまで走ってもさっきの大きな交差点がない。どこかで方向を間違えたのだ。さっきと同じ高速の下の道を走りながら方向を間違えたということは、要するに真逆を走っていることになりゃしないか。それを桃子に告げる勇気が出ないでいると、やがて道は小さな橋を渡り、次いで大きな橋を渡らざるを得なくなった。

「これ何川」冷凍庫の中から聞こえてくるような、桃子の声だった。

「荒川」僕は正直に答えた。

「荒川の向こうって、埼玉県じゃなかったっけ」

「戸田市ですね」新宮さんが僕に代わって答えてくれた。

桃子は、ンムギー！　とでも表記すべき叫び声をあげ、早瀬の交差点を左に入り、よく判らないビルの駐車場入口みたいなところで、ミラ・ジーノをぶいんぶいんいわせながらUターンさせた。そんなこと、ここまで来る前の桃子にはとてもできなかった。運転技術の飛躍的な向上。今走ってきた広い道の前で信号待ちをしながら、妻は僕を睨んだ。

「今どこにいるか、把握してるだろうね！」という桃子に、

「把握してるよ！」僕は答えた。「新大宮バイパスだ！」

「何そのいいかた！」桃子は悲鳴をあげた。「私はずっと運転してるんだよ？」

「タクシーにしようって俺は何度もいった」

「そういう問題じゃないでしょ！　あんたがまともに道案内できないから！」

獅子虎はもう歌っていなかった。彼は至福の表情で、狭い車の中、左右を向いてにやけながら手を振っていた。群衆の歓呼に応えるように。

彼は群衆の歓呼に応えていた。集まっているのは子どもばかりではなく、今や男も女も彼の姿をひと目見ようとひしめきあい、大声で歌い、叫んでいた。

　広場の露払いは
　しかめっ面のポリ公たち
失《う》せろ、失せろ、ポリ公、失せろ、失せろ、失せろ！

「まあ、そんなに色めき立つこともねえじゃねえか」彼は群衆をにこやかに制した。

獅子虎がいきなりまともなことをいったので、僕たちは驚いて口を閉じた。

再び笹目橋を渡ると、上の標識に笹目通りまで二百メートルと書いてある。僕は桃子に右側の車線に寄るよういった。

「ほんとに大丈夫なの？」桃子はいった。「谷原《やはら》方面て書いてあるよ。谷原なんて聞いたことない！」

「絶対間違いないっ」

桃子は泣きそうな顔で笹目通りに入った。行けども行けども（とその時は思えた）埼玉県から出られないのが、桃子には大いに不安だったようだが、吐き気を堪えつつロードマップを見ている僕には確信があった。――このへんの道に詳しい人には、何を当たり前な道順に血相を変えているんだと思われるだろう。いうまでもなく桃子の運転するミラ・ジーノは、和光市から練馬区谷原を抜け、目白通りをくぐり抜けて石神井《しやくじい》の先で思い出深い井荻トンネルに入り、めでたく環八通りに合流することができたのであった。

「簡単だっただろ」僕が小声でいうと桃子は、

「帰ったら本気で殴る」と口を歪めた。

トンネルを抜けるとひと心地ついたので、僕は携帯電話を取りだした。

「そうだ」桃子は僕の様子を見ていった。「久美ちゃんに電話しなきゃね」

「俺はしないよ」僕はそういって、後部座席をふり返った。「新宮さん、電話して」

新宮さんは黙って携帯を出した。

「で、あんたは誰に電話するの」桃子が訊いてきたので、僕は答えた。

「キタノヒロシ」

さあ入場だ、敬意を払え

ブラヴォー、ヴィヴァ！　勇敢なチューロ！

栄光のチューロたちよ！

「もしもし、今何してた？」「駅前広場で将棋です」「じゃピンキーもいるのか」「ええ。そっちはどうでした？」「じいさんを連れて久美ちゃんの家に向かってる。——あのな」「はい」「由良のいってたことはデタラメだった」「どういうことですか？」「じいさんは穏やかな紳士なんかじゃ、全然ないんだ。少し、っていうか、かなりキテる」「そうだったんですか」「真後ろに座ってるから、大きな声じゃいえないけど、でも聞いちゃいないと思う」「そんなレヴェルですか」「そんなレヴェル」「もしもし？　俺です」「ピンキーか。あのさ、どうも由良には、なんか考えがあったんじゃないかと思うんだけどね」「考えですか」「新宮さんの父親が普通の人だって、わざと嘘ついたんじゃないかな」「やっぱり！　俺なんか怪しいと思ってたんですよアイツ」「あれからも、いろいろおかしいところがあったんだ。運転なんかしないとかいって、やたら道に詳しかったり」「俺らをおちょくってたんですよ！」「いや、だけど、なんか別の事情があったかもしれない。とにかくこっちは、今から久美ちゃんのところに行くから」「じゃ俺たちも行きます」「いいよ来なくて。何いってんだよ」「考えがあるんで。あとで」「久美ちゃんの家なんか知らないだろ」「知ってますよ。俺もキタノも、家まで送ってったことあるから」「来なくていいよ」「じゃ！」

僕はため息をついて電話を切った。おせっかいというより、野次馬だ。でも、僕は何のために電話したのだったか？　由良への不審を一人で抱えたくなくて、誰かを焚きつけたいと思っていたのではなかったか？

見よ、かのバンデリエーロたちを
見よ、かの勇猛果敢なる姿！

かのまなじりを、かの晴れ姿を！

次なる一行は
ピカドールたち、槍を持ち、
馬上高らかに、牛をひと突き！

気がつくと、新宮さんは携帯電話に向かって小声で話していた。

「……今、そっちに向かってる……」新宮さんの声は沈んでいた。

僕だけじゃなく、桃子も明らかにその声に聞き耳を立てていた。

「あのさ」新宮さんは思いつめたように、久美ちゃんに告げていた。「もうダメかもしれないからね」

僕は思わずふり返った。

「僕たちのことじゃないよ」新宮さんは僕の視線に気がついたかもしれないが、こちらを見はしなかった。

「……だけど、そっちにこの人を連れてったら、ダメになっちゃうかもしれない。ごめんね」

「心配するなって！」僕はできるだけしっかりした声を出そうと努めた。「俺たちがついてるって！」
だが僕の声には、確信のなさが出てしまっていただろう。桃子も唇を噛んでいた。

さあエスパーダ、剣の闘士だ！
現れたのはエスカミーリョ、エスカミーリョ、
エスカミーリョ!!
最後に息の根を止める者
ドラマの最後に見得切る者
とどめを刺すんだ、エスカミーリョ！
エスカミーリョ！　エスカミーリョ、万歳!!

「俺に任せろ！」彼は叫んだ。「そうだ、俺に任せろ！」
その唐突で明朗な声を聞いて僕たちは、まず車内で飛び上がりそうになり、次いで腹の底からげんなりしたのだった。

任務終了

それから一時間はかからなかったと思う。羽根木《はねぎ》公園からほど近い、高級住宅街に着いた。僕たちの誰も久美ちゃんの家を知らなかったから、近くの駐車場にミラ・ジーノを停めて住所を頼りに探すつもりだった。だが角を曲がって住宅街に入ると、向こうにワンピースを着た久美ちゃんが立っているのが見えた。手招きされるまま近づいていくと、塀に囲まれた大きな家があった。

「庭に停めてください」

窓を開けた桃子に、まず久美ちゃんはそういった。松の木が生えた立派な庭があって、その手前に駐車していいと、久美ちゃんは誘導していた。

僕と新宮さんはすぐに下りて、獅子虎が車から出るのを手伝おうとした。獅子虎は僕たちの手をステッキで振り払うようにして、時間をかけて足を出し、前かがみになり、ステッキを震わせながら立ち上がった。

「初めまして」久美ちゃんが獅子虎の前に立った。「篠田久美子です。優樹さんとお付き合いしています」

「優樹か」獅子虎の声には静かな威厳があった。「あいつはこんなところに住んでいるのか」

「いえ、あの」久美ちゃんはうろたえて、新宮さんをちらちら見た。「ここは私の実家です」

「そうかい」獅子虎は頷いた。「優樹はどうしてる」

「ここです」新宮さんが真横で、疲れた声を出した。

「おお優樹か」獅子虎は新宮さんを見て微笑んだ。「大きくなったな」

「ずっと隣に座っていました」という新宮さんの声には、なんの表情もなかった。

「優樹、お前、誰かからナメられてるってえじゃねえか」獅子虎は微笑んだままいった。「聞いたよ」

「ナメられてるわけじゃありません」僕はさっきの激情的な獅子虎を思い出して釘《くぎ》を刺した。「どうか、穏やかにご挨拶なさってください」

「心配するな」という獅子虎の口調は、どこぞの親分のようだった。「俺に任せろ」

「久美ちゃん」新宮さんが、久美ちゃんをじっと見つめていった。「父です」

新宮さんの声は、逃れられない悲しみでいっぱいだった。

ほかにやり方があったんじゃないか。僕たちは、ひどいことをしてしまったんじゃないか——。僕の全身は、急速に熱を失っていった。

桃子も新宮さんも、久美ちゃんも、同じような気持ちだったんじゃないだろうか。

獅子虎だけが一人、痛そうに腰に手をあてながらも、元気に鼻の穴を広げていた。なぜなら彼は、自分がどこに連れてこられたかも、そこにいる誰が誰かも今ひとつはっきり思い出せなかったが、ただ自分がまさに闘いにおもむいていることだけは決して忘れていなかったからである。群衆の歓呼に応え、自分の勝利があらかじめ約束されている闘いに。

桃子が運転席から出て、久美ちゃんに微笑みかけながら、獅子虎に手を貸そうとした様子を見て、僕は久美ちゃんと新宮さんにいった。

「じゃあ、僕たちはこれで」

「えっ」

桃子は、思わず、といった感じで僕を見た。僕もそれは、なかば桃子に告げたのでもあった。

そうだよ桃子。僕たちは、ここまでなんだ。忘れてただろ？

「そうか」桃子はそう呟き、久美ちゃんの手を取った。「家族の話し合いだもんね」

「ごめんね」久美ちゃんは困ったような顔でいった。「疲れたんじゃない？　家で何か、つまんでく？」

「まさか」桃子は笑った。「帰るよ」

「だけど、この爺さんは、どうやって帰す？」僕はハッとして尋ねた。そのことを、考えてもいなかったのだ。

「どうにでもなるよ」久美ちゃんはいった。「お父さんにタクシー呼んでもらおうかな」

「そう？」桃子は申し訳なさそうにいった。しかし彼女にここから高島平まで、もう一往復する気力体力は残っていなかった。

獅子虎は僕たちのそんな会話がまるで聞こえていないようで、篠田家の屋根や庭に向かってにこやかに目を向け、政治家みたいに頷いたり、虚空に手を振ったりしていた。新宮さんがゆっくりと獅子虎を家に向かって促していた。

「じゃあな！」僕はその背中に向かっていった。「成功を祈る！」

新宮さんはふり返って、僕に小さく頭を下げた。父親と対照的に、その姿には自信のかけらも感じられなかった。

こうやって僕たちは、かなりあっけなくこの日の役目を終えた……はずだった。

昼ごはんも食べていないし疲れたし話したいことは山とあったしトイレも行きたかったので、僕たちは久美ちゃんの家からとっても近い、小田急線の梅ヶ丘駅までミラ・ジーノを走らせた。コインパーキングに駐車して、どこかでちょっと贅沢な食事をしよう、ということに話が決まっていた。

ところが駅の改札口で、僕たちは粗雑な大声で呼び止められたのである。

「オッサムさあああん！」

それはキタノヒロシと共に由良龍臣を捕獲した、ピンキーちゃんの声だった。

二人に押さえられているわけでも、縄で引っ張られているわけでもなく、ただ並んで歩いているだけの由良は、見たこともないくらい陰気で弱々しい顔をしていた。いつもだって充分に暗い男なんだけれど。

「どうしたの？」桃子は目を丸くした。「どういうこと？」

最後の決戦

獅子虎は久美ちゃんに応接間まで手を引かれて、ソファにどっかりと腰をおろした。新宮さんがその横に座り、久美ちゃんは両親が来るまで立っていた。

「ようこそいらっしゃいました。久美子の母の、しづでございます」

しづさんがお茶を持って入ってきた。続いて万平太氏が、袷に羽織を着て現れた。

万平太氏が挨拶をしても、獅子虎は立ち上がりもせず、ただにやにやと頷いただけだった。

「初めまして。新宮優樹と申します」

新宮さんはちゃんと立ち上がって、久美ちゃんの両親に向かってお辞儀をした。久美ちゃんはその真向かいに立って、はらはらしながら獅子虎と新宮さんの様子を見守っていた。

獅子虎は出された薄茶を悠々と飲んで、口を開いた。

「それで、お話というのは何ですか」

久美ちゃんが息を呑み、新宮さんが獅子虎に小声でいった。

「僕たちが会ってくださいとお願いしたんです」

「そうか」獅子虎は平然といった。「なぜ」

新宮さんは、すべてをさらけ出そうという、さっきの決心を思い出した。

「僕は久美子さんと、お付き合いさせて頂いています」新宮さんは万平太氏に向かっていった。「久美子さんと、結婚したいと思っています」

「ほんとか！」獅子虎が大声でいった。「すげえじゃねえか。相手は誰だ」

「私です」久美ちゃんがいった。

「あんた、さっき初めて会ったんだよな」獅子虎はそういって、新宮さんを見た。

「俺は別に構わないが、さっき会ったばっかりの女と一緒になるってのはお前……」

「もう一緒に住んでいるんです」新宮さんは顔を赤くしてそういい、万平太氏たちに向かって頭を下げた。「ご挨拶もしなくて、本当に申し訳ありませんでした」

「一緒に住んでんのか」獅子虎はいった。「んなら、謝ることたあねえだろう。見たとこ、お前もこの人も、いい歳してんだから。遠慮はいらねえや。なあ！」

初対面の獅子虎から、なあ！　といわれた万平太氏は、ちょっと顔をしかめた。

「まあ、いくつになっても娘は娘ですから」

「そんなもんかねえ」獅子虎は首をかしげた。「まあ、そういうのは、子どもがいねえと判らねえもんだから」

篠田家の応接間に、緊張が走った。

「ですけど優樹さんは、新宮さんのお子さんでしょう？」しづさんが、控えめに尋ねた。

「まあ息子っちゃ息子なんですかね」獅子虎はそういって、隣の新宮さんを見つめた。「だけど、こんなにでかくなっちゃっちゃあ、ねえ。ちっちゃい頃は、これでも可愛かったんだが」

皆が獅子虎の言葉に驚いた。

「マサキくんの小さい頃を、ご存じなんですか？」久美ちゃんが思わず訊いた。

「世話の焼けるガキでね」獅子虎はこともなげにいった。「こっちゃあ疲れて帰ってきたってえのに、こいつのために、夜っぴて歌ったり踊ったりしたもんですよ。でまたこいつがそれ見て、よく笑ってね。いっつも……」

そこまでいうと、獅子虎は不意に口を開いたまま、あらぬかたを見つめ始めた。

「そんなことがあったんですか」万平太氏はいった。「ということは、お父様はご多忙のために優樹君を、施設に預けられたということでしょうか？」

獅子虎は答えず、相変わらずおかしな方向を見ていた。

だが彼は、どこかを見ていたのではなかった。彼は聴いていたのだ。音楽を。あの、自分が子どもだった頃の栄光の思い出であり、優樹とのわずかな記憶でもある、あの『カルメン』の音楽が、獅子虎の耳にだけ響いていたのだった。

獅子虎はそれから、万平太氏をきっと睨んだ。『カルメン』と、万平太氏が漏らした「施設」という言葉が、彼の中で過電流となって、火花が飛び、彼は自分が何者なのか、何者としてここへやって来たのか、思い出したのである。

「親が馬鹿だと、子どもは苦労しますよ」獅子虎は落ち着いた、しかしドスの利いた声でいった。「息子だろうと、娘だろうと。ねえ？　そうじゃありませんか」

万平太氏はひるんだ。

「こいつも大変な目に遭ったようですわ。よく知りませんがね。なんせ今日会ったばっかりなんだから」そういって獅子虎は、ハッハと笑った。「なんせ母親がどうしようもねえ馬鹿だから」

母親というのは、どんな人だったんだろう。人の目があるのも構わず、新宮さんはそう尋ねたかった。しかしそれはできなかった。なぜなら次の瞬間、獅子虎はソファから滑り落ちるようにして床に正座し、新宮さんに向かって手をついて、

「優樹！　すまねえ。ひどい目に遭わせたな！」

と、頭を床に擦りつけたからである。

前後の脈絡もなく、感情の起伏が激しすぎる獅子虎の言動に、うろたえたのは新宮さんばかりではなかった。久美ちゃんは立ち上がって、新宮さんと一緒に獅子虎を支え起こした。

「いいんです」新宮さんはいった。「いいんです、もう」

「だけどお前、しなくてもいい苦労をしただろうよ」獅子虎は顔を上げていった。

「施設の出だからって、馬鹿にされたり、いじめられたりしたんじゃねえか？　ええ？」

新宮さんは言葉に詰まった。そんなことはないと、あっさりいうことは、どうしてもできなかった。

「まあ、あれだ」久美ちゃんに助けられてソファに座り直しながら、獅子虎はいった。「施設だから、どうしたのこうしたのって、くだらねえ難癖をつける奴は、どうせろくなもんじゃねえだろうけどな」

久美ちゃんはハッとした。手を貸して近づいていた彼女にだけ判るように、獅子

虎はそっとウインクをしたのだ。

「人を出どこで決めつけるなんてなあ、チンピラ以下の奴がやることった。そうでしょご主人」

そういうと獅子虎は、万平太氏をじっと睨んだ。カタギには到底できない、凄味《すごみ》のある目つきだった。

「そうですとも」万平太氏の喉が、虫でも呑んだようにごくりと動いた。「まったく、おっしゃる通りです」

「それを聞いて、ひと安心だ」獅子虎の目から潮が引くように凄味が消えた。「遠くから来た甲斐《かい》がありましたよ」

外はだんだんと夕暮れになっていった。しづさんが立ち上がって、部屋の明かりをつけた。

「もう少ししましたら、お夕食の支度ができますから」しづさんは心なしか明るい声でいった。「お寿司が嫌いでなかったらいいんですけど」

「大変結構」獅子虎の声はもっと朗らかだった。「寿司もピンキリですがね」

「お口に合いますかどうか……」しづさんは微笑んだ。

「ただねえ、野暮な話で申し訳ないんだが」獅子虎は恥ずかしそうに付け加えた。

「私ぁ、海老カニがいけねえんですよ。アレルギーってやつでね。食うと腹ン中がムズムズするんで」
「そうでしたか」しづさんはそれだけいって、久美ちゃんと一緒に台所へ移ってい
った。
「ビールが来るはずです」万平太氏はそういって、ぎこちない笑顔を浮かべた。
「大変結構」獅子虎は満足そうに頷いて、ソファにふんぞり返った。
――こうして勝敗は決した。もし、これが勝ち負けの場であったとすれば。

うるさい大団円

久美ちゃんと新宮さんの結婚式と披露宴の日取りが十二月最初の土曜日と決まってから、僕は当日までずっと、ご機嫌ななめだった。

結婚式を下北沢にある、北沢八幡で執り行うというのは、一向に構わない。

だがなんで披露宴を「フィクショネス」でやるんだよ！

「いちばんふさわしい！」「二人にとって大事な場所」「アクセスも最高」「みんな来やすい」と、久美ちゃんと新宮さんだけでなく、桃子まで店にやって来て、僕に三拝九拝、いやそんな低姿勢なもんじゃない、むしろ膝詰め談判というべき勢いで迫り、こっちがウンというまで決して承知しなかったのである。

午後から貸し切りで三万円（激安だ）というと、桃子が怒ったのには驚いた。

「お金を、取るぅ？」

すったもんだの末、本屋のスペースをタダで貸す、その代わりにご祝儀は出さない、ということに決まった。決まったはずなのに、当日見たら桃子はお金を祝儀袋に包んでいる。「私のお金なんだからいいでしょ」「お店を貸すからってお祝いも出さないなんて信じられない」……憤懣《ふんまん》やるかたないとはこのことである。

僕は店内の整理に忙しく、結婚式には出られなかった。桃子は出た。つまり店の掃除や下準備は全部僕が一人でやった。

あとで聞いたらそれは、つつましくも忘れがたい神前結婚式だったそうである。決して広くない本殿の中で祝詞《のりと》が唱えられ、三々九度が交わされ、新宮さんは神前で緊張のあまり咳《せ》きこみながらも誓いの言葉を述べた。神主から挨拶を促された万平太氏は、型通りの言葉を述べているうちに、なんと泣き出してしまい、桃子や参列した人々を驚かせた。ぼんやりしていたのは獅子虎ただ一人だったそうだ。

式を終えて皆で賽銭箱の前に並んで写真を撮っていた時のこと、土曜日の朝で、たまたま境内にはガール・スカウトの集まりがあった。文金高島田の久美ちゃんを見て、少女たちは遠巻きに微笑んだり耳打ちしあったりしていた。やがて撮影も一段落して、そろそろ着替えようかという時、花嫁花婿は横一列に並んだ空色の制服の少女たちから祝福された。

「せーの。おめでとーござい、ますっ」

久美ちゃんは微笑み、新宮さんは彼女たちに深々と頭を下げたという。

「いいなあ」話を聞いた僕はいった。「俺も見たかったなあ」

「なにいってんの」桃子はいった。「あなたは仕事でしょ」

し、仕事？　理不尽な要求を突き付けたあげく威張りくさっている桃子を睨みながら、僕は心の奥で獅子虎の訪問を受けた万平太氏の気持ちが、少し判るような気さえした。

というのも獅子虎は篠田家訪問の際、すっかり話がついたあとの夕食の席で、自分がどう思われているかも知らず、こいつらが結婚するのは構わないし、まあめでたいことなんだろうが、ひとつ今のうちからいっておきたいことがある、と前置きして、こんな要求をしたらしいのである。

「祝い事に水を差すようで申し訳ありませんがね、私ぁ、親戚づきあいだの係累《けいるい》のよしみだのってえのが、ちっと苦手な方なんで……。これを機会に変な義理ができるの、互いの家にまといつくだのは、できればご免こうむりたいんだが……」

いっそ画龍点睛《がりょうてんせい》というべきあっぱれな図々しさである。これを聞いた篠田万平太氏が、そりゃこっちのセリフだ、こっちがいちばん心配してたのがそれだ！　と思ったであろうことは、想像に難くない。

テーブルの上に平積みにしてあった本をバックヤードに避難させ、テーブルクロスを敷き、本棚は大きなクリーム色の布で隠し、布の上には桃子が徹夜して色紙で作った「Congratulations!」だの「結婚おめでとう！」だのの文字（意味は同じだ）を貼り、花を飾ってクラッカーや紙コップを出し終え、やっとこさひと息ついて白いネクタイを結んでいるところへ、最初に顔を出したのは由良龍臣だった。

「早かったですか」というから、

「早いよ」とやや不機嫌に答えると、由良は、

「やっぱり」と微笑みもせずいった。

「誰もいないうちに、来たかったんです。オサムさんしかいないうちに」

　そういって由良は、持っていた黒い鞄を開き、使いこまれた様子の分厚い手帖を取りだした。

「読んでみてください」由良は手帖を僕に差し出した。「僕が何をしたか、書いてあります」

「由良龍臣が何をしたか」僕は由良を見つめた。それから手帖を開きかけた。

「今じゃなくていいです」由良はちょっと手を伸ばして、僕を制した。「結婚式の日には、ふさわしくありませんから」

「そう」僕はいった。「考えてみると、久美ちゃんのことじゃ、判らないことがけっこうある。中でも由良さんのことは、まるで判らない」

「でしょうね」由良は苦笑した。「自分でも判らないくらいだから」

「丸く収まったから、判らないことなんて、今じゃどうだっていいんだけどね」

「これは自殺ですよ」由良は手帖を指さしていった。「その手帖を人に見せるのは、僕にとっては死ぬのと同じことなんだと思います」

「やめろよ」僕は顔をしかめた。「結婚式の真っ最中だぞ。これから披露宴なんじゃないか」

「だから始まる前に来たんです」由良の無表情は、しかし、どこか穏やかだった。

「花嫁が着る白無垢だって、実は死に装束だっていうじゃありませんか。一回死ぬんです。そのためには、本当に死んじゃいけないんです。……あの時、それが判りました」

「あの時」僕はいった。「それはお前が、カニのパスタを食べた時？」

「そうです」由良は笑った。

　新宮獅子虎を乗せたミラ・ジーノの車内から、僕がかけた電話を受けて、キタノヒロシとピンキーちゃんは即座に行動を開始した。下北沢から千代田線直通の電車に乗って大手町まで行って、由良の会社を探し出し、入口の前で張り込みをしたのだ。

　僕が怪しむ前から、キタノヒロシは由良の様子が妙だなと思っていたらしい。興信所の報告書の件で、久美ちゃんが由良に相談を持ちかけ、由良が彼女と新宮さんの間に入った、という話を僕から聞いた時、キタノはすでに気がついていた。彼は「文学の教室」にもチェスと将棋の集まりにも参加していたから、由良が新宮さんとは面識がないと判っていたのだ。

（ちなみに僕だってその点は判っていて不審に思っていた。由良の意図が読めなかったから黙っていただけだ。僕は久美ちゃんのようなおっちょこちょいではない。念のため記す）

ピンキーが由良を怪しむのに理由など必要なかった。由良龍臣のようなスーツを着た優等な社会人にしてしゅっとした二枚目は、ピンキーちゃんの目には悪徳ビジネスマンにしか映らない。由良が久美ちゃんをそれとなく操って苦しい気持ちにさせようとしていると、ピンキーは直覚し、決めつけた。それが的を射ていたのは単なる結果論だ。

会社を出てきた由良はすぐに二人の姿を見つけて、とっさに反対方向に早歩きをしたらしいが、すぐに追いつかれた。そして、

「さっきぶりだよねー」なんていいながら強引に肩に手を回してきたピンキーちゃんとキタノに両脇を固められ、そのまま電車に乗せられた。

由良が何を考えていたのか、キタノもピンキーも見当がつかなかったし、電車の

中では尋ねなかった。久美ちゃんや僕たちがいる前で白状させようとしていたのだ。だから彼らは下北沢を通過して、篠田家の最寄り駅である梅ヶ丘駅で下り、改札を出たところで、偶然にも僕たちと再会したのだった。

僕と桃子はその近所にある有名なお寿司屋さんにでも行こうと思っていたのだが、男三人が加わったので値の張る食事を断念し、駅前のパスタ屋さんに入った。

だが結局、由良が悪だくみを自白するまで火責め水責めで追い詰めようと思っていたピンキーとキタノ、それに僕の目論見ははずれてしまった。パスタ屋の大きなテーブルについたとたんに桃子が、

「由良さんは一番高いの頼んでいいよ。私がおごる」

といい出したからだ。

「なんでおごるの?」僕は皆を代表して訊いた。

「だって」桃子はいった。「私は久美ちゃんの友だちだもん」

それまでうつむいていた由良が、ゆっくりと顔を上げた。

「私は久美ちゃんを、ずっと幸せにしてあげたかった」桃子は由良と目を合わせた。

「久美ちゃんを幸せにしてくれたのは由良さんだ」

僕もキタノもピンキーも、うっすら口を開いたまま、何もいえなくなった。

「奈良にいた久美ちゃんを、東京に呼んでくれて、仕事も世話してくれて……。そ

れから新宮さんが親のことで悩んでるってなったら、悩みを聞いてあげて、今度はお父さんに会いにまで行ってくれたんだよ。久美ちゃんなんか、せっかく由良さんが紹介してくれた仕事を、ばっくれたっていうのにさ。恩を仇《あだ》で返すっていうけど、由良さんは仇を恩で返したよね」

由良は目を丸く見開いていた。

「それに比べて、私なんかひどいよ」桃子は続けた。「久美ちゃんの友だちとかいっちゃって、久美ちゃんが奈良に行ってから、殆ど連絡もしてなかったもん。ほんとだったら私がやらなきゃいけなかったんだよ、由良さんがやってくれたことって」

桃子は由良の前で、ピザのメニューを広げた。

「由良さん、ありがとう」桃子の口調はきびきびとしていたけれど、その目は光っていた。「一番高くておいしいやつ、選んで。私がおごります。ピザなんかじゃ全然足りないけどね」

長い沈黙があった。

ウエイトレスが来た。

「ご注文はお決まりですか？」

すると由良がいった。

「ウニとタラバガニのトマトクリームパスタと、洋梨のジェラート、それにウィンナ・コーヒーをいただきます」

「図々しいこといってんじゃないよ！」

という ピンキーの声は、しかし空《むな》しく響いた。僕たち男三人の、由良に対する糾弾の意思なんかより、桃子の思いやりある解釈の方が、よっぽど皆の胸に響いたからだ。それと関係があったかどうかは判らないが、僕たちはそれぞれ、自分の財布が許す限り最も高価なメニューを注文した。

由良が久美ちゃんの人生にちょっかいを出すことで何を求めていたのかは、ついに判らずじまいだった。

「一回死ぬべきなんです」由良はもう一度いった。「白無垢になって」

「白無垢を着たら、腹の中まで真っ白になるかな」僕はいった。「そう都合よくはいかないだろ」

由良は暗い顔になって、黙った。

「でもいいさ」僕は由良の手帖をレジの下にしまった。「いいんだよ、ねじけてて。もうすぐみんな来るから、一緒に笑ってなよ」

披露宴、というか結婚パーティにやって来たのが総勢何人だったかは、結局判らずじまいだった。新郎新婦にご両家、僕と桃子とキタノとピンキー、それにトモジ製材所の社員やアルバイト、久美ちゃんの勤めるスーパーマーケットの友だち、そして奈良からやって来た中沢剛のご両親、僕は店の床が抜けやしないかと心配でしょうがなかった。

とはいえ実際には、せいぜい二十人を少し超えるといったところだったろう。だけどそれだって売り場面積が十坪あるかないかの「フィクショネス」にとっては大わらわだった。次から次へと人が来て、ご祝儀は持ってくる記帳もせにゃならん、おまけに仕出しがピザ屋さんからも寿司屋さんからもオードブルのデリバリーサーヴィスからも来て、いちいち現金で立て替えなければならず、その一切を僕が一人でやったのだ。久美ちゃんが持ってきた、小学生の卒業式で使うようなウサギのイラストが表紙のサイン帖にご来賓《らいひん》の名前を書いて貰って、ご祝儀は熨斗《のし》袋のままレジにぎゅうぎゅう詰めにした。獅子虎は終始僕をボブと呼んで、五分に一回トイレの場所を訊いてくるし、入口にちゃんと本日貸切と紙を貼ってあったのに本を買いに来たお客さんには驚かれるし、コップもナプキンも足りないじゃないですかとしづさんには叱られるし、昼から夕方までレジ台の前に立ち続けた僕は結婚式にあるまじき三白眼の仏頂面で喜びの宴《うたげ》を見下していた。

誰の通達だったのか、飲み物は参加者が各自持参ということになっていた。そのためにどいつもこいつも缶ビールをダースで持って来ただけでなく、篠田家はシャンパンを、中沢家は日本酒発祥の地である奈良の地酒をどんがばちょと本屋に運び込んだので、製材所の偉い人が乾杯の挨拶を終える前から披露宴は大酒宴となってしまった。こういうこともあろうかと、あらかじめ平積みの本はバックヤードに退避させ、本棚には厚手の布をかけてはあったが、後日商品を並べ直してみると、岩波文庫も週刊ポストも酒に弱い人なら嗅いだだけで二日酔いになりそうな香りを発していた。ふざけるな、ということを、僕はこの場を借りて声を大にして主張したいわけである。

イベントで使っているベンチや平棚を空けてはあったが、そんなんじゃとても足りないから人々は店の外に出て段差のところや地べたに座って談笑していた。久美ちゃんと桃子が作った式次第なんか最初の二分でどっかに飛んで行ってしまったけれど、友人代表だの職場代表の挨拶はあるにはあった。いうまでもなく僕はそのいちいちを覚えてなんかいない。それにスピーチは喧騒の中にかき消されてしまい、誰もがみんなに向かってではなく、新宮さんと久美ちゃんに直接語りかけるようになった。新郎新婦は涙の乾く暇がなかったようだ。

そのうち「余興」が始まった。酒の回った中沢仁老人はこの日のために習ったという詩吟を披露し、真っ赤な顔で四海波《しずか》にして瑞色《ずいしょく》披《ひら》くとがなり立てて喝采を浴びた。これに勇気を得たらしい腕自慢があっちこっちから現れて、アカペラでシャンソンを歌ったり、地味なコインマジックを始めた。しまいには製材所の男たちがラップで祝辞を述べながらヒップホップダンスをやろうとしたが、満員の本屋では狭すぎてあんまりうまくいかなかったようだ、ざまあみろ。

そのうち苦虫を嚙み潰したような僕のところへも酒杯が回ってきた。シャンパンも舐めたが奈良の酒がうまくてうまくて、レジの鍵を閉めたことだけ確かめると、すっかり気分がよくなってしまった。新宮さんという人を得た久美ちゃんのことが嬉しくてならず、ピンキーやキタノと俺たちいいことしたなあと自画自賛し合ったり半ベソをかいたり、新宮さんが将棋をやると判明して製材所の人たちに驚かれたりしながら、気がつくと心の中には、ありがとうという気持ちが恥ずかしいほどに溢れていた。

ところで僕には悪い癖がある。機嫌のいい時に酒に酔うと出てしまう癖なのだが、この時もやってしまった。ハイハイ皆さんと周囲の人の目を集め、ワタクシもこのめでたい席でご挨拶代わりにひとつ隠し芸をご披露したいと思いますと、立ったまま一席始めてしまったのだ。落語を。

それは新宮さんが久美ちゃんと住んでいる藤沢のアパートからほど近い、遊行寺というお寺にまつわる落語だった。僕はそのお寺を見て以来、この落語をみんなに披露したくてウズウズしていたのだ。もっとも酔っぱらいの素人がやるのだから、落語というより噺《はなし》のあらすじを喋ったようなものだった。

遊行寺というのは時宗の総本山で、このお寺の大僧正が時宗では一番偉いお坊さんである。ほんとかどうかは知らないが落語ではそうなっている。

——ある時この大僧正が高齢となり、次代に位を譲ろうという話になった。しかし修行僧は千人からいて、誰がふさわしいのか判らない。謹厳実直、禁欲無双の人物でなければならない。どうやってこれを定めようかと考えて、ある時に坊主を全員、遊行寺に集めた。

呼ばれた若いお坊さんが控えていると、ちょっとこちらへ、と一人で別室に連れて行かれる。そこには高僧がいて、

「本日はよくいらっしゃいました。実は私の見たところ、まず次の大僧正は、あなた様ではないかと思われます」

「いえそんな、とんでもないことで」

「つきましては、ひとつあなた様の、男子のイチモツを拝見したい」

修行僧というのは滅私脱俗、そういうものを見せるのはなんでもない。若い僧が前を開く。と、高僧はその先っぽに、小さな鈴をつけた。

「結構です。お戻りください」

若い僧は不思議に思いながらも、鈴をつけたまま大広間に戻る。そういうことを、高僧は遊行寺にやってきたすべての若い出家に施した。

やがて大広間に大僧正が現れる。「本日は格別によって、魚類を許す」といって、藤沢の新鮮な魚が供された。酒も出てきた。それればかりでなく、御酌をするために新橋、柳橋の綺麗な芸者衆が何十人も入ってきた。それがひどく薄い、透綾《すきや》の着物を着ている。

普段女色を絶って修行している若い僧は、(これも修行だ修行だ)と思いながらも、どうしたってモジモジしてしまう。そのうち女に肩など触れられたりする。立膝をした女の足がのぞき見える。するってえと鈴が、
ちりーん。

アッこれはいけない!　と思っても後の祭り、思わず前を押さえると、どこか別の席からも、ちりーん。あっちの方からも、ちりーん。

千人のお坊さんがいっせいに、ちりちりちりちりちりちり、ちりりいいん!

「ああなんたることであろう」と、その轟音《ごうおん》を聞いて大僧正は嘆いた。「これぞま

さに末法である。これだけの僧がありながら、修行の甲斐ある者は一人もおらぬのか」

と、その騒ぎを尻目に一人、十九ハタチと思《おぼ》しき僧が、縁側で瞑目《めいもく》し座禅を組んでいる。

「あの人だ！　あれこそ次の大僧正にふさわしい！」

といってその僧を呼び、前を開かせると、鈴がない。

「鈴がありませんな！」

「ええ、鈴はもう、とうに振りきれてしまいました」

酔っぱらった男を中心に、僕の「鈴ふり」という落語は大いに受けた。僕も酒でフラフラしていたが、その爆笑と喝采は覚えている。そのすぐあとに桃子に耳を引っぱられて、披露宴の席であんな下品な話をするなんて信じられない！　と大目玉を喰らったことも覚えている。

なかでも一番腹を抱えていたのは由良龍臣だった。由良は僕の話を聞きながら、奈良の東大寺や法隆寺で見かけた、いかにも徳の高そうな、悟りすましたような僧正たちを思い浮かべていたのだった。彼らの鈴も振りきれたのだろうか。いや、もしかしたら、今もまだ先っちょにぶら下がったままでいるのかもしれない。

由良の手帖は――もちろん披露宴の最中になんか見やしない。ずっと後になって読んだのだが――、梅ヶ丘のパスタ屋さんで桃子に「ありがとう」といわれたところで、終わっている。その最後のページには、こうある。

「これからも私は、不愉快で陰気な人間のままでしょう。何も変わりはしないでしょう。他人に自分の悪意を押しつけ、そ知らぬふりをしながら、腹の中で無意味な苦悩に震えるでしょう。

久美子さんに対しても、私はそのような振る舞いをする、そのような人間でした。ところが桃子さんの指摘した通り、その同じ汚い振る舞いが、結局は久美子さんの幸福につながったのです。

それはまったく、あの『田舎司祭の日記』に書いてあるような体験でした。『主よ、なんとあなただけが奪ふことを知つてをられることでせう！　なぜなら何物もあなたの恐るべき要求を、あなたの恐るべき愛を、逃れることはできないからです。』

私は、あなたの愛がどれほどに恐るべきものかを知りました。あなたの『要求』すら垣間見《かいまみ》たように思います。

私の問いかけにあなたはこれからも答えはしないでしょう。誰の問いかけにも答えはしないのですから。あなたなんかいない、と考えることは、実に簡単です。それでも私はあなたに問いかけます。あなたがいてもいなくても、そんなことはどうでもいい。

ここで泣いたり笑ったり、怒ったり、明日を不安に思ったり、愛に喜びを見出《みいだ》したりしている私たち。中途半端でみっともなく、とんちんかんでおっちょこちょいで、何ひとつ思い通りにならない私たち。

私はそこにしかいないのです。それ以上の何かを求めてあがくつもりは、もはやなくなってしまいました。」

来客の大半は夕日が沈む前に帰っていった。

「次に会ったら」ピンキーちゃんは新宮さんにいった。「絶対に香車を取り返すからな！」

「愛することほど大事なことはありませんね」キタノヒロシは久美ちゃんにいった。「愛させてくれて、ありがとう」

そして二人は店を後にした。

中沢家の老夫婦は、新幹線の時間があるといって、あっさり帰っていった。新宮さんと久美ちゃんの新婚旅行が奈良に決まったと知って、嬉しそうだった。

「どうせなら、ゆっくり東京見物でもなさればいいのに」と僕がいうと、仁さんは、

「いやあ、こら早く帰って、みんなに語って聞かさんといけません」と笑った。

新宮さんは奈良へ行ったら、まず剛さんの墓前に手を合わせたい、といった。

「久美ちゃんにいってくれたようなことを、剛さんは、僕にもいってくれるような気がします」

仁さんと松子さんに、新宮さんはそういったという。

今夜は我が家にお泊りになったら、という万平太氏の申し出を、獅子虎は固辞した。

「こんなバカ騒ぎを、ずっと商売にしてたもんでね」獅子虎はいった。「たまには一人でゆっくり過ごしたいですよ」

何年ものあいだ、一人でゆっくり過ごし続けていることは、忘れてしまったらしい。僕が呼んだタクシーに乗りこむ直前、獅子虎は新宮さんに、

「困ったことがあったら、いつでも俺んとこへ来い」といった。「だけど、なれなれしいのは御免こうむる」

あらかじめ高島平までのタクシー代を払ってあげた新宮さんに、そりゃあんまりな言いぐさだと思ったけれど、新宮さんは真面目に頷いていた。

しづさんは最後の最後になって、大粒の涙をこぼした。

「久美ちゃん、よかったね」しづさんは絞り出すようにいった。「新宮さん、よろしくお願いします」

万平太氏は赤い顔をして、久美ちゃんを見ていた。

「これで良かったんだな」万平太氏は二人にいった。「良かったんだな？」

「うん」久美ちゃんは微笑んだ。「お父さんは？」

「お父さんは娘が幸せなら、それでいい」万平太氏はいった。「お父さん、ってのは、そういうもんだ。——まあ、たいがいはな」

篠田夫妻は並んで帰った。

久美ちゃんと新宮さんは最後まで残って、後片付けを手伝ってくれた。余ったピザをひとまとめにして、二人に持って帰って貰い、飲み残しの酒を流しに捨てた。まったくエコロジーの観点からいえば、パーティなんかやらない方がいい。僕がレジから祝儀袋のかたまりを出して新宮さんに渡すと、全部しわくちゃになったといって、桃子はまた僕を叱った。

絞った雑巾を流しのへりにかけて乾かし、僕と新宮さんが握手を、桃子と久美ちゃんがハグをして、二人も帰った。

「終わっちゃったねえ」

誰もいなくなった店の椅子に腰かけて、桃子がぼんやりといった。

「いろいろあったけど、終わってみるとあっけないね」

「あっけなくたっていいじゃないか」僕はいった。「あんずに花が着いたんだから」

「何あんずって」桃子が、ちょっと笑った。「酔っぱらったね、あんた」

「あんずに花が着いたんだよ」確かに僕は酔っていたけど、デタラメを口走っていたわけじゃなかった。「そういう詩があるんだよ。室生犀星の、地味な詩があるんだ。

あんずよ
花着け
地ぞ早やに輝やけ
あんずよ花着け
あんずよ燃えよ
ああ　あんずよ花着け

……これって俺たちが、ずっと願ってたことだろ。久美ちゃん、いつまでも悲しいところに一人でいることないよ。地味でもいいから燃えてくれ。花を着けてくれって……。いろいろ大変だったけど、花が着いた。あのぽんこつの花が」

「ぽんこつは久美ちゃんだけじゃないよ」桃子も少し飲んでいた。「新宮さんだって……誰だって……」

「そうだな」僕は笑った。

「久美ちゃんのお父さんは偏見の塊だし、獅子虎さんは王様気取り。……由良さんは正体不明、意味不明」

「キタノヒロシはロリコンだし、ピンキーちゃんはアウトロー、そして桃子はお人好し」

「そういうあなたは、徹底的に役立たず」

「なんだとぉ」

僕の抗議を、桃子は大きなあくびで吹き飛ばした。

「だけどみんな、久美ちゃんを幸せにできた」桃子はいった。「人を幸せにできれば、あとのことはどうだっていい。そうやって生きようよ」

桃子の言葉に、僕は胸を打たれた。

だけどできればこういういいことは、僕がいったことにしたかったものである。

燃えよ、あんず　終わり

タクシーが夜中の高島平に着いたとき、物語は終わった。

すべては丸く収まった。これからは、地味で平凡で取るに足りない、しあわせな日々が待っているだろう。

誰一人として、それ以外の何も求めていない。

だから、誰一人として彼を知らない。

今、アパートで機嫌よく鼻歌を歌いながら、スーツのまま湿っぽい万年床に大の字になっている、老いた男、当の本人さえ、すっかり忘れていた。自分が何者で、どんなに孤独で、どれほどのことを成し遂げたのかを。

老境のエスカミーリョ

世界は彼を忌み嫌い、彼も世界を呪っていた。世界は彼にすべてを与えてくれるように見えたのに、彼は何ひとつ手に入れることができなかったから。

人間は誰もが無垢で生まれる。無垢とは、与えられたものをただ受け取るしかできない、ということであり、その受け取ったもので、人は世界を知るほかない。彼が無垢であった頃、世界はすべて美しく、どんな願いもかなえてくれる場所にしか見えなかった。彼に向かって微笑みをしか見せていなかった世界は、いつからか彼を裏切り始め、それ以後はすべてが裏切りだった。世界は彼の望んだものをひとつも与えず、彼の求めるようには彼を遇しなかった。そしてそう思っているのは世界でただ一人、彼のみだった。彼以外の誰にも、彼の受けた仕打ちが世界の裏切りには見えなかった。それはただの、自業自得だった。

今や彼は老いていた。ひどく老いて貧しく、孤独で、おまけに何がなんだか、よく判らなくなっていた。ご飯を食べたか食べないか、このシャツを着たか着ないか、木曜日の次は何曜日か、自分が今いるここは、この呪うべき世界のどの辺にあるのか。よほどじっくり考えなければ、見当がつかなくなっていた。ただしじっくり考えさえすれば、見当くらいはついた。世界が彼をいびり殺そうとしているのだけは、間違いようのない事実だった。

どうやら世界は、すでに彼からすっかり搾り取ってしまったようだった。持っていたものを身ぐるみ剝がして、このよく判らない小便臭い畳の上に、世界は彼を放り出し、どっかへ行ってしまったのだ。もはや世界にとって彼は用済みなのだろう。

そう思うと彼の中に、熱い熾《おき》のような怒りが湧き上がってくる。するとその怒りを待ってましたとばかりに喝采し、声援を送り、激怒する彼を歓迎する群衆の声が、いつも決まって彼の中に聞こえてくるのだ。美しく賑やかで、気が遠くなるほど懐かしい、あの**レボシ！　レボシ！**という声が。

そう、無垢だった頃の彼には、すべてが与えられていたのだ。広い家に広い庭。戦争中の記憶に惨めなものはひとつもなく、そもそも戦争中というにふさわしい記憶といえば、空襲警報が鳴るたびに、それが夜であれ昼であれ、膝に乗せてくれた母親の、ささやくような子守唄くらいなものだった。食べ物には困らなかったし着るものには頓着しなかった。そして住まいは広かった。それが信州上伊那《かみいな》の、畜産で成功した母方の親戚の旧宅であったことは、のちに知った。

　父親は戦争に行っている、と聞かされていた。戦争が終わってしばらくして、それが必ずしも嘘ではなかったことを知った。父親は満州で映画を作っていたのだ。文学青年くずれだった父親は日活の多摩川撮影所で時代劇の脚本を書いていた。それから満州に渡って満州映画協会でしばらく李香蘭の映画台本など書いていたようだが、そこで出会った興行師と共に満映を退社し、大連でしばらくダンスホールのマネージャーをやっていたらしい。終戦後二年して帰国した父親は、他の帰還兵たちがぼろぼろの兵隊服にからの水筒をぶら下げシラミだらけだというのに、埃まみれとはいえツイードの背広にインバネスコートをまとって、頭には鳥打帽までかぶっていた。

「獅子虎か。大きくなったな！」

　にこやかに自分を抱きかかえるその父親は彼にとって見知らぬ大人だった。しかしよその父親に較べて見栄えが良かったので誇らしかった。しかもその父親は、母と彼を連れて「東京に戻る」という。「お前も東京で生まれたんだよ」と教えられたが、彼は憶えていなかった。

　電車の線路とお寺の墓地に挟まれた路地ぞいの一軒家に引っ越した時は、子供心にこんな狭苦しい家には住みたくないと思ったものだ。玄関は小さくて格子戸はがたがたするし、台所で食事をしなければならず、客間は十畳しかない。おまけに二階には貧相な知らないおじさんが住んでいて、上がってはいけないといわれていた。上伊那の草原に囲まれた家とは大違いだ。

だが、間もなく周囲の家はもっともっと小さい、掘っ立て小屋ばかりなのに気がついた。新しく通い始めた小学校の同級生たちの中で、彼の家が一番立派だった。家が立派で幼い頃からしっかり食べていたので発育もよく、喧嘩となれば上級生でも大外刈りで校庭に叩きつけることができた。彼はたちまち学校の「大将」になった。

家を出て線路を渡ると道路があり、果てしなく高いフェンスが延びている。その向こうはアメリカ兵の街だった。木立の向こうに芝生が広がり、白い家が並んでいた。背の高い、白い兵隊とその家族が見えることもあった。勝手口の外で七輪にサンマをのせて焼いているこちらの人間と、それはあまりにも隔絶していたので、羨ましいとも思わなかった。ただ日本はだらしがない、三等国だと思うばかりだった。三等国というのは父親の口癖だった。どんな才覚があったのか、またどんな人間と大陸で知り合っていたのか、父親は東京に戻ってすぐに赤坂にアメリカ料理店を開いた。ハンバーガーやエッグベネディクトといった、高級で夢のように贅沢なメニューを出す店は珍しく、占領軍人や外務官僚が客につき、店はたちまち繁盛した。満映時代の知り合いが映画俳優を連れてくるようにもなった。店は赤坂の社交場として知られるようになった。

父親の成功が息子である彼の生活も華やかにした。白い犬を飼い、朝食にパンと目玉焼きと焼いたベーコンを食べた。やがて洋間がある近所の二階家に引っ越した。前の家の二階にいた貧相なおじさんは、いつの間にかいなくなっていた。新しい家の洋間には、アメリカ製の大きなレコードプレーヤーとラジオが据えられた。銀座でハリウッドの映画を観《み》た。モーリン・オハラやキャサリン・ヘップバーンの映画を観てしまうと、日本の女優などいかにも垢抜けない、みっともないスタイルだった。

それこそ父親が彼に教育したかったことだった。日本は三等国だ。くだらない奴ほど威張り腐っている。それをまた庶民が持ち上げる。あげくの果てが戦争だ。こんな国は話にならない。これからの日本人はもっとアメリカを見習わなきゃならん。獅子虎ももっと西洋の文化的生活に触れて、肉を食え。そのうちベッドも買ってやる。ベッドに寝てシャワーを浴びて肉を食う生活を百年くらい続ければ、日本も少しはましな国になるかもしれない。俺たちの目の黒いうちはとても無理だろうがな。

父親はアメリカばかりを崇拝しているのではなかった。文学青年時代の教養の残《ざん》滓《し》でもあったのだろうが、父親はアメリカのさらに上位にヨーロッパを置いているらしかった。露骨なヒエラルキーがそこにはあった。たとえば、日本の流行歌はジャズに及びもつかないが、ジャズの上にはシャンソンがあり、カンツォーネがあるらしかった。そしてそれらすべての上に、オペラがあるのだった。彼は父親に連れられて、上野で『リゴレット』というイタリアのオペラを観せられた。話はさっぱり判らなかったが（それは父親も同様だったらしい）、音楽の迫力と舞台の壮麗さには目を見張った。

それから間もなく、彼はお茶の水の少年合唱団に入れられた。歌などまともに歌ったことはなかったが、いわれた通りにやってみると、音程をはずすこともなく、張りのある声を腹から出すことができた。体格のいい彼は合唱団に混ざっていてもよく目立った。

それが彼の人生における最初の、そして最大のスポットライトに結びついた。日本の歌劇団が『カルメン』を、全編原語で上演することになり、子どもの群衆を彼のいる少年合唱団が担当することになったのだ。百人の団員から十五人が選ばれた。彼はほかの十四人と共に、フランス語の歌詞にカタカナを振った楽譜を与えられ、意味も判らず丸暗記した。

子どもたちは開幕冒頭と終幕のクライマックスに登場する。この大がかりなオペラの中でも、とりわけ派手で目立つところに立つんだと、彼は子供心に興奮した。稽古場ですでに緊張し歩き方すら忘れてしまう他の子どもたちを尻目に、彼は嬉々《きき》として歌いながら芝居をした。

第一幕で子どもたちは兵隊の行進を真似て登場する。セヴィリアの兵士たちが衛兵を交代する、その前を歩くのだ。舞台袖でトランペットが鳴るのをきっかけに、下手奥から一列に並んで舞台に出る。厚紙を折った兜《かぶと》に麻の上着、わざと汚した木綿の半ズボン、裸足《はだし》に大きめの靴を履き、軍旗のつもりで木の棒を持って、

あべくら、がるで、もんたんて、
ぬさ、りぼん、ぬ、ぼあら、
そーんね、とろんぺて、えくらたんて、
たーらら、たら、ら……。

胸を張って！　足を高く上げて！　大きな声で歌うのは、彼にとって恥ずかしくもなんともなく、むしろ気持ちのせいせいする喜びだった。指揮者に褒められ大人の歌手に頭を撫でられ、合唱の先生は彼にこっそり、休憩中に他の子どもたちを指導してほしいと頼んできた。

「だけど、あんまり厳しくしたら駄目だよ。みんなが新宮君みたいにできるわけじゃないんだから」――彼は今でもこの言葉を忘れていない。

稽古場では誰も彼もが意味の判らない言葉で歌っていて、自分の出演するオペラがどんな話なのか、よく判らなかった。ほかの子どもたち同様、彼もそれで別に構わず、自分らの歌う文句のおかしさにくすくす笑っているばかりだった。

やがて渋谷の劇場で土日の二日間、昼夜四回公演が行われ、頭に血ののぼる陶酔と興奮の中でいっぱし舞台人にでもなった気分で過ごした。ああ面白かったと満足し、その翌週から変声期が始まって、合唱団を退団し、次第にオペラともクラシック音楽とも縁遠くなって、何十年もの年月が経った後、ふと幼い頃の脚光を思い出し、彼は四枚組LPレコードのボックスセットに付いていた対訳を読み、ようやく『カルメン』がどういう物語なのかを（きちんと）知った。それまでは世間並みに、カルメンというい女がいて、ドン・ホセをソデにしたので殺される、くらいのことしか知らないでいたのだ。

改めてオペラをレコードで聴きながら話の筋を知ったのは、中年から初老に差し掛かろうとしていたその頃の彼にとって、一種特別な経験だった。それは幼時の栄光の記憶を呼び覚ましただけでなく、自分もスポットライトを浴びながら、舞台上でくるくると展開される大人たちの大仰で意味不明の芝居を観ている時に感じた高揚に、意味を与えることにもなった。彼の出た舞台で、カルメンは魅力のどこにもない太ったおばさんだったし、ドン・ホセはやたらと両腕を一緒に動かすだけの大根役者だった。彼はそんな二人の情熱的な悲恋など見ていなかった。彼の目にきらきらと輝いていたのは、カルメンがホセを捨てて顧みないほど夢中になった、あの闘牛士エスカミーリョだったのだ。

許婚《いいなずけ》も捨て母も捨て、脱走兵になってカルメンのために犯罪者の仲間になる、くそ真面目な兵隊ドン・ホセなんて男の話は、彼にはどうだってよかった。少年合唱団の頃の彼にとって、すでにどうでもよかったし、成人したっぷりと女を知った彼から見れば、ホセがカルメンにうとまれるのは当たり前だった。罪を見逃してくれる男、自分という女のためにほかの女を捨てる男、自分についてくる男、そんな男に女はなびかない。女は――鳥と同じだ――綺麗な男になびくのだ。金モールのエンブレムや房飾り、でっかい帽子に派手なマント、黄色い半ズボンに赤いタイツの伊達《だて》男が、いい女をかっさらっていくものなのだ。

それを彼は、あの頃すでに、よく判っていた。彼は小学五年か六年生の自分に、我ながら感心した。誰がなんといおうと、男は見てくれの良さで決まるという事実に、彼はあの舞台の上で気づいたのである。エスカミーリョの風采の良さ、そり返るほど伸びた背筋、高価そうなファッション、人を寄せ付けぬ威厳と勢い、洒落た笑顔の闘牛士、カルメンに惚れ、カルメンも惚れた陽気な男。大事なのはそれだけだ。エスカミーリョがどんな性格か、最終学歴は、年収は、出身は。そんなことは誰も知らないし、誰にとってもどうでもいい。

ひとつだけはっきりしていることがある。その現場にはエスカミーリョもいた。あの男は刺し殺されたカルメンを見て驚きはしたが、決して悲しんだり嘆いたりはしなかった。愛した女性が殺されて絶望するような男ではないのだ。エスカミーリョにとってカルメンなど、街で見かけたタバコ工場の雇われ女にすぎない。雇われ女だからさげすんでいるのではなく、女に執着などしないのだ。幕が下りてもエスカミーリョは、金ぴかの服に身を包み、人気者の闘牛士として躊躇なく牛を殺しながら、別の女からまた別の女へと遊び歩いて暮らすだろう。それが男だ。男の意気というものだ。

彼がそのことに気がついたのは、人生の後半だった。少年合唱団から軽く三十年は経過していた。しかし気がついてはいなかったのに、彼はエスカミーリョのようにそれまでを生きていた。その頃の彼には大きな家も立派な真空管ステレオもあったので、応接間を占拠してブランデーを飲みながらLPを聴いていると、まさに自分こそエスカミーリョだったのだと思い返されて、人生に深い満足を覚えたものだった。

変声期を過ぎて合唱団もオペラも幼稚な子どもの遊びだったと半ば忘れてしまった彼は、中学で酒の味を、高校で煙草を覚えた。

やがて、もはや戦後ではないといわれるようになった。焼け跡も傷痍《しょうい》軍人も少しずつ姿を消していった。父親は世田谷の成城に家を買い、六本木に支店を出した。高校を卒業した彼は、最初から進学するつもりはなかった。父親の店を継ぐために、一刻も早く仕事を覚えたかった。学校では一度も見せたことのない真面目さ、勤勉さだった。給仕の手際よさも便所掃除の丁寧さも評判がよかった。彼は父の店が大好きだった。働けば働くほど金も入り、周囲からの評価も高まり、地位の高い人や有名な人たちに顔を覚えて貰える。野球選手と写真を撮り、横綱から手形を貰った。

順風満帆とは思っていなかった。順風満帆しか知らなかったのだから。東京オリンピックの年、彼は二十四歳で六本木店の店長になった。赤坂の本店がいつまでも偉いさんの集まる洋風料亭であるのに満足しなかった彼は、入口を広げ、店内にプレスリーやバディ・ホリーを流し、六本木族と呼ばれる二十代の男女を引き寄せた。彼らは金もあり暇もあり、新時代を前に何をどうすればいいか見当もつかないでいるのを、人に知られたくないために不良を気取っている連中だった。彼はそんな陽気で臆病な連中のために「自由の国」を演出した。壁にジェームズ・ディーンのポスターを貼り、従業員にパンタロンやケネディ・カットを勧め、自分はキャデラックのデビルクーペを買い、宣伝代わりに店の前の路上へ駐車しっぱなしにした。仕事にも遊びにも好都合なように、手ごろなマンションを広尾に借り、女の子を連れ込んだ。

自分の店が不良のたまり場のようになったのを父親は喜ばなかった。本店より儲かっているし、何がいけないんだと彼は反発した。

バーボンのハイボールやカクテル、ビール。ハーフパウンドのステーキに山盛りのマッシュドポテト。泥酔した不動産王から釣りはいらんと十万の札束を渡され、遊び相手だった女が銀幕デビューを果たし、ウィルソン・ピケットと同じ真っ赤なツーピースを誂《あつら》えた。

大阪万博の年に母親が脳溢血《のういっけつ》で亡くなった。仕事一辺倒の父親に見離され、がらんとした家の中で一人取り残されていた母を思って彼は泣き、父親の冷たさを憎んだ。川崎に妾宅《しょうたく》があるのも判った。仕事の必要のほかには父の顔も見たくなくなった。それでいて自分は女遊びをやめなかった。いい加減に身を固めたらどうだといってきた父親を怒鳴りつけた。

もしかしたらその辺りから、世界は彼を突き放し始めていたのかもしれない。一九七〇年代の中ごろには、六本木族という言葉も死語になり、店の周囲には雑居ビルが立ち並んで、六本木全体がどことなく、かつての朗らかさを失っていくようだった。それでもかつての常連客たちが出世して、後輩や部下を連れて来てくれるので、経営に問題はなく、彼は自分を取り巻く世界の裏切りに気がつかなかった。

彼が気がついたのはただ、アメリカン・ポップスが妙に薄っぺらなものか、さもなければ毒々しいものになってしまったということだけだった。彼は客からどんなにリクエストされ、今はコレなんだからといわれても、T・レックスやディープ・パープルみたいなハード・ロックを店に流す気にはなれなかった。彼はロックが嫌いだった。それは騒々しいやけくその音楽、洗練のかけらもない、音楽の名に値しない音楽だった。彼は戦勝国であるアメリカが好きなのに、今やアメリカは敗戦国だった。ベトナムなどという、テレビで見る限りでは貧しさの極限のような、沼だらけの小国に、あのアメリカが敗《ま》けたのだった。そんな戦争をしたアメリカが彼には許せなかった。ロックは敗残者の音楽だった。

といって昔ながらのポップスに、見るべき新しいものも見当たらなかった。ギルバート・オサリバンだのカーペンターズだの、声に張りのない歌手が流行《はや》っていた。しょうがないのでBGMにはフンパーディンクやトム・ジョーンズ（このウェールズ出身の歌手をはじめ、彼らの多くはイギリス出身だが、獅子虎はその全員をアメリカ人だと思い込んでいた）の、やや精彩を欠いた新譜をかけていた。次第に彼の店は懐《なつ》メロの店、時代遅れの店と思われるようになった。

常連客の一人だったテレビ局の重役が、フランク・シナトラのショーを見にラスヴェガスへ行かないかと誘ってきた。ホテルも予約してあるし通訳もつくという。彼は喜んで誘いに応じた。一九七八年、ジミー・カーターが大統領になって二年目の夏だった。

アメリカ人を前にして内心はおどおどしていた彼も、ホテルのエレヴェーターで見知らぬ旅客がにこやかに挨拶してくるのに、ハローとかグッドイブニングとか返事をしていると、少しずつ気が大きくなっていった。アメリカは三度目だと自慢している重役や、英語に堪能な同行者たちが、彼を若干足手まといに感じているらしいのも察せられた。彼もまた一人で自由にあちこち見てみたいという気分にもなった。彼は通訳を雇って現地のレストランを一日かけて見て回りたいと重役にいった。重役の通訳が手配してくれたのは、UCLAに留学中の日本人女性だった。

ミリィと呼んでくださいと、英語に聞こえる日本語で挨拶してきたその大学生は、結局それから二年間、彼に自分をミリィと呼ばせ続けた。坂本《さかもと》みよ子という本名が、日本的で古風で大嫌いだったのだ。初めて会ったその時、ミリィは三、四人の悪魔が描かれた趣味の悪いTシャツにジーンズのホットパンツ、素足にピンクの安い靴を履き、おまけに顔全体が隠れるくらい巨大なサングラスを低くて丸い鼻にかろうじて引っかけていた。彼は膨れ上がった興奮を抑え、素知らぬ顔でまずその女にホテルのロビーで車を借りさせ、評判のレストランまで運転させた。サンタモニカのシーフードレストランに着いた頃には、もう現地視察などどうでもよくなっていた。

ガイドブックに紹介され、映画スターもよく来るという評判に呑まれることなく、雑な味付けや床の汚さを平然と批判する彼の態度に、ミリィはうっとりした表情を見せた。サングラスを取ると二十一という年齢よりも幼く見えた。

新聞記者になりたくて、新潟から出てきて国際政治学を学んでいるが、こっちに来たら楽しくて勉強どころじゃないんですと笑った。

ダウンタウンには恐くて行かれないというので、ハリウッドからビバリーヒルズを通ってウエストサイドに戻った。その間に彼は四軒のレストランを回り、二軒のカフェでコーヒーを飲んだ。ミリィは彼の健啖家《けんたんか》ぶりを楽しそうに眺めていた。よく食べる男の人は頼もしいから好き、というようなことまでいった。

ホテルに車を返して、ミリィの仕事は終わった。飲まないかと彼が誘うと、少しだけためらう素振りを見せてから、女は付いてきた。ホテルのバーでは重役たちがすでに集まっていた。ミリィを紹介すると、彼らはにやにやと気まずそうな表情で互いの顔を見始めた。仲間の一人がこっそり彼に耳打ちして、実はこれからストリップを見に行くことになったんだけどね、といった。彼は噴き出し、ミリィに向かって真顔で、彼らはこれから食事をしながら会議をするそうだ、といってごまかした。

二人きりになってカクテルを何杯も呑み、夜は涼しく、ミリィはアパートメントからここまで自分の廃車寸前のクライスラーで来ていて、こんなに飲んでいてはさすがに運転できないと呟いた。彼は部屋に誘った。

翌朝はラスヴェガス行きの飛行機に乗らなければならなかった。こんなところで、こんな小娘と、こんなに短い間に恋をするとは予想もしなかった。いつまで大学にいるんだと彼は尋ねた。来年の夏までとミリィは答えた。卒業したら新潟に帰るのか。判らない。俺の店に来い。彼はいった。ミリィは頷いて、彼にキスをした。

その夜、ラスヴェガスのシナトラは、「夜のストレンジャー」を歌った。見知らぬ者同士が、夜の寂しさの中で愛し合う。それが永遠の愛になっていく。そんな歌だった。英語を解さない彼にその歌は、じかに語りかけていた。それはその時、シナトラが直接、彼一人だけのために、その場で歌ってくれた歌だった。ショーのあと、彼は重役たちの酒に付き合い、部屋に戻ると見せかけて、夜半過ぎまでラスヴェガスの街をあてどなく歩き回った。

帰国して彼はシナトラのLPをかけ続けた。生まれて初めて、女に手紙を書いた。ミリィから返事が来た。クリスマス休暇には帰国するつもりだと書いてあった。

　日本では決して売っていないだろう派手なピンクのコートを身にまとってミリィは店にやって来た。彼はアンディ・ウイリアムズを途中で止めてLPを入れ替え、「夜のストレンジャー」をかけさせた。ミリィが新潟へ帰るまでの二日間と、戻ってから再び渡米するまでの二日間、二人は離れなかった。大柄な三十八歳の男と小柄な二十一の女は、しかし親子に間違われることはなかった。どこにいても手をつなぎ、べたべた身体をくっつき合わせて歩き、交差点の真ん中でさえ口づけして憚《はばか》らなかったのだから。アメリカに戻らなくてもいいといい出したミリィに彼は、あと少しの辛抱だろ、卒業はした方がいいと、大人びた忠告をした。UCLAの卒業式があるという六月までに、綺麗に清算しておくべき女関係がいくつかあったのである。

　——今ほど頭の中がしっちゃかめっちゃかになる前に、彼はこの頃のことを思い返して、あれが我が人生最良の時だったのだ、などとは思わなかった。ミリィと出会い、坂本みよ子と結婚したのは、すでにして世界が彼に仕向けた底意地の悪い裏切りの一部だったのだ。小さい身体から伸びた脚と丸い尻、触り心地のいい胸と愛嬌のある童顔に有頂天になったオレが馬鹿だった。あんな女と一緒になんかならなければ、こうまでひどい目に遭うことはなかったんだよ。畜生めが。

二十二歳のミリィと結婚した時、三十九歳の彼は何も考えていなかった。結婚してどうするのか。結婚すると、なんなのか。若くて頭のいい美人と一緒に暮らせば楽しかろうと、なんとなく思っただけだった。ハワイに新婚旅行に行って戻ってくると、彼はすぐ店に出た。自分が働いているあいだ、ミリィが何をすればいいか、どんなことをしていてほしいかなど、考えもしなかった。今までと同じ広尾に部屋数の多いマンションを借り、家政婦を雇って家事をすっかり任せた。ミリィにはやることがなかった。また何かをしようという気にもならなかった。金と大きな家とアメリカ車があるのだから、自分から何かを手に入れる必要は全然ないのだった。

初めの半年ほどは、それでも面白おかしく過ごすことができた。二人の起床は正午過ぎだった。しばしば前夜の酒を残したままぼんやりとした後、そろそろ日も暮れかかる頃になって彼は出勤した。店が賑やかになるとミリィもやって来て、来店してきた知人や有名人と気さくに話しながら明け方まで酒を飲んだりポーカーをした。それで終わってしまうような一日が、来る日も来る日も続いた。そんな日々は、帳簿係がいなくなるまで続いた。

ミリィが家事を家政婦に任せているように、彼もレストランの仕込みは料理人に、レジ締めは従業員に任せ、自分は「接客」と「統率」に徹した。彼は客には見せない目つきで店の者たちを睨み、ドスの利いた声で叱りつけ、作ったばかりの料理を捨てさせた。よその飲食店よりも高い給料を支払って食わせてやっている部下たちを威圧する以外、自分をリーダーとして誇示する何物も彼は持ち合わせていなかった。

一九八〇年になっても店は一九七〇年とさして代わり映えしなかった。それは知らず知らずのうちに店がさらにいっそう古臭く、汚く、流行遅れになっていったというのと同じだった。メニューに工夫も凝らさず、ただ値段だけを上げていった。腕のいい料理人や品のあるウエイターから順番に辞めていき、もはや安価でありきたりな食い物としか思われなくなっていたハンバーガーにもったいをつけ、千七百円で出し続けた。

客は減り続けた。華やかさも失われた。かつての常連客も、古い芸能人はみすぼらしくなり、野球選手は野球をやめてどこかへ消えていった。新しい連中は新しい店に通った。古風な店と思ってためしにやって来る客も、メニューのつまらなさと雰囲気の暗さ、それと店内にうっすらと漂う麝香《じゃこう》じみた匂い——店長である彼の香水だった——にうんざりして、再度訪れることはまずなかった。

父親が引退を決めて赤坂の店を閉めると、六本木の彼の店はいっそう客を減らした。父の店の常連客が、父のさりげない宣伝、というより懇願に同情して、金を落としていたのに、彼は気がついていなかった。彼は気まぐれ同然に働こうと思い立ち、サラリーマン相手にランチを始めてみたが、早起きしなければならないわりには売り上げが伸びず、昼飯を食いにやって来る連中はいかにも低俗なセールスマンや無気力な事務員ばかりで、あんな連中に常連ヅラされては店の品格が落ちると腹を立て、二か月でやめてしまった。

彼とミリィが結婚して七か月が経った頃、帳簿をつけていた男が不意に来なくなった。調べてみると店の預金も金庫の現金も大半が失われていた。自宅の電話はつながらず、履歴書にあった住所からもとうに引っ越していた。警察に通報した。数週間後に、帳簿係は店から姿を消したその日のうちに海外へ逃亡したことが明らかになった。

ダムの決壊のようだった。自分のことは棚に上げ、従業員たちを一人一人呼びつけて罵倒した彼に向かって、コックやウエイターは怒鳴り返し、エプロンを床に叩きつけて店を出て行った。ほかのウエイターが羽交い締めにしなければ、本当に彼を殴ったかもしれない従業員もいた。

負けてたまるか。彼は辞めたい奴を片っ端から辞めさせ、表向きは何事もなかったかのように営業を続けた。人員不足を補うために、彼は店を手伝えそうな友人知人に片っ端から声をかけた。妻であるミリィはその筆頭だった。

暇を持て余していたミリィは遊びに出掛けるような気分で店に立った。そしてその翌日から、亭主がどんなに恐い顔をして命令し、怒鳴り、泣きつきさえしても、二度と店を手伝うことはなかった。

なんだこの女は？　危機的状況にある店を、ほんの数日、さして重要でも複雑でもない作業をして助けてくれればいいだけの話なのに、ミリィは居間のソファから頑として動かず、こんな時ばっかり頼りにしやがってとか、あたしを何だと思ってるんだとか、亭主である彼には半分以上意味不明の怒りで反撃してきた。彼は同じくらい腹を立てて家を出るのが常だった。

ミリィは見てしまったのだ。店に来た客の多くが、何事があったんだと出された皿から目を上げて思わずあたりを見渡しているのを。ミリィは人の目の届かない所でそっと料理を味見した。味つけは雑だし盛り付けもひどかった。しかもその料理は――大して混雑しているわけでもないのに――、注文を受けてから半時間も経ってようやく客に届けられていた。

たった一日でミリィには判ってしまったに違いない。この店だけでなく、結婚してしまった彼という男も、たくましく頼りになりそうに見えるのは声と柄が大きくて眉毛が濃いからにすぎず、本当は体裁を取り繕っているだけで、仕事も運勢も、下り坂を転げ落ちている真っ最中なのだということが。彼が店に新しい学生や転職者を従業員として頭数だけは揃え終えた頃には、ミリィは彼への失望と軽蔑を隠そうともしなくなっていた。六本木には出かけていくものの店には滅多に寄り付かず、高級ブティックの新作発表会やディスコ、外国人の集まるバーやライブハウスで、結婚指輪を外して遊び呆《ほう》けた。彼はそんなミリィを怒鳴りつけたが、それは主として請求書が届いた時だった。彼もぼちぼち女と遊び始めていて、仕事もしっちゃかめっちゃかだったので、やがて言い争いにエネルギーを費やすのがつまらなくなり、家の中は冷えた。結婚して一年が経った頃には、お互いの存在はただ、自分の求めているものは一体なんだったんだと、無言で絶え間なく問いかけてくる、煩わしい邪魔者でしかなくなった。

ある六月の爽やかな月曜の朝、ミリィは彼が一人で朝食をとっているところへふらりと起きてきた。昼まで寝ていることの多いミリィには珍しいことだったが、彼の朝食も殆ど午前十一時に近かったから、まったくないことでもなかった。彼は妻をちらりと見て声もかけなかった。どうせ妻も黙っているだろう、オレがいると判れば寝室に戻ってしまうに違いないと思っていた。ところがその日のミリィはどこか明るく、乾いた声で話しかけてきた。

「お腹すいちゃった」ミリィはいった。「何か作ってくれない？　昔みたいに」

一年前を「昔」というなら、確かに結婚前や新婚の頃に、彼はプロの腕を見せてやるといって、旨《うま》くて食べやすいスクランブルドエッグやハッシュドブラウンポテトを作ったものだった。

「忙しい」彼は答えた。「あと十分で出なきゃ遅刻だ。人に会う」

「そう」

ミリィはそれだけいった。彼のぶっきらぼうな拒否に苛立つような、いつもの調子はなかった。そっけなく冷たいだけだった。ミリィは冷蔵庫からサンドウィッチとコーヒー牛乳を取り出して、寝室に消えていった。彼は朝食を済ませ、立ち上がって家を出た。実際に人と会う予定があり（誰と会ったかは忘れたが、情事ではなく商用だったはずだ）、そのあと店に出て、例によって夜半過ぎに酩酊して帰宅すると、ミリィのいる気配がなかった。酔って疲れていた彼は妻を探そうともせず――彼よりも遅く、夜明け過ぎに帰宅することもしばしばだったこともあり――、着替えもせずベッドに倒れ込むと、そのまま大の字になって寝てしまった。

翌朝、彼は険しい表情の家政婦に揺り起こされた。

「奥様は出て行かれました」

家政婦は彼が目を開けたとたんにそう告げた。ミリィは前日の夕方、以前からちょくちょくやって来ていたヨガ教師の男性が運転する車に荷物を詰め込み、マンションのエントランスまで荷物運びを手伝わせた家政婦に、もう帰らないといって、助手席の窓から手を振って消えたという。

調べてみるとミリィの洋服ダンスやクローゼットはもぬけの殻、宝飾品もまとまった現金も、預金通帳のひとつもなくなっていた。

彼は腹を立てなかった。焦りもしなかった。それどころか一種のすがすがしさを感じた。厄介払いができた。しばらくしたら帰ってくるかもしれないが、家になど入れてやるわけがない。電話も手紙もお断りだ。家のことは何ひとつやらず、店の仕事も殆ど手伝わず、買ってやったものを勝手に持ち出して、男の車で出て行った女の言い分など、誰が聞いてやるもんか。

彼は結婚前にも増して遊ぶようになった。店に女たちを呼び、六本木を練り歩き、箱根やグアムでどんちゃん騒ぎをしたり、ポーカーでチンピラから金を巻き上げたりして、ミリィのいない日々を満喫した。

彼は店をてこ入れして客を増やそうとも思わなかったし、素行を改めようとも思わなかった。むしろ店の売り上げが減っていくほどに酒量は増え、引退以後すっかり弱々しくなった父親の様子がおかしくなっても、お構いなしに遊び続けた。従業員を減らしても、閑散とした店に支障はなかった。それでも夜が更けてくると、羽振りのいい新たな常連客が何人か来るようになった。彼らが怪しげな「土地ころがし」の汚れ仕事を請け負う不動産ブローカーで、六本木の再開発のために店の入っているビルやその近隣の土地を買い占めるべく、テナントを追い出しにかかってい る連中だと知ったのは、彼がすべてを失ってからのことである。常連客としての彼らは気前が良く、態度がでかく、しかし店長の彼には親し気に近寄ってきた。やがて彼らはチンピラ相手にやっていたポーカーの話を持ち出し、店長さんみたいなプロ並みの腕前だったら、ひとつ本格的にどうですかと、彼を闇カジノに招待した。

バカラもルーレットもジャックポットもある、ラスヴェガスを一室にまとめたような美しい場所で、間接照明がディーラーを照らし、バニーガールがカクテルを運んでいた。彼はその雰囲気に陶然となり、しかもたった十一時間のポーカーで六百万以上を手に入れることができた。彼のポーカーはかつての仲間たちから教わっただけの幼稚なもので、店でチンピラと遊んでいた時にも千円単位で勝った負けたと笑っている程度のものだったが、こうなってみると実は自分はギャンブルの天才なのではないかと彼は認めざるを得なかった。翌日男たちはやって来て、やはり彼の腕前に驚嘆し褒め称《たた》え、是非また行きましょうと誘って来た。数日後に行くと、今度はややツキがなかったと見えて二百五十万ほど負け、その次には初めのうち調子よく、前回の負けを取り戻してなおかつ百万ほど浮いたのだが、夜が明ける頃、負債は二千万以上になっていた。

またすぐ博打《ばくち》をしなければならない、負けを取り戻さなければならないと脂汗を掻いている彼に男たちは優しく声をかけた。そんな心配をする必要は全くない、あなたがあの店を立ち退《の》いてくれさえすれば、あんな借金は棒引きにできるんだから。それともあんた、警察に何もかもぶちまけて、博打の借りを踏み倒しますか。しかしそうなると、店長さんの手が後ろに回るだけじゃなく、我々も相当な迷惑をこうむりますがね。

俺がそんな男に見えるか？　彼は答えた。この店をまともに立ち退かそうと思っても、俺が素直に首を縦に振るわけはねえし、千万単位の立ち退き料がかかる。それを手っ取り早く済ませるために、俺に一杯食わせたわけか。舐められたもんだ。やられたよ。今さらここであんたらにゴネたり泣きついたりしたって、どうせ何にもなりゃしねえ。恥の上塗りになるだけだ。どうせ売り上げは落ちてるし、あんたらみたいな稼業の奴は、おっかなくってしょうがねえ。おとなしく引き下がるよ。どこに判を押せばいいんだ。

どこぞの任侠《にんきょう》映画から出てきたような彼の態度は男たちの誰かの心を動かしたようだった。彼が少しでも店舗明け渡しに抗《あらが》ったら腕の一本でも折ってやろうと構えていた男たちは、一方でどっしりした男らしい態度や、芝居がかった人情に思いのほか弱かった。

店を閉め、従業員を解雇し、内装品を片付け、こんなことで負けてたまるかと口でいいながら内心では途方に暮れているのが、明らかに還暦は過ぎているのにテクノカットに丸眼鏡の、太ったレオナルド藤田みたいな男がにこにこしながら空洞と化した店に現れ、業界内では知られた飲食チェーン店社長の名刺を出し、笑顔のままでキミは今でも博打をするのかと尋ねてきた。

いや、もうこりごりだと彼が答えると、社長はやっぱりといった風に頷き、実は来月から青山に新しい業態の飲食店を開くが、そこの店長をやらないかといった。昼はコーヒーやチーズケーキを出し、夜はカクテルやワインを出す。カフェバーという言葉は彼もどこかで見たか読んだかしたことがあったが、自分に縁のあるものと思ったことはなかった。この店でのキミの経験を生かして、是非その店の統括を任せたい。彼は答えた。そうですか、じゃあやってみましょうか。

テクノカットの社長が誰から話を聞いてきたかは明らかだった。捨てる神あれば拾う神ありというが、捨てる神に拾われるとは、俺もまだまだ強運だと、彼は胸をなでおろした。

父親に報告した。その頃には父親は、どんよりした目をして施設に預けられていた。店のやり方を変えることにしたよ。今じゃニール・セダカなんて誰も知らないからな。これからはもっと洗練された若向けの店にするんだ。テクノだよ。俺も勉強しなきゃいけねえや。ミリィも喜んでるよ。あいつはアメリカで流行ってるものなら、なんでもいいんだから。父親が彼の話をほんの少しでも理解している様子はなかった。ただよだれを垂らして笑っていた。彼はそのよだれを拭いてやった。

雇われた店は青山のファッションビルの地下にあって、二十坪の店内はニューヨーク帰りの室内装飾家のデザインした内装と装飾品で銀と黒とで統一されていた。脚の長いステンレスのテーブルと三角形の椅子が並び、リキテンシュタインのリトグラフとデヴィッド・サーレのポスターが壁に飾られ、大きなテレビモニターからはMTVのミュージック・ヴィデオやナム・ジュン・パイクのヴィデオ芸術作品が、絶え間なく流されていた。

こんなところには五分と落ち着いてはいられねえと店長になった彼は思ったが、客は引きも切らなかった。大学生や若いサラリーマン、それに自称「業界人」たちが、座り心地の悪い椅子に大喜びで腰かけ、一杯千円のシロップみたいなカクテルを飲みながら、始発電車が動き始めるのを待った。

すべてが上滑りでわざとらしく、軟弱で芝居がかった店の経営を、彼は真面目にこなした。ワイングラスにビールを注ぐのも、厨房に電子レンジが並んでいるのも気に入らなかったが、ぼったくればぼったくるほど客は喜んでいるように見え、週末は店の前の階段に行列ができることもあった。初めのうち、彼はこんな若い店に自分のような中年は邪魔だろうと判断して、接客は会社が選んだ若い従業員に任せ、自分は上の階にある事務所の店長室でもっぱらメニューを考えたり社員に指示を出すことに専念していた。しかしやがて経営に慣れると、彼はわざと古風な蝶《ちょう》ネクタイを締め、白髪の混じるようになった髭を顔一面に生やし、黒いダブルのスーツで店の中をうろつくようになった。上客に挨拶し、若い女を物色するのはやめられない楽しみだった。

青山に勤めるようになって一年ほど過ぎた頃に父が死んだ。遺された住所録にあったかつての得意客の住所へ残らず通知を出したが、葬儀に来たのは四人だけだった。弔客の一人に父が入っていた施設の看護師がいて、彼に語ってくれたところでは、父は最後の数か月間、聴いたことがあるようなないような、古い流行歌のような歌を、中国語で歌っていたという。それはとても洒落た旋律で、中国や日本の歌というより、古いハリウッド映画の挿入歌のようだった。しかしそれがなんの歌なのか、その歌にどんな思い出があるのか、尋ねても父は答えなかった。その父が死んだ今となっては、歌も思い出も消えてなくなった。

父とは縁もゆかりもない神奈川県川崎市の霊園に墓を買い、納骨を済ませると、彼はいよいよ酒量を増やし、女を漁るようになった。ミリィがまったく消息不明になってしまったから、離婚するにもできないけれど、再び結婚するつもりはなかったからどうでもよかった。

警察から電話がかかってきたのは、一九八四年十月の真夜中過ぎだった。彼にしては呑んでいない夜で、新しい女と最初のデートを終え、手を出さずに帰ってきたばかりだった。

「新宮獅子虎さんのお宅で間違いありませんか」

「はい」

「こちらは神奈川県警察署です。奥様の名前は」

「新宮みよ子だけど」

「新宮みよ子さんで間違いありませんね。実は二時間ほど前、横浜市内でみよ子さんが乗っていた車が交通事故に遭いました。運転手の方と奥様は救急車で運ばれましたが、残念ながらお二人とも死亡が確認されました」

新宮獅子虎は言葉を失った。

「もしもし」

「ああ」

「それでご遺体の確認のためにですね、こちらまでご足労願いたいんですが」

「ああ……判りました……」

「それとですね、お子さんの件ですが」

「なんの件？」

「お子さんです。運転していた男性の自宅に、お宅のお子さんが残されておりまして、先ほど横浜市内の救急病院に搬送されました」

「何がどうしたって？」

「お察しします」若そうな声の警察官はいった。「突然なことですから。どうか落ち着いて行動なさってください。詳細はこちらでご説明します。ご自分で運転なさらない方がいいと思います。緊急事態ですので、なんでしたらこちらからパトカーを要請しましょうか？」

「いや、タクシーを拾いますから……」

なぜパトカーを断ったのかは、自分でも判らなかった。くらくらする頭を抱えながら、獅子虎は表に出た。するとマンションの前まで運命が出迎えに来たかのように、お誂え向きにタクシーが停まった。

頭に恐ろしいほど大きな包帯が巻かれていて、全身が青白くなっているほかは、変わらないミリィの死に顔だった。

私服の刑事が声をかけた。

「お子さんにお会いになりますか。少し離れた病院ですけど」

獅子虎は答えなかった。

「どういう事故だったんですか」その代わりに彼はぼんやりと尋ねた。

ミリィが助手席に座り、横浜市在住の二十一歳になる大学生が運転していた自家用車は、国道の交差点を信号を無視して右折しようとし、直進してきたトラックに接触して電信柱に激突した。シートベルトを締めていなかったミリィの身体はフロントガラスを突き破って電信柱に頭部を打って即死、大学生は救急車が到着した時まで意識があったが、その後出血多量で息を引き取った。

「その大学生が赤ちゃんのことを救急隊員に訴えていたので、すぐに保護することができたんです」刑事はいった。「お子さんはマンションで一人で眠っていました。病気などは特にないようですが……」

少なくとも考えが整理できるまでは、刑事にあれこれ喋るのは嫌だ、と獅子虎は思った。

子ども？

不審がられるのを恐れて、彼は子どもがいるという病院まで警察に連れて行って貰うことにした。

夜半を過ぎていて、「ほかに適切な部屋がありませんでしたので」と看護師にいわれて案内された新生児室は真っ暗だった。非常灯にぼんやり照らされて、幾人かの赤ん坊が眠っていた。

獅子虎が、あれか、とすぐに気がついたのは、我が子だからでは無論なかった。

ほかの赤ん坊より明らかに大きかったからだった。生まれたばかりとはいえない、しかしまだ自分の足で立つこともできない、柔らかな髪の毛と、楕円形《だえんけい》を連ねたような手足を持った男の子が、出入口に一番近いベッドで眠っていた。それはあたたかな寝顔だったのに、獅子虎にはなぜか、生えてもいない歯を食いしばっているように見えた。

「今夜は、とりあえず、ここで様子を見ようと思います……」

看護師が、ひどく遠慮がちな小声でいった。赤ん坊たちに遠慮しているだけではなかった。

「お父様は、どうなさいますか？」

獅子虎の返事を、かたわらの刑事もそれとなく注視して待っていた。

(冗談じゃない) 獅子虎は整理のできない頭の中で叫んだ。(まったく、冗談じゃねえぞ！)

その夜、結局獅子虎は帰宅した。警察はまだ彼に訊きたいことがあるようだったし、病院も赤ん坊をどうすればいいか戸惑っている様子だったが、最低限の説明だけをして、疲れ切っているからと逃げるように広尾に戻ったのだ。最低限の説明とはつまり、ミリィとは何年も前に別居していて連絡も取っておらず、だから赤ん坊も自分の子ではありえない、ということだった。病院には制服警官のほかに刑事が二人付き添っていたが、獅子虎の話を額面通りに受け取っている顔つきの者は一人もいなかった。明日また警察署までご足労願いますといわれて、獅子虎は病院からタクシーで帰った。

しかし熟睡することはできず、寝ぼけまなこで横浜までビュイックのハンドルを握った。警察はすでに赤ん坊——獅子虎はこの時初めて、新宮優樹という名前を知った——の出生届も獅子虎の戸籍も手に入れていて、その両方にしっかりと優樹が獅子虎の嫡出子であると明記されているのを獅子虎に示した。そんなことといわれたって知らないものは知らない、としか獅子虎は答えられなかった。獅子虎の前に座った刑事は腕組みをして首をかしげ、何度か同じ質問を繰り返した。

なんといわれようと獅子虎には赤ん坊の面倒を見る気はなかった。また責任もないと言い募った。妻とは離婚の手続きこそしていないが、それは所在不明だったからに過ぎず、四年以上も音信不通だったのだ。それが生後数か月の赤ん坊を遺しているということは、一緒に死んだ運転手が父親……かもしれず、また別の男がいたのかもしれない。とにかく父親は自分ではない。出生届は恐らく妻が勝手に出したのだろう。自分の戸籍などこの数年見たこともない。そんなことは全然知らなかったのだから。

とうとう刑事が、事情はどうあれこれは育児放棄だ、保護責任者遺棄罪が適用されることになるといい始めたので、獅子虎はうんざりして青山の店の社長に電話をかけ、頼み込んで弁護士を呼んで貰った。

獅子虎が父親かどうか血液検査で確かめようという弁護士の提案を、獅子虎は退けた。赤ん坊の血を抜くなんて可哀想じゃないか。刑事の目が再び鋭くなった。馬鹿なことをいったと獅子虎は腹の中で舌打ちした。

出生届を出した新宮みよ子が届けの書類に虚偽の記載をした可能性を弁護士は指摘した。他人との間にできた子どもを夫の籍に入れたのではないか。獅子虎にとってそれは可能性どころか、間違いのない事実だった。

いちばん簡単な方法はですね、と弁護士はいった。このままの状態で児童相談所に持ち込むことです。そして乳児院に預かって貰えばいい。実子として相談して、入所の手続きをすれば、裁判沙汰にもならないし、なんの問題もありません。子どもを施設に預けるのは、何も児童虐待や育児放棄ばかりが原因じゃない。家庭の事情や養育者がいないという理由でも受け入れてくれます。その事情説明や事務的な手続きはこちらにお任せください。お手伝いしますよ。

こうして獅子虎はようやく警察から解放された。だが続けざまに児童相談所、葬儀社、保険会社、青山の店の社長やスタッフといった人々が警察の前にも広尾のマンションのエントランスにも電話口にも現れて、獅子虎はそのいちいちに対応しなければならなかった。

ミリィと共に死んだ学生の遺族の弁護士からも連絡があった。学生の遺族は事故については幾重にもお詫びするとのことだったが、赤ん坊については一切関知しないと決めていた。みよ子さんと獅子虎さんの婚姻関係は解消されておらず、出生届や戸籍といった公文書から判断して、赤ん坊について死んだ学生が関わりを持たないのは明らかである。この見解に対して獅子虎さんが異議を申し立てるのは自由だが、その場合は家庭裁判所で両者が争うことになる。こちらの主張が通るまで調停を続けるつもりだ。もしそうなったら裁判が何年かかるか、費用がどれくらいかかるか判らない。それでもよければご自由に。弁護士は穏やかで申し訳なさそうな口調で獅子虎に釘を刺した。

しかし最も面倒だったのは、新潟からやって来たミリィの両親だった。ミリィと結婚して以来、彼らと獅子虎は数えるほどしか顔を合わせていなかった。アメリカじゃそういうのは普通だと聞いていた獅子虎はそれで一向構わなかったし、生真面目な新潟の両親が彼を快く思っていないらしいことは何となく判っていた。だが彼ら坂本家の内情は勿論のこと、彼らがどんな人間であるかまでは知りもせず、興味もなかった。

両親は娘が亡くなったことに驚くほど悲しんでいる様子を見せなかった。それよりも遺された赤ん坊をどうするつもりかと獅子虎に詰め寄った。自分の子ではないと何十度目かの説明をしても、年老いた田舎の人間である彼らは、それは「何かの間違い」だ、さらには獅子虎が「嘘」をついていると頭から決めつけた。彼らの話は筋道も通っていなかったし主語も殆どなく音量が高いだけだったが、要するに彼らは獅子虎が赤ん坊を引き取りたくないために警察をごまかし、自分だけがぬくぬくといい暮らしを続けようとしているといいたいらしかった。初めのうちは最低限の礼儀をもって話をしていた獅子虎にも、やがて両親が本当に求めているものがはっきりしてきた。彼らはこの悲劇を、自分たちの家名に傷がつかないように説明したかったのである。自分たちの娘が嫁ぎ先を出奔してよその男と暮らし、子まで産んだあげく乱暴運転で死んだ、などというのは、彼らにとってはあまりにも「不体裁」だった。獅子虎という悪い男に騙された娘が悲運の最期を遂げたことにしなければ、彼らは新潟という「世間」に顔向けができなかったのだ。

ミリィの両親はさらに、赤ん坊を自分らに押し付けられてしまうのではないかという恐怖も隠し持っていた。貧しい年金暮らしの老人にはそんな余裕も体力もなく、ミリィの兄たちも皆かつかつの生活をしている。だいいち赤ん坊がいるなどと聞かされたのはつい今しがたのことで、ただただ途方に暮れるばかりだ。まさか見知らぬ赤ん坊を抱えて国に帰るわけにもいかない。面倒に巻き込まれるのにも慣れていない。私らと違ってあんたには金があるんだろう。

獅子虎は義父母をなだめて、心配しなくてもこちらですっかり始末をつけますからといいながら、内心ではすべてにうんざりして老人たちを怒鳴りつけたかった。勝手に家を出て行ったミリィからその事故死、さらには遺された赤ん坊や坂本家の家名や体裁など、一から十までオレにはまったくなんの関係もねえ。なんでそれが全部このオレに押し付けられるんだ。冗談じゃない。冗談じゃねえぞ、まったく！

獅子虎がぼんやりしているうちに葬儀社が半ば勝手に準備した葬儀は不相応に大きな斎場で行われ、参列者は二十名ほどだった。明らかに着慣れていないぶかぶかの喪服を着た二人の兄のうち一人は、獅子虎に面と向かって、あんたがみよ子を殺したようなもんだ、と唸るような小声でいった。あの両親は彼らにどんな説明をしたんだ？　と思ったが、獅子虎は兄を睨みつけるだけで黙っていた。坂本家の人間は葬儀に費用がかかるなどと思ってもいないような顔をして、すべての出費を担った獅子虎に、唾でも吐きかねなかった。

死に化粧を施されたミリィの顔を、獅子虎は見つめた。

ミリィ。彼は無言で語りかけた。馬鹿なことをして、馬鹿な死に方をしやがったもんだなあ。お前は馬鹿だよ。あの朝、オレが朝食を作ってやったら、こんなことにはならなかったのかい。――まさか。あの朝でなかったら、また別の日にお前は出て行ったろ。なんてったって、お前はこんな女だし、オレはこんな男なんだから。お前が出て行かなかったら、オレが出て行っただろ。その方がよかったのかもしれねえなあ。

ミリィ。なんだあのガキは。オレの子なんかにしやがって。戻る気もなかったくせに。戻ってきたってあんなの連れて来て、ハイそうですかってわけにもいかなかったろうよ。冗談じゃねえや。お前が死ななきゃ、あんなのがいるなんて、オレは思いもしなかったよ。

どいつもこいつも、あんなのの面倒を見るのはごめんだってよ。お前の親も、一緒に死んだ野郎の親も、どいつもこいつもだ。爪はじきだよ。オレだって。なんでオレが。こないだ初めて見たようなガキを。馬鹿ばかしい。

ミリィの死に顔を見おろしていると、病院で一分の半分ばかりしか見なかった赤ん坊の顔が思い出された。赤ん坊の見分けなんかつかねえと思っていた獅子虎だが、あの顔がミリィに瓜二つだったことに気がついた。

柩《ひつぎ》に釘が打たれた。霊柩車《れいきゅうしゃ》で火葬場に運ばれ、骨上げまでのあいだ、獅子虎はミリィの親族と離れて、休憩所の隅に一人でいた。

「畜生ッ」獅子虎は声に出してそういうと、立ち上がって公衆電話を探し、名刺入れの中を探って、児童相談所に電話をかけた。

「赤ん坊はどこにいる？　入所はやめだ。オレが引き取る。葬式が終わるまで待ってろ」

獅子虎は自分の決意を、坂本家にも誰にも打ち明けなかった。遺骨と位牌を広尾に持ち帰り、その翌日彼は赤ん坊が預けられた施設にビュイックを飛ばした。犬や猫じゃねえぞッ！　オレも男だッ！　オレくらいになりゃあ、なんてことねえや、ガキの一匹や二匹！　レボシ、レボシ！　そんな叫び声をあげながら運転し続けた。その日のうちに赤ん坊を連れて帰る勢いだった獅子虎は、しかし乳児を引き取るためのなんの準備もしていないことを施設の人に指摘された。出鼻をくじかれた獅子虎は唸り声をあげた。

ミリィが恐らくは学生と住んでいた横浜のマンションに、ベッドやベビーウェアといったものが残っていた。いずれにしてもマンションを引き払う必要があったので、獅子虎は青山の店のスタッフを二人呼び出し、赤ん坊の道具だけビュイックとスタッフの乗ってきたワゴンに詰めこみ、残りは廃品業者に引き取らせた。その頃には自分のやろうとしていることが、実に男らしい英雄的行為であると自惚《うぬぼ》れるようになっていた獅子虎は、スタッフにも児童相談所の職員たちにも、ふんぞり返って応接した。

生まれてこの方四十数年、赤ん坊などという存在と完全に無縁な人生を送ってきた獅子虎は、最初から自分が育てようという気はなかった。自分ほどの人脈と財産を持っていて、子どもくらいなんとかできないわけがないと、それればかり考えて、実際に誰がお乳をあげるのか、誰がおむつを替えるのか、そんなことには一切気が回らなかった。横浜にあったあれこれを運び入れた広尾のマンションに赤ん坊を連れてくると、獅子虎は泣き叫ぶ赤ん坊を手伝いに来た店のスタッフに預け、有無をいわさず自分は寝室に閉じ籠って眠り込んでしまった。どれくらい寝たのか、何時になったか、自分がどこにいるのかすら一瞬思い出せないほどの深い眠りから目を覚ますと、赤ん坊のベッドの傍らには見たこともない若くて太った女がいた。聞けばスタッフから頼まれた臨時のベビーシッターだという。ベビーシッターという商売があることも忘れていた獅子虎は大喜びで、とうに約束の時間を超過しているので今すぐ帰りたいという女性に、帰るなら同じ商売をしている女を代わりによこせと偉そうに迫った。そんなことといわれても夜の十時だった。女は知っている限りのベビーシッターや保育所の連絡先を置いて帰ってしまった。獅子虎はいわれた料金の倍を現金で渡した。

獅子虎は赤ん坊と二人で取り残された。さすがにこれは真剣に考えねえといけねえぞと、ベッドの前に椅子を持って来て座りながら考えた。赤ん坊はミリィの面影を残した丸顔ですやすやと眠っていた。

押し付けられちまったなあ……。

何日仕事を休んだだろう。弔慰休暇は何日くらいあったろう。店の都合より、自分として働きたかった。店に出ればこんなどたばたしたトラブルからは離れていられる。一日も早くこの事態を何とかしなきゃならねえ。

呑まずに考えようと思ったが、呑まなきゃやってられねえと思い直した。立ち上がってキッチンに行こうとすると、背後で赤ん坊が泣き始めた。獅子虎は殆ど瞬時に狼狽した。赤ん坊が泣き始めたらどうしたらいいのか、見当もつかなかった。

「おい、おい、おい」

獅子虎は慌ててベビーベッドに駆け戻った。そのどたばたした足音に驚いたのか、赤ん坊はさらに大声で泣いた。

獅子虎は彼自身が子どものようになって全身を揺らして「おい、おい、おい」といいながらベビーベッドを覗き込んだ。

赤ん坊の泣き声は部屋を揺らすような大声に、獅子虎には聞こえた。しかし音量はどうだっていい。彼にとってそれは、自分の境遇に耐えきれず絞り出されたような、胸を裂かれる悲痛な声に聞こえたのだった。母親は死に、父親はどこの誰とも判らず、生きている者たちの中に、赤ん坊を引き受けるつもりがあった者は、ただの一人もいなかった。そうして今や、見も知らぬ赤の他人である獅子虎の部屋でベッドの上に転がされている。

そんなことが獅子虎の胸に浮かび、しかしその浮かんできた赤ん坊の境遇を、どうすることもできなかった。自分では気づいていなかったが、獅子虎はこれまで一度として、誰かに憐憫《れんびん》の情を抱いたことはなかったのである。気の毒な人、可哀想な生い立ちの人間というのは、映画とかフォークソングの歌詞の中にだけ現れる、架空の人たちだった。生きている人間が貧しかろうと殴られようと、それは獅子虎から見ればすべて自業自得か、単に自分とは無関係の人間に過ぎなかった。ミリィの死に顔を見おろしていた時ですら、獅子虎の中に彼女を思いやる感情はなかった。

そんな獅子虎だから、痛々しく泣き叫んでいる赤ん坊を前にして、何をどうしたらいいのか、すっかりお手上げだった。彼は「おい、おい、おい」といいながら、しばらくベビーベッドの周りをうろうろしてみた。赤ん坊は泣き止《や》まない。

そのうち獅子虎は、子守唄、という言葉を思い出した。そうだ！　赤ん坊が泣いたら、女は子守唄を歌うんだっけ。獅子虎は子守唄を思い出そうとした。なんかあるじゃねえか。一個ぐらいオレにだって歌えるだろうよ。ところがこういう時に限って、ひとつも思い浮かばなかった。なんだっていいや。子守唄かどうかなんてガキにゃ判りゃしねえ。なんでもいいから歌さえ歌っときゃいいんだ。そこで彼はとっさに思い出した歌を歌い始めたが、それは彼自身にも思いがけない歌だった。

あべくら、がるで、もんたんて、
ぬさ、りぼん、ぬ、ぼあら、
そーんね、とろんぺて、えくらたんて、
たーらら、たら、ら……。

『カルメン』の子どもの合唱だった。そんなものを今でも憶えている自分に驚き、獅子虎は口から出てくるままに歌った。
赤ん坊の泣き声がぴたりと止まった。

ぬ、まるしょん、ら、てて、ほて、
こめ、で、ぷち、そるだつ、
なーんとか、なんとかで、
あん！　どぅ！　なんとかさ。

赤ん坊は突如として笑い始めた。目を見開いて獅子虎を見つめた。楽しそうに足をばたばた動かし、短い手を叩いて笑った。

「お、気に入ったかこれ」

獅子虎は赤ん坊にウケたのが嬉しくなって、合唱を思い出せる限り歌ってみせた。赤ん坊は寝たまま笑い続けたが、そのうち咳き込むようになった。獅子虎はなんかが喉に詰まっちゃいけねえと、赤ん坊をベッドの上に座らせた。泡だらけのよだれが口から流れ落ちた。獅子虎が洗面所に行ってタオルを持ってくると、赤ん坊はまた火がついたように泣き始めた。タオルでよだれを拭いてやったが、拭き方が少し荒々しかったらしく、余計に泣いた。

「おー悪かった悪かった」

獅子虎は赤ん坊の上体をベッドの柵にもたれさせると、もう一度合唱を歌った。とうに児童合唱の声を失った、獅子虎の酒焼けしたダミ声が、赤ん坊には面白くてしかたがないみたいだった。

獅子虎は思い出せる限り、衛兵たちの到着を告げるトランペットからオーケストラの前奏を歌いながら、ベビーベッドの前で『カルメン』の一幕二場を演じ始めた。フルートとトランペットの可愛らしい行進曲に合わせて、衛兵と共に子どもたちが行進する。そして「あべくら、がるで、もんたんて……」の歌になる。赤ん坊はきゃっきゃと笑い、ベッドが揺れた。何度繰り返してもまったく飽きる様子がなかった。獅子虎はしまいには傘を「担《にな》え銃《つつ》」の形に肩に掛け、部屋の中を行ったり来たりした。赤ん坊は上体を前に倒して寝てしまった。獅子虎はそっと赤ん坊の姿勢をベッドの中で整えてやった。

それが午前二時のことで、四時半にはもう泣き始めた。オペラを一人で演じる気力も体力もなく、獅子虎は寝ぼけまなこでウンコがべっとりついたおしめを替えてやったが、やり方が判らない上に寝不足でぼーっとしていたから、次に起こされた七時に見ると、赤ん坊はフルチンで泣き叫んでいた。「うるせえぞガキッ」と叫びながら、獅子虎はミルクを作った。オレは寝不足でフラフラだから気をつけろと自分に言い聞かせながら、粉ミルクの缶に書いてある通りに作ったつもりだが、赤ん坊が舌を火傷《やけど》したらいけないと慎重になりすぎた。ぬるくて濃いミルクを赤ん坊は夢中になって飲み干した。そして、ンブベエッ！とゲップをした。そのまま赤ん坊は眠りそうになったので、そんならそれでいいと、獅子虎は口のまわりだけ拭いてやり、タオル地のパジャマはねっちょりべっちょりさせたまま放置し、ベビーベッドの隣の床に敷布団だけ持って来てまた寝た。

次に獅子虎が目を覚ますと、ベッドの中に赤ん坊はいなかった。蒼くなって部屋中を探すと、キッチンの流しの下にある食器収納用の引き出しにつかまり立ちをしている赤ん坊の傍らで、開きっぱなしになった冷蔵庫から牛乳や卵が落ちていて、床は無茶苦茶に汚れていた。店で料理人がこの十分の一でも食材を無駄にしたら、獅子虎はその料理人にビンタをくらわしてからクビにしていただろう。目玉を剝いて仁王立ちしている獅子虎を、赤ん坊はキョトンとした瞳で見上げた。

折あしく家政婦が来ない日だった。獅子虎は苛立ちと混乱と寝不足で、目にうっすら涙を浮かべながら赤ん坊をテレビの前に座らせ、這いつくばって床を掃除し、赤ん坊の服を取り替えた。赤ん坊の胸には真っ赤な汗疹《あせも》ができていて、獅子虎がちょっと触ったのをきっかけにまた火がついたように泣き始めた。横浜から持ってきた段ボールをいくつも開けて、ようやくベビーパウダーを見つけた時には、こんなことがいつまで続くんだとつくづく情けなくなった。

テレビの前で寝てしまった赤ん坊をそのままに、獅子虎はベビーシッターに電話をかけた。前夜の太った女性が教えてくれた番号にかけると、電話を取った女性は獅子虎が当惑するほど親切にいろいろ教えてくれた。というより、そもそも獅子虎が知らなすぎたのである。夜間保育とかお泊り保育といった言葉も、獅子虎はその電話でようやくどんなものかを知った。今は保育所にお子さんを預ける家庭が減っている、ベビーシッターも仕事がないから有難いともいわれた。獅子虎には好都合だった。昼はベビーシッターと家政婦に任せ、仕事をしている夜間は保育所に預けておけば、獅子虎にはまったく手がかからない。金で解決できるのならこんなうまい話はない。獅子虎は赤ん坊をビュイックの助手席にじかにのせて保育所を決め、その日の夜から仕事に戻った。保育所の女たちもベビーシッターも、獅子虎の境遇と母親を亡くした赤ん坊に同情した。保育所にひと月かかる金が、銀座で二日ほど飲めば消えてしまう程度のものだったのも、獅子虎には嬉しい驚きだった。

毎日明け方に仕事を終えて保育所から赤ん坊を引き取り、家に帰ってベビーシッターに渡せば、獅子虎はいくらでも安眠できたし、育児に慣れた女たちのために赤ん坊は邪魔にならなくなった。赤ん坊のやっかいなところはすっかり他人に任せ、獅子虎は『カルメン』のLPを買って来て、機嫌のいい時に赤ん坊の前で歌い踊った。そのたびに赤ん坊はきゃっきゃといって笑った。

この調子なら育つだろう。こっちは稼いでさえいりゃいいんだ。獅子虎は胸をなでおろした。その時には、まさか自分がそれから一年と経たぬうちに一文無しになるとは思ってもいなかったのである。

弔慰休暇から青山に戻ってひと月ほどした頃、店にあからさまにそれと判る若いチンピラが五、六人いきなり押し寄せてきた。入って来るなり彼らはテーブルをひっくり返しテレビモニターを床に叩きつけスピーカーを蹴破り止めに入った従業員を殴り倒し爆竹に火をつけ女性客の服を引き裂いて奇声をあげながら走り去った。獅子虎が奥から慌てて出てきた時にはチンピラたちは引きあげた後で、客がパニックになって店から逃げ出そうと互いにぶつかったり叫んだりしていた。

店の社長はそもそも獅子虎を騙してカジノに誘った不動産ブローカーたちを通して獅子虎を知ったような人間だから、裏社会につながりがあった。そんなつながりはひとつ間違えばしがらみとなり、関わりのないもめ事にも巻き込まれかねない。チンピラたちの乱入と狼藉《ろうぜき》はその典型だった。社長が肩入れしていた組織に敵対する勢力のいやがらせだった。獅子虎はもちろん社長にも関わりのない抗争だった。

警察に被害届を出しても、損害がなくなるわけではなかった。客が戻ることもなかった。店の中は閑散としたばかりでなく、陰気になった。テクノカットの社長は店長である獅子虎が責任を取るべきだと怒鳴り、獅子虎はあんたがおかしな連中とつるんでいるからだろうと怒鳴り返した。実際に社長が経営する他の飲食店でも同様の被害が二件ほど続いていた。そのことに気づいた週刊誌が取材をしているらしいという話を、獅子虎は従業員から聞いた。社長に教えておこうと電話をかけると、多忙を理由に取り次いで貰えなかった。そういうことはよくあったから獅子虎は気にも留めなかったが、その時点で社長は経営するすべての飲食店を閉店する準備をしていたのである。

その年の大晦日《おおみそか》は月曜日だった。社長は年明けの営業開始を五日の土曜日にするように各店舗に告げた。獅子虎は年末年始に赤ん坊の世話を見てくれるシッターも保育園も見つけられなかったので、離婚経験者のホステスを子守り代わりにしてグアムに行った。だが別れた夫の家に子どもを取られたホステスは四日間赤ん坊を抱いたまま泣き通し、つられて赤ん坊も海を見はるかすホテルで泣き続け、金ばかりかかるひどい休暇になった。そして五日の午後に青山に行くと、つなぎの作業服を着た数人の男たちが店から什器《じゅうき》やインテリアを一切合財、トラックに運び出しているところだった。作業はほぼ終わっていて、店の中はもぬけの殻だった。

獅子虎が作業服の一人に詰め寄ろうとすると、店の奥から本社の社員が出てきた。この店は昨年いっぱいで閉店した。社長からは従業員の皆さんへ、これまでの感謝の気持ちを伝えて欲しいといいつかっている。これまでご苦労様でした。本社の社員は獅子虎に店の鍵を返すよう求め、あっけにとられ口を開けたまま素直になった獅子虎から鍵を受け取ると、シャッターを閉めた。それからそこに、長らくの御愛顧に感謝いたしますと書かれた紙をぺたりと貼ると、じゃ、といって社員はBMWに乗り、トラックを先導して走り去った。開いた口の塞がらない獅子虎と、何人かの従業員がビルの前の道端に残された。「どうするんすか、店長」と従業員にいわれた獅子虎は、「もう店長じゃないようだ」と答えるしかなかった。

四十代半ば、まだまだ働き盛りだった。だが獅子虎はこれまで、自分から職を求めたことが一度もなかった。当時まだ職業安定所と呼ばれていた場所に行って失業手当を貰うとか、仕事を紹介して貰うとか、そんな真似をするのは彼にとって男の恥だった。

獅子虎は広尾のマンションに腰をおろし、ビールの栓を抜いて、どこからか連絡が来るまで、自分からは決して動かねえぞと決めた。

連絡がないわけがなかった。オレが各界の大物を、どれだけ知ってると思ってるんだ。野球選手や相撲取り、俳優に女優、歌手にお笑い芸人、あの会社の社長やあの銀行の支店長。みんなオレの店に夜な夜な集まったんだ。彼らはオレに握手を求め、料理や店の雰囲気を褒め称えたじゃないか。そればかりか一緒に沖縄で飲んだり、ヨットでどんちゃん騒ぎをしたりしたんだ。あれだけいた華やかな連中の、ただの一人もオレを思い出さないわけがねえ。こっちから頭を下げるなんて、冗談じゃねえ。こういう時はじたばたしねえで、大きく構えている方が、でかい話に乗れるってもんだ。

赤ん坊をベビーシッターと夜間保育に任せっぱなしにして、獅子虎は呑み続けた。すると青山の店がなくなってからひと月もしないうちに、夜中の腹痛に悩まされるようになった。呑み過ぎた夜に腹痛で目を覚ましてしまうことは以前にもあったので、こんなものはヨーグルトを食べれば治ると高をくくっていたが、そのうち便がだらだらと下痢気味になり、黒くなってきた。黒い糞が出たら癌《がん》だと誰かから聞いたことのあった獅子虎は、嫌で嫌でたまらなかったが病院に行った。バリウムを飲まされ、胃潰瘍の診断が下り、手術で胃の半分を摘出した。退院すると、医者から厳重に止められたにもかかわらず、彼はまた呑んだ。入院費もかさんで、赤ん坊にかけられる金が心細くなってきたのは判っていたが、預金残高や自分の肉体を直視する勇気を、獅子虎は持たなかった。すべてが面倒臭くなった。

保育所に赤ん坊を連れて行くのもおっくうになり、目もちかちかし始めた。赤ん坊やウィスキーの瓶が二重に見えるようになって、飲んでいない時も足元がふらついた。呑む方が頭がしっかりするような気がした。『カルメン』のLPをかけ、以前のように赤ん坊の前で歌い踊った。ベビーシッターは気味悪がった。手術前に較べて、獅子虎がすっかりやせ衰えて、声も出ず、幽霊が口をぱくぱくさせながら揺れているようだった。赤ん坊だけが笑っていた。

どのベビーシッターが、あるいはほかの誰かが、どこに何を告げたのか判らない。目を開けると中年の女性と男性が立っていた。大丈夫ですかと声をかけられたので、大丈夫なわけねえだろう、腹が減ってしょうがねえ、と答えた。立ち上がれますか、と別の誰かに尋ねられたような気がした。面倒なので答えずにいると、ヘルメットにマスク姿の男たちに両脇を抱えられ、担架で運ばれた。獅子虎はロレツの回らない舌で叫んだ。

「ガキはどうした！」

誰かが、心配しなくていいですよ、という意味のことを耳元でいったような気がするが、赤ん坊の、優樹の顔を見なければ安心できなかった。担架から上体を起こして見ると、自分はマンションから出されようとしていた。優樹が玄関の前でベビーシッターに抱かれながら、不安そうな真顔で獅子虎をじっと見つめ、小さな手を振っていた。

それから先のことは、今の獅子虎にはうまく思い出すこともできないし、何かを断片的に思い出しても、順序も脈絡もめちゃくちゃだった。

病室で誰かに、マンションの家具をしっかり査定しろ、こっちの足元を見て買い叩いたりしたらぶっ飛ばしてやるぞ、と睨みを利かせたことは憶えている。病室のカーテン一枚挟んだ隣のベッドに寝ていた男が夜中に泣いていたのも憶えている。六本木で関係のあった女が見舞いに来たと思ったら、なんとかセンターの役人だったこともあった。ウェルニッケ脳症、という言葉も憶えている。多分オレはそういう名前の病気なんだろう。今のあなたにそんなお金はないんですよと、馬鹿にしたようにいってきたのは誰だったか。役所で何かの書類に名前を書いた。引っ越しをしたのはいつだったか。引っ越しなんかしたんだっけか。とにかく今のオレは広尾のマンションにはいない。それくらいは判ってる。優樹は施設に入った。オレはこのアパートにいる。この狭苦しい六畳一間に、バケツみてえな風呂桶のついた浴室と、料理もできねえ流しとガス台だけのアパートに。ここに来たのはつい最近だ。平成になってからだ。オレも施設にいたんだっけ。あのいやらしいババアども。使い物にならねえジジイども。オレは働いた。こないだテレビに出ていた、あの時代劇のあいつは、オレの親友だ。死んだって。あそこで誰よりたくさんクッキーを焼いたのはこのオレだぞ。畜生ッ、オレが何をしたっていうんだ!

五十を待たずに新宮獅子虎は世界から爪はじきにされ、しかし生活保護法と介護保険法に助けられて、今や七十を過ぎていた。これまでの人生で記憶に残っていることはわずかだったが、そのわずかな記憶にある殆どすべての出来事や人物を、彼は罵っていた。なぜならそれらの出来事は、一度として彼という人間の偉大さにふさわしかったことはなく、それらの人物は彼の与えた恩を仇で返すか、さもなければただ恩知らずのまま彼を見捨てたのだから。

本来ならば彼は、この世界の王であるべきなのだ。それなのに世界が彼に与えたのは、ぼんやりした頭と衰え切った肉体、それに換気扇のべとべとする生ごみ臭いボロアパートだった。昼は近所を歩き回って宅配業者や幼稚園児を罵り、夜はテレビに現れるすべての人間を批判して、彼は日々を過ごしていた。世界はそれに、近隣からの苦情という形で応戦した。彼は一向に動じなかった。不当に扱われているのは自分であり、非難されるべきが世界の方であるのは、火を見るよりも明らかではないか。

そんな日々の中に、いきなり男たちは現れた。すこやかセンターのおせっかいババアたちが来る日でもないのに、ドアホンが鳴り、彼はフンパーディンクのレコードを止め、あちこちのガラクタにつまずきながらドアを開けると、いい年をした男が二人並んでいて、どちらかが優樹だという。ユラさんから聞いてきたのだという。

獅子虎は公園で誰かと話をしたような気がした。しかしそれより彼は、思い出せない人の話をされて、ああ会った、その話なら聞いていると、いい加減な相槌を打つのに慣れていた。

二人の男のうち、どっちが優樹かははっきりしなかった。するといきなり、誰かに胸ぐらをつかまれた。獅子虎は思わず優樹に助けを求めたが、優樹は優樹じゃないといった。

だが、胸ぐらをつかんだ男が、

「優樹は俺だ！」

と、ツバキを飛ばして叫んだとき、獅子虎は弱虫みたいに他人に助けを求めたことを恥じた。

「あんた、俺の父親なんだろ！　違うのかよッ、違うなら違うっていえよッ」

獅子虎は泣き叫ぶ男に思わず叫び返しそうになった自分の口を、満身の力で押さえつけた。

ついにこの日が来たのだ。

お前は俺の子じゃない。だが、それだけは口にしてはいけないと、獅子虎は自分に命じた。お前はミリィが、どこぞの男と勝手につるんでこしらえた赤ん坊だ。警察も病院も、児童相談所もベビーシッターも、彼のいうことを信じることはなく、今では全世界が彼を相手にしなくなった。それでもこの男——ついさっき名前を聞いたはずだが——は、俺となんのつながりもありはしない。それは真実、信じる者が一人もいない真実なのだ。

だがそれを知っているのは、この広い世界に俺しかいない。そして俺は、その全世界を背負いこんでいるのだ。こいつのことばかりじゃねえ。ありとあらゆる、この世界の汚濁、裏切り、孤独を引き受けているのだ。

上等だ、やったろうじゃねえか！　このみすぼらしいアパート、しょんべん臭い俺の死に場所で、世界から絶え間なく投げつけられる呪詛をひとつ残らず、俺は受け止めてやる。俺が受け止めてやらなければ、世界は持ちこたえられんのだ。俺が俺しか知らんことを優樹に――そうだ、優樹だ――告げてしまえば、この男の苦しみには、行き場がなくなる。ただわけもなく苦しんでることになっちまう。この男ばかりじゃねえ、すべての人間の苦しみが、ただ苦しいだけになっちまう。

「寄せて来い全世界の苦しみよ！　俺を殴って憂さを晴らせ！」

獅子虎は自分が、それを実際に口に出していったことを気にもかけなかった。まして目の前にいる二人の若い男の、彼を見つめるぎょっとした目つきなど、歯牙にもかけなかった。

……一人前になったなあ、優樹よ。ええ？　ついこの間まで、俺の歌う『カルメン』に、きゃっきゃと笑っていたのになあ。

柔らかで温かい粉ミルクの匂いが、あたり一面を満たしていた。

引用・参考文献

『田舎司祭の日記』ジョルジュ・ベルナノス／木村太郎訳（新潮文庫）
『抒情小曲集・愛の詩集』室生犀星（講談社文芸文庫）
『カルメン』ジョルジュ・ビゼー

解説

山中由貴

『燃えよ、あんず』が大大大大好きだ。

一生でいちばんの本に出合ったと、もう断言してしまおう。

読んだ人全員に、ね？　どうだった？　あそこ笑えたよね？　泣いたよね？　最後に感情が爆発しなかった？　と訊《き》いてまわりたいくらいなのだけど、鬱陶しくしてこの作品に迷惑をかけたくはないので、ここで一方的に気持ちを吐露してしまいたいと思う。もしいやでなかったら、すこしだけつきあってほしい。

まず本屋さんが舞台、というのがそもそもの出合いのきっかけだった。

書店員として働くわたしは、本屋で起こる悲喜こもごもがとても好きなのだ。

物語の語り手、オサムさんは、下北沢の片隅にちいさな書店「フィクショネス」をかまえるちょっと偏屈なおじさんだ（藤谷さんごめんなさい）。作者の藤谷治さんがかつてやっていた本屋の、ある常連客の女の子に起こったできごとを、小説にして書こう、とはじまるわけである。

このオサムさんの語りを一読するやいなや、うわあ、なんて心地いいんだろう、とすんなり物語に身をゆだねられた。ちょっぴり愚痴っぽさと自虐がまじった、ユーモラスで親近感のある文章。文章だけでその人がどんな顔で笑うのか想像できる、そんなかんじなのだ。

オサムさんの店にしょっちゅうやってきては本を一冊も買うことなく居座り、おしゃべりするだけして帰っていく若い女の子、それが久美ちゃんだ。

物語は、オサムさんと久美ちゃんが十数年ぶりに再会したことをきっかけに大騒動へと発展していく。

久美ちゃんは「フィクショネス」で本こそ買わないものの、いっぱしの文学好きで、オサムさんが店の売上の悪さを憂慮してはじめた「文学の教室」によく参加するひとりでもあった。「文学の教室」は古い文学作品をオサムさんが解説し、参加者が感想や意見を言い合う読書好きの社交場のようなこぢんまりした講座で、そこで知り合った常連客らが仲よくなって呑《の》みにいく、なんてこともあった。いかにもシモキタっぽいなあ、なんて下北沢に足を踏み入れたこともないわたしが思うのもおかしいけれど、そんな本屋さんの常連客は、やっぱりいかにもシモキタっぽい、癖のある人たちばかりだった。

「文学の教室」にしか顔を出さない陰気ながら頭が切れる青年、由良龍臣《ゆらたつおみ》は、なかでもわたしが大好きな登場人物だから、ぜひ名前をおぼえていてほしい。

由良はこの物語の、いちばんのキーパーソンであり、いちばん好き嫌いがわかれる人物だろう。だけどどちらにせよ、彼がいなければ、彼の毒っ気がなければ、この小説は動かなかった。それは認めてもらえるはずだ。

キタノヒロシはおなじく「文学の教室」の常連で、詩を書いたり翻訳したりしている花屋の店員だ。ロリコンという性癖を持つものの、けして誰にも迷惑をかけず、どこか枯れた印象を与える物静かな人だ。

また、オサムさんがはじめた月いちのチェス将棋イベントにやってくるようになったのが、ピンキーちゃんだ。大麻所持で逮捕歴のある要警戒人物だがフレンドリーな性格で、彼が物語に登場するとたんに場が愉快になる。

久美ちゃんがチェス将棋イベントに連れてくるようになった人、新宮優樹さんのこともしっかり紹介しておきたい。シャイで朴訥《ぼくとつ》とした新宮さんは将棋が好きで、ピンキーちゃんとはいいライバルになる。『燃えよ、あんず』は久美ちゃんの物語であると同時に、新宮さんの物語でもある。彼の人生についてすこしずつ語られていくうちに、わたしたちは願わずにはいられなくなる。どうか、彼のひたむきな生きかたが報われますように、と。

彼ら常連客にくわえて、この物語を脇から援護するのは、オサムさんの妻の桃子さん。久美ちゃんとはオサムさんよりも仲よくなって、桃子さんは彼女のしあわせのためにひと肌脱ぐのだけれど……。なんというかもう、桃子さんの苦労にはなぜだか涙が出てきてしまう。いや、泣くようなことではなく、どちらかといえば笑っちゃうような奮闘なのだけど、それでもやっぱり、笑いながら目尻から涙がつ、とこぼれる。とてもかわいらしい人なのだ。

そして、もうひとり。わたしが勝手にラスボスと呼んでいる登場人物がいる。獅子虎《ししとら》、という仰々しい名前のじいさんだ。

わたしは獅子虎も大好きなので、どこか褒めてあげたいなあと思うのだがむずかしい。正直、このじじい、と思いながらずっと読んでいた。

とにかく最高におもしろい。そして、誰かに読んでほしくなる小説だった。読んでいてわたしは思わず、あはっと声を出して笑ってしまった。そして泣いた。口を真一文字にして、涙を拭き拭きつづきを読んだ。ああ、このひとたち、生きてるなあ。生きて、動いて、いっしょうけんめい現状を変えようとしてるなあ。それが滑稽で、あとになって思い出してみたら関係者全員笑えるようなたのしさに満ちているから、わたしはいま泣いているんだ……。そんな涙が、ぽろぽろぽろぽろ、こぼれた。

いろんな人に、この本めちゃくちゃいいよー！　と伝えまくった。こんなハッピーな小説をひとりじめするなんて、とてもじゃないけど考えられないことだった。まずはこの作品を読ませてくれた出版社に感想を書いて送った。そしたらその文章を、単行本の帯にでかでかと載せてくれた。じぶんが勤める書店でもたくさん積んでたくさん売った。それだけじゃ足りなくてツイッターをはじめてしまった。それはただ純粋に、この本への「ブラボー！」を、声に出していいたいからだった。『燃えよ、あんず』いいぞー！　って全世界にむけて叫ばないと、むずむずして心が張り裂けそうだ。じぶんにこんなにも発散したい衝動があることに、いちばん驚いているのがじぶんだった。

そして文庫になったこの本にも、わたしはこうしてたくさん関わらせてもらうことができた。解説や帯だけでなく、表紙イラストまでまかせてくれるって、ふつうありえない（わたしただの書店員だよ！）。そんな、本とそのいちファンの奇跡みたいなできごとで、わたしはこの物語と結びついてしまった。だからもう、『燃えよ、あんず』は人生でもいちばんの、とくべつな小説なのだ。

だけどけして、特殊なおはなしではない。

久美ちゃんがある理由からシモキタを去って、それからまたオサムさんの店に顔を出すようになるまでの境遇を思うとことばもないけれど、そのようなことを題材にした作品は小説にとどまらずたくさん存在するだろう。久美ちゃんの人生だけの小説なら、これほどまでに心動かされなかったかもしれない。久美ちゃんの身に運命のいたずらが降りかかって、再会したのがよりにもよって由良龍臣だったから、予想もつかないおもしろさが生まれたのだ。

そう、そろそろ由良のはなしをしてもいいですか。

性格悪いな！　と何度も思ったのは、この小説を読んだみんなの共通事項でしょう。

けれど由良の陰湿な部分は、わたしたちの誰もが持っていながら、それがじぶんのなかにあることを、鍵つきの箱にいれて秘密にしているものだ。彼が他人の人生をもてあそぶ快感にひたる心理に嫌悪感を抱きながらも、どこかでじぶんも同類ではないかと思わずにいられない。

由良のいびつな欲望に捕えられた大久保君や、久美ちゃんと新宮さんは、人生のレールを変えられてしまった。だけど、だ。彼が手を下した人間は、ふしあわせになったのだろうか。そしてそれは、由良のせい、なのだろうか。

彼がなにかを心に企《たくら》んで人に積極的に関わったとき、そこに生まれたのはただの分岐点にすぎない。レールの分岐器を切り替えるのはやっぱり、久美ちゃんや新宮さん本人、あるいはもっとおおきな流れ、目に見えない力だ。

由良がなにをしたかったかなんて結局なんにも関係なくて、当人はじぶんたちで人生を切り開いたにすぎない。だけど彼は、じぶんが他人の運命を操ったんだと、暗い笑いを嚙《か》み殺したり、いつまでも心にちくちく疼《うず》くものがあって、忘れられなかったりしてるんじゃないか。だとしたら由良、きみはばかだなあ、なんて思ってしまう。とても憎めない。だってそんなの、いちばん人間らしい自分本位さだよ。

これはもちろんわたしの解釈にすぎないから、あなたにはあなたの由良像があるだろう。

こうやって由良龍臣という人間についてならずっと考えていられる、それくらい大好きだ、というだけのことです。

作中には由良の手帖《てちょう》なるものが出てくる。それは、誰に宛てて書かれたものかもわからない。ただ、「あなたに向かって語るために、この手帖をつけているのです」とそこには記されているだけ。あなた、が誰をさすのか、それを空想するのもわたしにとっては夢中になれる問題だった。それは由良が信じている由良だけの神さまかもしれない。お母さんに宛てたものかもしれない。これからさき出会う、たいせつな人かもしれない。そんなふうに考えると由良龍臣という人間が、とてもとても愛《いと》おしくなってくるのだ。

由良がその手帖を手放したとき、なにを思ったんだろう。

それにしても、久美ちゃんというひとりの人のしあわせを、オサムさんたち夫婦や常連客の仲間たちまでもが、なんとなく気にして、願って、温かい目で見守っている、その空気がとても居心地のいい本だなあ、と思う。

痺《しび》れたのが桃子さんの運転だった。

この前途多難なドタバタ劇を最高に盛り上げてくれたドライブの場面は、何度読み返しても飽きない。じぶんのためじゃない、誰かのために一心不乱になって、脇目も振らずひた走る一台のちいさな自動車は、いろんなものをそぎ落とした、この物語の魂そのもののようにも思えてくる。車内ではいろんな感情やことばがあちこちにぶつかっては跳ねまわる。そのすべてを乗せて、車は、久美ちゃんたちの未来へぐんぐん突き進んでいく。

わたしたちはいつも、いつのまにか、誰かの人生に関わっている。そして関わられてもいる。どこかの誰かの悪意や善意がしっちゃかめっちゃかに作用して、今のわたしやあなたがいるのかもしれない。久美ちゃんと新宮さんの人生がまじわることになったように。

そのことに、なんだかとても救われた。じぶんの意思だけでじぶんの今があるわけではない。どんなことも、じぶんだけの責任じゃない。また逆に、誰かの人生にいつでもほんのすこし責任がある。そこらへんの人全員が、ちょっとずつ関わりあい、ちょっとずつ誰かの荷物を背負う。乗りあわせた車で同じ目的地へドライブすることだってある。みんなで、誰かの人生を進めている。

物語が大団円をむかえて胸いっぱいのまま息をついたあとで、……おや？　と残りのページを見つけたとき、わたしは不審に思った。すべてが完璧におさまるところにおさまったのに、まだつづきがあるなんて。

そしてとてつもない驚きと、感情の奔流で、心がわななくのがわかった。

そこからの最終章には、とても重大な秘密が書かれていた。

ああ、胸が熱い。苦しいくらい熱い。

本をまるごと抱きしめたい。

わたしがこの小説をかけがえのないものに思うのは、まさに、獅子虎の独白あってこそなのだ。叫びたくなるのは、拍手喝采を送りたくなるのは、彼が舞台の最後ですばらしい役を演じきったからだ。

もういちどだけ、大きな声を出していいですか？

ああわたし、『燃えよ、あんず』が大大大大大好きだ！


物語がどれだけ事実にもとづいているのかはわからないけれど、久美ちゃんがいまもどこかでにこにこ笑っているところを想像するようにしている。そしたらきっと、それがほんとうのことになるんだ、と信じて。

（やまなか・ゆき／TSUTAYA中万々店）

―本書のプロフィール―

本書は、二〇一八年に弊社より刊行された小説を文庫化したものです。

小学館文庫

燃《も》えよ、あんず

著者 藤谷《ふじたに》 治《おさむ》

二〇二二年五月十一日 初版第一刷発行

発行人 石川和男
発行所 株式会社 小学館
〒一〇一-八〇〇一
東京都千代田区一ツ橋二-三-一
電話 編集〇三-三二三〇-五八〇六
販売〇三-五二八一-三五五五
印刷所 ── 中央精版印刷株式会社

この文庫の詳しい内容はインターネットで24時間ご覧になれます。
小学館公式ホームページ https://www.shogakukan.co.jp

ISBN978-4-09-407144-3